LES MENSONGES

KAREN PERRY

Karen Perry est le nom de plume de Karen Gillece et Paul Perry, deux auteurs irlandais. *Les Mensonges* est leur premier roman.

KAREN PERRY

LES MENSONGES

Traduit de l'anglais
par Valérie Le Plouhinec

CHERCHE MIDI

Titre original :
THE INNOCENT SLEEP

Pocket, une marque d'Univers Poche,
est un éditeur qui s'engage pour la préservation
de son environnement et qui utilise du papier fabriqué
à partir de bois provenant de forêts gérées
de manière responsable.

© Karen Gillece and Paul Perry, 2014
© le cherche midi, 2014, pour la traduction française
ISBN : 978-2-266-24498-5

TANGER, 2005

Un orage se prépare. Il le sent à l'étrange immobilité de l'atmosphère. Pas un mouvement, pas un vêtement soulevé par le vent, pas un souffle d'air dans les rues étroites de Tanger.

Au-delà des fils à linge tendus entre les maisons, au-dessus des toits de tuiles, il aperçoit un petit morceau de ciel. Un ciel d'une luminosité étrange, bleuâtre, traversé de lueurs presque boréales.

Il touille une tasse de lait chaud, cligne des yeux et se remet à contempler, au-dehors, les couleurs changeantes et irréelles.

Ensuite, reposant sa cuiller sur le comptoir de la cuisine, il se détourne de la fenêtre ouverte et s'en va rejoindre le petit garçon assis par terre, au visage sérieux, concentré sur un puzzle posé devant lui.

— Tiens, dit-il en lui tendant la tasse.

L'enfant ne lève pas la tête.

— Allez, Dillon. Il faut tout boire.

Le petit le regarde et ses traits se chiffonnent.

— Non, papa, je veux pas.

Son père lui présente de nouveau la tasse. Le garçon hésite avant de tendre la main et, au même instant, l'homme sent flotter sur lui l'ombre d'une indécision. Il ne s'y arrête pas et encourage le petit d'un hochement de tête. L'enfant boit lentement, à grands traits. Un filet de lait coule au coin de sa bouche, que le père essuie. Dillon avale le liquide une dernière fois et tend la tasse.

— Tiens, papa. Fini.

Harry reprend la tasse et va la rincer à l'évier. Un très fin résidu poudreux surnage dans le fond. Il ouvre le robinet plus grand et regarde le résidu monter, déborder de la tasse et disparaître dans l'évier.

Il profite du robinet ouvert pour emplir d'eau une casserole qu'il pose sur la cuisinière. Celle-ci est un peu dure à allumer : il faut actionner plusieurs fois l'allume-gaz en tournant le bouton pour que la flamme prenne.

La semoule est sortie. Il prend une poignée de raisins secs qu'il dépose dans un bol. Une demi-bouteille de brandy est posée sur le comptoir à côté de l'huile d'olive. Harry empoigne la bouteille et recouvre les raisins d'alcool. Avant de la reboucher, il la porte à son nez et inhale. Puis, rapidement, presque furtivement, il boit une lampée avant de revisser le capuchon et de reposer la bouteille à côté de l'huile d'olive.

Il contemple à nouveau les couleurs changeantes du ciel. Il a envie de les faire remarquer à son fils, mais se retient. Dillon est en train de terminer son puzzle, le sommeil le gagne.

Harry se remet à la tâche. Il verse un peu d'huile d'olive dans sa main droite et en enduit le couteau. Il hache des dattes, les réserve dans un autre bol et passe un doigt sur la lame avant de poser les abricots sur la planche.

Par la fenêtre ouverte, il perçoit le calme qui règne dans les rues. D'habitude, à cette heure-ci, dans les appartements voisins, on entend les gens s'affairer à préparer le repas, mais ce soir il n'y a ni éclats de voix, ni couverts entrechoqués, ni gras de cuisine grésillant dans des poêles, ni pleurs de bébés affamés. Un grand silence s'est abattu sur cette partie du monde. Comme si tous les habitants de Tanger retenaient leur souffle.

Il se tourne vers Dillon.

— C'est l'heure d'aller au lit.

Son fils n'émet aucune protestation, à peine un vague hochement de tête. Harry le soulève et le porte dans sa chambre. Là, il le déshabille. Il lui laisse son maillot de corps et sa culotte, et le glisse sous le drap. Une caresse sur la joue, puis il se baisse pour déposer un baiser sur son front.

— Bonne nuit, mon gentil prince, dit-il dans un souffle.

Mais le garçon ne répond pas. Il dort déjà.

De retour dans la cuisine, Harry se sert un gin tonic. La journée a été longue et ardue. La chaleur, les sollicitations continuelles de son fils, sa propre incapacité à se concentrer sur son travail, tout cela l'a oppressé, lui donnant l'impression d'être trop à l'étroit dans son corps.

L'air est toujours aussi lourd, bien que la chaleur se soit dissipée. Maintenant que l'enfant est endormi, il peut avancer dans ses préparatifs. C'est l'anniversaire de Robin, et il a prévu un dîner de fête.

Il allume le four, déballe l'agneau sur le comptoir et l'assaisonne de gros sel, puis le masse avec du romarin et de l'origan avant de l'enfourner. Ce faisant, il jette un coup d'œil vers le ciel et se demande quand les nuages vont crever et lâcher toute leur eau.

La pluie à Tanger peut prendre des proportions bibliques. Les averses torrentielles peuvent durer des jours. C'est une des particularités qui les ont le plus étonnés à leur arrivée, il y a de cela cinq ans. En ce moment, il a hâte que la pluie vienne disloquer les nuages et alléger cette atmosphère morne et pesante.

Son mal de crâne ne faiblit pas, malgré le gin. Il jette un coup d'œil à la vieille pendule accrochée au-dessus de la cuisinière et se ressert un verre.

La sonnerie du téléphone le fait sursauter.

— Tout se passe bien ? demande Robin.

— Oui. Dillon dort et je prépare le dîner.

— Il dort ?

L'étonnement qu'il entend dans sa voix le met mal à l'aise.

— Il était crevé.

— Écoute, dit-elle — et il devine à sa façon de parler qu'elle a une faveur à lui demander. Simo est malade, il est rentré chez lui, alors j'ai dit à Raul que j'allais rester encore un peu pour assurer le service.

— Mais c'est ton anniversaire.

— J'en ai pour deux heures maximum.

Il garde le silence.

— Ce sera encore mon anniversaire quand je rentrerai, ajoute-t-elle.

Il vide son verre et convient que oui, ce sera encore son anniversaire quand elle rentrera.

Il lui dit au revoir, raccroche et se prépare encore un verre. Il faudra que ce soit le dernier avant son retour. Il ne veut pas se soûler et tout gâcher, pour elle.

Ce soir, entre son mal de tête et l'atmosphère bizarre qui flotte dans l'air, il a les nerfs à vif ; il voudrait qu'elle soit là pour le rassurer. Sans savoir pourquoi, il n'a pas envie d'être seul. Alors, pour se changer les idées, il ramasse les jouets, empile les livres qui traînent, retourne les coussins du canapé.

Il range le bazar qui encombre la table basse et balaie le carrelage. L'endroit retrouve sa forme, redevient l'espace propre et soigné où ils sont chez eux depuis cinq ans : le canapé défoncé mais confortable, le rideau de perles qui sépare cette pièce de la minuscule cuisine, le coin près de la fenêtre avec des toiles appuyées contre le mur. Même la table en bois où ils mangent est dégagée. Harry est un peu contrarié : il n'aurait peut-être pas endormi Dillon si tôt s'il avait su que Robin rentrerait tard.

Tant pis, il tâche de ne pas se laisser démoraliser et commence à mettre la table. Couteaux, fourchettes, serviettes, mais où sont les bougies ?

Tout à l'heure, il a acheté au souk quatre bougies blanches sans parfum, une toile de lin couleur safran à jeter sur le canapé et un grand plateau en métal argenté, finement décoré de volutes et de motifs imbriqués en filigrane. Le plateau est le cadeau de Robin, il a marchandé pendant vingt minutes pour l'obtenir, mais il se rappelle seulement maintenant qu'il a oublié ses achats chez Cozimo.

Il n'avait pas prévu de passer le voir ; il l'a fait comme ça, sur une impulsion. Presque immédiatement, il a regretté d'avoir amené Dillon. Cozimo n'a pas l'habitude des enfants, surtout chez lui. Dillon a commencé à s'ennuyer et à devenir irritable pendant que Harry bavardait avec Cozimo et, le temps passant, il a commencé à tirer son père par la manche, à se plaindre à grand bruit, ce qui a mis une fin abrupte à leur visite : Harry a fini par soulever le garçon dans ses bras et l'emporter pour laisser son ami tranquille.

— Eh merde, soupire-t-il maintenant en se demandant comment il va faire.

La solution la plus évidente serait d'appeler Cozimo.

Mais Harry sait ce que cela entraînerait : Cozimo se ferait une joie de passer déposer les affaires oubliées, réclamerait un verre en récompense, et en un rien de temps ils seraient repartis à bavasser sans fin – le dîner serait oublié, Cozimo ne voudrait plus partir et la soirée en amoureux serait à l'eau.

Harry va voir si le petit va bien. Celui-ci dort profondément et il sait bien qu'il ne vaut mieux pas le déranger. D'ailleurs, la maison de Cozimo est tout près, juste en bas de la butte. Il peut faire l'aller-retour à pied en dix minutes. Autant y aller tout de suite, en vitesse, avant la pluie.

Après un dernier regard à l'enfant endormi, il se dépêche de descendre et de traverser la librairie déserte, plongée dans la pénombre à présent que le jour baisse et que le ciel devient noir et menaçant. Il sort en fermant à clé derrière lui et s'engage d'un pas décidé dans la rue étroite.

Le silence qui s'attarde dans les rues le rend légèrement anxieux. En levant la tête, il aperçoit une femme voilée qui l'observe. Vite, elle se recule de sa fenêtre et disparaît.

Quelque part, non loin, dans le dédale des ruelles, un chien aboie. Ce bruit vient s'ajouter au malaise dont il n'arrive pas à se débarrasser. Le gin, au lieu d'arrondir les angles, a plutôt aiguisé son anxiété.

Mais pourquoi ?

Il a laissé le petit tout seul. Des bouffées successives de culpabilité le poussent à presser le pas et il rejoint le coin de la rue presque en courant.

Le néon accroché au-dessus du bistro émet un grésillement sifflant. Harry a conscience de l'incongruité de sa silhouette qui passe – un homme blanc se hâtant dans ces rues. Il ne s'arrête qu'après avoir atteint le portail en fer forgé. Là, il appuie lourdement sur la sonnette et attend.

Au bout d'un instant, il entend un schlip schlip de babouches en cuir souple sur les dalles de pierre. Une courte silhouette en djellaba apparaît et, à mesure qu'il approche, le visage flétri de Cozimo, d'abord perplexe, s'illumine peu à peu. Il lève une main en signe de bienvenue.

— Mon ami, dit-il en tirant sur le verrou.

Et c'est au moment même où le pêne est ramené en arrière, coulissant avec un cliquetis râpeux, qu'il l'entend : un craquement qui résonne, fort, violent et effrayant.

Ce n'est pas le craquement de la foudre, pas un roulement de tonnerre. La fracture, lorsqu'elle survient, n'est pas au-dessus de sa tête, là où il l'imaginait. Non, il la ressent sous la plante de ses pieds.

Un grondement sourd s'élève des entrailles de la terre. Le sol commence à trembler. Il tend un bras vers le mur, mais le mur bouge et le portail est secoué dans ses gonds de fer.

Le sol sous ses pieds est mouvant comme un liquide. La terre est prise d'une oscillation à vous lever le cœur. Un rugissement de basses, un vacarme de verre brisé et de tuiles tombant des toits, et les plaintes stridentes du bois qui se fend emplissent soudain le monde.

Le sol vibre en dessous de Harry, se dérobe sous ses pieds, son cœur bat à tout rompre dans sa poitrine.

Quelque part dans la rue, il entend siffler le gaz qui s'échappe de canalisations brisées et, en se retournant contre le mur, il voit l'immeuble d'en face chanceler et se tordre sur lui-même. Le bâtiment est violemment secoué sur ses fondations, de la fumée monte au loin, l'air s'emplit d'une odeur de gaz et, juste au moment où il croit que l'immeuble va se renverser sur lui, tout cesse.

Le sol s'immobilise peu à peu. Le rugissement se tait. La rage souterraine s'estompe.

Il reste sur place, plaqué contre le mur, les mains écartées de chaque côté de son corps. L'immeuble qu'il fixe se stabilise.

Son corps entier est figé par la terreur, et il lui faut quelques instants pour se décrisper. Ses muscles se débloquent ; le mouvement revient dans ses jointures.

— C'était un gros, celui-là, dit Cozimo, le visage couleur de cendre, les yeux encore écarquillés de frayeur.

Harry va pour dire quelque chose, puis se ravise.

« Quoi ? » veut lui demander Cozimo, mais sa gorge est desséchée et Harry est déjà parti.

Il repasse en courant devant le bistro dont le néon est tombé sur la chaussée. Le tube grésille et crache quelques décharges électriques avant d'expirer. Tout le long de la rue, les lumières s'éteignent d'un coup. Un silence s'abat, comme un voile de calme inquiet, mais cela ne dure pas.

Cette paix fragile est brisée lorsque les gens commencent à passer comme un torrent devant lui. Ils dévalent la colline, fuyant leurs maisons, propulsés par la peur : peur des répliques à venir, peur de l'effondrement imminent de ces constructions fragiles.

Il lui semble être le seul à gravir la butte, à toutes jambes, le souffle coincé dans sa poitrine, le cœur battant, comme un fou.

Tout en courant, Harry entend cette fois les premiers cris stridents et les premiers pleurs. Des portes s'ouvrent et les gens surgissent de chez eux, certains hébétés, d'autres saisis de panique. Un homme le dépasse en courant, trois enfants dans les bras. Une femme trébuche sur son perron, en larmes et en sang, une entaille écarlate au-dessus de l'œil.

À un coin de rue, un homme ne cesse de clamer : « C'est la volonté d'Allah, la volonté d'Allah. »

Harry s'arrête pour reprendre son souffle. Une femme s'accroche à son cou. Il la repousse et s'enfuit.

Tout autour de lui, les maisons vacillent et les flammes fusent. De tous côtés on pleure, on prie, on appelle à l'aide. Les cris des animaux aussi, à poils et à plumes, se mêlent à la cacophonie.

Il continue de courir frénétiquement. Là, un peu plus loin, à l'hôtel Méditerranée, il y a trois hommes sur le toit. Pour ne pas voir ces pauvres diables terrifiés chuter avec la toiture et être brûlés vifs, un militaire présent sur place ordonne à ses hommes de les abattre, ce qu'ils font, avec rapidité et précision, devant un attroupement hagard.

On dirait la fin du monde.

Il y a de la poussière partout.

Il la respire, tousse et suffoque, les yeux dégoulinants, la bouche sèche. La fumée envahit ses narines. Il voit des bâtiments embrasés, des flammes léchant les fenêtres et les portes.

Quelque part au loin, on entend la plainte des sirènes. D'autres bruits, aussi : des fracas soudains lorsque des immeubles s'effondrent, un choc sourd de briques se renversant dans la rue, un craquement sec de bois quand les poutres cèdent et rompent.

Il court toujours. Un immeuble s'affaisse contre son voisin, comme si la lassitude du grand âge avait raison de lui et qu'il n'en pouvait plus, tout simplement.

De l'eau bouillonne dans les fentes de la chaussée – de l'eau mêlée à du sable. Une bouillasse fétide emplit la ruelle et cherche à aspirer ses pieds.

Au coin de sa rue, la façade de la boulangerie est tombée, révélant les pièces avec leurs meubles encore debout.

Il voit un lit et un canapé, des rideaux flottant à l'air libre.

Lorsqu'il arrive devant chez lui, l'air s'épaissit, chargé de poussière. Elle vient à sa rencontre, en forme de gros nuages.

Il s'arrête et ne bouge plus.

Autour de ses pieds, il perçoit un mouvement, quelque chose qui remue et volette. Baissant les yeux, il voit des centaines de livres éparpillés partout sur la route.

Dans l'espace dégagé, le ciel est mat et sombre. Les bâtiments restés debout semblent jaunes et desséchés.

Il scrute les décombres. Une image du début de soirée lui revient : debout dans l'étroit couloir, il tient son fils endormi dans ses bras – il peut presque encore sentir la douceur de sa chair, la chaleur de son corps.

Pourtant, c'est une tout autre réalité, à peine croyable, qui se dresse devant lui : le bâtiment où il travaillait, dormait, aimait, élevait un enfant, peignait, endormait son fils, où il a vécu et s'est trouvé chez lui, n'existe plus ; c'est aussi simple que cela, irrévocable. Il a sombré dans la terre, englouti, disparu.

1

Harry

Robin dormait encore quand j'ai quitté la maison. J'ai eu envie de la réveiller, de lui dire que la neige était arrivée. Mais en me détournant de la fenêtre, quand je l'ai vue couchée là, avec ses cheveux étalés sur l'oreiller, sa poitrine qui se soulevait calmement, ses yeux clos et son expression paisible, je me suis ravisé. Elle est fatiguée ces temps-ci, du moins c'est ce qu'il me semble. Elle se plaint de maux de tête et d'un sommeil agité. Alors je l'ai laissée tranquille. J'ai fermé la porte sans bruit derrière moi, je suis descendu à la cuisine, j'ai débarrassé la table des cadavres de bouteilles, je les ai posés dehors, et je suis sorti sans prendre de petit déjeuner ni de café. Je n'avais pas besoin de lui laisser un mot. Elle saurait où j'étais.

L'air froid était revigorant. J'ai regretté d'avoir tant bu la veille, un reproche que je me suis déjà fait bien des fois, mais, grâce à cet air vif et glacé, j'ai éprouvé un renouveau de bien-être. J'étais plein de bonnes intentions. J'allais tourner une nouvelle page, m'occuper de ma santé, mener une existence plus pleine et plus honnête. Ce n'était pas seulement l'air matinal. N'avais-je pas dit la même chose à Robin pas plus tard qu'hier soir ?

— Tu es un homme bourré de bonnes intentions.

— Les meilleures.

Robin a souri quand j'ai dit ça. Elle a un sourire généreux, un sourire qui connaît mes faiblesses et les pardonne quand même. Après Dillon, sa gentillesse ne s'est pas dissipée, alors qu'elle aurait facilement pu disparaître. Je ne lui en aurais pas voulu. Mais Robin ne s'est pas durcie. Elle est restée elle-même, en dépit de tout ce que nous avons traversé.

Même si, parfois, une phrase qu'elle prononce, une de ses opinions ou un de ses actes me surprennent au point que je dois m'arrêter et poser un regard neuf sur ma femme.

« C'est ce qu'on appelle être marié », m'a dit un jour mon ami Spencer. En sa qualité de célibataire, ou de « vieux garçon », comme il aime à le dire, il a souvent des avis bien tranchés sur la vie conjugale. Un jour où je me plaignais que mon alliance était trop serrée, sa réponse est tombée, laconique : « C'est fait pour. »

Robin et moi parlons encore comme autrefois, nous nous ouvrons toujours l'un à l'autre, mais comme dans n'importe quel couple constitué depuis un bon bout de temps, il vient un moment, pendant les conversations du soir, où l'on sait à l'avance ce que va dire l'autre et où l'on arrête de l'écouter pour aller se mettre au lit. Et ce soir-là – hier soir –, eh bien, c'est exactement ce qui s'est produit. J'étais sur ma lancée lorsque Robin s'est levée d'un seul coup, s'est penchée sur moi et m'a fait taire d'un baiser, avant de me dire simplement et d'un air absent : « Bonne nuit. » Je n'aurais pas dû m'en formaliser. Je déblatérais depuis un moment, je racontais sans doute n'importe quoi, et son départ subit de la cuisine m'a poussé une fois de plus vers une bouteille de vin et un coucher tardif.

Mais ce matin, c'était différent. C'était l'aube de mon nouveau départ. La neige était là pour l'annoncer, pour me réveiller et me rappeler que je commençais une nouvelle vie. C'était le jour où je fermais boutique et verrouillais les portes de mon atelier en centre-ville. « La fin d'une époque », comme disait Spencer. À dater d'aujourd'hui, en effet, je vais travailler chez nous, dans le garage : une économie bien nécessaire pour retaper la maison dans laquelle nous avons récemment emménagé. C'était la maison des grands-parents de Robin autrefois, et à présent elle est à nous. Pour Robin, cette baraque est pleine de souvenirs. Et même si la banlieue de Monkstown n'a rien à voir avec notre vie à Tanger, ni même avec les moments que nous avons passés ensemble en ville, à Dublin, je ne me plains pas. C'est une grande vieille maison. Et Robin a des projets. Elle veut mettre les mains dans le cambouis. Son enthousiasme est contagieux. Que dire ? Mais oui, allons-y, mettons les mains dans le cambouis !

Le crissement de la neige sous mes pieds m'a mis le sourire aux lèvres. Il devait bien y en avoir cinq ou dix centimètres, et j'étais le premier de cette rue à y faire ma trace. Quand je suis arrivé devant notre vieux combi Volkswagen, il ne voulait pas s'ouvrir. J'ai secoué la portière, fini par la faire céder et démarré le moteur, puis je suis rentré faire chauffer de l'eau pour la verser sur le pare-brise. J'adore ce vieux combi orange. Robin m'a pourtant supplié de ne pas l'acheter, à l'époque. Mais est-il tombé une seule fois en panne ? A-t-il calé, brouté ou bronché depuis tout ce temps ? Non. Il s'est toujours montré vaillant et increvable.

Nous avons même dormi dedans. Je ne prétendrais pas que c'était confortable, mais ça aurait pu l'être. J'ai fait chauffer le moteur en accélérant deux ou trois fois avant de faire marche arrière, lentement, prudemment, conscient du tassement de la neige sous les pneus.

J'ai gagné la ville sans encombre, par cette belle matinée froide. Les routes étaient désertes et j'ai bien roulé. Je me suis garé devant l'atelier, dans Fenian Street, et je suis descendu au sous-sol, pour la dernière fois sans doute.

Cet atelier avait été un appartement, à une époque, mais Spencer avait tout cassé à l'intérieur. Les murs étaient bruts, le sol en béton. La chasse d'eau gargouillait à longueur de journée et, comme j'avais pu le constater les fois où j'avais dormi là-bas, toute la nuit aussi. J'avais là un vieux matelas, une bouilloire et un réchaud de camping. J'aimais le fait que cet endroit soit nu et j'étalais mes toiles par terre pour y travailler. Je n'utilise pas de chevalet pour peindre. Pas de palette non plus. Parfois, je ne prends même pas de pinceaux. Je me sers de bâtons et de couteaux ou de morceaux de verre pour créer mes tableaux. Le dépouillement du lieu permettait à mon imagination de faire son travail, et j'avais rempli là brouillon sur brouillon, esquisse sur esquisse, toile sur toile. À présent, tout devait partir.

Je n'avais pas de système organisé, mais j'ai passé la matinée à entasser dans le combi des toiles, des cadres, de la peinture en pot et en tube, des pinceaux, des bâtons, des catalogues, des pièces achevées et inachevées. J'ai beau ne pas être un grand sentimental, j'éprouvais quand même un petit pincement. Cet atelier ne m'avait apporté que du bon depuis notre retour de Tanger. C'est là que j'avais peint toutes mes dernières pièces – c'est-à-dire deux expos personnelles et une flopée d'accrochages collectifs. Spencer, qui avait fait quelques bonnes affaires dans le passé, était propriétaire des lieux et vivait à l'étage. Il me louait l'atelier pour une bouchée de pain. Il adorait me rappeler qu'il était mon proprio et que j'étais son locataire. À onze heures, j'étais au travail depuis plus de deux heures lorsque j'ai reçu son appel.

— Ton proprio à l'appareil. L'avis d'expulsion est en route.

— T'es un marrant, toi, ai-je répliqué.

— Tu ne m'apprends rien.

Il a débarqué dix minutes plus tard pour m'aider, en robe de chambre de soie noire et vieilles pantoufles de cuir, une cigarette pendant aux lèvres. Quand je dis qu'il venait m'aider : il apportait une caisse claire et un pack de bières.

— Allez, galérien : moi je tape, toi tu rames, a-t-il déclaré.

— Tais-toi et porte.

— J'aurais pu être riche si je t'avais loué ces lieux à leur vraie valeur.

— Tu *étais* riche.

— Je ne l'ai compris qu'hier soir. J'aurais pu me faire un bon magot.

— Louer un petit sous-sol à un ami, ce n'est pas ça qui t'a ruiné.

— Et c'est toi qui me dis ça... toi, le vil locataire.

À ce moment-là, mon téléphone a sonné.

C'était Diane, la directrice de la galerie où j'exposais.

— Tu ne veux pas réfléchir encore un peu ?

— Tout est dans les cartons.

— Tu sais que je pense que c'est une erreur.

— Tu me l'as dit, oui.

— Et pas seulement parce que je ne pourrai plus passer te voir... mais d'un point de vue professionnel, aussi.

— C'est fait, il n'y a pas à revenir dessus.

Diane voulait toutes sortes de choses. Je lui ai dit que je devais raccrocher.

— Qui était-ce ? s'est enquis Spencer.

Comme je n'avais aucune envie d'entendre la tirade qu'il me sortirait à propos de Diane si jamais je lui disais que c'était elle, j'ai menti.

— Juste Robin.

— La charmante.

Une fois qu'il a eu porté son dernier carton et choisi une toile qui lui plaisait – « je verrai si je la vends pour toi ou si je me la garde comme cadeau de Noël » –, je me suis arrêté pour nous faire du café.

— Le café le plus fort de ce côté-ci de la Liffey, a déclaré Spencer.

Il a sorti une flasque en argent de sa poche et s'est servi.

— Quoi que ça veuille dire.

— Voilà ce que ça veut dire.

Il m'a tendu la flasque, mais j'ai couvert ma tasse de la main.

— Je conduis.

— Mais quelle idée, aussi, de conduire par une journée pareille ! Ça me dépasse.

— Je déménage, tu as oublié ?

— Bon, écoute-moi. Une question me brûle les lèvres.

— Vas-y, ai-je dit en enveloppant un bouquet de pinceaux dans un chiffon.

— Tu vas me faire le plaisir d'annoncer toi-même

à Sa Majesté la reine des damnés que tu as déserté le creuset de la créativité et répudié ma grande générosité, n'est-ce pas ?

— On t'a déjà dit que tu es foutrement verbeux ?

— Pas d'injures, je te prie.

— Loin de moi cette idée. C'est de Diane que tu parles ?

— Si tu tiens à l'appeler ainsi. Pour ma part, j'aime...

— Elle sait très bien que je pars d'ici, l'ai-je coupé en attrapant finalement sa flasque pour me verser une petite rasade.

En cet instant, j'avais besoin de quelque chose pour calmer un tremblement nerveux, aussi soudain qu'inattendu. C'était la mention de Diane qui m'avait fait cet effet.

— Mais sais-tu ce que je crains ? Tard le soir, elle va venir ici à ta recherche. Elle me trouvera à ta place, et alors que se passera-t-il ? Elle tentera de planter ses dents dans ma chair, à moi aussi. Elle va vouloir me pomper le sang.

— À te voir, je dirais que quelqu'un lui a brûlé la politesse. Tu t'es regardé dans la glace ?

— Tu es foutrement cruel, toi.

— Je ne dis que la vérité.

Spencer a secoué la tête. Je l'ai regardé allumer une autre cigarette, puis se lever pour déambuler dans l'espace vide. L'atmosphère froide et sonore qui avait gagné la pièce remuait en moi un sentiment de solitude. Le whisky perçait un trou brûlant dans mon estomac glacé et j'ai vu mon ami s'arrêter pour baisser le nez vers une des dernières caisses qui attendaient d'être chargées dans le combi. Cueillant sa cigarette entre ses lèvres, il s'est alors accroupi pour fouiller dans les dessins qui y étaient rangés, et un brusque spasme de chagrin ou de rage m'a contracté les entrailles. C'étaient mes dessins de Dillon. Il en a pris un et l'a tenu devant lui pour l'étudier, les yeux plissés. Avant qu'il ait pu faire un commentaire, avant qu'il ait pu dire quoi que ce soit, j'étais sur mes pieds et je traversais la pièce pour le lui arracher des mains.

— Ça, c'est pas pour toi, ai-je craché en me détournant pour qu'il ne voie pas mes joues brûlantes et mes mains tremblantes.

J'ai rangé le dessin avec les autres et laissé mes doigts s'attarder un instant dessus avant de m'en éloigner.

J'ai senti physiquement son silence et su qu'il se demandait s'il allait dire quelque chose. Il me connaissait assez bien pour savoir quand battre en retraite. Ensuite, j'ai entendu le glissement lent de ses savates, puis le raclement d'une tasse contre la table quand il a repris son café pour le terminer.

— Et ça, ça a un nom ? m'a-t-il demandé.

Tournant la tête, j'ai vu qu'il tenait à bout de bras la toile qu'il avait choisie pour lui-même.

C'était une de mes vues de Tanger : des silhouettes indistinctes, une place de marché, une brume de soleil à l'arrière-plan. Au loin, la mer.

— Sans titre.

— Je lui en donnerai un. Et je reviendrai chercher ça plus tard, a-t-il ajouté en indiquant la caisse claire.

— Fais comme chez toi.

Là-dessus, il est parti.

La porte a claqué et j'ai attendu un petit moment avant de retourner vers la caisse contenant les portraits de Dillon. C'était un gros conteneur en bois, avec des coins renforcés en alu martelé. J'y ai plongé les mains et j'en ai ressorti une poignée de feuilles volantes, que j'ai contemplées. Pendant un bref instant, j'ai envisagé de les jeter, de les détruire. Une image de brasero m'est passée par la tête. Toutes ces images retournant à la poussière. *Mets ça derrière toi. Avance.* Ce sont des choses que l'on m'a dites. Des gens raisonnables. Des gens qui se souciaient de moi et de mon bien-être. Des gens qui se souciaient de Robin, de nous.

Pendant tout ce temps j'ai caché mon chagrin, mais ces croquis ont persisté, littéralement sortis de moi par une force que je ne comprenais pas vraiment et qui guidait ma main sur le papier, encore et toujours. Sans bien savoir pourquoi, je n'ai jamais pu m'arrêter. Et j'ignore combien de temps, ce jour-là, je suis resté à les regarder. Je ne pleurais pas. À la place, il y avait un tout autre sentiment. Je ne suis pas certain de pouvoir le décrire. Le sentiment de reconnaître quelque chose. Ces croquis sont ce que j'ai dessiné de plus vrai depuis des années. Je ne crois pas à l'âme, mais si j'y croyais, je dirais que ces lignes crayonnées en ont une.

Mes dessins de Dillon sont tous datés. Et j'étais assis là à faire défiler les années, à faire défiler mes centaines de croquis au crayon et au fusain de l'enfant changeant avec le temps. *L'enfant.* Vous m'entendez parler ? Appelons-le par ce qu'il était : mon fils.

Ce ne sont pas des esquisses, des croquis préparatoires à des portraits peints. Je ne les ai jamais montrés à personne, pas même à Robin. Surtout pas à Robin. Ces dessins sont un secret. Voilà pourquoi je n'aurais pas supporté d'entendre Spencer formuler le moindre commentaire à leur sujet. J'ignore au juste comment ça marche, mais quelque part, ils m'ont aidé à tenir. C'est pourquoi je ne les ai pas froissés ni brûlés ; je les ai soigneusement disposés dans l'ordre, par date, étalés à même le sol. Je m'étais efforcé à chaque dessin de représenter mon fils tel qu'il aurait été, prenant un peu plus d'âge à chaque mois, chaque année qui passait. Et lorsque je me suis remis debout pour laisser glisser mon regard dessus, il était de nouveau là, grandissant sous mes yeux.

Assez, me suis-je dit, et je me suis accroupi pour ramasser et ranger lentement une à une les feuilles de cette éphéméride du désespoir. Une fois le couvercle rabattu sur la caisse, je l'ai sortie et j'ai fermé l'atelier derrière moi.

J'ai décidé de laisser le combi sur place. L'idée de rentrer et de devoir le décharger m'épuisait à l'avance. Au lieu de cela, je me suis accordé une petite balade dans les rues, en me laissant guider par le bourdonnement d'un hélicoptère qui volait bas en cercles au-dessus d'O'Connell Street. J'avais dans l'idée d'aller m'acheter quelque chose à manger, histoire de combler ce trou béant que j'avais dans le ventre, mais, hypnotisé par le ronron des rotors au-dessus de ma tête, je me suis retrouvé en train de descendre O'Connell Street, où je suis tombé sur la grande manifestation. Absorbé comme je l'étais dans mes histoires personnelles, j'avais complètement oublié cette manif. N'importe quel autre jour, j'aurais peut-être tenu à y être, histoire de joindre ma voix à l'exaspération collective contre le gouvernement – que dis-je, l'exaspération ? La fureur, même. J'étais aussi indigné que tout un chacun. Dans le pays entier, les gens étaient unis par la colère : les conditions du renflouement de la dette publique étaient absolument draconiennes. Si bien que, d'une certaine manière, je n'étais pas mécontent de me retrouver sur O'Connell Street : j'étais un manifestant accidentel, pour ainsi dire.

Il n'y avait aucune voiture, zéro circulation, mais des milliers de personnes qui défilaient, chantaient, scandaient des slogans vengeurs. Des journalistes du monde entier avaient installé leurs caméras. Les touristes s'arrêtaient pour prendre des photos et des vidéos. D'où qu'ils viennent, ce qu'ils voyaient ne pouvait pas tellement les étonner : les déboires financiers de l'Irlande faisaient les gros titres dans le monde entier, après tout.

Les représentants de la garde, aussi, étaient présents en force. Affublés de gilets jaune fluo par-dessus leurs uniformes et regroupés par deux ou trois à intervalles réguliers le long de l'itinéraire, ils bavardaient en battant la semelle pour se tenir chaud. Ils n'avaient pas grand-chose à faire. La manif était bon enfant et sans danger : malgré la rage des gens, elle se déroulait dans la retenue et la dignité. Dans le genre manif, c'était plus courtois que séditieux. J'ai bien vu un manifestant qui tenait une pancarte faite maison, écrite à la main au marqueur noir : « IRA républicaine : dehors l'Europe, dehors les Anglais. » Si ç'avait été un morceau de papier glissé sous votre porte, il y aurait peut-être eu de quoi avoir peur. Mais au bout d'un bâton au milieu d'une manifestation pacifique, c'était juste un peu ridicule et décalé.

Je marchais avec les manifestants, et j'ai même envisagé de donner de la voix. La foule descendait la rue tel un fleuve lent, puis stagnait à la hauteur de la Poste générale, où une scène avait été installée et où, derrière les bras tendus de la statue de Jim Larkin, des images vidéo de manifestations variées passaient en noir et blanc sur un écran géant. Des fantômes. Le passé ressuscité, rejoué, baigné d'une lumière étrange et lugubre. Ces images, vacillantes et miroitantes, m'ont fait frissonner.

Puis, sur la scène, vers laquelle convergeaient à présent tous les regards, un homme s'est emparé du micro et a chauffé le public en lui faisant brailler des acclamations et des huées avant de présenter une femme qui a entonné une longue complainte protestataire et déclamatoire. Sa guitare tremblait entre ses mains. Un hélicoptère a survolé la foule et, pendant quelques instants, le fracas de ses rotors a noyé la chanson.

J'étais coincé dans une petite grappe de gens, ballotté d'un côté et de l'autre. J'avais décidé de me laisser aller à suivre le mouvement. J'ai applaudi et chanté avec les autres, ajouté ma voix au chœur général. La femme a achevé sa longue lamentation sous les vivats et les sifflets.

— On nous a trahis, trompés, floués ! a tonné l'homme dans le micro. Ne nous laissons pas faire !

Il a alors fait venir une autre femme qui a raconté son histoire, une triste histoire de réduction du personnel hospitalier et de listes d'attente. Puis un type a pris sa place au micro pour raconter la sienne, une histoire de petites communes et de bureaux de poste qui ferment. Et un autre encore, et ainsi de suite, les gens se succédant sur la scène, chacun avec son récit et chacun acclamé par la foule, accueilli par des cris et des applaudissements, des hochements de tête compréhensifs, des bras levés en signe de solidarité.

Du temps a passé comme ça ; combien, je ne saurais dire. Mais au bout d'un moment, j'ai commencé à me sentir crevé, enroué. Quelqu'un, quelque part, jouait des percussions ; le son cognait dans ma tête et j'ai songé à partir. L'étrangeté de la matinée, la surprise de la neige, le déménagement de mon atelier, le whisky dans mon estomac vide, les pattes de Spencer sur ces dessins... et maintenant le tumulte de la foule. Boum, boum, boum, faisait le tambour. C'en était trop. J'étais affamé et fatigué. J'avais besoin de rentrer à la maison ou de me retrouver au chaud au Slattery's. Besoin de voir Robin.

Alors que je tournais les talons, un éclair de couleur a retenu mon attention. Une écharpe, au cou d'une femme, qui flottait dans le vent. Une matière diaphane, de la soie peut-être, d'un bleu semblable à une fumée dans l'air. La femme, grande et belle, tenait un petit garçon par la main, et tous deux marchaient d'un pas décidé dans O'Connell Street. À ce moment-là, l'enfant s'est retourné et m'a regardé, et tout, autour de moi, a ralenti. Le tambour a cessé de battre. La rumeur s'est tue. La foule a disparu. En cet instant, il n'y avait plus rien, rien que l'enfant et moi, les yeux dans les yeux.

Dillon.

Mon cœur affolé a fait un bond. J'ai pris une brusque inspiration et mon sang a soudain sifflé dans mes oreilles.

Mon fils. Mon garçon perdu.

Quelqu'un est passé devant moi, me l'a fait perdre de vue un bref instant, et, dans ce vide soudain, tout est revenu en torrent : les clameurs de la foule, le tonnerre lancinant du tambour, la poussée des corps, la ronde oppressante de l'hélico au-dessus de nos têtes.

Je l'ai à nouveau cherché des yeux et me suis mis à jouer des coudes, suant à grosses gouttes. L'écharpe bleue s'est élevée en l'air comme une volute de fumée et j'ai éprouvé une sorte de panique. Je poussais les badauds, les bousculais et slalomais pour avancer, éperonné par une urgence nouvelle, que je n'avais jamais connue. Les gens rouspétaient : « Eh, faites un peu gaffe ! » « Calmez-vous, mon gars. » « Y a pas le feu ! » Je m'en tapais complètement. Je me suis grandi, faufilé, baissé, tortillé dans cette marée humaine. Avancer m'était difficile, mais ce n'était pas ça qui allait m'arrêter. Rien ne le pourrait, je le sentais bien.

Après toutes ces années d'espoir, de recherches et de questions sans réponses, après toutes ces années passées à examiner le moindre indice, ces années passées à arpenter les rues solennelles de Tanger, à guetter sans fermer l'œil dans des lieux infâmes, et à être déçu un nombre incalculable de fois par une piste refroidie, voilà qu'il se présentait à moi, comme ça, tout simplement. Il passait à quelques mètres de moi. Au moment où je m'y attendais le moins... il était là, à Dublin, un endroit où il n'avait pourtant jamais mis les pieds.

La foule semblait s'épaissir et se coaguler autour de moi. Il m'a semblé que son humeur changeait : elle devenait hostile, presque menaçante. Je consacrais maintenant toutes mes forces à ne pas les perdre de vue, l'enfant et la femme – à ne pas les lâcher des yeux tout en jouant des coudes. Ils avaient allongé le pas et marchaient désormais à toute vitesse, augmentant la distance qui nous séparait.

— Dillon ! ai-je hurlé. Dillon !

Je ne saurais dire avec certitude s'il m'a entendu, mais j'ai eu un instant l'impression qu'il se retournait en réaction à mon appel ; nos regards se sont croisés. Là, dans la foule en mouvement, ses yeux verts ont trouvé les miens, au moins pendant une fraction de seconde. y a-t-il eu une hésitation, un instant de résistance de sa part, un soupçon de reconnaissance ? Je me le suis demandé au moins un million de fois depuis. Et puis, aussi rapidement qu'il s'était retourné, il a disparu. Balayé une fois de plus loin de moi, mon fils, mon enfant disparu, me laissant empêtré dans la foule, aussi coincé qu'une bouchée de viande dans le gosier d'un serpent, sonné et incapable de me libérer.

2

Robin

Quand je me suis réveillée ce matin, Harry était assis au bord du lit, en train d'enfiler ses chaussures, le bras déjà tendu vers sa veste. J'ai fait semblant de dormir afin de le regarder en secret depuis le nid douillet des draps, pour le plaisir de le voir glisser ses cigarettes dans sa poche de chemise et son portefeuille dans la poche revolver de son jean – son rituel matinal –, puis se lever et aller s'observer dans la glace. Sa haute taille l'obligeait à se baisser. Il a passé une main dans ses cheveux : ses mains étaient grandes et puissantes, avec de la peinture et des pigments perpétuellement incrustés autour des ongles, et son corps apparaissait svelte et musclé dans la lumière froide du matin. Je l'ai regardé passer les doigts sur son menton qu'ombrait une barbe de trois jours, toujours happée par la même fascination – celle qui m'a attirée vers lui dès notre première rencontre, il y a de cela seize ans.

En ouvrant les rideaux, il a étouffé un cri d'étonnement. J'ai vu que l'arbre qui pousse derrière notre fenêtre était recouvert de neige. Sur la vitre, une fleur de givre avait éclos : il a passé les doigts dessus et regardé dehors.

C'était le dernier samedi de novembre et la première neige de l'année. Je l'ai contemplé se tenant debout devant la fenêtre : la réverbération du soleil sur la blancheur du jardin illuminait ses traits, effaçait momentanément toute trace du fardeau qu'il portait depuis un moment. Il avait 36 ans et en paraissait plus, mais ce matin, son émerveillement devant cette neige apparue dans la nuit – si surprenante, épaisse et vierge, rendant tout propre et neuf – était tellement sincère, spontané, juvénile, qu'un sourire m'est monté aux lèvres. J'étais sur le point de tomber le masque et de prononcer son prénom, peut-être d'aller le rejoindre à la fenêtre, l'enlacer, lui chuchoter à l'oreille : « Ne pars pas, mon amour », puis de l'entraîner à nouveau dans la chaleur de notre lit, lorsque je me suis rappelé l'époque où Dillon dormait entre nous.

Quelque chose de glissant et froid s'est insinué dans mon ventre, et j'ai su aussitôt que je ne le rejoindrais pas. J'avais beau le vouloir, j'en étais incapable. Au contraire, il me fallait rester parfaitement immobile, les yeux clos, très concentrée, pour chasser l'image qui m'était apparue. La douceur et la chaleur du petit corps de notre fils étendu entre nous. Le bruit de sa respiration. Son odeur.

Mon esprit s'est refermé sur l'image, tel un piège d'acier.

Je n'ai pas bougé de là où j'étais. J'ai gardé les yeux clos.

L'instant est passé et je suis restée couchée à écouter Harry descendre sans bruit l'escalier, regrettant avec un pincement au cœur de ne pas l'avoir gardé près de moi. Mais enfin, je n'avais pas craqué. C'était ça, l'important. Je me rattraperais plus tard vis-à-vis de lui. Et puis j'avais quelque chose à faire avant. D'en bas est monté un tintement de bouteilles, puis le bruit de la porte se refermant derrière lui. Le combi a démarré en toussant et en hoquetant, et il est parti.

Pour Dillon, j'avais su tout de suite. Un matin, à mon réveil, on aurait dit que toutes les molécules de mon corps s'étaient subtilement déplacées au cours de la nuit – une restructuration minuscule, presque imperceptible –, si bien que je me sentais changée, mais d'une manière que je n'aurais su précisément définir. Simplement, je n'étais plus tout à fait la même. En l'espace de quelques jours, les nausées étaient arrivées – par vagues, à n'importe quelle heure du jour ou de la nuit. Et avec elles une fatigue écrasante : moi qui avais toujours eu du mal à trouver le sommeil, voilà que je pouvais m'assoupir à l'arrêt de bus, au bistro, en plein dîner avec des amis. Je l'avais senti – l'avais senti, *lui* – avant même de me rendre compte que j'avais du retard. Avec Dillon, j'avais eu l'impression que la grossesse prenait mon corps d'assaut.

Cette fois-ci, c'était autre chose. J'avais plus d'une semaine de retard et aucun symptôme : pas de nausées, pas d'accès soudains de fatigue. C'était différent de la première fois, et j'en étais très soulagée. Car je ne voulais surtout pas que cette grossesse-ci, ce bébé-ci, me rappelle Dillon. J'avais mis tout cela derrière moi.

Dix minutes après avoir entendu le vieux combi Volkswagen de Harry s'éloigner poussivement de chez nous, j'étais assise sur le siège des toilettes, tremblant de tous mes membres, les yeux rivés sur la mince ligne bleue qui confirmait mes soupçons.

Calme, me suis-je dit alors que mon cœur battait la chamade. *Du calme, Robin.*

J'ai posé le bâtonnet, lavé mes mains au lavabo et

je me suis observée dans le petit miroir fêlé. J'ai la peau naturellement claire, mais ce matin le visage qui me retournait mon regard était rouge, le sang remontant de mon cou pour colorer mes joues. J'ai porté les doigts à mon visage et souri. Un murmure de bonheur a commencé à s'élever en moi. Je me suis mise à rire. Dans ces toilettes froides et humides où mon souffle faisait de la buée, j'ai enroulé mes bras autour de mes flancs. Une vie nouvelle. Un nouveau départ. Je ressentais cela comme la couverture de neige propre et blanche qui rendait tout complètement neuf au-dehors.

Une seule pièce dans cette maison – pas plus grande qu'un débarras, à vrai dire – est épargnée par le bricolage et les travaux. C'est un sanctuaire : un lieu préservé des câbles électriques lovés tels des nœuds de vipères sur les sols nus et des murs balafrés dont on a vaguement commencé à arracher le papier peint ou le carrelage en laissant des globules de vieille colle et des écailles de plâtre. Cette pièce nous sert de bureau, et c'est là que je me suis rendue, encore en peignoir, mes longues chaussettes remontées au-dessus des genoux. J'y suis restée assise à grelotter devant mon MacBook en cherchant sur Internet un calendrier d'ovulation, un graphique des cycles menstruels, un moyen quelconque de déterminer quand cet enfant avait été conçu. J'ai ensuite consulté l'agenda de mon téléphone et fait défiler les semaines passées. J'ai accompli tous ces gestes comme si quelqu'un m'observait – en surjouant mes minutieux calculs –, alors que je savais déjà. J'ai posé mon téléphone et refermé mon MacBook. À la fenêtre, j'ai regardé les ramures squelettiques se couvrir de neige. Je savais depuis le début.

Cela datait de l'anniversaire. Notre célébration

annuelle qui en était à sa cinquième édition. Un rituel que nous avions imaginé un soir, pas très longtemps après sa disparition. Nous deux assis ensemble au pub, sans rien de plus fort entre nous qu'un café, et Harry tambourinant des poings sur la table, les larmes aux yeux, crachant rageusement entre ses dents qu'il ne laisserait pas la tragédie qui nous avait frappés définir sa vie entière. Il refusait de laisser la douleur gouverner son existence, ne deviendrait jamais comme ces gens que le passé paralyse, qui restent prisonniers de leur perte comme des fourmis dans une goutte d'ambre. Voyant qu'il tremblait et ne maîtrisait plus son chagrin, je lui ai tendu une main apaisante. Je lui ai tenu fermement le bras en lui chuchotant, par-dessus ses sanglots, que nous n'avions pas besoin de messes d'anniversaire ni de visites hebdomadaires sur une tombe. Pas besoin d'évoquer sans cesse des souvenirs chers à nos cœurs : cela ne nous ramènerait pas Dillon. J'ai proposé que nous y consacrions plutôt une journée par an – l'anniversaire de Dillon – et que ce soit un jour de fête, rien que pour nous deux. Il a alors relevé la tête pour me regarder, intéressé par l'idée, et m'a écoutée continuer : ce jour-là, chaque année et pour le restant de nos vies, quoi qu'il arrive entre nous à l'avenir, ce jour-là nous irions quelque part ensemble partager un dîner, une nuit, un verre et une longue promenade ; nous parlerions de lui, nous nous redirions combien nous l'avions aimé, comme il nous rendait heureux ; nous nous soûlerions, ferions l'amour, verserions des larmes, nous ferions tout ce qu'il faudrait pour aller au bout de ce jour-là. Nous tâcherions de distiller tout l'amour qui nous restait sur les bras.

Dillon avait 3 ans et demi lorsqu'il est mort. Et

depuis, chaque année, nous honorons cet anniversaire. Étrange, alors que nous ne fêtons ni ne mentionnons même plus les nôtres. Après ce qui s'est passé à Tanger, je ne pourrais plus.

Il y a un mois, dans la voiture, en route pour Kilkenny où nous avions réservé une chambre dans une demeure de charme – feu de bois, grands plaids et têtes de chevreuil empaillées au-dessus du billard, ce genre de choses –, nous nous disions que certaines personnes devaient nous trouver morbides, de fêter encore l'anniversaire de notre fils cinq ans après sa mort.

— Prends ton frère, par exemple, m'a dit Harry.

— Mark ? Tu as parlé de ça à Mark ?

— Non, mais il m'a demandé un jour, à sa manière empotée, s'il devait... « tu sais, envoyer des cartes d'anniversaire pour Dillon et tout ça ».

Il s'est mis à l'imiter sur un ton moqueur, avec son élocution hésitante et sa façon de se mordre la lèvre face à une situation sérieuse. J'ai fait semblant de m'indigner, puis éclaté de rire en lui disant d'arrêter de se payer la tête de mon frère.

— Sérieusement, Robin ! Quant à ta mère, n'en parlons pas. Quand je lui ai dit qu'on allait passer la nuit à Kilronan House, elle a pris des accents lyriques pour me raconter qu'elle avait lu un article dessus dans *Image Interiors* et qu'une vieille copine du club de bridge lui en avait dit monts et merveilles... et puis quand j'ai précisé qu'on y allait pour l'anniversaire de Dillon, sa tête s'est figée d'horreur, d'un seul coup. Je te jure ! Je n'invente pas. On aurait dit un masque mortuaire. Tu vois le masque en cire de Robespierre après la guillotine ? C'est ce que ça m'a rappelé.

— Arrête. Au fond tu aimes ma mère. Avoue.

Il a souri, et je me suis remise à observer le paysage à travers le pare-brise.

Un sentiment d'inquiétude me rongeait sourdement, grignotait aux marges de ma bonne humeur. J'avais l'impression d'oublier quelque chose depuis notre départ de Dublin et nous étions à mi-chemin de Kilkenny lorsque j'ai compris ce que c'était : ma pilule contraceptive. Je n'ai rien dit à Harry, je suis juste restée à me mordiller la lèvre, mes jambes croisées agitées d'un tremblement nerveux, et j'ai regardé défiler les prés et les haies tout en calculant que je la prendrais le lendemain midi plutôt qu'à vingt et une heures ce soir-là, l'heure habituelle. Quinze heures de décalage, était-ce un gros risque ? Sûrement pas. Pas après neuf années de précautions, quand même ?

Je me suis dit que dès notre retour à la maison, à la minute où je mettrais le pied chez nous, je monterais la prendre en vitesse.

Sauf que je n'en ai rien fait.

Nous sommes rentrés après une nuit passée à boire trop de vin et à faire l'amour de manière mollassonne, décousue, soûle. Nous étions tous deux fatigués et un peu tristes, comme toujours à cette date-là, mais aussi régénérés, étrangement fortifiés. Je suis montée et je suis restée debout dans la salle de bains à regarder la petite plaquette en alu : sept bulles vides et écrasées, quatorze pleines et rondes. J'ai fixement contemplé les lettres minuscules imprimées sur l'alu et je me suis simplement dit : *Non*.

On peut considérer, je suppose, que tout s'est décidé à cet instant-là. Sur le moment, il me semblait que c'était la bonne chose à faire. Je n'en ai pas parlé à Harry : je savais déjà ce qu'il me répondrait. Dans le passé, chaque fois que j'avais abordé le sujet, il avait refusé net.

« Je ne me ferais pas confiance. »

C'était ce qu'il prétendait toujours. Mais son regard, quand il croisait le mien, disait autre chose : ce qu'il redoutait, au fond, c'était que *moi* je ne puisse plus lui confier un enfant. Pas après Dillon.

C'était faux, pourtant. J'avais confiance en lui. Je comprenais confusément que la culpabilité l'empêchait de désirer un autre enfant, comme s'il devait se punir d'avoir laissé Dillon seul ce soir-là. Et après cinq longues années passées à le voir accablé, empêtré dans sa haine de soi, je sentais qu'il était temps de faire quelque chose pour l'en libérer.

J'ai jeté mes pilules dans les toilettes et tiré la chasse d'eau. *Bah, on verra bien*, me suis-je dit en regardant le tourbillon dans la cuvette faire disparaître un à un les petits comprimés bleus. C'était il y a un mois, et pendant tout ce temps je n'en ai pas dit un mot à Harry. Je n'ai cessé de guetter le bon moment pour en parler, mais il n'est jamais venu. À présent, la mèche était allumée et il était trop tard pour discuter. Et en y réfléchissant, dans le froid de notre petit bureau, par ce matin de neige, j'ai senti un premier frémissement de doute me traverser.

— Allô ?

— Allô, ma chérie. Contente d'avoir réussi à t'attraper.

— Maman. Comment vas-tu ?

— Je suis frigorifiée. Ton père coupe sans arrêt le chauffage. Tous ces discours sur l'austérité lui sont montés à la tête.

Je me suis assise sur la marche du bas de l'escalier et j'ai calé le téléphone contre mon oreille. Une cuiller a tinté en bruit de fond, et je me suis imaginé ma mère à la table de la cuisine, avec sa chevelure blonde aussi impeccable qu'une perruque, le visage entièrement maquillé, un châle en cachemire drapé sur les épaules, les mains repliées autour d'un café fumant.

— La seule pièce de la maison où il y a un peu de chaleur, c'est la cuisine. Jim s'imagine que si on éteint le poêle, on ne pourra pas le rallumer.

— Et tu te fais un plaisir de perpétuer ce mythe, j'imagine ?

— Tu penses bien. Surtout pas un mot, tu m'entends ?

— Je suis une tombe.

— Et toi, chérie ? Comment t'en sors-tu avec ce froid ?

— Eh bien, je suis dans l'entrée, là : entre la fissure au-dessus de la porte d'entrée et la porte de derrière qui ferme mal, je me sens un peu comme dans une soufflerie.

— Ne m'en parle pas. Cette vieille baraque sinistre, j'ai froid rien que d'y penser. Vous auriez pu acheter une maison moderne, bien isolée, avec le chauffage central, mais penses-tu, pas question ! Pourquoi ? Ça me dépasse. Je l'ai bien dit, à l'époque, mais il a fallu que tu insistes pour racheter sa part à Mark. Il n'y a pas eu moyen de te faire entendre raison. Je sais, je sais, a-t-elle enchaîné avant même que je puisse me défendre. C'était la maison de ta grand-mère et tu ne voulais pas la laisser à des inconnus.

— On l'aime, cette maison, maman.

— Et c'est très bien, l'amour. J'espère seulement que tu es chaudement vêtue.

— J'ai un collant sous mon jean, un Thermolactyl, une chemise en flanelle et une polaire.

— On dirait un éboueur, à t'entendre. Qu'est-ce que vous allez faire de vous, aujourd'hui, tous les deux ?

J'ai contemplé la raclette que je tenais à la main.

— J'arrache du papier peint et Harry est parti en ville.

— Ah.

Et après un très bref silence, elle a repris :

— Il ne s'est pas rendu à cette manifestation, quand même ?

La manif. Le peuple d'Irlande défilant contre le gouvernement, les banques, le FMI, l'Union européenne et tous les affreux qui prétendent nous sauver. Je voyais d'ici ma mère, tripotant ses perles tel un chapelet grec, une expression de dégoût envahissant ses traits à l'idée honteuse que son gendre puisse se retrouver au journal télévisé, filmé comme un militant derrière une bannière de l'ICTU[1], ou même en train de jeter un cocktail Molotov, voire de frapper un garde avec une bouteille.

— Non, maman. Il est à l'atelier. Il finit de déménager ses affaires aujourd'hui, tu te rappelles ?

— Ah, oui. J'avais oublié.

Et, après un silence :

— Ça va lui manquer, cet endroit.

— Je sais. C'est dur pour lui.

— Mais enfin, a-t-elle repris d'un ton plus guilleret, pas la peine de gaspiller de l'argent en location pour une grande cave froide en ville, alors que vous avez toute la place chez vous.

1. Congrès irlandais des syndicats. *(Toutes les notes sont de la traductrice.)*

— Oui, maman, ai-je répondu.

Mais j'avais beau savoir que c'était un discours parfaitement sensé, le doute me titillait. Harry, ces derniers temps, était bien silencieux chaque fois que nous parlions de déplacer son lieu de travail dans le garage, à côté de la maison. Il adorait son atelier. Il chérissait la solitude et l'intimité qu'il y trouvait. Je le savais. Seulement voilà : financièrement, c'était absurde. Et puis je me suis souvenue d'hier soir. Pendant que nous faisions tous les deux la vaisselle, je lui avais proposé de l'aide pour son déménagement.

— Non, Robin, m'avait-il répondu d'une voix morne, les yeux fixés sur le plat qu'il avait à la main.

Et j'avais perçu les ondes de défaite qui émanaient de lui. J'en avais conçu un soudain pincement de regret. C'était peut-être une erreur ? Il peut être si vulnérable, parfois.

— Remarque, était en train de me dire ma mère, si quelqu'un devrait manifester, c'est bien toi.

— Moi ?

— Mais oui ! Est-ce que les architectes n'ont pas pris la crise de plein fouet ?

— Si, si, mais...

— Tu travailles combien de jours par semaine, en ce moment ? Quatre ? Trois ?

— Trois et demi.

— Trois et demi. Et un emprunt sur les bras, pour payer une maison qui s'écroule.

J'ai senti que je me raidissais et su que la conversation atteignait ce point de non-retour au-delà duquel ma mère se met à me lancer des piques irritées auxquelles je réponds par des monosyllabes renfrognés.

— Bon, maman, il faut que je me remette à...

— Bien sûr ! Pardon, ma chérie. Mais écoute, avant

de raccrocher, je voulais juste te parler de Noël une seconde.

— Noël ?

Mon cœur a fait une petite embardée à l'idée de ce qui allait forcément suivre.

— Oui, je voudrais m'assurer que Harry et toi venez toujours.

— Euh...

— Parce que figure-toi que Mark a téléphoné hier soir pour nous prévenir qu'il passerait les fêtes à Vancouver avec sa nouvelle petite copine, là, Suzie.

— Elle s'appelle Suki, maman.

— Mon Dieu, oui, c'est vrai. C'est que je n'arrive pas à le dire en gardant mon sérieux. On dirait un nom de chat.

J'ai ri malgré moi et puis j'ai décidé que le mieux était encore de lui dire, simplement, plutôt que de tergiverser, éviter le sujet pendant des semaines et me forcer à lui avouer le 24 au soir que Harry et moi avions décidé de passer le jour de Noël chez nous.

Un silence stupéfait a suivi mon annonce.

— Mais enfin... d'habitude, vous déjeunez toujours ici le 25, a-t-elle fini par hoqueter.

— Je sais, maman, mais, pour cette année, on s'est dit que ce serait chouette de passer le jour de Noël dans cette maison, avec tout le travail qu'on y a fait...

Ma voix s'est éteinte toute seule. L'excuse me paraissait minable, même à moi. Ma mère a manifesté son mécontentement en soufflant bruyamment.

— Je suppose que c'est une idée de Harry ?

Une bouffée de contrariété m'a soudain submergée. *Ça ne va pas recommencer !*

— En fait, non, c'est moi, ai-je lâché en la prenant de haut. C'est moi qui ai eu envie de passer Noël ici.

— Je vois.

Elle a laissé s'écouler une minute, puis a repris la parole avec une résignation lasse.

— Que veux-tu que je te dise ? Tu n'en as toujours fait qu'à ta tête. Tu ne demandes jamais un conseil, et tu n'écoutes pas quand on t'en propose. Il faut toujours que tu fasses ce qui te chante sans t'inquiéter des conséquences.

Ses paroles sont restées suspendues entre nous. Nous savions l'une comme l'autre qu'elle pensait à Tanger. Quelque chose s'est resserré autour de mon cœur. Depuis cinq ans, un « je te l'avais bien dit » muet flottait autour d'elle – des mots qui, s'ils avaient été prononcés, auraient risqué d'empoisonner à jamais l'amour qui nous liait.

J'ai failli raccrocher. Mais au lieu de cela, j'ai trouvé encore plus idiot.

— Et si tu venais avec papa ?

— Venir chez vous ? Mais il n'y a pas de chauffage !

— C'est promis, maman, si vous venez à la maison pour Noël, il y aura du chauffage. Il y aura de la dinde, un jambon, du vin, du champagne, un sapin, des cadeaux, et du chauffage.

— Eh bien, je ne sais pas, ma chérie, m'a-t-elle répondu d'une voix tendue et dubitative. Il va falloir que je voie avec ton père.

— D'accord. Mais penses-y, maman.

— J'y penserai. Merci. Prends soin de toi, chérie. Et ne va pas attraper froid !

Elle a raccroché et je suis restée assise sur la marche, à regarder le téléphone. *Eh merde.*

J'avais à présent deux nouvelles épineuses à annoncer à Harry.

47

J'ai passé la matinée à arracher du papier peint. L'après-midi, j'ai pris un long bain chaud. C'est un de mes plaisirs préférés : me prélasser dans ma baignoire avec la radio et un bon verre de rouge. Cette fois, j'ai évité le vin, et au bout de dix minutes de commentaires sur la vague de froid qui touchait la côte est, puis sur l'avancée de la manifestation vers le Parlement, j'ai éteint la radio pour barboter dans le silence. J'ai observé mon corps sous l'eau, immobile, guettant des signes de mon état. Mon ventre était plat et lisse – pas de vergetures, aucun indice révélateur d'une naissance précédente. J'ai palpé mes seins en y cherchant une lourdeur ou une sensibilité nouvelle, mais il n'y avait rien de changé.

L'eau refroidissait peu à peu, mais je n'avais pas encore envie de sortir : je retardais le moment d'exposer ma chair nue à l'air glacé de la pièce. Et alors que je regardais autour de moi – que j'observais les taches de moisi au plafond, les murs suintants d'humidité, cette vieille salle de bains vert avocat, le lino racorni –, une vague de panique m'a submergée. Chacune des pièces de cette maison était un chantier à peine entamé. Mais désormais, le temps nous était compté : comment allions-nous faire pour qu'elle soit prête à temps ?

Pas d'affolement, Robin, me suis-je dit. *Le bébé naîtra cet été. Au moins, nous n'aurons pas à nous soucier du chauffage avant l'automne.* Mais maintenant que j'avais commencé à m'inquiéter, j'étais comme quelqu'un qui gratte une croûte : je ne pouvais plus m'en empêcher.

J'ai imaginé la maison s'écroulant autour de nous. Maman avait raison : nous aurions dû la vendre le jour où l'occasion s'était présentée. Nous en aurions tiré un prix correct – suffisant pour faire construire une maison plus petite mais confortable et bien située, sans être plombés par un emprunt. Au lieu de quoi nous nous retrouvions coincés dans un vieux tas croulant dont la valeur était tombée en flèche depuis que nous l'avions acheté, il y a quatre ans. Et si, au moment de l'achat, nous avions cru faire l'affaire du siècle, maintenant que ma semaine de travail s'était raccourcie et qu'on parlait de réductions supplémentaires, voire de licenciements, l'opération semblait terriblement risquée. Je n'avais pas prévu de nouvelle grossesse dans mes calculs : comment allaient-ils accueillir la nouvelle au bureau ? Sans compter que, le marché de l'art n'étant pas épargné par la crise, l'avenir de Harry ne s'annonçait pas plus rassurant. Il montrait de l'enthousiasme pour la nouvelle série sur laquelle il travaillait, mais il n'avait pas vendu de pièce majeure depuis un bon bout de temps.

Nous sommes tous dans la même galère, me suis-je encore dit. *L'essentiel est de ne pas céder à la panique.*

Mais ce n'était pas facile de garder son calme dans un tel climat de peur. On ne pouvait pas allumer la télévision ou la radio sans entendre parler de réduction des dépenses, d'austérité budgétaire, de serrage de ceinture, de partage des sacrifices. Les gens s'égosillaient à propos de notre perte de souveraineté, soutenaient que nos pères fondateurs, qui avaient donné leur vie pour notre indépendance, devaient se retourner dans leur tombe. Les Français et les Allemands nous harcelaient à propos de notre impôt sur les sociétés à bas taux, et si jamais ils réussissaient à nous en débarrasser, le pays deviendrait une vaste friche économique. Et c'était dans ce monde terrifié, amer, paniqué, que je voulais amener un enfant ? Mais à quoi pensais-je ?

— Allô ?

— Robin, c'est moi.

— Où es-tu ?

— En ville. À la manif.

— Harry, je t'entends très mal. Tu peux me rappeler d'un endroit plus tranquille ?

— Je viens de voir...

— Comment ?

— J'ai vu...

Un grésillement sur la ligne, une foule rugissant en bruit de fond.

— Qu'est-ce que tu as dit ?

— Viens me retrouver.

— En ville ?

— Non. Je veux me barrer d'ici. J'ai besoin de te voir. Retrouve-moi au Slattery's.

— Est-ce que ça va ?... Harry ?

Il a raccroché et je suis restée là, le téléphone en main, à regarder l'arbre du jardin qui, pris dans la lumière du couchant, projetait une ombre froide sur la neige.

3

Harry

Je me suis dépêtré de la foule et me suis engouffré à l'aveuglette dans une petite rue adjacente, courant après des fantômes. Arrivé au coin, je me suis arrêté, hors d'haleine, et j'ai regardé à gauche, puis à droite, cherchant comme un fou. Rien. Mon instinct me disait de prendre à droite. J'ai foncé dans cette rue, de plus en plus inquiet à chaque minute qui passait. Où était-il passé ? Où étaient-ils partis, tous les deux ? J'ai reconnu le goût âcre et fumé de la peur dans ma bouche et je me suis retrouvé transporté à Tanger, gravissant la butte à toutes jambes, le cœur en feu, déchiré de l'intérieur par une sorte de prière, une supplique, courant vers lui.

Un couple arrivait dans ma direction d'un pas tranquille, main dans la main, et je leur ai crié : « Vous n'avez pas vu un petit garçon en blouson rouge ? Il était avec une femme. »

Leurs regards inexpressifs m'ont suffi. Sans attendre de réponse, j'ai remonté la rue, tourné à l'angle et je me suis retrouvé sur une vaste place. Il y avait une église d'un côté, un centre commercial de l'autre, et des gens qui déambulaient par petits groupes sur l'esplanade enneigée. Je me suis dépêché de scruter tous les visages dans l'espoir fou de l'apercevoir à nouveau, mais déjà je sentais qu'il m'échappait.

— Merde ! ai-je beuglé.

Pas le temps de paniquer. Pas le temps de réfléchir. Je n'avais le temps de rien, sauf agir. À chaque seconde qui s'écoulait, mon enfant s'éloignait de moi. Me glissait entre les doigts.

Me voilà courant de nouveau vers O'Connell Street. Le temps que j'atteigne Henry Street, un point de côté me poignardait le flanc. La sueur trempait mes vêtements, mon manteau et mes bottes me paraissaient trop lourds. Pourtant, j'ai continué. J'avais besoin d'aide. Un commissariat se trouvait à côté du jardin du Souvenir et, lorsque je l'atteignis, j'avais les membres tremblants, la bouche et la gorge desséchées.

À l'intérieur, l'agitation régnait. Ce commissariat n'était pas un de ces nids tranquilles d'indolence que l'on voit parfois : il était trop central pour cela. Un flic incitait un ivrogne à s'asseoir, car ses jambes menaçaient de céder sous lui. Un enfant braillait dans sa poussette pendant que ses parents échangeaient des injures. Il y avait la queue, mais j'étais trop impatient, trop désespéré pour attendre mon tour : j'ai foncé droit sur le comptoir de l'accueil.

— Il faut que vous m'aidiez, ai-je dit au planton qui se trouvait là.

— Vous permettez ? a aboyé d'un air indigné une femme à qui j'avais grillé la politesse, tandis que derrière elle s'élevaient des protestations outrées : « Non mais ça va pas ? » ; « Dites donc, vous ! À la queue, comme tout le monde ! »

Je m'en fichais. Je m'en foutais complètement, même.

— Mon fils, me suis-je hâté de dire. Mon fils disparu. Je viens de le voir.

Et c'est à ce moment-là que j'ai compris l'énormité de la chose, que ça m'a frappé, comme un coup de poing dans le ventre. Derrière son comptoir, le flic m'a regardé avec méfiance.

— Votre fils.

— Oui, mon fils porté disparu... je viens de le voir, ai-je répondu bêtement.

Et j'ai indiqué du pouce, derrière moi, la rue d'où montaient encore les clameurs de la foule.

— Là. À la manif. Je l'ai vu. Il était avec une femme. Elle, je ne sais pas qui c'est. Je vous en prie, il faut que vous m'aidiez...

Le flic a levé une main pour arrêter mon flot de paroles, et j'ai compris soudain à quel point je parlais vite, à quel point je devais sembler fébrile, haletant.

— Minute, revenez un peu en arrière. Votre fils... porté disparu depuis combien de temps ?

— Cinq ans. Il en aurait 8, maintenant.

— Et dans quelles circonstances a-t-il disparu ?

— C'était à Tanger. Écoutez, je n'ai pas le temps, là. Il faut qu'on fasse quelque chose avant qu'il ne soit trop tard pour le retrouver.

— Je vous en prie, baissez le ton, monsieur... ?

— Baisser le... ? Lonergan. Harry Lonergan.

— Lonergan, a-t-il répété lentement, écrivant mon nom avec soin pendant que moi je bouillais, exaspéré par son calme. Adresse ?

Je suis resté patient et j'ai donné mon adresse, m'efforçant de ne pas m'énerver mais conscient que pendant ce temps mon fils dérivait de plus en plus loin de moi.

— Avez-vous officiellement signalé sa disparition, monsieur Lonergan ?

— Vous ne pourriez pas prendre votre radio et diffuser un signalement ? La ville grouille de vos collègues aujourd'hui : l'un d'entre eux le verra forcément.

— Un instant.

Après m'avoir lancé un regard glacial, il s'est détourné et a disparu dans un bureau. La porte s'est refermée lentement derrière lui et je me suis retrouvé là, fou d'anxiété et emporté dans une spirale de panique. Sous mes doigts, je sentais le revêtement granuleux en plastique dur du comptoir. L'irritation de ceux qui faisaient la queue derrière moi était palpable. Je la percevais à des piétinements, de gros soupirs d'indignation. Rien à cirer ; j'avais déjà du mal à rester sans bouger. Au bout d'une éternité, la porte du bureau s'est rouverte et le flic est revenu, une chemise cartonnée à la main.

— Alors. Vous dites que votre fils a disparu à Tanger, a-t-il dit lentement en posant sur moi un regard fixe, difficile à interpréter.

— Oui.

— Et je constate que vous êtes déjà venu nous voir. D'après le dossier, sa disparition coïncide avec un tremblement de terre, a-t-il ajouté d'un air froid, implacable.

— Bon, je sais ce que vous pensez. On a supposé qu'il avait été tué ce soir-là, je sais, mais on n'a jamais retrouvé de corps. Et là, il n'y a pas une demi-heure, je viens de le voir. De mes yeux. Il était là, en vie, en chair et en os. Il m'a regardé et j'ai su, j'ai su...

Ma voix s'est brisée. Le jugement était apparu dans ses yeux, et la pitié, aussi. Ce flic me considérait comme un pauvre type qui perdait les pédales, et j'ai su précisément ce qu'il avait lu dans ce dossier. Ce qu'ils y avaient écrit sur moi. J'étais venu tant de fois au fil des années... Je voyais bien qu'il me prenait pour un dingue.

— Monsieur Lonergan, on vous a dit, les autres fois, que l'affaire avait été transmise à Interpol. Je vous suggère de contacter le bureau central national de Phoenix Park.

— Écoutez-moi, ai-je dit en veillant à ne pas élever la voix, à avoir l'air sensé, sachant que c'était mon seul espoir de retrouver Dillon. Si vous pouviez simplement passer un appel à la radio, s'il vous plaît. S'il vous plaît, je vous le demande. Diffusez un signalement, c'est tout. Dites juste à vos gars d'ouvrir l'œil.

J'ai retenu mon souffle.

— Monsieur Lonergan, vous avez dû voir la manifestation, dehors. Tous nos effectifs sont en service aujourd'hui. Tous les hommes en congé ont été rappelés. Je n'ai personne, et même si j'avais des hommes disponibles, ceci ne serait pas de notre ressort, vu que, comme je viens de vous le dire, Interpol...

Je serrais et desserrais les poings pendant qu'il parlait.

— Si vous le désirez, vous pouvez remplir ce formulaire et je le joindrai à votre dossier. Quand le sergent Sayer arrivera lundi...

— Mais bordel, lundi, ce sera trop tard !

— Attention à ce que vous dites, monsieur Lonergan.

Je me suis repoussé du comptoir avec hargne et, sans faire attention aux regards surpris dans la queue, je suis sorti en poussant violemment les portes.

Dehors, l'air froid s'est engouffré dans mes poumons. Soudain, le désespoir me broyait. J'aurais dû m'en douter. La peine de n'avoir pas pu me faire entendre n'était rien à côté de l'idée qui me taraudait : il était trop tard. Je m'étais planté. Après tout ce temps, mon unique chance, la seule occasion qui s'était présentée depuis plus de cinq longues années, avait été gâchée. En cet instant, je ne savais plus quoi faire. J'ignorais s'il valait mieux que j'appelle Robin ou que je monte dans le combi pour aller sillonner la ville à la recherche de mon fils. Finalement, je suis entré dans un pub et j'ai commandé à boire.

Quelques fans de football s'époumonaient devant un écran de télévision géant. Dehors se déroulait une manifestation où il n'était question que de souveraineté économique, mais ici, à l'intérieur, personne n'en avait rien à battre, de la souveraineté économique. Ce que voulaient ces types-là, c'était savoir si Arsenal allait marquer le prochain but et qui paierait la prochaine tournée. C'était tout. L'ambiance était oppressante. J'ai sifflé ma bière et senti la boisson remuer dans mon ventre, mais sans le moindre effet. Le doute avait commencé à s'infiltrer en moi, goutte à goutte. Avant la fin de la journée, il aurait pris les dimensions d'un fleuve.

Je suis ressorti. Le soleil était encore haut et sa réverbération sur la neige m'a obligé à plisser les yeux. J'ai fait le tour de Parnell Square et, allez savoir pourquoi, je suis entré dans l'hôpital Rotunda. J'ai arpenté les services, passé la tête dans les chambres. Personne ne m'a rien demandé. Je suis parti triste et déprimé, et j'ai redescendu O'Connell Street en scrutant sans relâche les environs. À un moment, j'ai appelé Robin ; le besoin de la voir montait en moi, le besoin de partager ce fardeau avec elle. Je lui ai demandé de me retrouver au Slattery's et j'ai raccroché, le tout sans cesser de regarder autour de moi. Mais il n'y avait rien, pas le moindre signe de Dillon, de ses cheveux bruns, du blouson rouge qu'il portait, ni de la femme qui l'accompagnait. J'aurais pu arpenter cette rue jusqu'à la nuit tombée, ça n'aurait fait aucune différence : ils s'étaient volatilisés, purement et simplement.

Lorsque j'ai regagné l'atelier de Fenian Street, j'en tremblais encore. Spencer avait-il laissé quelque chose à boire ? Mes mains étaient gelées, et je les ai vigoureusement frottées ensemble. Elles m'ont paru rouges et vieillies : les mains d'un autre, pas les miennes. Elles tremblaient en permanence, ces derniers temps. Trop d'alcool, trop de stress, trop d'inquiétude et de peur. Au point que c'en était devenu un principe esthétique de mes tableaux. Les coups de pinceau brumeux de ma peinture, épaissis au jaune d'œuf, au vinaigre et au sable, n'étaient pas le fruit d'une réflexion. Ils ne sortaient pas d'un contexte intellectuel, d'un cadre d'investigation théorique et conceptuel. Non. Mes tableaux, mon œuvre, ma vision – je le dis au cas où ça intéresse quelqu'un –, étaient issus du delirium tremens qu'était ma vie, de cette gueule de bois, ce perpétuel lendemain matin, et c'est le tremblement de mes mains qui, en faisant vaciller le pinceau sur la toile, produisait cette aura nébuleuse, incertaine, irréelle. Tout en tressaillement et en nervosité.

J'ai allumé une cigarette en approchant de l'immeuble. Une idée m'était venue. Spencer, homme d'affaires, homme de moyens... Comment dire ? Il avait le bras long. Il connaissait du monde. Des enquêteurs. Des gens susceptibles d'avoir accès aux caméras de surveillance d'O'Connell Street, des gens capables, sans faire trop de vagues, de les inspecter de près, de remonter la piste, m'aider à retrouver Dillon et cette femme ou me donner une idée de l'endroit où ils s'étaient rendus, dans quelle direction, par quel bus, qui ils avaient pu rencontrer. Une forme de terreur emplissait mon corps, mais c'était une terreur mêlée à un soupçon d'espoir. En poussant la porte de l'atelier, je me sentais fébrile. Cette fébrilité s'est muée en frayeur quand j'ai vu une silhouette debout au fond de la pièce.

Diane, passant le doigt sur le comptoir de la kitchenette.

— On ne peut pas dire que tu sois le roi du ménage.

— Diane, qu'est-ce que tu fous là ?

— J'ai la clé. Tu le sais bien, Harry. Toutes tes affaires sont peut-être parties, mais il reste encore un peu de toi ici.

Même un samedi, elle était en tailleur : veste et jupe noires austères. Elle a chassé des cheveux de ses yeux et m'a souri. J'ai ramassé quelques chemises cartonnées que j'avais oubliées et j'ai fait demi-tour pour partir.

— Je voulais dire au revoir, a-t-elle lâché.

— Quoi ? ai-je fait en me retournant vers elle.

— À ton atelier, l'endroit où tu travaillais. Aux souvenirs. (Elle s'approchait de moi, une bouteille à la main.) J'ai apporté ceci, pour te souhaiter bon voyage.

Je n'ai rien répondu.

— Harry... m'a-t-elle susurré.

— Écoute, je ne peux pas rester.

Mais déjà elle m'attirait vers le centre de la pièce et nous versait deux petites doses de whisky. J'ignore si c'était la promesse de boire encore un coup, ou le choc que je venais de subir, ou l'immédiateté de mon besoin, là, tout de suite, de compagnie humaine quelle qu'elle soit, mais cela m'a amené à penser, je ne sais pas... que je pourrais rester un instant, pour me calmer, que ça me ferait du bien.

— C'est ici que tu as peint le meilleur de ton travail, a-t-elle affirmé en me passant un verre. Tu te souviens de ta première expo solo ? Le Manifeste de Tanger. C'est grâce à moi que ça s'est fait, Harry.

J'ai bu le whisky et je me suis soudain senti exténué. Sa main est venue se poser sur ma cuisse.

— C'était une superbe expo, Harry.

Elle avait raison. J'avais beaucoup vendu et, oui, je devais énormément à Diane. Mais c'était du passé, tout ça.

— Diane, je croyais qu'on était d'accord.

— Je sais, je sais, c'est vrai. Mais j'ai pensé...

Diane pouvait être une amante agressive. Ingénue, puis féroce l'instant suivant, et toujours franche dans les signaux sexuels qu'elle envoyait. Elle savait être pudique sans timidité, séductrice sans vulgarité, et lorsqu'elle a déplacé sa main le long de ma cuisse, j'ai ressenti un tiraillement, une pulsion, le désir de recoucher avec elle, même si je savais qu'il ne fallait pas.

— Est-ce que je t'ai jamais trahi ? Est-ce que j'ai jamais laissé ta femme soupçonner quoi que ce soit ? Non, et ça n'arrivera pas, même maintenant... mais, Harry, je veux que tu fasses une dernière chose pour moi. Je veux que tu m'accordes ces derniers adieux.

Ça n'a jamais été une liaison. Du moins, je ne l'ai jamais vu ainsi. Plutôt une passade. Une succession de mauvaises décisions, de fins de soirées malavisées, de bouffées de désir, de sexe idiot. Elle était là à notre retour de Tanger : je suppose qu'elle m'a soutenu quand j'allais mal, quand je remuais des idées très noires. Elle était là et elle est devenue une confidente, s'employant à booster ma confiance en moi, à me donner un peu d'espoir, et elle a mis sur pied ma première expo. Elle était disponible. Je la revois encore arrivant à l'atelier le premier jour.

— Ça tient plus de la piaule d'étudiant que de l'atelier, mais ça vous rendra bien service, avait-elle déclaré avec autorité. Je vous ai apporté un petit quelque chose.

Ce n'était pas une bouteille de vin, ni un contrat, ni une commande ou du matériel de peinture : c'était un fax, emballé dans du papier cadeau de Noël. Noël était pourtant loin.

— C'est tout ce que j'avais, avait-elle ajouté en parlant du papier, s'installant confortablement et souriant de ma perplexité. Tous les artistes sont équipés d'un fax, de nos jours.

— Dans leur atelier ?

— Dans leur atelier. Comme ça, vous pourrez recevoir des communiqués.

— Des communiqués ?

— Des contrats, ce genre de choses. Ce sera moins envahissant qu'un ordinateur.

Et c'est ainsi que les choses ont commencé avec elle. Semaine après semaine, elle passait me rendre visite ; nous parlions. Une chose menait à une autre. « Parle-moi de Tanger », me disait-elle, et nous tombions sur le matelas par terre au fond de l'atelier, cela a continué ainsi, de manière désordonnée et irréfléchie, jusqu'à maintenant.

— Je ne peux pas.

— Harry...

J'ai cru qu'elle allait me dire que je le lui devais. Sa main est encore remontée le long de ma cuisse, lente et insistante. J'ai senti sa pression régulière qui m'attirait, me poussait vers elle, impérieuse.

— J'ai vu Dillon.

Sa main s'est immobilisée.

— Je l'ai vu. Il était là, à la manif. Une femme le tenait par la main.

Elle a soutenu mon regard un instant. L'inquiétude était visible dans ses yeux, dans le battement de ses paupières. Puis elle a soupiré et détourné la tête.

— Ne recommence pas, Harry.

— *Que ne je recommence pas ?* De quoi tu parles ?

Sa main, qui s'était retirée de ma cuisse, était à présent levée dans un geste d'apaisement.

— Tu sais de quoi je parle.

— C'est ridicule, tout ça. D'ailleurs, qu'est-ce que je fais ici avec toi ? Il faut que je parte. Il faut que je le retrouve.

— Harry, rassieds-toi et détends-toi.

— Me détendre ? Ne me dis pas de me détendre, Diane.

— Harry, voyons. On en a déjà parlé mille fois. Dillon est mort. Tué dans le séisme de Tanger.

Elle énonçait chaque mot lentement, en articulant bien, comme si elle s'adressait à un enfant.

— On n'a jamais retrouvé de corps.

— Tu sais, il y a eu beaucoup de gens, dans ce tremblement de terre, dont la dépouille n'a jamais été retrouvée. Ça ne veut pas dire qu'ils aient tous survécu, qu'ils aient tous été expédiés d'un coup de baguette magique dans un autre pays, tous reçu une nouvelle identité, commencé une nouvelle vie.

J'avais déjà traversé la moitié de la pièce ; sa voix était moqueuse, je l'entendais bien.

— Je l'ai vu, je te dis.

— Même en admettant que, par miracle, ton fils ait réussi à survivre à un tremblement de terre. Est-ce que tu t'es déjà demandé comment il aurait bien pu arriver jusqu'à Dublin ? (Sa question est restée suspendue en l'air.) Ce n'est tout simplement pas possible, Harry, tu comprends ? Tu es stressé, sous pression... Ce n'est pas la première fois. Est-ce que je ne suis pas venue te voir, quand tu étais interné, à Saint-James ?

Je me suis retourné, je lui ai lancé un dernier regard, et, en me forçant à garder une voix calme et ferme, j'ai tenu bon :

— Diane, je l'ai vu.

Elle n'a même pas relevé les yeux vers moi. Elle s'est contentée de secouer la tête et de vider son verre. Moi, je n'en pouvais plus : il fallait que je sorte de là. J'étais en retard et j'avais une terrible envie de voir Robin. Sans un regard en arrière, j'ai laissé la porte claquer derrière moi.

J'ai démarré trop vite : le combi a dérapé dans un virage, mais j'ai repris le contrôle et conduit plus lentement jusqu'à ce que je trouve une place où me garer devant le pub. Je savais que Robin serait déjà là. J'étais complètement sur les nerfs. Je n'étais pas certain de ce que j'allais lui raconter. Mais aussitôt que je l'ai vue, j'ai su qu'elle aussi avait quelque chose à me dire.

Elle m'a regardé approcher avec un air d'impatience, depuis la banquette du fond. Elle n'a rien dit sur mon retard, a simplement levé son visage vers moi pour accepter mon baiser. Comme je me reculais, elle m'a souri, m'a tendu la carte des consommations et a parlé la première. Je me suis assis en face d'elle en me préparant, le cœur battant, à lui annoncer ma découverte.

— J'ai commandé du champagne, m'a-t-elle dit de but en blanc. Tu ne m'en veux pas, hein ? Je sais que c'est extravagant, mais bon...

— Qu'est-ce qu'on fête ?

Elle a haussé les épaules.

— Une fille n'a pas toujours besoin d'excuse pour commander du champagne, pas vrai ?

— Très juste.

Elle a sûrement entendu le doute dans ma voix. Elle m'a pris la main par-dessus la table.

— Je suis heureuse, c'est tout. Ça s'arrose, non ?

Je l'ai regardée, alors, et j'ignore si c'est l'étrangeté de la journée, ou un regain de remords à cause de Diane, mais j'ai soudain eu l'impression de voir ma femme avec des yeux neufs. Dans la pénombre du pub, elle semblait irradier, diffuser une aura chaleureuse. Plus je la regardais, plus mon tourment intérieur s'apaisait. J'adorais la grâce avec laquelle elle avait pris le virage de la trentaine, s'assumant de mieux en mieux, devenant la femme que j'aime, et non plus simplement la fille qui me plaisait bien. La perte de Dillon nous avait vieillis tous les deux. Cela ne faisait aucun doute. Quand je regarde les photos de nous deux à Tanger, nous avons l'air de deux gosses, dessus. Nous étions étudiants lorsque nous nous sommes rencontrés. Le front pur, le regard clair, tout ça. À présent, bah... oui, il y a des rides sur son visage, des rides de tristesse, et dans ses pupilles une profondeur mélancolique en plus. Mais ce n'est pas du désespoir et, au fond du gris-bleu sombre de ses yeux, on trouve aussi une compassion infinie, une patience indulgente, sans limite. La différence entre nous, c'était que moi j'avais l'air épuisé et abîmé, alors que Robin, elle, vieillissait avec grâce.

— Oui. Je lève mon verre à ça, ai-je dit.

63

Nous avons trinqué, j'ai bu et j'ai senti les bulles me picoter l'arrière de la langue. Pendant un bref instant, la salle a tournoyé autour de moi. J'ai fermé les yeux. En les rouvrant, j'ai remarqué que Robin n'avait pas touché à son verre.

— Alors, qu'est-ce que tu avais à me raconter ? s'est-elle enquise. Tu avais l'air surexcité au téléphone.

Je n'ai pas su quoi répondre. Son air inquisiteur, le champagne... tout cela m'a mis momentanément mal à l'aise.

Elle me regardait fixement.

— Est-ce que ça va ? a-t-elle insisté.

— Oui, oui. Un peu de fatigue, c'est tout.

— Tu es sûr ? Tu es tout rouge.

— Ah bon ? Bah, c'est juste le contraste entre le froid du dehors et la chaleur qu'il fait ici.

L'inquiétude s'est attardée sur ses traits.

— Je vais bien, je t'assure. C'est le champagne.

Je lui ai pris la main, elle m'a répondu d'une pression et elle m'a souri.

Mais c'était faux, je n'allais pas bien. Des émotions contradictoires m'assaillaient. Je passais sans transition de l'euphorie – car, après tout, j'avais vu Dillon – à des abîmes dont j'avais du mal à remonter. Je savais qu'il fallait que je lui dise, mais je ne trouvais pas les mots. Je tenais à lui révéler la nouvelle avec doigté, pour qu'elle se fie à mes paroles, qu'elle me croie. Mais une partie de moi appréhendait sa réaction. Une grande partie de moi, à vrai dire. Pendant qu'elle parlait, j'attendais le bon moment, la pause dans la conversation dont je pourrais profiter pour lui confier enfin ce qui occupait mes pensées. Que notre fils était en vie. Qu'il était tout proche. Qu'il était, après toutes ces années, enfin à notre portée. Mais après un verre, puis un autre, c'est elle qui m'a annoncé ce qu'elle attendait de me dire depuis des heures.

— Harry.

Chaque fois qu'elle emploie mon prénom comme ça, je sais que c'est important. En général, c'est le signe qu'elle est sérieuse. Qu'elle veut, le plus doucement possible, me suggérer de boire moins, ou de passer un peu plus de temps à la maison, ou d'envisager de partir en week-end avec elle, ou d'aller dîner chez ses parents. *Oh merde*, me suis-je dit, *pas Noël, elle veut qu'on aille passer Noël chez ses vieux. Elle va payer l'addition et me supplier. S'il te plaît, Harry*, va-t-elle me dire. *Fais-le pour moi.*

Mais non, ce n'est pas ce qu'elle m'a demandé.

— Harry, je suis enceinte, a-t-elle déclaré sans ambages.

Je l'ai regardée fixement. « Surpris » n'était pas le mot. Sous le choc, plutôt.

Elle m'a envoyé un sourire nerveux, puis s'est mordillé la lèvre.

— Tu as entendu ce que je viens de dire ? m'a-t-elle ensuite demandé à mi-voix.

J'avais entendu, oui. C'était parfaitement clair. Pourtant, je me sentais incapable de réagir. Mon esprit s'est empli de pensées, puis elles ont déferlé ; comme un barrage qui se rompt, un barrage de doute et de dilemme.

— Je ne sais pas quoi dire, ai-je finalement réussi à articuler.

Mes émotions contradictoires se mêlaient toujours pour former un étrange sentiment. Quelque chose enflait en moi, une excitation sauvage. J'allais être à nouveau père. Voir Robin si heureuse, rayonnante d'un futur plein de promesses, m'a fait douter de moi. M'a fait repousser l'idée que je ne voulais peut-être pas de cette grossesse. Elle m'a repris la main, et ce geste a balayé mes incertitudes, rejeté au loin l'après-midi et mes visions – car ce n'était que cela, certainement. Le mince écoulement de doute que j'avais ressenti après avoir vu le garçon montait en puissance, se muait en torrent furieux. Le courant emportait toutes mes certitudes, et avec elles ma fureur contre l'inaction de la police, ma culpabilité à propos de Diane, mon désir contrarié de ratisser les rues de Dublin pour retrouver mon enfant disparu. L'image vacillait, s'estompait.

— Il va falloir que tu dises quelque chose, tu sais, a insisté Robin.

Et j'ai su, à cet instant-là, que je ne lui parlerais pas de Dillon. De ce que j'avais vu ce jour-là, de *qui* j'avais vu. J'allais devoir le lui cacher, car l'annonce qu'elle venait de me faire rendait la chose d'autant plus improbable.

— Je n'arrive pas à y croire.

— Tu peux, pourtant ! Car c'est vrai. Ça va arriver. Harry, je suis tellement...

Je croyais qu'elle allait dire « heureuse », mais non. Elle a dit autre chose, qui m'a étonné et même laissé perplexe.

— ... soulagée. Je suis tellement soulagée.

Elle était proche des larmes. Ses mains tremblaient. Je me suis levé de mon siège, j'ai contourné la table pour aller me rasseoir à côté d'elle et je l'ai prise dans mes bras. Sa chaleur, là, ses cheveux contre mon visage. Je lui ai chuchoté que c'était une merveilleuse nouvelle, que je n'en revenais pas. J'ai tâché de lui dire tout ce qu'on dit dans ces moments-là, de trouver les mots qu'il fallait. J'ai senti ses mains dans mon dos, la pression de ses doigts contre mon échine, et tous mes espoirs se sont ancrés en elle.

Ensuite, nous avons passé le reste de la soirée à parler du bébé. Nous avons discuté dates, couches et tétées nocturnes, mais, pendant tout ce temps, le fantôme de Dillon apparaissait par intermittences dans ma conscience pour disparaître aussitôt. J'ai revu à différents moments de la soirée son regard fixe – incertain, oui, mais immuable et fixe.

Plus tard, dans notre chambre, le monde s'est mis à tournoyer autour de moi tandis que je m'efforçais de donner un sens à ce qui se déroulait dans ma tête et au-dehors.

Robin s'est mise au lit. Elle tenait un livre entre ses mains, un guide sur la grossesse. Que je n'avais jamais vu. À moins que si ? Était-ce un vieux livre ? Peut-être celui qu'elle avait déniché dans la librairie d'occasion de Cozimo, à Tanger ?

— Tu viens te coucher ? m'a-t-elle demandé en posant le bouquin.

Elle souriait. Ses mains me faisaient signe d'approcher et je me suis surpris à me laisser faire, puis à arracher mes vêtements alors qu'elle me tenait contre elle. Chacun de nos corps connaissait le tempo de l'autre et nous avons bougé comme ceci, comme cela, et retrouvé le rythme et l'envoûtement que notre amour connaissait depuis si longtemps. Ses mains me tenaient fermement, ses doigts ont plongé dans la chair de mon dos. Épuisés, nous reposions maintenant côte à côte, essoufflés et suants. Robin s'est retournée et a sombré peu à peu dans un sommeil profond. Au bout d'un petit moment, je me suis levé pour aller aux toilettes.

En retournant me coucher, j'ai trouvé une bouteille

d'eau par terre, je me suis mis à genoux et je l'ai bue jusqu'à la dernière goutte. Je me suis hissé sur le lit. Robin a bougé. Son bras s'est tendu vers moi. Je voyais le livre sur la grossesse de son côté du lit. Le dos de ce livre a oscillé dans mon esprit ensommeillé jusqu'à devenir une multitude de dos de livres, et sans même m'en rendre compte j'ai sombré définitivement dans un sommeil agité, où des images de Cozimo et de sa librairie poussiéreuse tournoyaient et virevoltaient dans ma tête déjà bien agitée.

4

Robin

En me réveillant par ce dimanche matin enneigé, je me suis immédiatement remémoré ce qui s'était joué entre nous la veille au soir – mon annonce et tout ce qui avait suivi. Dans le silence de la chambre, à l'aube, je suis restée étendue sur mon lit pour y réfléchir, penser à ce que cela signifiait pour nous, à tout ce qui ne serait plus jamais pareil. La maison elle-même m'a paru changée. Elle était enveloppée d'un calme nouveau. Cette maison, avec ses vieux murs, ses parquets grinçants, ses mouvements et ses gémissements, m'a toujours fait l'effet d'être vivante. Presque douée de conscience. La force vitale de ses habitants précédents a comme imprégné ses matériaux bruts, le lustre de leurs esprits ajoutant une couche supplémentaire aux multiples épaisseurs de peinture, de vernis, de teinture. Très tôt, ce dimanche, alors que je repoussais les couvertures et posais les pieds au sol, j'ai écouté le silence autour de moi : on aurait dit que la respiration de la maison s'était ralentie, apaisée. Il n'y a eu ni grincements ni gémissements lorsque je suis sortie du lit et que j'ai traversé la pièce, fermant la porte sans bruit derrière moi pour laisser la chambre et Harry sommeiller tranquillement ensemble.

En bas, j'ai mis l'eau à chauffer et promené mon regard autour de moi. Une énergie nouvelle, un besoin urgent de m'attaquer aux travaux de rénovation m'a saisie. Remplie d'une impatience frémissante, je me suis mise à passer d'une pièce à l'autre pour évaluer les divers degrés de délabrement que j'y trouvais et dresser mentalement la liste de tout ce qu'il y avait à faire. J'ai regardé par la porte ouverte qui menait au garage, et dans la pénombre j'ai entrevu l'espace froid et calme qui allait devenir l'atelier de Harry. La pièce semblait l'attendre, et j'ai pensé qu'elle serait bientôt transformée en espace de création et d'art ; j'ai imaginé Harry travaillant là-dedans, absorbé, concentré, possédé par un contentement paisible qui se diffuserait jusqu'au moindre recoin de notre maison. À cette idée, un picotement d'impatience heureuse m'a traversée : les choses étaient sur le point de changer.

La bouilloire sifflait ; j'ai regagné la cuisine, posé un mug sur le comptoir, et c'est au moment où je versais l'eau sur le sachet de thé que cela m'est revenu – ce vieux souvenir, tombant en piqué de nulle part. Et que, d'un seul coup, je me suis retrouvée dans cette minuscule salle de bains, à Tanger.

Il faisait chaud depuis un moment. Même dans cette pièce – la seule de l'appartement où l'on pouvait espérer trouver un peu de fraîcheur –, l'air était alourdi par une chaleur entêtante. J'entendais Harry faire les cent pas dans le couloir. Toutes les deux minutes, ses pas s'arrêtaient et je savais qu'il était là, juste de l'autre côté de la porte, à m'écouter, l'oreille tendue pour deviner ce qui se passait. Je m'étais enfermée, lui avais intimé l'ordre d'attendre, mais son impatience et son excitation mal contenues semblaient peser contre la porte fermée. J'en ressentais physiquement l'insistance. Pendant ce temps, à l'intérieur, je me tenais absolument immobile, laissant la sueur s'amasser sur mon front et ma lèvre supérieure tandis que je contemplais le bâtonnet blanc dans ma main.

— Alors ? m'a-t-il demandé à travers la porte. Ça y est, c'est fait ?

Sa voix a touché un nerf sensible. J'ai eu l'impression que quelque chose dégringolait en moi.

— Juste une minute, ai-je répondu d'une voix qui m'a paru maigrelette, étirée.

Il fallait que je me ressaisisse.

J'ai posé le bâtonnet et je me suis appuyée au lavabo. Sa faïence était froide au toucher. J'aurais aimé, à ce moment-là, m'allonger sur le carrelage et presser mon visage et mon corps contre la céramique fraîche. J'étais tellement fatiguée que j'aurais pu m'endormir sur place, là, tout de suite, et peut-être qu'en me réveillant j'aurais découvert que tout allait bien, que tout était comme il fallait. J'aurais pu être à nouveau moi.

— Le mode d'emploi disait que tu saurais dans les deux minutes.

Cette insistance, encore, son poids contre la porte.

— Allez ! a-t-il ajouté en frappant doucement mais avec impatience. Tu me tues, là.

Il y avait un miroir au-dessus du lavabo. Le visage qui m'y regardait était pâle, les traits tirés. Le regard, hanté.

Robin, me suis-je dit à moi-même. *Qu'est-ce que tu as fait ?*

J'ai laissé le sachet de thé sur l'égouttoir. Ma main tremblait. *Reprends-toi*, me suis-je ordonné sans ménagement. Mon thé étant infusé, je l'ai emporté avec moi jusqu'au fauteuil que j'avais tiré contre la fenêtre et je me suis assise pour contempler le jardin givré, tout en savourant la chaleur de la grosse tasse entre mes mains. Ce souvenir m'avait bouleversée. Pourquoi avait-il surgi justement maintenant ? Dans son sillage, je me sentais désarçonnée, découragée, vidée de mon énergie nerveuse, abandonnée à une désagréable léthargie. Un souvenir suivait l'autre. Ils déboulaient du passé en exigeant d'être reconnus. Tout en sirotant mon thé, j'ai laissé mon esprit vagabonder.

J'ai repensé à cette première grossesse, à la folie que cela avait été. Avançant par à-coups d'un mois vers l'autre tandis que ma tête s'adaptait laborieusement aux changements qui prenaient mon corps d'assaut. Harry l'avait acceptée bien plus rapidement et facilement que moi. Il avait bondi sur cette possibilité – s'était jeté dessus, même. Dès le tout début, il m'avait prise en embuscade avec sa vive impatience, sa faim de ce qui arrivait. Et pourtant, hier soir, quand je lui avais annoncé la nouvelle, il n'avait pas été comme ça du tout. À l'inverse, il s'était figé, muré dans le silence. Il avait fixé la table devant lui pendant une éternité, et j'avais senti sa réticence émaner de lui par vagues.

Qu'avait-il dit, déjà ?

« Je n'arrive pas à y croire. »

À présent, assise dans mon fauteuil à côté de la fenêtre, la tasse refroidissant entre mes mains, ces paroles me revenaient et je sentais leur écho glacé résonner dans cette pièce silencieuse. J'ai de nouveau réfléchi à ce que pouvait signifier sa réserve. Je me suis dit que c'était la soudaineté de la nouvelle, arrivant à la fin d'une journée qui avait été difficile pour lui, avec le déménagement de son atelier et les émotions complexes que cela entraînait. Je me suis dit aussi que, après Dillon, même les bonnes nouvelles apportaient avec elles leur lot d'émotions contradictoires. Je me suis dit qu'avec du temps et de l'espace il se ferait à l'idée.

Et je savais d'expérience que le mieux était de ne pas remuer tout cela. Harry était quelqu'un de particulièrement vulnérable. Je connaissais les signes. C'est drôle, tout ce qu'on apprend sur soi-même lorsqu'une tragédie s'abat sur votre vie. Qui aurait cru que je me révélerais être l'élément fort de notre couple, alors que Harry s'effondrerait ?

Un grincement au plafond m'a indiqué qu'il était levé. Je suis restée assise à écouter ses pas traverser la pièce, un silence, le gémissement de la porte, puis ses pieds dans l'escalier.

— Dis donc, tu as une mine terrible, ai-je constaté lorsqu'il a émergé du couloir, le teint verdâtre, les yeux chassieux et rouges.

Il se contenait soigneusement, comme si le moindre mouvement menaçait l'équilibre délicat de sa gueule de bois et qu'il lui fallait de grands efforts pour ne pas basculer dans le vide.

— Du thé, a-t-il croassé, la voix cassée par une bonne douzaine de cigarettes.

— L'eau est chaude.

Je l'ai regardé, là, en train de verser de l'eau chaude dans un mug, et l'idée m'est venue que les années auraient pu s'effacer, que nous pourrions être à nouveau étudiants. Vu de là où j'étais assise, il était encore le grand garçon dégingandé aux cheveux en bataille, aux épaules carrées, au corps long et svelte parcouru par une énergie ombrageuse. Mais je n'avais plus 18 ans et lui n'en avait plus 20. Il a jeté le sachet et la cuiller dans l'évier, et fait la grimace quand ses lèvres ont touché le bord de la tasse. Puis il est venu s'asseoir en face de moi, avec un grand soupir, en passant la main sur son visage et en se frottant les paupières. Je me suis rappelé son agitation la veille au soir, ses yeux qui sautaient dans toute la chambre, incapables de se fixer. Ses iris sont d'un bleu froid, comme une eau peu profonde frappée par le soleil ; l'un des deux est taché d'une flamme ambrée. Hier soir ils m'avaient semblé très brillants, mais à présent, dans la lumière froide du matin, ils étaient ternes et cernés de fatigue.

Il s'est penché en avant, a posé la tasse à ses pieds, puis il s'est redressé pour prendre ses cigarettes dans sa poche.

— Harry, ai-je dit en le regardant en porter une à ses lèvres, tandis qu'un sourire malicieux recourbait les miennes. Tu n'oublies pas quelque chose ?

Il a relevé la tête vers moi, perplexe. Alors, il a vu mon amusement, et son visage s'est éclairé.

— Bon Dieu le bébé ! J'avais oublié.

Il a secoué la tête et a ri en remettant la cigarette dans le paquet, puis il est resté assis comme ça, un peu hagard, comme s'il digérait de nouveau l'information, et pendant tout ce temps je ne l'ai pas quitté des yeux, l'exhortant mentalement à être content, à m'envoyer un signe disant que tout cela pourrait le rendre heureux.

Et là, il a passé la main dans ses cheveux et a dit :

— Un bébé. Je n'arrive pas à y croire.

Et le sourire s'est épanoui sur son visage – un grand sourire franc qui tranchait sur la gueule de bois, la fatigue et la tension –, et, cette fois-ci, ces mêmes mots semblaient avoir un sens tout différent. On sentait en fait que ce qu'il voulait dire, c'est qu'il ne pouvait pas croire à son bonheur. Qu'après tout ce que nous avions traversé, recevoir ainsi une seconde chance, le don de cette petite vie toute neuve... c'était trop pour être appréhendé.

En réaction, quelque chose en moi a fait un bond de joie.

— Tu n'es pas fâché, Harry ?

— Fâché ? Non ! Bien sûr que non, pourquoi ? Je suis un peu pris de court, c'est tout, mais fâché, non ! Pas le moins du monde.

— Tu es sûr ?

— Robin, c'est une super nouvelle. Je suis ravi. Je te jure.

Il a dit cela, m'a souri, m'a pris la main, nous sommes restés ainsi un moment, et j'ai cru qu'il était content. Je l'ai vraiment cru.

— Alors, comment tu te sens ? Malade ? Des nausées ?

— Non, rien du tout. Je me sens très bien... en pleine forme, même.

— Veinarde, a-t-il lâché – en référence à sa gueule de bois.

Et nous nous sommes remis à parler de la grossesse, reprenant la conversation là où nous l'avions laissée la veille. Nous avons discuté de l'hôpital où j'irais, du genre de suivi que nous voulions, du meilleur moment pour que j'en parle au boulot, de ce que nous ferions une fois que l'enfant serait né.

— Il va falloir s'occuper de cette maison, a-t-il constaté en contemplant la pièce, comme s'il remarquait pour la première fois les câbles qui serpentaient au sol, les trous dans les murs et tout le bazar de bricolages commencés et laissés en suspens. Bon Dieu, par où commencer ?

— Il faudrait déjà identifier les priorités, et se concentrer là-dessus.

— Très juste. Bon, tu as intérêt à faire une liste.

— Moi ?

— C'est toi l'architecte, mon cœur, m'a-t-il rappelé.

C'était dit sans méchanceté, et pourtant j'ai trouvé sa remarque un rien cinglante.

Il n'avait pas très bien pris ma décision de reprendre des études d'architecture à notre retour de Tanger. J'avais tenté de lui expliquer mon besoin d'avoir quelque chose de stable, de fiable dans ma vie, dans ma carrière, et même s'il semblait comprendre ce revirement jusqu'à un certain point, j'avais toujours senti que quelque chose en lui m'en voulait. Il percevait une sorte d'accusation dans le fait que j'abandonne ma pratique artistique pour la sécurité d'une profession, tandis que lui continuait à peindre. Mais la vérité, c'est que j'avais besoin, par-dessus tout, de mettre Tanger derrière moi. De me créer une vie fondamentalement différente de celle que nous avions menée là-bas. Besoin d'oublier. Et pendant que je m'attelais à construire ma nouvelle existence, Harry, lui, s'était accroché à ce qui lui restait du passé. Dans le froid de son atelier, au sous-sol de chez Spencer, il avait persisté avec ses peintures de Tanger comme si le monde alentour n'existait pas. Par moments, on aurait dit qu'il n'avait jamais réellement quitté le Maroc.

Mais ce n'était pas la peine d'en parler, surtout pas ce matin, alors qu'il semblait décidé à regarder vers notre avenir. Nous avons donc discuté isolation et chauffage, sanitaires et plomberie, et réorganisation de notre chambre afin de faire de la place pour un berceau.

— Un berceau, a-t-il dit en finissant son thé, secouant

la tête d'un air abasourdi. Je n'aurais jamais cru avoir de nouveau à m'occuper de ce genre de choses. On ne peut pas le mettre simplement dans un tiroir, ce gosse ?

Je lui ai pris la tasse vide des mains.

— Je vais aller te chercher de l'aspirine. J'ai l'impression que ta gueule de bois ne s'arrange pas.

— Merci, chérie. Je sors m'en griller une.

J'ai rejoint l'évier et j'y ai déposé son mug. Puis j'ai fouillé dans le placard à la recherche d'un grand verre, et, tout en le remplissant d'eau, j'ai relevé la tête et j'ai vu Harry dehors, dans le jardin. Il tirait à fond sur sa cigarette ; puis il a soufflé un nuage de fumée dans l'air froid du matin. Et voici ce qu'il a fait ensuite : il a retiré la cigarette de sa bouche et l'a laissée tomber dans la neige. Il est demeuré parfaitement immobile, la tête toujours baissée, comme plongé dans la contemplation du mégot. Puis il a fermé les yeux et s'est couvert le visage des deux mains. Son cou penché, ses épaules affaissées, sa tête cachée dans ces deux mains en coupe... quelque chose dans ce spectacle m'a glacée. C'était une scène de désespoir.

— Ça pèle, dehors.

Il a refermé la porte derrière lui et il est resté planté là à grelotter.

J'ai trouvé l'aspirine dans le placard. Les comprimés sont tombés dans l'eau avec un petit « plouf » et je lui ai tendu le verre, qu'il a bu avec un gémissement, comme si cet effort le vidait de toute son énergie.

J'ai posé une main sur son front et senti qu'il était chaud, malgré la température glaciale. Alors, je me suis penchée vers lui et je l'ai pris dans mes bras, pressant mon corps contre le sien. J'avais besoin de me sentir proche de lui, pour dissiper la détresse qui lui collait encore à la peau.

— Je connais un bon remède contre la gueule de bois, ai-je dit lentement.

Quand je me suis reculée, il a accueilli mon air mutin avec un grand sourire.

— Ah oui ?

— Mais oui.

Je me suis grandie pour l'embrasser, lentement, savourant le goût de mon homme, un goût aigre d'alcool et de cigarette, mais je m'en fichais. Mon désir pour lui me léchait à l'intérieur comme une flamme.

Et c'est donc bien plus tard, alors que nous reposions l'un contre l'autre dans notre lit, nus et épuisés, comblés d'un contentement tranquille semblable à un soupir d'aise, que notre coup de fil de la veille m'est revenu en tête.

— Harry ? ai-je demandé tout en regardant la mèche de mes cheveux qu'il entortillait distraitement autour de son doigt.

— Hmm ?

— Tu ne m'as pas dit, finalement.

— Pas dit quoi ?

— Hier, au téléphone, tu m'as dit qu'il était arrivé quelque chose.

— Comment ça ?

— Tu te rappelles ? Quand tu m'as appelée pour me demander de venir te retrouver ? Tu m'as dit qu'il s'était passé quelque chose. Mais tu ne m'as jamais raconté quoi.

— Ah non ?

— Non.

— Je croyais.

— Alors ?

Il a cessé de jouer avec mes cheveux et s'est frotté un œil avec son doigt, le front plissé.

— Je suis tombé sur quelqu'un par hasard.

— Qui ça ?

— Tanya, figure-toi. La fille de la galerie Sitric, celle qui avait plein de taches de rousseur. Tu te souviens d'elle ?

— Vaguement. Et ?

— Et elle a l'air intéressée.

Je me suis redressée sur les coudes pour le regarder.

— Tu crois qu'ils te monteraient une expo ?

En voyant mon enthousiasme, il a éclaté de rire.

— Regarde-toi, déjà en train de vendre la peau de l'ours.

— Sérieusement, Harry. Tu crois que ça pourrait se faire ?

Il a peu à peu cessé de rire pour m'envoyer un sourire lent, brumeux.

— C'est possible. Très possible.

Puis il m'a de nouveau attirée contre lui et nous sommes restés étendus en silence pendant une minute, à envisager les possibilités.

— Harry ?

— Endors-toi, mon cœur.

J'ai senti le poids de son bras passé sur ma hanche et le chatouillement de son menton mal rasé, niché dans mon cou.

— On a de la chance, Harry.

Comme son corps était blotti contre le mien, je n'ai pas pu lire son expression.

— Oui, m'a-t-il répondu d'une voix assoupie. Oui, on a de la chance.

5

Harry

Le jour où nous avons rencontré Cozimo, il venait de se faire renverser par un cycliste, dans une des ruelles de la médina. Son chapeau de paille gisait à côté de son corps étalé par terre. Il ne criait pas, ni ne semblait dérangé le moins du monde par l'incident. Regardant fixement en l'air comme s'il réfléchissait à sa fâcheuse situation, il fredonnait pour lui-même. Quand je me suis baissé pour voir s'il allait bien, il m'a regardé et m'a dit :

— Je n'ai pas bu, vous savez.

Je lui ai tendu la main, il l'a saisie et je l'ai aidé à se relever. Robin lui a tendu son chapeau.

— Ça mérite un petit remontant, a-t-il ajouté en plongeant une main dans sa veste.

Il a bu une gorgée furtive à une flasque de poche en argent, avant de déclarer qu'il nous était « très obligé ». Mais lorsqu'il a voulu s'en aller, il s'est effondré, tel un château de cartes, avec un certain sens du drame.

— Peut-être, a-t-il admis sans perdre un instant sa prestance, pourriez-vous m'appeler un taxi, voire une ambulance.

Il était très courtois, toujours courtois.

Nous l'avons accompagné à l'hôpital, ce qui l'a bien étonné. C'est Robin qui y a tenu. Il était petit et crasseux, cet hôpital. Robin, qui parlait bien le français, a raconté à l'infirmière dans quelles circonstances nous avions trouvé Cozimo. À ce stade, il délirait plus ou moins, la bouche pâteuse, parlant plusieurs langues, fredonnant avant de se mettre à gazouiller – il n'y a pas d'autre terme – dans une suite de mots qui ressemblait à de l'arabe.

Lorsque nous l'avons quitté ce soir-là, il était sous calmants, et d'humeur joyeuse. Quand nous sommes retournés le voir le lendemain, il était volubile et reconnaissant. Robin lui a demandé si nous pouvions faire quoi que ce soit.

— Il y a bien une chose, a-t-il répondu.

— Tout ce que vous voudrez, a-t-elle acquiescé, poussée par un élan de sympathie pour lui, ou de pitié, ou un mélange des deux.

— Pourriez-vous aller jeter un coup d'œil à ma boutique ?

La boutique en question était sa librairie. Robin, bien sûr, a dit oui. Elle est comme ça : toujours à parler à des inconnus et à tout accepter. Elle ne sait pas dire non. Généreuse jusqu'à l'excès.

Il nous a tendu les clés et l'adresse sur un bout de papier.

— Elle est dans un sale état, mais je serais rassuré de savoir qu'elle tient encore debout.

Nous sommes partis en taxi et nous nous sommes retrouvés à rouler dans un dédale de rues étroites jusqu'à ce que la voiture s'arrête et que le chauffeur pointe le doigt.

— Faut continuer à pied, nous a-t-il dit.

Ce que nous avons fait, et nous avons bientôt trouvé

le vieil immeuble penché au fond d'une petite ruelle. Nous sommes entrés dans cette librairie délabrée, dans la vie de Cozimo, et – ça, nous ne le savions pas encore – dans ce qui allait être notre chez-nous pendant les cinq années à venir. Car, voyez-vous, le bon côté de la générosité de Robin est que Cozimo, aussitôt sorti de l'hôpital, a proposé de nous loger.

— Ça me fait plaisir, vraiment.

— Nous ne pouvons pas accepter, a protesté Robin.

— Vous êtes venus me voir tous les jours.

Et voilà comment a commencé notre vie à Tanger, une période qui a débuté comme un rêve et s'est terminée en cauchemar. Je ne peux pas vous raconter tout ce qui s'est passé là-bas. Je peux vous donner une idée, une évocation de ce que c'était, mais rien de plus. Je deviendrais fou s'il fallait que j'entre à nouveau dans les détails. C'est étrange, parce que je m'en souviens aujourd'hui comme s'il s'agissait de la vie d'un autre. Pour dire les choses simplement : c'est la lumière qui nous avait attirés à Tanger.

À l'époque, nous étions peintres tous les deux. Après nos études d'art, nous avions un peu bourlingué en Europe – surtout en Espagne – et nous avions fini par nous échouer à Tarifa, sur la Costa de la Luz. Nous aimions l'ambiance hippie qui régnait là-bas, ce n'était pas cher, et cela nous permettait de peindre dans la clarté de la côte andalouse. Le siècle s'achevait et, après un week-end à Tanger où nous étions allés fêter le coup d'envoi du nouveau millénaire, nous avions su que cet endroit était fait pour nous. Le mélange des cultures y était plus intéressant et – plus important – la lumière y était magique. C'est seulement à notre retour en Irlande que Robin a renoncé à l'art. Après Dillon, elle n'a plus eu le cœur à peindre. Peut-être que, dans sa tête, la peinture était associée à lui. Elle intégrait d'ailleurs les contributions du petit à ses toiles, vous savez, elle les incluait comme faisant partie du processus de création. Notre maisonnée était très libre. Nous n'étions pas maniaques avec nos tableaux. Si Dillon voulait plonger ses mains dans la peinture et les traîner sur les toiles, eh bien soit. Du moins, c'est devenu ainsi. Au début, certes, j'aimais avoir un espace à moi, isolé du reste, mais plus j'ai compris que Dillon était un atout et non une distraction, plus je me suis détendu, et au bout d'un moment je le laissais me jeter de la peinture par poignées s'il le voulait.

Je crois que Cozimo aimait l'idée que son appartement soit occupé par un couple d'artistes.

— C'est ce qui s'appelle retomber sur ses pieds, ai-je dit à Robin – mais elle a trouvé l'expression mal choisie, après l'accident de Cozimo.

— Plusieurs côtes cassées, peut-être une ou deux lésions internes, ils ne savent pas. Tu te rends compte ? Tanger est une ville fantastique tant qu'on n'a pas un gros pépin de santé. À moins de vouloir servir de cobaye, peut-être.

Cozimo s'exprimait avec un accent anglais surjoué. Le canapé défoncé de l'appartement était la couche sur laquelle avait été conçu un prince du Maroc, nous chuchotait-il sur le ton de la confidence en s'y prélassant et en avalant ses calmants avec une ribambelle de cocktails capiteux. Sa préférence allait la plupart du temps aux dry martinis et on pouvait fréquemment l'entendre réclamer du vermouth.

— Où est le vermouth ? Et les olives, où sont les olives ?

Ce bonhomme excentrique nous intriguait. Son front se dégarnissait, mais ses cheveux étaient longs à l'arrière de son crâne. Il portait des pantoufles et des pantalons de soie. Nous lui avions rendu des visites quotidiennes à l'hôpital pendant une semaine, après quoi il était venu achever sa convalescence avec nous.

— Écoutez, nous disait-il, restez donc, on trouvera bien un arrangement.

— Un arrangement ? répétais-je, un peu dubitatif.

— Un loyer qui conviendra aux deux parties.

Je me souviens de Robin lui demandant, aux premiers jours de cette amitié, depuis combien de temps il était à Tanger. Il lui avait répondu tout en se servant un énième martini.

— Dieu était encore en culottes courtes, ma chère. En culottes courtes !

C'était sa façon de parler. Il était théâtral. La librairie lui appartenait, mais elle ne semblait pas très bien marcher. Était-ce une couverture, un violon d'Ingres, un moyen qu'il avait trouvé pour s'occuper ?

— Bien malin qui pourrait le dire. La vérité, c'est que je ne me rappelle même pas moi-même quand et pourquoi j'ai ouvert cette boutique.

Voilà la réponse oblique qu'il avait faite à ma question indirecte, par un de ces après-midi brûlants.

L'appartement, un trois pièces, était vaste. Dans la pièce du fond, où nous peignions, de vieilles machines à écrire étaient empilées.

— Je m'en suis servi à une époque, je crois, nous disait Cozimo. Maintenant, je les collectionne. J'ai bien dû m'en servir, sans doute. J'ai peut-être écrit un roman sur l'une d'elles, allez savoir.

Il tenait son porte-cigarette en or comme Garbo et jetait négligemment ses cendres par terre.

Tanger. Un autre monde. Une autre vie. Nous avions la liberté. Nous avions Dillon. Nous avions tout ce que nous désirions. Oui, nous étions arrivés sans Dillon. Et, oui, nous nous étions jetés sans lui dans la vie à Tanger, mais, d'une certaine manière, je me souviens de cette période comme s'il avait toujours été là. Rieur, malicieux, sans entraves.

On travaillait beaucoup là-bas, mais on s'amusait beaucoup aussi. Et même si on peignait toile sur toile, il me semble que les journées étaient plus longues, plus langoureuses, nimbées d'une brume dorée. Que nous avions le temps de faire tout ce que nous voulions.

C'est là que nous avons rédigé le Manifeste de Tanger. C'était une œuvre collective, une déclaration de vie en liberté. Une affiche collée au mur de la cuisine. Nous y inscrivions des devises, des dictons, des mots d'encouragement, des rappels, des blagues, et des expressions entendues ici ou là :

« Peindre ou mourir. »

« Se lever tôt. »

« Méditer. »

« Seigneur, donne-moi la force de mener une double vie. »

« Du lait, par pitié, racheter du lait ! »

Parfois, les maximes étaient barrées, et c'est ainsi que « peindre à la lumière de l'aube » était remplacé par : « biberons à 3 heures et 6 heures ! Harry, c'est ton tour ! » Ou bien : « Couches ! On n'a plus de couches et l'eau est coupée. »

Mais le plus souvent, c'étaient les expressions du moment :

« Qu'est-ce que le Bouddha ? »

Et le lendemain, la réponse pouvait être griffonnée par la même main ou par une autre :

« Trois livres de lin ! »

En y repensant, il me semble maintenant que Robin n'y a jamais vraiment cru. Peut-être pensait-elle que c'était trop bon pour être vrai. Et ça l'était, peut-être. Peut-être se disait-elle que la vie ne peut pas être ainsi. Bien sûr, sa mère n'arrangeait rien. Toujours à l'appeler. À lui demander de rentrer. À la faire culpabiliser. « Ton père est malade. » « Tu me manques. » Ou : « Comment peux-tu supporter la chaleur de ce pays alors que tu es enceinte ? Ce n'est pas un endroit où élever un enfant ! » Et ainsi de suite, *ad nauseam*.

Sa seule et unique visite a été un échec sur toute la ligne. Que vous dire ? Pour résumer dans les grandes lignes : son vol a été retardé. Je devais aller la chercher à l'aéroport. Robin, qui avait accepté quelques heures de travail au Caïd's Bar, m'avait envoyé à sa place. J'ai consciencieusement attendu l'avion. Un nouveau retard a été annoncé. Je suis allé me chercher un café. Puis boire un coup. L'avion a atterri. Nous nous sommes ratés. La mère de Robin ne m'a pas adressé la parole quand je l'ai revue plus tard ce soir-là. Comme notre appartement ne lui plaisait pas, elle a gaspillé son argent dans un hôtel quatre étoiles, assez éloigné du centre, auquel s'ajoutaient de coûteux trajets en taxi. Elle a passé le week-end à pleurer et à conjurer Robin de rentrer à la maison. Oui, je dis bien « conjurer », car elle est le genre de femme à employer ce vocabulaire. J'avais cru qu'elle sympathiserait peut-être avec Cozimo, mais elle l'a trouvé « petit et ignoble ». Je la cite textuellement. Le week-end s'est écoulé lamentablement, Robin a raccompagné sa mère à l'aéroport et je ne lui ai même pas dit au revoir.

Robin n'a plus jamais mentionné ce séjour et nous avons repris notre vie habituelle. Mais je savais, ou du moins je sentais, que quelque chose s'était brisé en elle. Sa mère n'avait fait qu'augmenter ses inquiétudes. Nous ne menions pas la vie petite-bourgeoise que nos parents avaient imaginée pour nous, mais c'était l'existence dont nous avions rêvé à la fac. La vie ne coûtait pas grand-chose, là-bas, et les revenus de ma première exposition, à la fin de mes études, nous permettraient de subsister pendant au moins trois ans, d'après mes calculs. C'était du moins le plan de départ, sauf que, dix-huit mois après notre arrivée, Robin m'a annoncé qu'elle était enceinte.

Cela n'a rien changé pour moi. J'étais aux anges. Mais quand elle a évoqué l'idée d'un retour en Irlande, j'ai émis des réserves, pour dire les choses poliment.

— Pourquoi veux-tu qu'on rentre ? Pour retrouver quoi ?

— La famille.

— Ta famille ?

Ce n'était pas facile de comprendre au juste ce qui clochait entre ses parents et moi. Ils m'en voulaient d'avoir emmené leur fille loin d'eux, loin de l'Irlande, loin de tout ce qui est douillet et confortable. « Un artiste doit voyager », disais-je à Robin. Elle ne me contredisait pas et je me rappelle avoir parlé des heures sur le sujet. Elle n'émettait pas d'objections, mais ça ne m'empêchait pas de vouloir avoir raison, alors même que nous étions déjà partis.

Malgré tout, je la soupçonnais de ne jamais perdre de vue notre retour. Alors que, pour ma part, je n'étais pas certain de rentrer un jour. Pour quoi faire ?

Ceux qui prétendaient que l'endroit n'était pas idéal pour mettre un enfant au monde n'étaient simplement pas du coin. Les deux premières années de Dillon se sont écoulées dans une frénésie de biberons nocturnes, d'insomnies et de marches à pied. Toujours marcher avec lui, que ce soit dans sa poussette, dans mes bras, sur mon épaule : tout, du moment que ça l'aidait à dormir.

Cozimo était dérouté mais charmé par la présence d'un enfant. Il habitait tout près de la librairie, dans une maison individuelle fermée par un portail dont il faisait peu de cas. Alors que nous nous voyions quasiment tous les jours depuis notre rencontre, il nous invitait rarement chez lui. C'était un mystère que Robin et moi évoquions parfois ensemble, mais jamais avec lui. Il était déjà assez généreux comme ça. Il apportait régulièrement des cadeaux à Dillon, mais l'observait avec une distance amusée, comme s'il n'avait jamais rencontré un enfant de sa vie.

— C'est amusant comme tout, ces petites choses-là, m'a-t-il dit un jour où je l'ai surpris en train de lui souffler sa fumée au visage. Il n'aime pas ça, a-t-il d'ailleurs constaté avec dépit.

— J'en doute fort, en effet, ai-je répondu en imitant sa façon de parler maniérée.

Coz était un drôle de personnage. D'où venait-il ? D'où tenait-il son argent ? À quoi ressemblait sa maison ? Pourquoi passait-il tellement de temps avec nous à l'appartement ? Nous avions nos théories, mais dans l'ensemble il gardait son aura de mystère, et bien que je puisse dire qu'il était probablement mon meilleur ami à cette époque, il me semble aussi que je l'ai très peu connu. Prenez, par exemple, son curieux goût pour les pratiques occultes.

Je ne sais plus trop comment il m'a convaincu, mais, un soir, il a voulu s'adonner à une séance de spiritisme.

— J'ai quelques questions à poser aux défunts, a-t-il expliqué.

La vérité, c'est qu'il était défoncé la plupart du temps, et je suppose que moi-même j'abusais un peu. Tanger était une plaque tournante pour toutes sortes de drogues. On nageait quasiment dedans et il était difficile de les éviter. Il y avait des soirées où cocaïne, pilules, haschisch et tout ce qu'on pouvait désirer ou dont on avait entendu parler se trouvaient à volonté.

— Je ne pense pas que ça plaise à Robin, ai-je dit à Coz.

— Très bien, nous ferons cela en son absence.

Après le travail, Robin aimait aller se promener la nuit. Je ne dis pas que c'était très raisonnable ni que j'approuvais, mais elle contemplait le paysage, s'éclaircissait les idées et se rendait très fréquemment dans un cybercafé ou tout autre endroit où elle pouvait passer et recevoir des coups de fil. Elle tenait à rester en contact régulier avec ses parents, et quand je dis régulier, je veux dire un jour sur deux. Pour ma part, je n'avais pas ce problème ; même si mes parents avaient été encore en vie, je ne crois pas que je les aurais appelés si souvent. Mais enfin, ça la regardait. En tout cas, cette habitude, ajoutée à son job de serveuse, me laissait libre de prendre part à ces séances. Je me rappelais vaguement que Yeats avait pratiqué le spiritisme en son temps, et je me disais que cette idée loufoque de Cozimo me donnerait peut-être des idées pour mon travail, ma peinture, et aussi que ce serait sans doute amusant. Bon, d'accord, j'étais curieux. Et défoncé.

Ce qui s'est passé, c'est que, avant cette première séance, Dillon s'est endormi sur la table de la salle à manger, à l'appartement. Je sais que ça peut paraître étrange, mais tout dans notre vie était simple et libre et parfois pas très équilibré. La grande table en chêne sur laquelle nous mangions avait un creux à un bout dans lequel Dillon allait parfois se nicher. J'y glissais un coussin et, tard le soir, il lui arrivait de grimper dessus et de s'endormir. Il devait avoir environ 2 ans lors de cette première séance. Deux sœurs espagnoles que je ne connaissais pas et un couple du cru avec lequel Cozimo avait sympathisé la semaine précédente étaient aussi de la partie.

— Et Dillon ? m'a-t-il demandé. Tu vas le mettre au lit ?

— Je ne voudrais pas le réveiller.

Dillon dormait mal. Disons-le tout net. Cela n'avait jamais rien eu à voir avec les dents, ni les poussées de croissance, ni le bruit de la rue, les colporteurs et les marchands ambulants, la musique venue de l'autre côté du fleuve, le fourmillement de la ville, non, rien de tout cela. Il était comme son père, un point c'est tout : il dormait mal. Non, attendez une minute, il était pire que moi. Sans doute que si nous étions allés le faire examiner, on nous aurait appris que c'était tel ou tel trouble médical. Mais nous n'en faisions rien. Nous nous contentions de tenir. C'était comme ça ; il pouvait rester éveillé pendant des heures. Et quand je dis « des heures », je veux parler de nuits entières. Robin et moi avions été des oiseaux de nuit, à l'époque de la fac, mais à Tanger nous étions hyper attentifs à la luminosité, à la lumière du jour. Il nous en fallait le plus possible. C'est pour elle que nous étions venus. C'était elle qui rendait nos toiles possibles. L'étrange et magnifique lumière de Tanger, son histoire radieuse et poussiéreuse.

Mais nous en venions à être complètement épuisés. Rater la lumière du matin par manque de sommeil me rendait malade. Je m'étais mis à prendre des pilules soit pour tenir quand je me levais, soit pour m'endormir le soir, sachant qu'il me faudrait être debout à l'aube si je voulais capturer cette lumière que je voulais voir resplendir sur mes toiles. Cozimo avait une armoire à pharmacie pleine de cachets. Dans un plumier en particulier, il déposait les pilules qu'il lui faudrait pour la semaine ; et comme il avait l'âme généreuse, il me proposait à peu près tout ce que je voulais ou tout ce dont il pensait que j'avais besoin. Évidemment, je cachais à Robin que je prenais ces médocs. Mais pour peindre, pour être prêt devant la toile, j'avais besoin d'être là, d'être présent ; je ne pouvais pas me permettre d'être vidé par le manque de sommeil.

Le premier cachet que j'ai essayé était un somnifère. Je l'ai avalé à onze heures et demie du soir et j'ai dormi jusqu'à sept heures. Robin ne s'est doutée de rien, elle était contente que j'aie pu me reposer.

— Si seulement je pouvais dormir comme ça ! Dillon est resté éveillé la moitié de la nuit, a-t-elle commenté.

Quand le manque de sommeil a commencé à lui peser, qu'elle s'est mise à perdre du poids et à avoir des cernes noirs sous les yeux, je me suis dit que, plutôt que de lui proposer un cachet, j'allais endormir le petit bonhomme avec un quart de comprimé. Ainsi, elle pourrait peut-être prendre un peu de repos. J'ai broyé le cachet dans la cuisine et versé la poudre dans un verre de lait chaud. Elle s'est dissoute et Dillon n'a rien remarqué. Je sais que je n'aurais jamais dû faire ça. Mais j'avais presque l'impression que c'était quelqu'un d'autre qui agissait à ma place. Quelque part, tout au fond de ma tête, une voix me disait : « mauvaise idée, très mauvaise idée, arrête », mais l'autre Harry, celui qui bougeait et parlait, lui, a continué sans l'écouter, et après cette première nuit où notre Dillon a dormi correctement, même profondément, et s'est réveillé avec un petit cri et un sourire satisfaisants, je me suis dit : « Bon, tant mieux, très bien, pas de mal. »

Par la suite, nos séances de spiritisme sont devenues mensuelles. Cozimo a réussi à entrer en contact avec son grand-oncle et avec un ami d'enfance prénommé Albert qu'il n'avait pas sauvé alors qu'il aurait pu. Cela peut paraître déconcertant maintenant, mais à l'époque tout cela semblait logique – soit ça, soit je n'y pensais pas trop et je suivais simplement le mouvement. Car enfin, pourquoi ne tenions-nous pas plutôt ces séances un peu louches dans sa maison, qui aurait été plus intime, spacieuse, confortable ? D'un autre côté, cette première soirée chez nous avait eu quelque chose de spontané. Enfin bref, l'un des êtres que Cozimo désirait le plus contacter, et je ne plaisante pas, était le chien qu'il avait eu enfant, un beagle. Et c'est ainsi que nos réunions mensuelles en sont venues à être baptisées « l'Ordre du Beagle d'or ». Cela paraît grotesque vu d'aujourd'hui, et même à l'époque, ce nom et ce titre ridicules... bah, c'était pour s'amuser, une excuse parmi d'autres pour faire la fête tard dans la nuit. Robin n'y participait jamais et je ne lui racontais jamais les détails de ces soirées occultes, même si elle se doutait de quelque chose.

Je n'administrais pas les cachets broyés à Dillon tous les soirs ; je n'étais quand même pas inconscient à ce point. Mais il est vrai que, peu à peu, je me suis mis à lui en donner de plus en plus souvent, plus que je ne l'aurais dû – je m'en rends compte à présent. J'en assume la responsabilité, même si c'est une chose que je n'ai jamais trouvé le courage d'évoquer avec Robin. Je lui en donnais peut-être une fois par mois, quelque chose comme ça. Cozimo avait fini par se convaincre

que l'enfant endormi au bout de la table – en l'occur-
rence, mon Dillon – était un élément clé du succès des
séances. Si bien qu'à l'heure du coucher et après lui
avoir lu une histoire – il aimait *Le Monde de Narnia*,
surtout le lion Aslan – je lui donnais son verre de lait,
avec le quart de comprimé broyé, et je le déposais sur
la table en chêne avant que l'Ordre du Beagle d'or
ne se réunisse. Cozimo l'avait même nommé membre
d'honneur et lui avait procuré un coussin spécial, brodé
au nom de l'Ordre : c'est là que reposait la tête de
Dillon lors de ces soirées un peu particulières.

Alors, nous commencions. C'était plus ou moins
n'importe quoi : les mains jointes, les murmures.
Une des deux Espagnoles – Blanca, je crois qu'elle
s'appelait – faisait office de médium. Est-ce une chose
qu'elle avait voulue, ou que Cozimo avait décidée ?
Je ne sais plus trop, mais en tout cas elle endossait
le rôle avec sérieux. Je la revois encore marmonner,
fredonner et nous dire à tous de fermer les yeux pendant que Cozimo rallumait les bougies, éteintes par
un vent chaud et tourbillonnant qui soufflait sur la
ville. Les bruits du dehors nous semblaient parfois
assourdissants : des pas, des gens qui marchaient, des
gens qui parlaient, des klaxons, des moteurs. Puis il
est arrivé quelque chose de très étrange. Pendant cette
séance, l'autre Espagnole s'est mise à brailler. Son nom
m'échappe, mais Cozimo s'est joint à elle.

— Ne brisez pas le cercle ! disait Blanca. Surtout
pas !

Mais il était trop tard et tout le monde s'est retrouvé
debout, se balançant gauchement d'un pied sur l'autre,
cherchant à boire.

— J'ai ressenti quelque chose, a déclaré Cozimo.
Quelque chose de puissant.

Blanca lui a reproché d'avoir brisé le cercle. Quoi qu'il en soit, la séance était terminée et nous nous sommes mis à picoler de plus belle. Cozimo était à la tête d'une formidable collection de disques. Il possédait aussi une merveilleuse vieille platine qui avait la forme d'un vieux gramophone et c'était là qu'on pouvait généralement le trouver après la fin des séances, penché sur ses vieux microsillons de classique et de jazz. Mais ce soir-là, il était trop bouleversé par l'expérience, nous a-t-il expliqué en reversant du vin dans tous les verres. C'est donc moi qui me suis agenouillé à côté de la platine pour changer de disque.

Cozimo a regardé dans ma direction ; même si l'endroit était désormais chez nous, chez Robin et moi, il était toujours possessif avec ses vinyles. Il m'a lorgné d'un air soupçonneux et a fait un commentaire comme quoi j'avais intérêt à bien choisir. Puis il y a eu encore de la musique, encore de la danse, encore des conversations. Le morceau que je me rappelle de ce soir-là était *Turn Out The Stars*. Je me revois ondulant sur son rythme languide, mes yeux se fermant peu à peu, bercés par son tempo apaisant. Si je me souviens de cette chanson, c'est aussi pour une autre raison : elle passait dans l'appartement la dernière fois que j'ai vu Dillon.

Il dormait, à ce moment-là, la tête enfoncée dans le coussin brodé qu'il avait emporté dans sa chambre. Il était tellement immobile, allongé les yeux fermés, ses longs cils sombres contre sa peau... Et vulnérable, aussi, avec ses mains rejetées au-dessus de la tête, les doigts repliés. Je l'ai observé et j'ai ressenti la lente brûlure de l'amour.

Et puis il y a eu mon saut imbécile chez Cozimo et l'épouvantable séisme. Pendant tout ce temps, la musique fantôme dans ma tête ; les lentes syncopes du jazz jouant un contrepoint à ma terreur, aux incendies, au sifflement du gaz, à la poussière retombant et aux immeubles tremblants, à ma course frénétique vers l'appartement.

Le soir où c'est arrivé, Robin travaillait tard. Par une cruelle ironie du sort, cette semaine-là, ce mois-là, elle avait changé d'avis ; ses doutes et ses inquiétudes s'étaient dissipés, je ne sais pourquoi, pendant les semaines précédant cette soirée fatale. Elle était plus fermement décidée à rester à Tanger – pas pour toujours, ce n'était pas le projet, mais au moins pour un bon moment, le temps qu'il faudrait pour monter une nouvelle expo, une expo que j'appellerais le Manifeste de Tanger. C'était son anniversaire. Pendant sa pause, nous nous étions rapidement parlé au téléphone – une conversation banale et quotidienne, aucun indice de l'immense tragédie qui nous attendait au tournant, la tragédie qui allait devenir le pivot de nos vies. Ensuite, elle avait sans doute regagné le bar, continué à servir les quelques clients présents ce soir-là ; peut-être l'un d'entre eux avait-il fait un commentaire sur l'étrange immobilité de l'air, l'atmosphère chargée qui s'attardait dans les rues. Et ensuite elle avait ressenti les tremblements, avait été prise dans le tumulte général, vu les attroupements de plus en plus nombreux, les gens affligés, les immeubles qui bougeaient, la fumée, les flammes qui s'élevaient. Elle était sortie du bar, avait couru dans les rues de notre quartier, dépassé la pharmacie, la maroquinerie, la laverie, descendu la pente jusqu'à la boulangerie et, là, elle m'avait sans doute vu.

Je dis « sans doute », parce que pour être honnête je n'ai pas de souvenirs très fiables ni très complets de ce soir-là. Il y a des blancs énormes. Le choc, la rage, la panique, la peur, le chagrin, l'incrédulité... tout cela a enflé ensemble jusqu'à engourdir mon esprit et achever de noircir la nuit, comme si les étoiles elles-mêmes s'étaient éteintes.

Ce que je me rappelle clairement, en revanche, c'est sa voix contenue et posée me demandant :

— Où est Dillon ? Harry, où est-il ? Où est Dillon ? Où est notre fils ?

C'est tout. Comment s'est terminée cette nuit-là ? Je ne peux pas vous le dire, parce que je n'en sais rien.

Mais laissez-moi vous dire ceci, vous dire une chose que je sais : je refais toujours le même rêve, encore et encore. Je demande à Dillon de fermer les yeux. Il ne dort pas. J'essaie de l'endormir. Son corps tiède repose à côté du mien. Nous sommes couchés tous les deux dans son petit lit. Cela se passe à Tanger. Son bras est passé autour de mon cou. Une plume échappée de son oreiller est prise dans ses cheveux. J'allume la lampe de chevet. « Ferme les yeux », lui dis-je, et, dans la faible lueur de la lampe, je vois que ses yeux sont fermés et qu'il dort, finalement.

Et là, je me réveille.

6

Robin

Une semaine plus tard, j'étais chez ma plus vieille amie, Liz. De la cuisine, je l'entendais séparer deux enfants de 6 ans, hurlants, qui essayaient de s'entre-tuer à coups de poing dans la pièce à côté. Par terre, non loin de mes pieds, Charlotte, 4 mois, gazouillait pour elle-même en se suçotant les doigts, et un large collier de salive imprégnait son bavoir. Elle me regardait avec curiosité préparer du thé tout en écoutant sa mère s'époumoner contre son frère.

— Bon Dieu, c'est pas vrai, Isaac ! Si jamais je dois revenir vous séparer, je prends ces sabres laser et je les flanque à la poubelle ! C'est bien compris ?

Lorsque Liz est revenue dans la cuisine, visiblement lasse et exaspérée, on pouvait entendre, dans son sillage, des grognements maussades.

— Seigneur, donnez-moi la force ! a-t-elle soufflé avec emphase en se laissant tomber sur une chaise, en face de moi, de l'autre côté de la table. Je ne sais pas ce qui m'a pris de leur acheter ces sabres.

— Le manque de sommeil peut avoir des effets inattendus.

Le bruit a de nouveau explosé dans l'autre pièce,

les deux chevaliers Jedi hauts comme trois pommes s'étant remis à brailler, mais cette fois Liz n'a pas levé le petit doigt.

— Qu'ils s'entre-tuent si ça leur chante, a-t-elle lâché, vaincue.

— Les garçons... ai-je soufflé, compréhensive, en lui servant une tasse de thé...

— Ils jouent sans cesse à se massacrer. Les miens, en tout cas.

Liz et moi, ça remonte à loin. Nous étions déjà camarades de classe à la maternelle. Notre amitié a ensuite survécu à l'adolescence, lorsqu'elle était gothique tandis que je cultivais le genre intello littéraire, puis à la fac, où je faisais des études d'art et elle d'histoire. Les années que j'ai passées à Tanger, elle les a occupées à épouser Andrew, acheter une grande maison à Mount Merrion et la remplir d'une ribambelle de garçons avant d'avoir enfin Charlotte, un bébé dodu aux grands yeux écarquillés qui sourit et babille sans se soucier un instant du raffut et du chaos qui entourent ses frères.

— Un biscuit ? ai-je proposé en lui tendant le paquet ouvert que j'avais trouvé.

— Oh, laisse tomber. Il y a une barre de Toblerone sur le frigo.

J'ai attrapé la barre géante et sifflé.

— La taille de ce machin ! On pourrait assommer un gamin avec !

— Ne me donne pas d'idées ! s'est-elle esclaffée. C'est Andrew qui me l'a donnée, comme gage de réconciliation.

— Un gage de réconciliation ?

— Oh, on s'est engueulés à mort mardi soir. Il m'a accusée de préférer boire un verre de vin devant *Grey's Anatomy* plutôt que de coucher avec lui.

— Et il avait raison ?

— Évidemment qu'il avait raison ! Mais il peut toujours se brosser pour que j'avoue. Et puis ce n'est pas la question.

— Car la question est... ?

— Que j'ai quatre enfants en dessous de l'âge de 8 ans ! Dont deux que je soupçonne sérieusement d'être hyperactifs ou atteints du syndrome d'Asperger, un truc dans le genre. Et une qui se réveille deux fois par nuit pour une tétée. Il s'attend à quoi ? À ce que je rêvasse toute la journée en attendant de lui sauter au paf ? Pitié ! Tout ce que je veux, c'est dormir.

— Ou manger du chocolat, ai-je ajouté en détachant un nouveau triangle.

— C'est déprimant. Il fut un temps où il serait rentré à la maison avec du Chanel. Maintenant, j'ai droit à un foutu Toblerone.

— C'est déjà mieux que rien.

— Admettons. Et Harry, au fait, comment va-t-il ?

J'ai perçu la pique, mais préféré ne pas relever.

— Ça va.

Liz m'a alors écoutée, impassible, lui raconter qu'il avait quitté son atelier en ville pour s'installer dans le garage. Les relations entre mon mari et ma meilleure amie ne sont pas au beau fixe. Liz a toujours été protectrice envers moi et s'est toujours méfiée des hommes qui me tournaient autour. « En matière de mecs, tu as des goûts immondes et un jugement absolument nul », m'a-t-elle déclaré un jour en guise d'explication. Harry a toujours provoqué chez elle une sorte de curiosité réticente. Et cela jusqu'à Tanger, qu'elle considérait carrément comme une pure folie. Je me rappelle encore cette conversation téléphonique échauffée entre nous, lorsqu'elle l'a traité de sale égoïste et m'a dit que j'étais idiote de me laisser entraîner dans ce trou à rats au nom de la sacro-sainte carrière artistique de Harry, et que je l'ai accusée de se renier complètement, avec sa grande baraque dans une banlieue résidentielle et son existence de bourgeoise snobinarde. Il m'a fallu quelques mois pour arriver à lui reparler par la suite. Et pourtant, après Dillon, elle a été une des rares personnes à qui j'ai vraiment pu me confier. Ces dernières années, j'ai passé un nombre incalculable de soirées assise dans sa cuisine, à boire du vin et me souvenir de lui, à pleurer sa perte, à m'ouvrir de ma blessure la plus profonde. Et puis, je l'admets, je lui ai parfois révélé des choses sur Harry que j'aurais peut-être mieux fait de garder pour moi. Mais je n'avais personne d'autre vers qui me tourner. Et en repensant à tout ce que j'avais dit dans cette cuisine – sur Harry, son comportement, mes soupçons, sur le fait que parfois il me faisait peur –, une vague de regret m'a submergée, si énorme que je m'en suis sentie physiquement affaiblie.

— Doucement, m'a dit Liz en me prenant le Toblerone des mains. À voir comment tu gobes ce truc, on croirait que tu es enceinte.

De surprise, j'ai battu des paupières et je l'ai regardée fixement ; elle a fait de même, et ses yeux se sont agrandis.

— Tu l'es ? C'est pas vrai, tu es vraiment enceinte ! Je le crois pas !

— Oh, Seigneur... Ça se voit à ce point ?

— Uniquement pour un œil entraîné. Tu es à combien ?

— Environ cinq minutes. Merde, Liz, ne le dis à personne. Je n'ai même pas encore prévenu ma mère.

— T'inquiète. Je suis une tombe.

Ses yeux, cernés de fatigue, étaient soudain pleins

de vivacité et elle a baissé la voix en se penchant par-dessus la table pour me parler comme un conspirateur.

— Bon, raconte-moi tout. Allez, je veux des détails.

— Il n'y a pas grand-chose à dire.

— Oh, arrête tes conneries. C'était prévu ou accidentel ?

— Accidentel.

— Aïe ! Harry a dû tirer la tronche.

— Non, pas vraiment. En fait, il a l'air tout content. Enchanté, même.

— C'est vrai, ce mensonge ? a-t-elle demandé en haussant un sourcil.

J'ai eu envie de fuir son regard inquisiteur.

— D'accord, j'avoue... ça l'a surpris.

— Mais en bien ?

— Oui, en bien.

— Qu'est-ce qu'il a dit quand tu lui as annoncé ?

Là, je me suis remémoré son air inexpressif, sa voix quand il m'avait dit : « Je n'arrive pas à y croire. »

— Il avait passé une journée pourrie et il n'avait rien vu venir, si bien qu'il a été un peu abasourdi. Pendant une minute, il n'a pas pu parler.

— Et quand il a retrouvé sa langue ? m'a pressée Liz d'un ton vif.

— Il était ravi. Et depuis, il est très enthousiasmé par le bébé, par la grossesse. Il n'arrête pas d'en parler. Il se met en quatre pour moi.

— Bon, tant mieux. C'est la moindre des choses.

— Je t'en prie, Liz, ai-je dit alors, soudain lasse. Ne sois pas comme ça, d'accord ? Il a changé. Quoi que tu en penses, je sais que ce bébé va faire toute la différence. Je ne sais pas pourquoi, mais j'ai l'impression qu'on attendait quelque chose comme ça depuis longtemps, Harry et moi.

— Je veux juste qu'il se rende compte de tout ce qu'il a, m'a-t-elle répondu sur un ton plus léger. Je ne veux pas qu'il s'enferme dans sa tour d'ivoire, son trip « oh pauvre de moi » et tout ça. Pas maintenant. Pas après tout ce qui s'est passé.

— Il ne le fera pas. Je le sais.

Une lueur d'inquiétude a flambé dans ses yeux, puis s'est adoucie.

— Très bien. (Elle a posé une main sur la mienne.) Je suis heureuse pour toi, Rob. Sincèrement.

— Merci, Liz. Moi aussi.

Je sentais son regard sur moi, son anxiété toujours présente, et j'ai eu un pincement de culpabilité pour ce que j'avais raconté sur Harry, son enthousiasme pour le bébé, son euphorie.

— Et maintenant, dis-moi que tu ne vas pas t'enfuir dans le désert pour avoir ce bébé, hein ?

— Non ! ai-je répondu en riant, et elle m'a fait un grand sourire. Non, pas cette fois.

En rentrant, j'ai entendu que Harry travaillait dans le garage. J'avais décidé, sur le trajet du retour, de ne pas lui dire que j'avais annoncé la nouvelle à Liz. D'une façon ou d'une autre, je savais que cela l'aurait contrarié, agacé. De plus, quelque chose me disait qu'il avait lui-même besoin d'un peu de temps pour digérer ce changement et j'étais plus que disposée à le lui accorder.

J'ai fermé la porte derrière moi, accroché mon sac à la rampe de l'escalier, descendu les marches et ouvert le garage. Je n'ai pas frappé, ne l'ai pas appelé et quand je suis entrée il a relevé la tête, surpris : j'ai eu l'impression de le déranger.

— Salut, toi, ai-je dit en allant lui donner un baiser léger. Qu'est-ce que tu fais ?

— Je m'installe.

J'ai alors vu par terre, derrière lui, ses caisses et ses cartons remplis de peintures et de pigments, de pinceaux, couteaux, toiles, carnets de croquis. Dans un autre coin, il avait empilé contre le mur tous ses invendus. Il avait déroulé un tapis par terre – une petite touche de tendresse dans cet espace froid et dur.

— L'éclairage est nul, ici, a-t-il dit en donnant un petit coup sur l'ampoule nue qui pendait au plafond.

Un nuage de poussière s'est élevé de l'ampoule.

— C'est ce que tu disais du sous-sol de Spencer, tu te rappelles ? Mais tu as arrangé ça, pas vrai ?

— Il fait un froid de canard.

— Tu peux prendre le radiateur à huile du bureau pour réchauffer l'atmosphère.

Il a émis un bruit qui pouvait être un acquiescement comme un grognement de désaccord. Il avait l'air ailleurs, mal luné, mais je ne comptais pas le laisser entamer mon optimisme.

— Booon, ai-je dit en étirant la syllabe et en m'appuyant contre la table pour lui faire face, mon sourire refaisant surface. J'ai pas mal réfléchi : j'ai décidé d'avoir le bébé à Holles Street et de me faire suivre en parallèle par le Dr O'Rourke et un spécialiste à la maternité.

— Super. Je vois que tu as déjà tout prévu, a-t-il répondu sans me regarder, les yeux fixés sur le mur d'en face. Je pense que je vais monter des étagères là. Histoire de ranger un peu. Et puis tout ce bric-à-brac doit disparaître.

D'un grand geste du bras, il m'a indiqué le tas de vieilleries qui s'étaient accumulées au cours des années, envahissant peu à peu l'espace, croissant comme un organisme vivant.

— On pourrait louer une benne, ai-je répondu. Tout bazarder. Il était temps qu'on s'y mette, de toute manière.

Il s'est mis à s'activer, à déplacer de gros sacs vers la porte. Une boîte à outils est tombée par terre, répandant bruyamment son contenu sur le sol en ciment.

— Je dois aller m'inscrire à la maternité cette semaine. Tu veux venir avec moi ?

— Tu as besoin que je sois là ?

— Non, mais...

— Tu y vas juste pour remplir des formulaires, non ?

— Si, sans doute. Il est encore trop tôt pour quoi que ce soit d'autre.

— Bon, tu n'as pas besoin de moi pour ça.

Je l'ai regardé avec attention.

— Je t'accompagnerai pour les échographies, les examens et tout, a-t-il ajouté.

C'était parfaitement sensé. C'était peut-être moi qui imaginais cette trace d'agressivité dans sa voix.

Je n'ai pas insisté.

Il s'est mis à déplacer des choses, à empiler des chaises dans un coin, à dégager de l'espace au centre.

— Tu veux que je t'aide ?

— Comment ? Demander à ma femme enceinte de soulever des meubles ? a-t-il protesté avec un large sourire. Tu me prends vraiment pour un salopard !

— D'accord. Je vais faire du café.

C'était son départ de l'atelier qui provoquait cela – ce léger froid entre nous. Il avait toujours été sensible à son environnement et plus particulièrement à son espace de travail. Je n'étais pas étonnée qu'il prenne mal ce changement. Je trouvais un peu agaçant qu'il n'arrive pas plus à prendre sur lui, mais il n'y avait pas de quoi se disputer pour autant.

J'ai rempli d'eau la base de la cafetière, déposé quelques cuillerées de café dans le réservoir et je me suis demandé combien de temps cela allait durer. Sa mauvaise humeur pouvait s'éterniser pendant des jours. J'étais en train de poser la cafetière sur le gaz lorsqu'il est entré dans la cuisine. Il est resté sur le pas de la porte, les mains dans les poches, l'air penaud. Ses cheveux en pétard, la manière dont ses yeux balayaient le plancher... il était redevenu un petit garçon, prêt à tout avouer, désireux de se faire pardonner, et j'ai senti le fil qui nous reliait me tirailler, m'attirer à nouveau vers lui.

— Je suis content pour le bébé, Robin, a-t-il commencé à mi-voix. Tu le sais, n'est-ce pas ?

— Bien sûr.

— J'ai réfléchi, a-t-il continué. Maintenant que je travaille ici, que toi tu passes moins de temps au boulot et que tu es plus souvent à la maison, je crois qu'il va falloir poser quelques règles.

— Des règles ? ai-je répété, désarçonnée.

— Oui.

Et là, j'ai compris que ce que j'avais pris pour de la contrition était bien autre chose. Il avait une attitude fuyante. Presque sournoise.

— J'ai besoin d'un espace à moi, Robin. J'ai besoin d'intimité pour pouvoir travailler. Tu ne peux pas passer bavarder comme ça dès que tu t'ennuies ou que tu as envie de compagnie.

La colère a commencé à monter en moi comme le mercure dans un thermomètre.

— Ah bon ? Alors que dois-je faire ? ai-je demandé en m'efforçant de garder une voix posée. Faut-il que je frappe avant d'entrer ? Que je prenne rendez-vous avec toi pour le café ? Que je marche sur des œufs dans ma propre maison ?

— S'il te plaît, Robin, ne le prends pas comme ça.

— Je ne le prends pas comme ça. C'est toi qui as une drôle d'attitude.

— Écoute, tout ce que je te demande, c'est de considérer mon espace de travail ici comme tu considérais l'atelier en ville.

— Comme un sanctuaire, tu veux dire ?

— Mais non, putain, pas un sanctuaire, m'a-t-il balancé, soudain coléreux. Tu ne passais jamais prendre le café à l'improviste, là-bas, si ? Tu ne venais pas bavarder !

— Tu ne me l'as jamais permis.

Il m'a regardée fixement.

— Pourquoi est-ce que tu fais ça ? Dire ce genre de choses. *Je ne te l'ai jamais permis.* Tu me fais passer pour un tyran, maintenant.

Comme la cafetière grondait et glougloutait, je me suis retournée pour la retirer du feu, puis j'ai posé bruyamment deux tasses sur le comptoir.

— Pas besoin d'en faire une montagne, Robin, a-t-il ajouté.

J'ai senti que ces mots, l'accusation qu'ils recelaient, se libéraient dans l'air comme un petit nuage de poison. Quelque chose a craqué en moi, et j'ai su que j'allais lui poser la question que j'avais toujours gardée pour moi, mais qui m'avait toujours taraudée.

— Pourquoi est-ce que je n'avais pas la clé de ton atelier ?

— Quoi ?

Il semblait sur ses gardes, dérouté.

— La clé. Tu ne m'as jamais donné de double.

— Que voulais-tu faire d'un...

— Diane en avait un.

Le nom de cette femme est resté suspendu entre nous comme une menace. Il me blessait la bouche comme une pointe. Tout en elle est pointu, des commissures de ses lèvres ourlées aux talons de ses escarpins.

— Ce n'est pas la même chose, a-t-il soufflé en me dépassant pour se servir lui-même son café.

— Comment ça ?

Il m'a répondu en élevant la voix et en parlant lentement, comme s'il s'adressait à un enfant.

— Elle avait besoin de pouvoir accéder à mes toiles en mon absence, c'est tout.

— Ça veut dire qu'elle aura aussi une clé de la maison ?

— Mais bien sûr que non ! Putain, qu'est-ce que tu as, aujourd'hui, Robin ?

Mes yeux se sont embrasés et j'ai senti mon cœur tambouriner de fureur.

— Qu'est-ce que j'ai, *moi* ?

— Chaque fois qu'il est question de Diane, tu fais ça. Ça ne rate jamais.

— Je fais quoi ?

— La soupe à la grimace. Tes grands airs réprobateurs. Ça me fout en rogne.

— J'ai de bonnes raisons de ne pas approuver.

— Pourquoi ? Elle ne t'a jamais rien fait. À ma connaissance, elle a toujours été sympa et polie avec toi.

— Ha ! ai-je éclaté, moqueuse. Oh, oui, très sympa. Bon Dieu, Harry, t'es complètement aveugle, ou quoi ? Sympa avec moi ? Chaque mot qu'elle me dit est bourré de condescendance. Je suis la petite femme du grand homme, et, oh, comme elle adore me le rappeler.

— C'est dans ta tête, tout ça, Robin.

— Dans ma tête, bien sûr. Vas-y, raconte-toi des histoires. Tu ne te rappelles pas la seule fois où elle a mis les pieds dans cette maison ? Quand quelques-unes de mes vieilles toiles étaient posées contre le mur, et qu'elle a daigné les regarder pour me donner son avis professionnel ? Tu ne te souviens pas de ce qu'elle m'a dit ?

Il m'a envoyé un regard méfiant et a bu une longue gorgée de café.

— Elle a posé son regard impérial dessus et m'a dit que c'était mignon. *Mignon, coquet et provincial* – c'est ce qu'elle a dit. *Provincial !* Elle a réellement employé ce mot !

En me remémorant ces paroles, je me suis une nouvelle fois rappelé à quel point je m'étais sentie rabaissée. J'avais soudain vu mon travail à travers son regard narquois et, avec un profond sentiment de déception, j'avais reconnu ma défaite.

— Bon, elle n'aimait pas ce que tu faisais. Et alors ?

Pendant quelques instants je n'ai pas baissé les yeux, puis j'ai répliqué d'une voix sourde.

— Je n'aime pas la manière dont elle te regarde.

Dans l'instant, il s'est redressé et a violemment reposé sa tasse sur le comptoir. Il m'a décoché un regard noir et s'est détourné pour sortir.

— Je n'ai pas le temps pour ces conneries.

Je suis restée plantée là, les poings serrés, un sang brûlant courant dans tout mon corps.

— C'est ça, Harry. Défile-toi, va. Surtout, ne reste pas pour m'en parler en face.

— On en a déjà parlé ! Il n'y a rien à dire, sauf si tu veux discuter de ta paranoïa.

— Ma *paranoïa* ? Comment peux-tu dire ça ?!

Ma colère débordait, prenait possession du moindre interstice dans mon corps. J'étais tout enflée de fureur.

— Je ne suis pas parano ! Je sais que vous couchiez ensemble ! Je le sais, Harry ! Je ne connais peut-être pas les détails, quand ça a commencé ni combien de temps ça a duré. Je ne sais même pas si tu la sautes encore. Mais je sais que vous l'avez fait, même si je ne peux pas le prouver. Et ce n'est pas de la parano, va te faire foutre de me dire que c'en est. La moindre des choses, ce serait que tu me montres un tout petit peu de respect et que tu l'admettes, au lieu de me mentir et de me rabaisser comme une petite épouse parano et névrosée !

— Ça te ferait plaisir, hein ? Tu me foutrais la paix, après ? Alors d'accord : je l'ai sautée. Voilà. Contente ?

Il m'a craché ces mots et a levé les mains, moqueur, comme pour se rendre.

— Vas-y, tourne ça à la blague, ai-je lâché en secouant la tête et en le regardant avec des yeux neufs. Mais tu n'as pas toujours été comme ça. Je ne t'aurais jamais soupçonné de coucher avec quelqu'un d'autre, avant. Jamais. Jusqu'à Dillon...

— Je t'interdis de parler de lui, a-t-il grondé en levant un index menaçant. Je t'interdis de le mêler à ça.

— C'est pour ça que tu fais ça ? ai-je continué sans l'écouter. Coucher à droite à gauche, ça te distrait de tes remords ? Ça calme la douleur ? Ça t'aide à flouter les détails de ce soir-là, ne serait-ce qu'un instant ?

Il m'a fixée depuis la porte. Il avait l'air crevé, les yeux brouillés, fou de colère rentrée. Je me suis demandé s'il y avait une bouteille quelque part dans le garage, parmi ses affaires, et s'il allait maintenant retourner y puiser de la force.

— Ne sois pas idiote, putain, a-t-il lâché d'une voix sourde.

Et il a doucement refermé la porte derrière lui.

Il m'a fallu beaucoup de temps pour me calmer après cette scène. Je sentais ma colère rôder en moi tel un fauve griffu et dangereux, grondant et marchant de long en large, et je ne tenais pas en place, impatiente, distraite.

Nous ne nous disputons pas souvent, Harry et moi. Nous détestons les conflits. Mais ce jour-là, dans la cuisine, une rage soudaine m'a envahie, et, pour être tout à fait honnête, cela n'avait rien à voir avec Diane. Dieu sait que le sujet était déjà venu sur le tapis. Rien à voir non plus avec l'atelier ni avec la réaction de Harry – cette bouderie que je jugeais puérile – à l'idée de devoir y renoncer. Lui et ses foutues règles ! Le problème au fond, ce jour-là, c'était ma grossesse et l'attitude ambivalente qu'il avait adoptée depuis que je la lui avais annoncée. Non, c'était plus que cela : c'était son refus délibéré de s'y engager, quoi qu'il en dise.

Du temps de Dillon, il avait tenu à tout savoir. À l'époque, il s'était plongé dans le livre de conseils que j'avais trouvé chez Cozimo. Il me questionnait sans relâche, impatient de connaître chacun des changements que je sentais se produire en moi. Il m'encourageait à tenir un journal, à prendre des notes sur ma grossesse afin que nous puissions toujours nous en souvenir, longtemps après que les détails se seraient effacés de notre mémoire. À ce stade précoce, il préparait déjà la postérité. Son désir ardent d'établir un lien avec la vie qui grandissait dans mon ventre n'était pas loin de me briser le cœur. J'en étais presque suffoquée.

112

À présent, en revanche, il semblait incapable de se sentir concerné par moi ou par cette grossesse. Il était absorbé dans ses propres pensées, distrait par une chose qu'il refusait de partager avec moi. Et ce qui me perturbait le plus, ce qui me rongeait constamment, était de me demander ce qui le préoccupait tant.

Plus tard dans la semaine, pendant un moment de calme au bureau, je me suis éclipsée pour descendre d'un pas vif Parliament Street et rejoindre Dame Street. J'avais passé la nuit à scanner des croquis pour un des architectes seniors du cabinet et j'avais mal aux yeux à force de contempler l'écran. Depuis quelque temps, je ne faisais pas grand-chose d'autre qu'entrer des données dans l'ordi, et j'en arrivais au point où même travailler sur des nomenclatures de portes me paraissait excitant. Mais, en tant que recrue la plus récente de notre petite équipe, je ne choisissais pas mes tâches, et je savais, au fond de moi, que je pouvais déjà m'estimer heureuse d'avoir décroché ce poste.

Il y avait eu une grosse chute de neige pendant la nuit. La ville en était recouverte – comme assourdie. Cela lui donnait un aspect désolé. Le peu de circulation qu'il y avait encore avançait lentement, et les piétons se frayaient prudemment un chemin dans la neige et la bouillasse des trottoirs. Il m'a fallu une demi-heure de marche pour atteindre Trinity College, puis encore un quart d'heure pour traverser les pavés glissants et les terrains de cricket jusqu'à la porte Lincoln. Je n'y avais pas réfléchi, mais mon trajet me faisait passer dans Fenian Street, devant l'ancien atelier de Harry. C'était tout près de Holles Street et de l'hôpital. J'ai relevé la tête pour regarder les fenêtres fermées. Je n'aurais pas été étonnée de voir les traits tannés de

Spencer derrière la vitre, mais les carreaux ne faisaient que renvoyer l'éclat terne du ciel. En passant, j'ai repensé à Harry. Nous nous étions réconciliés, et pourtant il restait quelque chose de notre dispute, comme une odeur qui ne veut pas s'en aller.

À l'hôpital, on m'a orientée vers un bâtiment en préfabriqué situé derrière une arche : c'était là qu'auraient lieu mes visites prénatales. Au premier abord, la construction semblait légère, temporaire, pas assez solide pour abriter une affaire sérieuse comme la venue au monde d'un enfant. À l'intérieur, une femme débordée, aux cheveux tirés en queue-de-cheval, a recueilli mes coordonnées et s'est mise en devoir d'établir mon dossier. Je l'ai regardée non sans admiration amasser une liasse de feuilles de couleurs différentes, les feuilleter à toute vitesse et y coller diverses étiquettes adhésives, avec les gestes à la fois rapides et las d'une personne qui a déjà fait cela mille fois. Puis elle m'a tendu le tout, ainsi qu'une carte de rendez-vous, et m'a priée d'attendre. Quelques minutes plus tard, on m'a menée jusqu'à un bureau exigu où une femme vive et accueillante a entrepris de m'interroger plus en détail.

— C'est votre premier ? s'est-elle enquise gaiement.

— Le deuxième.

— Ah, alors vous savez ce que c'est.

— Je suppose, oui.

— Garçon ou fille ?

L'espace d'un instant, je n'ai pas compris, et elle a relevé la tête pour préciser :

— Votre premier enfant. C'est un garçon ou une fille ?

— Un garçon.

— Ah. Quel âge ?

J'ai dégluti, gorge nouée. Après tout ce temps, je

n'étais toujours pas à l'aise avec ce genre de questions. Ma bouche s'est asséchée, ma langue est restée collée à mon palais. J'ai eu une pensée pour Dillon, un souvenir involontaire de lui dans les derniers jours avant que nous ne le perdions. Ses cheveux ébouriffés, la manière dont ils bouclaient dans sa nuque, ses membres potelés, les fossettes sur le dos de ses petites mains charnues. C'est ainsi que je pensais à lui, que je me souvenais de lui : un petit garçon, figé à jamais dans l'enfance.

— Trois ans.

Elle m'a adressé un sourire chaleureux, après quoi son regard s'est dirigé vers son écran d'ordinateur.

— Il sera ravi d'apprendre qu'il va avoir un petit frère ou une petite sœur !

— Oui, ai-je soufflé d'une voix faible.

— Bien. Vous avez choisi un double suivi : je vais donc vous demander de remplir ce formulaire et de l'envoyer à la Sécurité sociale.

Je n'ai qu'un souvenir flou de la suite, car j'ai passé tout ce temps à m'inquiéter de mon mensonge à propos de Dillon. Enfin, pas vraiment un mensonge, mais une omission. Pourquoi avais-je fait cela ? Parce que je redoutais de voir le visage de cette femme perdre sa gaieté pour afficher à la place une expression triste et compréhensive, voilà pourquoi. J'avais déjà reçu ce regard bien plus de fois que je ne l'aurais voulu. Mais du coup, pendant tout l'entretien, je me suis mise à craindre que ce mensonge n'ait des conséquences, par la suite, au cours de mes visites. J'ai commencé à m'imaginer arrivant dans les lieux, tombant sur cette aimable femme et la voyant me demander comment se passait la grossesse et si mon fils était au courant, me poser la question dans un couloir bondé de femmes enceintes et de leurs conjoints, tous écoutant d'une oreille, nous observant distraitement, et là je devrais lui expliquer que Dillon était mort, alors que l'idée même de mentionner un enfant défunt devant un groupe de femmes enceintes semblait inconcevable.

— ... et tout cela lors de votre premier rendez-vous. Tenez, je vais inscrire la date sur votre carte, comme ça vous n'oublierez pas.

Je la lui ai tendue, j'ai regardé son écriture précise remplir une case blanche, en me disant toujours que je devrais clarifier la situation, parler de Dillon.

— Donc, quand vous reviendrez pour le rendez-vous, prenez directement cet escalier et l'infirmière vous recevra. D'accord ?

— Oui, merci.

Je l'ai laissée retourner gaiement à ses affaires. Je me mordillais toujours la lèvre, pleine d'indécision et de regret, lorsque j'ai entendu mon prénom.

— Robin ? C'est bien vous ?

Une femme en robe bleue, précédée d'un ventre rond comme un pudding de Noël, s'approchait de moi avec un sourire hésitant. Ses cheveux auburn retombaient sur une de ses épaules. La peau couverte de taches de rousseur. Je connaissais ce visage, mais je n'arrivais plus à le situer.

— Je suis Tanya, m'a-t-elle dit. De la galerie Sitric, vous savez ? Nous nous sommes vues à l'exposition de votre mari, il y a quelques années...

— Tanya. Oui. Oui, bien sûr, pardon.

— Ça ne fait rien ! s'est-elle esclaffée. La grossesse a tendance à embrouiller les idées, pas vrai ?

— Sans doute. C'est pour quand ?

— Mars. Et vous ?

— Pas avant l'été prochain. En fait, je suis juste venue m'inscrire.

— Ah.

Pendant un instant, nous n'avons plus rien dit, reconnaissant tacitement toutes les deux le caractère gênant de la situation. Cela fait partie des choses qu'on ne souhaite jamais voir arriver : tomber sur quelqu'un qu'on connaît alors qu'on va déclarer une grossesse. On n'est pas encore prête à annoncer la nouvelle, et en même temps on ne peut plus la nier une fois qu'on a été surprise dans les locaux d'une maternité. J'avais l'impression étrange, presque honteuse, d'être prise la main dans le sac.

— Et comment va Harry ?

— Bien, merci. Très occupé, ai-je ajouté en me rappelant soudain ce qu'il m'avait raconté. Il m'a dit que vous aimeriez voir ses dernières pièces.

Une ombre de confusion est passée sur ses traits.

— Quand vous vous êtes croisés le week-end dernier, ai-je ajouté. Il était tout heureux, en fait... mais chut, il me tuerait s'il savait que je vous dis ça. Mais vous savez comme il aimerait pouvoir exposer de nouveau à la galerie Sitric.

Son expression m'a arrêtée net. La confusion avait fait place à une perplexité sincère et elle secouait lentement la tête.

— Vous devez confondre, Robin. Il y a des siècles que je n'ai pas vu Harry. Au moins deux bonnes années, en tout cas.

— Ah, ai-je fait, momentanément déroutée. Il parlait sans doute de quelqu'un d'autre de chez Sitric, alors. Il y a une autre fille qui travaille là-bas... Sally, ou Sarah ? Je ne sais plus !

J'ai ri, mais elle me regardait toujours bizarrement.

— La galerie Sitric a fermé, m'a-t-elle dit doucement.

— Comment ?

— Encore une victime de la récession, a-t-elle continué avec un petit rire dépité. Personne n'a plus un sou à dépenser dans l'art.

Je réfléchissais à toute vitesse. La galerie Sitric avait fermé ? Dans ma tête, je me repassais le récit de Harry : Tanya, de la galerie Sitric. Le jour de la manif. J'étais sûre que c'était elle qu'il avait mentionnée.

— Bon, a-t-elle dit avec un petit haussement d'épaules. Ça m'a fait plaisir de vous voir. Et je vous en prie, passez le bonjour à Harry. Peut-être que, quand les affaires reprendront, nos chemins se recroiseront.

— Oui, ai-je répondu en souriant. Bonne chance.

Tout en repartant prudemment dans la neige, j'ai songé à Harry, à ce qu'il m'avait dit, en me demandant pourquoi il m'avait menti. Et s'il n'avait pas vu Tanya ce jour-là à la manif, alors qui avait-il vu, et pourquoi ne voulait-il pas me le dire ?

Il pouvait s'agir d'une erreur. Je me répétais qu'il m'avait sûrement parlé d'une employée d'une autre galerie, et que j'avais mal entendu ou mal interprété ses paroles. Mais en même temps que je retournais cette idée dans ma tête, je savais qu'elle était fausse. Il m'avait menti. Je me rappelais son attitude ce jour-là – agité, distrait –, et ce souvenir m'a accompagnée pendant tout le long retour au bureau, creusant dans ma tête son petit sillon d'inquiétude... un de plus, à ajouter aux autres.

7

Harry

Je me suis réveillé au son de *Fairytale of New York* passant à la radio. Ça y était. Aussitôt qu'on entendait cette chanson, on savait que Noël arrivait. J'étais mal fichu. J'avais l'impression d'être le salopard de la chanson. Cette mélodie décousue allait bien avec la situation. Rien de tel que Shane McGowan chantant qu'il aurait pu être quelqu'un, par un matin blafard de décembre, pour vous donner envie de vous remettre à boire. J'envisageais de soigner le mal par le mal.

À côté de moi, le lit était glacé. Robin devait être levée depuis longtemps. Je me suis traîné jusqu'à la salle de bains et j'ai ouvert le robinet. Sous la douche, alors que des filets d'eau m'éclaboussaient douloureusement le visage, j'ai pensé à ce qu'était devenue ma vie, au parcours que j'avais déjà accompli et à tout ce qui m'attendait. J'ai pensé à mon travail, aux occasions qui se présentaient à moi, maintenant, avec le petit voyage que je m'apprêtais à faire. Je partais pour Londres, j'avais un rendez-vous avec une galerie pour parler d'une éventuelle expo, une déclinaison du Manifeste de Tanger. Une seconde partie, si vous préférez. J'avais le trac mais j'étais excité, aussi, conscient de toutes les possibilités qui tournoyaient autour de moi. J'ai pensé à Robin et au bébé qui grandissait en elle. J'ai pensé à cette vieille maison et à l'avenir qu'elle recelait. Toutes ces idées voletaient dans les coursives de mon esprit. Mais une ombre se projetait dessus. L'ombre de l'enfant que j'avais vu. Son visage s'est élevé dans la vapeur de l'eau chaude et je m'en suis détourné, fermant vivement le robinet et sortant de la baignoire. Je ne me suis pas rasé, je me suis juste habillé à la hâte avant d'attraper quelques affaires que j'ai fourrées dans un sac de voyage.

Robin m'a appelé d'en bas.

— Harry ? Tu es prêt ?

— Ouais !

J'ai dévalé l'escalier, pressé par un besoin urgent de me mettre en route.

— Je vais te conduire à l'aéroport.

— Avec cette neige ?

— Il n'y en a pas tant que ça. On pourra prendre un petit déj' là-bas, avant ton vol.

— D'accord. Mais tu es sûre ?

Elle m'a décoché un sourire chaleureux et rassurant, puis m'a dépassé pour rejoindre le combi. Pendant que je fermais la porte, je l'ai entendue démarrer le moteur.

— Billets ? Passeport ? Portefeuille ? m'a-t-elle demandé pendant que je m'asseyais à côté d'elle.

— OK, OK et OK.

Elle semblait d'humeur radieuse, ce matin-là. Une atmosphère d'optimisme flottait autour d'elle, irradiant sa chaleur par cette journée froide, si froide. Ça m'a tellement soulagé, sur le moment, que ça a suffi à dissiper toutes mes pensées à propos du petit garçon, de ce que j'avais vu ou croyais avoir vu. Une idée folle, voilà ce que c'était, provoquée par la culpabilité, la lassitude, ou la combinaison des deux.

Robin avait la tête tournée pour faire sa marche arrière quand j'ai vu son expression changer, se renfrogner. Me retournant à mon tour, j'ai alors aperçu le long mufle de la vieille Jag qui se garait au bout de l'allée, nous coupant la route. J'ai entendu crisser un frein à main et vu la portière s'ouvrir pour laisser descendre Spencer, une clope éteinte au bec, ses cheveux pas coiffés soulevés par le vent.

— Allons bon, a lâché Robin d'un ton morne alors qu'il nous saluait de la main.

— Je vais nous débarrasser de lui.

Elle m'a regardé, l'air pas convaincu.

— Si seulement c'était si simple.

Il était maintenant à la portière de Robin, en train de taper à la vitre. Qu'elle a consciencieusement baissée. J'ai senti l'haleine de mon ami à travers tout l'habitacle, amère et forte.

— Où t'en vas-tu comme ça ? m'a-t-il demandé.

— À l'aéroport.

— Bon, viens. Je t'emmène.

Et sur ce, il est reparti d'un pas tranquille vers la Jag sans attendre de réponse.

Robin regardait fixement ses phalanges, les mains toujours posées sur le volant.

— Désolé, chérie, ai-je dit en l'embrassant.

Elle a soupiré.

— Je me rattraperai, ai-je ajouté. Oublie le petit déj' à l'aéroport : je t'emmène dîner dans un vrai bon restau à mon retour.

Robin n'a pas réagi. Je suis descendu de notre voiture avec la sensation de la décevoir une fois de plus, et j'ai embarqué dans celle de Spencer. Il portait un manteau en poil de chameau. Sous les revers, on apercevait de la soie noire : il était toujours dans sa robe de chambre. Les yeux injectés de sang. On aurait dit qu'il n'avait pas dormi depuis un mois.

— Tu es certain d'être en état de conduire ?

— Quoi ? 'Videmment ! Je connais la combine, a-t-il clamé en brandissant un alcootest.

Il conduisait de telle manière que j'étais obligé de me cramponner à la poignée de ma portière, et mon pied a écrasé plus d'une fois un frein imaginaire. Au moins, nous ne risquions pas d'être en retard.

— J'ai parlé à McDonagh, mon pote chez les flics. Il a réussi à dégoter les enregistrements des caméras de surveillance pour la période qui t'intéresse. Tout est numérisé, de nos jours.

— Ah. Je vois. Parfait.

— Il me devait une faveur, et voilà, mon ami : une demi-douzaine de DVD.

J'ai regardé la pile de disques, retenus ensemble par un élastique, et senti une vague de gêne ou de regret me passer dessus. Pourquoi lui avais-je demandé ça ? À quoi ces enregistrements pourraient-ils bien servir ? À ce moment-là, l'absurdité de mes soupçons me paraissait flagrante, sans parler de mon idée de jouer les détectives amateurs.

— Faveur ou non, ça n'a pas été facile à obtenir, tout ça. Apparemment, c'est un dossier chaud, les mesures d'austérité, les manifs, tout ça. Oublie le Manifeste de Tanger, c'est comme ça que tu devrais intituler ta prochaine expo.

— Mesures d'austérité ?

— 'Xactement.

— J'y penserai.

— Bon, écoute, tu vas devoir analyser ces vidéos toi-même. McDonagh me devait peut-être un gros service, mais il n'allait quand même pas se taper trente heures de visionnage de gens se baladant dans O'Connell Street.

— Trente heures ?

— À peu près. Il y avait trois ou quatre caméras, alors... J'en sais rien, fais le calcul.

— En effet. Eh bien merci encore. Tu es un *mensch*.

— On m'a donné pires noms d'oiseau, a-t-il répliqué en se garant. Bon, tu me paies un verre ou quoi ?

— Et la voiture ?

— Je vais la laisser là. Et...

— Et quoi ?

— Raconter qu'on me l'a volée, je ne sais pas.

Après un passage par le comptoir d'enregistrement, nous avons rejoint le bar le plus proche.

— Alors ? m'a fait Spencer d'un air impatient.

— Quoi ?

— Tu vas enfin me dire ce qui se passe, ou bien ?

Il a désigné les DVD, puis tendu la main vers sa pinte.

Je savais que je ne pouvais pas le lui dire. Principalement parce que j'étais gêné – j'appréhendais peut-être les conclusions qu'il risquait de tirer de mon comportement, le lien qu'il pourrait faire avec mes problèmes passés. En outre, il n'avait pas connu Dillon. Pas vraiment. Il était venu nous voir une fois à Tanger, peu après la naissance du petit, et nous avions passé un week-end mémorable à arroser l'événement. Il était le seul de nos amis à avoir fait le déplacement et il semblait sincèrement heureux pour nous. Par la suite, il s'était vaguement intéressé à Dillon, mais de loin, lui envoyant des cadeaux et des cartes. Il n'avait pas le titre officiel de parrain, mais jouissait tout de même d'un statut particulier. Il était tonton Spencer.

Il a attaqué sans me laisser une chance d'esquiver le sujet.

— Tu sais qu'il y a plus de cinquante de ces foutues caméras de vidéosurveillance rien que dans le centre-ville ? Sans parler du reste du pays. *Big Brother is watching you*, que veux-tu.

— Tu l'as dit.

— Et nos libertés, alors ?

— Spencer, tu te fous de nos libertés comme de l'an quarante.

— Qu'est-ce que tu en sais ? Qu'est-ce qui te dit que je ne me soucie pas de nos libertés ?

— Tu cherches juste à faire de la provoc.

Il m'a regardé comme si j'avais insulté sa mère.

— Tu es d'humeur à tout critiquer, aujourd'hui, ai-je ajouté.

— Pas du tout.

Mon téléphone a sonné. C'était Diane. Elle était au courant pour la galerie Golden Clock à Londres, mais je n'avais pas envie qu'elle s'en mêle. Je ne voulais pas qu'elle s'incruste, qu'elle vienne me représenter comme si je lui appartenais. Plus il y aurait de distance entre nous, mieux je me porterais. J'ai laissé sonner. Spencer s'est emparé de mon téléphone et a vu le nom de Diane sur l'écran. Il a rejeté l'appel.

— N'en parlons pas.

J'étais d'accord.

De nouvelles consommations sont arrivées.

— Tu es d'humeur généreuse, aussi, ai-je noté.

— C'est la joie de Noël. (Reprenant mon smart-phone, il a ouvert la page de *Wheel Spinning Hamster Dead*[1].) C'est nous, ça, mon ami. C'est l'Irlande.

— Ouais, c'est hilarant, Spence. Charmant, vraiment.

---

1. « La roue tourne encore, le hamster est mort » : *webcomic* satirique paraissant quotidiennement en Irlande.

— La solitude, il n'y a pas d'application pour ça.

— T'es jaloux parce que tu n'as pas d'iPhone, c'est tout.

J'ai dit ça, mais la vérité c'est que, pour moi-même, cet appareil est au-dessus de mes moyens. Nous sommes fauchés. Même mon découvert a un découvert, c'est dire. Nous avons hérité d'une maison, mais c'était un cadeau empoisonné. Son entretien est un gouffre. Elle est pleine de fuites et de courants d'air. Il y a toujours une chose cassée, une autre en panne. Je ne le dirai jamais à Robin, mais nous avons reçu une épave en héritage. « Elle fera une bonne maison de famille, me dit-elle. On y sera bien. Tu ne pourrais pas montrer un peu plus d'enthousiasme ? » Je sais que je vais passer pour un pauvre ringard en disant ça, mais c'est l'idée de ne pas l'avoir gagnée par notre travail, ou de ne pas l'avoir construite de nos mains, qui me met mal à l'aise. Nous l'avons même hypothéquée pour la retaper ; une hypothèque sur une maison qui nous a été donnée ! De la folie pure. Et pourtant, emprunts, téléphone hors de prix, rien de cela ne m'importait en ce moment. La lueur d'une opportunité vacillait toujours à l'horizon. Je suppose que c'est ce qu'on appelle l'espoir.

— Tu es conscient que toute la musique que tu possèdes date des années quatre-vingt ? ai-je demandé à Spencer.

— Ah oui ?

— Pauvre couillon. Ta vie de mélomane s'est arrêtée en 1989.

— Ben quoi, ce sont les meilleures années.

— Howard Jones, Nik Kershaw. Pitié.

— The Cure, les Smiths.

— Lloyd Cole.

— Mais j'adore Lloyd Cole, putain.

— *Lost weekend in a hotel in Amsterdam.*

— C'est l'histoire de ma vie.

Du coin de l'œil, j'ai aperçu deux silhouettes – une femme et un enfant – et j'ai brusquement pivoté sur ma chaise pour les regarder. Mais le garçon était trop petit, il n'avait pas plus de 3 ou 4 ans, et la femme aussi était différente, pas la bonne couleur de cheveux, pas la bonne taille.

Quand je me suis retourné, Spencer me regardait fixement.

— Qu'est-ce que t'as, aujourd'hui, l'ami ? m'a-t-il demandé en me dévisageant.

— Rien.

— Tu es sur les nerfs.

— Mais non.

— Si. Chaque fois que quelqu'un passe, tu te retournes. Tu attends quelqu'un ?

— Non ! ai-je lancé, indigné et embarrassé. Tiens, finis ma bière pour moi. Il est temps que j'y aille.

Mon vol a décollé avec du retard. Une histoire de dégivrage de la piste et des ailes. Si on y pensait trop, on n'irait jamais nulle part. J'ai embarqué et pris place à côté d'une femme qui m'a accueilli par ces mots : « Il fait assez froid pour vous ? » Son parfum était tellement fort que j'en sentais le goût sur ma langue. Même le gin tonic que j'ai commandé ne l'a pas fait partir. De l'autre côté de l'allée centrale, un type s'occupait d'un enfant en larmes. Il a trempé la tétine du gamin dans son verre et la lui a fourrée dans le bec. Le petit a cessé de pleurer. L'homme, en voyant que je le regardais, m'a souri et fait un clin d'œil. J'ai détourné les yeux. Où que je regarde, il y avait des enfants. Impossible de leur échapper.

Le temps que j'atterrisse à Londres, il était trop tard pour mon rendez-vous. J'ai rappelé Daphné et nous avons décidé de reporter au lendemain matin. J'avais vaguement le projet d'aller faire un peu de tourisme, peut-être visiter un musée, ou aller me balader du côté de la gare de Waterloo. Mais commencer à boire si tôt dans la journée m'avait vidé de toute énergie, c'est pourquoi, une fois arrivé à l'hôtel, je me suis étendu sur mon grand lit – un vrai paquebot –, j'ai allumé la télé et j'ai laissé mon esprit tourner à vide pendant vingt minutes en regardant Nigella Lawson s'enfourner des concoctions crémeuses dans la bouche. Les DVD de Spencer étaient posés sur la table de chevet. J'avais beau m'efforcer de les ignorer, je sentais leur présence qui me titillait, comme une croûte demandant à être grattée. C'était une mauvaise idée et je le savais, mais j'ai fini par éteindre la télé, allumer mon ordi et glisser le premier disque dans le lecteur.

Au début, j'ai regardé avec un intérêt mitigé. Les images étaient troubles et de mauvaise qualité. Je feuilletais un magazine, conscient du mouvement sur l'écran, l'attention brièvement attirée par les images de temps en temps, avant de m'en désintéresser à nouveau. *J'éteins dans une minute*, me disais-je, mais les minutes sont devenues des heures et je me suis retrouvé à éjecter un disque pour le remplacer aussitôt par un autre. Piégé par l'ennui ou l'inertie, mon magazine abandonné, je me suis laissé absorber par cet écran et par les images qu'il diffusait.

L'un des angles de vue montrait la Liffey. Trois hommes se balançaient d'avant en arrière à bord d'un curragh[1] en agitant des bannières. J'avais loupé cette

1. Barque irlandaise.

scène le jour en question. Pourtant, elle était là. Je me suis fait du café instantané à l'aide de la petite bouilloire installée dans un coin de la chambre. J'ai envoyé valser mes chaussures et appuyé l'ordinateur contre un oreiller. À mesure que les heures défilaient, l'enregistrement s'est brouillé devant mes yeux, une foule de gens déambulant dans un sens, dans l'autre. Parlant, avançant. Cela devenait fastidieux.

L'ordinateur était comme une pierre brûlante sur le lit. Craignant de cramer le disque dur, je l'ai éteint pour faire une pause. J'avais visionné des heures d'enregistrement et j'étais fatigué, mais cela ne m'a pas empêché de sortir. Une bière au bar de l'hôtel et me voilà parti faire un tour. Je ne savais pas trop où j'allais, mais c'était l'occasion de m'éclaircir les idées. Un voile de neige recouvrait la ville. Des piétons solitaires se détachaient, silhouettes esseulées, traversant des squares déserts. Les taxis noirs se mouvaient lentement sur une mer de neige fondue. J'ai erré de bar en bar, la tête pleine d'images de la manifestation, avant de retourner à l'hôtel, les mollets et les genoux endoloris à force de marcher prudemment sur le sol glissant, et je me suis écroulé, crevé, dans mon lit.

Lorsque je me suis réveillé, l'ordinateur était toujours sur le lit à côté de moi. Ma tête m'élançait. Dans la salle de bains, je me suis gargarisé au bain de bouche avant d'avaler des antalgiques. Pas le courage de prendre un petit déj'. J'ai attrapé mon sac et je suis sorti, direction Soho.

Il était bien trop tôt pour le rendez-vous, mais je ne pouvais pas passer une seconde de plus dans cette chambre. Il fallait que je m'éloigne de mon portable et de ces DVD. Il n'y avait rien dessus, rien que des images susceptibles de nourrir mes illusions qui n'avaient déjà que trop duré. C'était malsain. J'avais besoin de me vider la tête, de me concentrer sur l'avenir. Le passé n'avait rien à m'offrir, à part un cœur brisé.

Histoire de tuer le temps, je suis entré au British Museum et je me suis retrouvé en train d'errer dans l'aile égyptienne. Les cachets avaient agi jusqu'à un certain point, mais j'avais la tête dans le coton, encombrée par trop de pensées. J'essayais de me concentrer sur ce que je voyais, mais trop de choses se bousculaient sous mon crâne, jouant des coudes pour se faire une place dans ma cervelle surpeuplée. Je déambulais, hébété, ni touché ni ému, jusqu'au moment où je suis tombé sur une momie d'enfant venue de Hawara, en Égypte. Je me suis arrêté net, médusé.

La momie avait été découverte dans une excavation, au sein d'un cimetière romain situé près de la pyramide de Hawara, vers la fin du XIXᵉ siècle. Elle était enveloppée de manière élaborée et un portrait de l'enfant était dessiné sur les couches extérieures des bandelettes. Sur le torse, un linceul était orné de scènes variées issues de la tradition religieuse égyptienne, avec la déesse du Ciel, Nout, au-dessus. En lisant la notice, j'appris que l'enfant était celui d'une femme dont la momie se trouvait au musée du Caire. Quelque chose, dans cette information, a provoqué en moi un accès de douleur inattendu. L'enfant à Londres, la mère au Caire. Séparés, même dans la mort.

J'ai contemplé cette momie pendant un long moment. Au début, je n'ai pas compris pourquoi elle retenait ainsi mon attention, pourquoi elle faisait battre mon cœur plus vite. La notice disait aussi que le portrait était réalisé à la tempera sur lin. Les grands yeux et les cheveux noirs étaient envoûtants. Et peu à peu, cela m'est apparu : c'était le visage de ce garçonnet qui me coupait le souffle. C'était extraordinaire. Cet enfant ressemblait à Dillon, à un point tel que j'avais l'impression que quelqu'un me jouait un tour très cruel. L'Univers, le cosmos, que me disait-il ? Aucune idée. Mais peut-être était-ce au contraire un message rassurant. J'avais envie de traverser la vitre pour toucher les traits fragiles de ce garçon.

J'ai regardé autour de moi, comme pour dire : « Vous avez vu ça, vous voyez ce jeune prince de Hawara ? »

« C'est mon fils. »

J'étais euphorique. Mes pensées tournaient à toute vitesse, mes mains tremblaient. J'ai aperçu mon reflet dans la vitre et vu des larmes rouler sur mes joues.

J'ai relu la notice, avec ardeur cette fois, à la recherche de la moindre information, du moindre indice. Pour moi, ce n'était pas une simple coïncidence si l'archéologue qui avait découvert cette momie d'enfant, un certain Petrie, avait décrit l'Égypte comme « une maison en feu, tant sa destruction avait été rapide ». Une maison en feu. Si ça, ce n'était pas un signe, alors qu'est-ce que c'était ? Tout se mettait en place. Petrie avait également écrit : « Je suis convaincu que la véritable ligne à suivre quand on cherche quelque chose consiste à noter et comparer les plus infimes détails. »

Les plus infimes détails. J'ai songé aux DVD que j'avais glissés sans y penser dans mon sac et je les ai sentis m'attirer de nouveau à eux comme un aimant.

J'étais prêt à renoncer à la galerie lorsque Daphné m'a envoyé un SMS de confirmation.

J'ai pris une photo de la momie avec mon téléphone

et je me suis arraché à ce visage lumineux. En sortant, j'ai acheté une carte postale de l'enfant et je l'ai glissée dans ma veste. Je me suis rendu à pied à la galerie, animé par un étrange sentiment d'allégresse et d'abandon. J'avais l'impression de flotter.

Daphné était adorable, diaboliquement charmeuse et pleine de « oui, chéri », « bien sûr, chéri », « viens que je te fasse visiter la galerie, chéri ». Il n'y avait pas grand-chose à voir, mais je suppose que je voyais un lieu historique, c'est du moins ce qu'on me répétait en boucle. L'histoire, ils avaient l'air de s'y cramponner, elle et son assistant Ian. Ce bâtiment, bla bla bla. Je n'ai rien retenu. Dillon et la momie d'enfant se mélangeaient dans ma tête.

Je me suis installé dans la salle de réunion avec Daphné, Ian et un autre type nommé Clive pour discuter de l'avenir, de mon avenir. C'était flatteur de voir avec quel sérieux ils parlaient de moi. Je ressentais sous mon crâne un battement continu. Je faisais des efforts énormes pour me ressaisir. Ils bavassaient sans fin, allaient chercher du café, déblatérant à propos de notes, de diapos et autres conneries, et pendant ce temps j'ai branché mon portable et lancé un nouvel enregistrement des caméras de surveillance. Je me suis complètement laissé absorber dans le visionnage. J'étais de nouveau là-bas. La lumière, froide et céleste. Le mouvement étrange et fantomatique de la foule le long d'O'Connell Street. C'était presque funèbre, comme une immense procession pour les morts, ou une procession de morts.

— Un nouveau projet ? s'est enquis Clive en se penchant au-dessus de moi pour observer la vidéo sur mon écran.

— J'adore ! a lancé Daphné.

Clive et Ian lui ont emboîté le pas illico.

— Vous passez à la vidéo !

— Un bon choix.

— Un collage ?

— Vidéosurveillance.

— Big Brother.

— Génial.

Hein, quoi ? Je les ai regardés et j'ai refermé mon PC.

— Bon, au boulot, ai-je dit.

Ils se sont tous rassis autour de la table ovale pour m'exposer leurs plans. Les expos, les droits, les ventes, le pourcentage, le projet sur cinq ans. Ian est allé chercher du café. Daphné a suggéré du vin et j'ai acquiescé d'un hochement de tête. J'ai bu et ils ont continué de parler.

— Harry ?

— Oui ?

Bon Dieu, je m'étais endormi ? Est-ce qu'ils me réveillaient ? De quoi avaient-ils discuté ?

— Tu réfléchissais ?

— Oui, oui c'est ça.

Mon téléphone a sonné. Robin.

— Tout se passe bien ?

— Bien, oui, très bien.

— Et tu es... ?

— À la galerie. La réunion a été longue.

— Hier soir ?

— En fait...

— Harry ?

— Je te rappelle.

— Est-ce que ça va bien ?

L'inquiétude audible dans sa voix a touché quelque

chose de très profond en moi et je me suis hâté de raccrocher, craignant que, si je m'attardais, elle n'accède à un puits de douleur.

Daphné, Ian et Clive m'ont emmené dans un restaurant ultrachic après la réunion. Je faisais mon possible pour me montrer sociable et dire ce qu'il fallait dire. Mais c'était dur. La bouteille de vin bue à la galerie m'apaisait, mais j'avais besoin d'autre chose pour me donner un second souffle.

Nous avions à peine attaqué les entrées que je me suis excusé et je suis allé au bar commander un brandy, puis un expresso. Je croyais que ça m'aiderait à rester éveillé, mais je me trompais. Daphné a légèrement poussé ma tête baissée du bout des doigts lorsque le plat de résistance est arrivé.

— Allez, dormeur, réveille-toi et mange.

Je me suis levé pour me rendre aux toilettes des hommes, m'asperger le visage d'eau froide. À mon retour, tout le monde a eu l'air étonné de me voir. Assez vite, Ian et Clive ont pris congé.

— On se lève tôt demain, ont-ils prétendu.

Daphné a agité la carte de crédit de la galerie et suggéré un bar à cocktails.

— Volontiers, ai-je dit. Un dernier verre nous fera du bien à tous les deux.

Je me sentais minable. Un SMS de Robin m'a appris que je lui manquais. J'ai tenté de lui répondre. J'ai tapé que la soirée s'était bien passée et que je rentrais à l'hôtel, mais, pour une raison inconnue, le texto n'a pas voulu partir. Ensuite, je lui ai écrit que j'étais couché. Impossible à envoyer aussi. Alors, j'ai appelé. Mauvaise idée, mais pas de réponse. Finalement, j'ai laissé tomber. Tant pis, j'affronterais la tempête le lendemain.

Lloyd Cole passait à fond sur la sono du bar à cocktails. Il nous demandait à tous si nous étions prêts à avoir le cœur brisé.

— Ton expo va être fantastique, m'a susurré Daphné d'une voix pâteuse.

Elle a commandé une bouteille de champagne. L'éclairage était kaléidoscopique. Le volume de la musique était si puissant qu'elle faisait vibrer ma poitrine. Et là, j'ai repensé à l'enfant de la momie, seul en ce moment dans l'espace sombre et sonore du musée désert ; sa mère dans un autre sarcophage, dans une vitrine, à des milliers de kilomètres de lui. Mon cœur s'est rempli à ras bord d'un chagrin nouveau et soudain. Alors, Daphné m'a regardé dans les yeux et m'a dit :

— Es-tu prêt à avoir le cœur brisé ?

À mon réveil, deux SMS m'attendaient. Un de Daphné. Il disait : « Désolée. » L'autre venait de Robin : « Tu es sans doute déjà au courant, mais ton vol est retardé. Tu auras de la chance si tu arrives à rentrer aujourd'hui ou demain. »

J'ai avalé quelques antalgiques et je me suis remis au lit. Des images de la nuit précédente me revenaient par intermittences. Daphné aurait aussi bien pu être Diane. J'essayais de me perdre dans ces coucheries dénuées de sens, comme si cette perte de contrôle pouvait m'aider à oublier Dillon. Mais ça ne m'aidait pas. Au contraire.

Quand je me suis de nouveau réveillé, il faisait nuit.

Je me suis douché et suis sorti rechercher à boire. Inutile d'essayer de vaincre la gueule de bois, il fallait traiter le mal par le mal. Le prendre par les couilles, même.

Retour à l'hôtel : « X Factor » passait à la télé. Le monde s'effondrait, l'Irlande était en faillite, j'avais vu mon fils mort, et pourtant l'Irlande et le Royaume-Uni ne parlaient que de ce foutu télé-crochet. Et je suis donc resté assis là, sirotant une bouteille de whisky sans marque, rongé par une culpabilité sourde, malade jusqu'au trognon, à regarder un tourbillon de lumières bariolées et de voix hystériques.

C'était trop. Trop bruyant et trop criard. J'ai éteint et je suis revenu aux vidéos de surveillance. Il le fallait. D'une certaine manière, j'étais là pour ça. J'ai pris la carte postale de la petite momie et je l'ai collée au mur, à côté du bureau. J'ai commandé un room service et visionné encore deux heures de film, presque sans toucher à la nourriture. Je n'étais plus bon que pour l'alcool.

Je buvais du whisky et je regardais. Au bout d'un moment, j'ai consulté mes e-mails. Dans ma boîte de réception, j'ai reconnu le flot habituel d'invitations à des vernissages et de spams. Un message de Diane, aussi. Je n'en ai ouvert aucun. Mais un e-mail se distinguait du lot. L'expéditeur était : COZ. Et à la rubrique « objet », on pouvait lire les mots suivants : « Manifeste de Tanger. » Le message allait droit au but : « Daphné me dit que tu es à Londres. J'adorerais te voir. C. »

J'ai hélé un taxi et tendu au chauffeur le morceau de papier.

La voiture roulait prudemment d'un feu rouge au suivant, ses phares projetant des ombres fantomatiques sur la neige. Les rues étaient presque désertes. Je ne savais pas bien où nous allions. La route me semblait de plus en plus étroite et sinueuse. J'ai fermé les yeux et failli m'endormir.

Quand le taxi s'est arrêté, j'ai cru qu'il y avait une erreur. Ce n'était pas ce à quoi je m'attendais : un ensemble de logements sociaux dans l'East End.

— Vous êtes sûr que c'est bien ça ? ai-je demandé.

Le chauffeur a hoché la tête et désigné le compteur.

Lorsque je l'ai payé, il m'a rendu mon papier et je suis descendu dans le froid.

J'ai vérifié le numéro sur la porte et secoué la tête. Ça ne pouvait pas être là, si ? Un petit pavillon mitoyen. Cozimo, ici ? J'étais perplexe.

J'ai sonné.

— Harry, quelle joie de te voir.

Pas de doute, c'était Cozimo ; son visage était plongé dans l'ombre et il était plus petit que dans mon souvenir, mais c'était bien lui, me faisant signe de le suivre en me répétant : « Une joie de te voir. »

Sa voix était aussi grandiloquente qu'à Tanger, mais elle avait aussi quelque chose de plus strident. Je l'ai suivi dans l'étroit couloir, écoutant le schlip schlip de ses pantoufles de cuir, le traînement fatigué de ses pieds sur le carrelage. Nous sommes entrés dans un salon encombré où un feu était allumé, mais diffusait peu de chaleur.

— Ça me fait plaisir, ai-je dit.

— Et à moi donc, mon ami.

Je m'attendais à une accolade, mais au lieu de cela il m'a tendu la main avec l'ancienne majesté dont je me souvenais, comme aurait pu le faire un roi ou un pontife. Et comme de juste, une bague éblouissante scintillait à son doigt. J'étais sur le point de lui demander, par plaisanterie, si je devais m'agenouiller pour embrasser la pierre, lorsque j'ai vu trembler sa main frêle et tavelée. Je l'ai prise avec douceur, alors, et l'ai retenue un instant dans la mienne.

— Ça fait trop longtemps, Coz.

— C'est vrai, a-t-il convenu, légèrement essoufflé.

Il était emmitouflé dans une vieille robe de chambre où il semblait un peu perdu.

— Assieds-toi, je t'en prie.

Il est allé soulever une pile de journaux jaunis sur le canapé pour les poser sur la fine moquette. Son visage était marqué de rides profondes ; on aurait dit une carte routière tout en impasses, déviations et culs-de-sac. On aurait presque pu suivre du doigt son parcours de tristesse, de joie et d'ambitions déçues. Dans ses yeux, rien qu'une faible lueur, pas d'étincelle. La joie délicieuse n'y était plus. Comme pour en souligner la perte, le son grave d'un violoncelle sortait d'une chaîne stéréo enfouie dans un coin de la pièce.

— Attends, je vais le faire, ai-je proposé.

Il a reculé d'un pas et s'est laissé tomber dans un vieux fauteuil en cuir rouge sombre.

— Tu vas tout me raconter, mais, d'abord, laisse-moi te servir quelque chose à boire.

Il a tenté de se lever.

— Ne bouge pas. Indique-moi juste où c'est.

Il l'a fait et a placé une cigarette neuve dans un fume-cigarette apparemment en or.

Il y avait une bouteille de gin sur la table, mais elle ne contenait pas assez pour deux verres.

— Le frigo, a-t-il dit. Il y a une autre bouteille dedans et un peu de tonic dans la cuisine, si ça ne t'embête pas.

Fini, les martinis ; il carburait au gin tonic, maintenant.

Je suis parti dans la cuisine sombre et froide. Le réfrigérateur était presque vide. Une brique de lait, un peu de fromage frais et un pot de yaourt. Seigneur, était-ce au moins le même homme ?

Mes semelles collaient au linoléum. Il y avait un miroir couvert de poussière sur le mur jaune, près du frigo, et, à côté, un pêle-mêle de photos encadrées. Beaucoup représentaient Cozimo fringant et souriant, acclamant ou saluant la compagnie. Sur un Polaroid, on pouvait voir notre groupe : Robin et moi, Cozimo, Simo, Garrick et Raul. Le cliché avait l'air vieux, délavé, comme si le soleil avait brillé trop souvent sur sa fragile surface. Ce qui m'a le plus frappé a été le regard de Robin. J'ignorais pourquoi, quelque chose me dérangeait dans cette photo.

Comme je ne voulais pas trop traîner, j'ai pris les bouteilles et je les ai rapportées dans le modeste living-room. Cozimo avait les yeux fermés. Sa peau avait perdu son hâle dû au soleil et adopté une teinte de jaunisse. Sa tête dodelinait doucement – en suivant la musique, ai-je supposé, même si ce mouvement syncopé n'était pas du tout en rythme. Il a rouvert les yeux et j'ai commencé à servir le gin.

— Nous manquons de glace, j'en ai peur.

— Pas un problème, ai-je répondu en m'asseyant.

Une grande partie du bric-à-brac semblait venir de Tanger. Bibelots, souvenirs, peintures – dont une de la casbah et du château sur la colline qui dominait la ville. Un autre tableau montrait trois silhouettes au crépuscule ; elles se tenaient debout, face au spectateur, comme s'il s'agissait d'une photographie. Etait-il de Robin ? Oui, sans doute : les teintes d'un ocre profond étaient bien les siennes et elle avait eu une période pendant laquelle elle mêlait des mots à ses peintures. Or, quelque part dans celle-ci, dans le paysage du ciel, on pouvait lire « amour » et « crépuscule ». J'avais un vague souvenir de Robin offrant cette toile à Cozimo pour le remercier de nous prêter l'appartement. Je n'y étais pas préparé. Je ne l'avais pas vue depuis si long-temps ! Du coin de l'œil, j'apercevais aussi un jeu de tarots sur la table.

— Tu as une expo en vue ? m'a-t-il demandé.

— C'est dans les tuyaux.

— Le Manifeste de Tanger ?

— Une suite.

— Je serai un invité de marque, j'espère.

J'ai souri et il s'est penché pour me tendre son verre.

— Cette fois, sers-moi un double, Harry, pour l'amour du ciel.

J'ai ri.

Je ne savais pas bien quoi lui dire ni comment le lui demander – mais je mourais d'envie de savoir comment il s'était retrouvé de nouveau à Londres. J'étais sur le point de poser la question, mais il a dû lire dans mes pensées, car il a dit :

— On retourne toujours là où on a commencé sa vie, je suppose.

J'ai hoché la tête et je me suis rassis.

— Tu sais, j'ai de moins en moins de souvenirs de Tanger, mais je ne peux pas me sortir des narines son odeur de soufre. Curieux, n'est-ce pas ?

J'allais dire quelque chose sur Tanger, quelque chose sur le tremblement de terre, lorsqu'il s'est enquis de Robin.

— Elle va... bien, très bien, ai-je répondu en contemplant le tableau. (Cozimo semblait sourire, mais je ne peux pas en être certain.) On a une belle maison à Dublin, pas loin de la mer.

Je me demandais comment continuer. *Est-ce que je lui dis qu'elle est enceinte ?* En même temps, j'avais la sensation qu'il était sur le point de me révéler quelque chose, quelque chose d'important. Il hésitait, tergiversait et vidait son verre avec d'étranges respirations irrégulières, sifflantes et lourdes. On aurait dit un vieux chien malade et boiteux, à laper comme ça son gin tonic.

Moi aussi, j'étais au bord de lui dire quelque chose. L'événement de mon année. Je sentais que, contrairement à Spencer, il ne se serait pas moqué de moi ni n'aurait douté de ma parole. Je sentais que, contrairement à Robin, je pouvais totalement compter sur lui pour comprendre ce que j'avais vu. Je savais qu'il comprendrait.

Plus que tout au monde, j'avais envie de lui raconter que j'avais vu Dillon.

À travers les murs, j'entendais un chien aboyer. Cozimo a levé les yeux vers moi. Il souriait faiblement. Avait-il perdu ses dents ? Son visage me semblait rétréci.

— J'ai peur des chiens, m'a-t-il dit platement, d'une manière qui ne lui ressemblait pas.

Je sentais les larmes me monter aux yeux. Je voulais qu'on me rende l'ancien Cozimo. Je voulais retrouver son allant, son esprit fort et allègre.

— J'ai voulu prendre de tes nouvelles, ai-je soufflé.

Il y a eu un long silence étrange. Les notes obsédantes du violoncelle résonnaient dans le petit salon. Je me sentais claustrophobe, la respiration oppressée.

— J'ai vu quelque chose hier, au British Museum. Une momie d'enfant. Le portrait craché de Dillon.

— Ah, a-t-il fait en hochant la tête, pensif, un sourire triste lui montant aux lèvres.

Mon cœur battait tout en haut de ma poitrine et j'ai senti ses petits yeux s'illuminer en me regardant, curieux à présent, titillés par mon hésitation.

— Et je l'ai vu. J'ai vu Dillon, aussi. À Dublin. Du moins, je crois que c'était lui.

Cozimo était à présent penché en avant, les pupilles rétrécies par l'inquiétude ou le soupçon. Ce regard m'a mis mal à l'aise, mais j'ai persévéré quand même. Je lui ai dit où c'était arrivé. Je lui ai parlé de la femme, du moment où j'avais crié son nom, de la manière dont le garçon s'était retourné pour me regarder et de l'instant fugace où j'avais cru lire dans ses yeux qu'il me reconnaissait. Je lui ai raconté tout cela, puis je me suis arrêté. J'entendais son souffle râpeux traverser l'espace qui nous séparait.

Comme il ne disait rien, j'ai laissé échapper un rire nerveux.

— J'ai l'impression de devenir fou, Coz. Mon fils mort, ressuscité. Je sais que ça paraît improbable...

— Très improbable, a-t-il dit – non sans gentillesse, mais quelque chose a quand même sombré en moi.

J'ai contemplé le fond de mon verre vide et senti mon chagrin atteindre de nouveaux abîmes, avant qu'il ajoute :

— ... mais pas impossible.

J'ai alors relevé la tête et capté son regard, qui était indéchiffrable, et j'ai attendu qu'il en dise davantage.

Il a expiré lentement, avec difficulté.

— Il y a des choses que je savais et que j'aurais peut-être dû te dire.

— Quoi, par exemple ?

— Je ne suis pas sûr que ça compte encore.

Ses poumons sifflaient, raclaient, et il a haussé ses épaules étroites, les traits figés dans une expression de résignation lasse.

— Peut-être que si ?

— Je suis fatigué, a-t-il tristement lâché.

J'allais le pousser dans ses retranchements, l'obliger à me révéler ce qui le tracassait, lorsqu'une clé a tourné dans la serrure de la porte d'entrée. Puis quelqu'un a remonté le couloir et pénétré dans le salon.

— C'est Maya, m'a dit Cozimo en guise de présentations. Vous vous souvenez l'un de l'autre ?

Relevant les yeux, j'ai vu une Espagnole courte sur pattes d'une quarantaine d'années. Je ne me souvenais pas d'elle, et Maya n'a rien dit dans ce sens non plus. Elle a retiré son manteau, jeté une bûche dans le feu, et a pris son verre à Cozimo.

— Enchantée...

— Harry.

— Harry. Mais Cozimo ne doit pas boire.

Elle a posé le verre sur la table et, sans reproche, a ajouté :

— Il faut qu'il se repose, maintenant.

Cozimo a eu un sourire indulgent.

— Mais Harry vient d'arriver.

Maya a glissé un tabouret sous ses pieds et disposé une couverture sur ses jambes.

— Sa femme, Robin, lui et leur fils, Dillon, vivaient au-dessus de ma librairie.

Maya n'a rien répondu. Cozimo m'a regardé avec quelque chose comme de la pitié dans les yeux.

— Avant le tremblement de terre. Tout a changé, après. Ça me hante encore, Harry.

— Oui.

— Mais on a eu de bons moments, pas vrai, Harry ?

L'envie de l'interroger sur ce qu'il avait dit, ce qu'il avait laissé entendre, m'a quitté. Peut-être parce qu'il avait parlé de Dillon devant Maya, parce qu'il avait prononcé les mots « tremblement de terre ». Peut-être, me disais-je, que dans cet état de santé il n'y arriverait pas. Je me suis dégonflé et j'ai laissé tomber.

— Ah, les soirées chez Cozimo...

Il semblait plonger dans une rêverie, s'enfoncer dans le fauteuil, rentrer en lui-même.

Maya, debout, m'attendait.

— Bon, ai-je dit. Je repasserai peut-être demain.

— Merci d'être venu, Harry, m'a-t-il soufflé au bout d'un petit moment, le regard perdu dans le feu de bois.

La suite pour violoncelle avait pris fin et le diamant de l'électrophone sautait sans fin dans le dernier sillon avec un bruit de marée montante.

J'ai ramassé ma veste et Maya m'a raccompagné à la porte.

— J'espère vraiment que nous nous reverrons, a ajouté Cozimo, à peine audible, avant que je sorte dans la neige.

Je suis passé prendre mes affaires à l'hôtel et j'ai filé à l'aéroport pour apprendre que mon vol était annulé.

— Ça devrait s'arranger demain matin, m'a dit l'hôtesse au sol.

Je suis parti chercher un endroit où m'asseoir ou m'allonger. Des corps gisaient dans tout l'aéroport comme si une catastrophe naturelle était passée par là.

Je me suis trouvé un coin et me suis couvert de mon manteau, mais il faisait trop froid pour que je trouve le sommeil. J'ai alors sorti mon ordinateur et lancé un DVD. Le temps a passé, indistinct, mortel d'ennui. Peu après l'aube, alors que ma tête bourdonnait d'épuisement, que le ciel, au-delà du terminal, passait du noir au violet et qu'un aspirateur industriel ronronnait sur le sol dur et froid, quelque chose, sur l'écran, m'a soudain fait sursauter. Deux silhouettes, comme deux fantômes, un petit garçon et une femme, main dans la main, qui remontaient O'Connell Street parmi les manifestants.

La femme s'arrête pour regarder une vitrine. L'enfant la tire par la main. Ils se remettent à marcher. Ils arrivent au bout d'O'Connell Street.

Fin du DVD.

Mon cœur battait à toute vitesse et j'avais la bouche sèche. *Mon Dieu*, ai-je songé. *C'est eux. C'est lui. C'est Dillon. Je l'ai donc bien vu. Je n'étais pas en train de perdre la boule.* Je suis revenu en arrière. Le logiciel me permettait de zoomer. Oui, c'était bien lui. Les larmes me sont montées aux yeux. J'éprouvais un étrange mélange de joie et de peur, de panique et de soulagement.

J'ai fébrilement cherché le disque suivant, je l'ai glissé dans le lecteur, et je me suis de nouveau délecté du spectacle de mon fils. Je les ai vus remonter tranquillement O'Connell Street ; une voiture les attendait. C'était une vieille Ford rouge. J'ai plissé les yeux pour distinguer la plaque d'immatriculation. J'ai figé l'image et farfouillé dans le foutoir de mon sac à la recherche d'un stylo et de papier. Je ne distinguais pas tout à fait les numéros, la batterie de mon ordi était sur le point de lâcher. Je suis quand même remonté en arrière, puis j'ai recliqué sur « play ». J'avais l'année, 01. J'avais les lettres correspondant au comté et les quatre chiffres suivants. Mais le dernier était flou. J'ai rembobiné, repassé le film en mode image par image. Et enfin, je l'ai eu.

8

Robin

Quand je suis rentrée ce soir-là, un mercredi, la rue était plongée dans le noir. Une alarme anti-cambrioleurs hurlait à quelques portes de chez nous et un chien devenait dingue dans un des jardins. J'avais une douleur sourde dans les reins lorsque j'ai déver-rouillé la porte et pénétré dans la maison. J'ai actionné l'interrupteur plusieurs fois, sans résultat.

— Super, ai-je soufflé tout haut dans l'entrée vide et sombre. Manquait plus que ça.

Sachant qu'il y avait une lampe torche quelque part dans la cuisine, j'ai avancé à tâtons dans le couloir, pas à pas, tandis que les ténèbres semblaient se densi-fier autour de moi. Dans la cuisine, il y avait un peu plus de lumière : la lune projetait une lueur froide sur le jardin toujours enneigé et la réverbération éclairait vaguement en bleu les surfaces lisses du comptoir et des placards. J'ai fouillé les tiroirs jusqu'à dénicher une petite lampe crayon, des bougies et des allumettes, et passé les dix minutes suivantes à emplir les pièces de leur lumière vacillante. Il faisait un froid de loup : aussitôt cette tâche accomplie, j'ai allumé le chauffage d'appoint de la cuisine et fait un feu dans la cheminée du salon, puis un autre dans l'étroite cheminée de notre chambre. Mon besoin de lumière et de chaleur surpassait ma crainte de mettre le feu à la maison. J'ai remué le tas de vêtements jetés en bazar au fond de notre penderie jusqu'à trouver un grand pull en laine appartenant à Harry. Une fois emmitouflée dedans, j'ai enfoui mon nez dans le tricot grossier de la manche et inhalé l'odeur musquée de cigarette et celle, chimique, de la peinture à l'huile, un mélange qui était l'essence même de Harry. Cela m'a réchauffée et réconfortée.

Il y avait quelque chose de nostalgique à être plongée ainsi dans la pénombre. Cela me rappelait les coupures de courant de mon enfance, dans les années quatre-vingt, alors que l'Irlande était en pleine récession. J'avais des souvenirs de nous tous blottis autour de la table de la cuisine pour jouer au Scrabble à la chandelle, ma mère, mon père, mon frère et moi.

Mais je n'avais personne avec qui jouer au Scrabble ce soir-là. Harry était coincé à Londres, bloqué par la neige. En général, cela ne me dérangeait pas d'être seule. Il y a même, à vrai dire, des moments où j'en avais terriblement envie. À Tanger, quand nous habitions l'appartement et que nous étions toujours à manger ensemble, dormir ensemble, travailler ensemble, il m'arrivait de trouver cela étouffant. J'avais régulièrement besoin de sortir, histoire de m'éloigner de ces trois pièces et même de Harry. D'être simplement seule un petit moment. Harry a beaucoup de présence, il emplit une pièce à lui tout seul. Parfois, je ressentais si fort la puissance de sa personnalité, son martèlement continu, que si je ne prenais pas un peu de distance, me disais-je, la conscience que j'avais de moi-même risquait de devenir si poreuse que je me perdrais en lui. Mais ce soir-là, assise dans la lueur rouge du feu, j'avais une conscience aiguë du volume de cette maison. Les hauts plafonds, les pièces caverneuses, au-dessus de moi et derrière moi. De l'espace et encore de l'espace. J'ai ressenti ma première bouffée de solitude.

J'ai appelé Harry, mais je suis tombée sur sa boîte vocale.

— Salut, toi ! J'espère que tout se passe bien à Londres. Je suis dans le froid et le noir, en pleine panne de secteur. On se croirait de retour dans les années quatre-vingt. J'espère qu'il y a de la lumière là où tu es. Enfin bref. Tu me manques. Appelle-moi si tu peux.

J'ai raccroché et songé à mon message, espérant que ma voix sonnait gaie, pas demandeuse ni esseulée. Harry aurait détesté ça.

Comme la panne de courant m'empêchait de cuisiner, j'ai pris ce que j'ai pu dans le frigo : un yaourt, quelques restes de fromage, une tranche de melon presque desséchée et deux ou trois carrés de chocolat. C'est à peu près tout ce qu'il y avait à manger dans la maison, et ce repas m'a laissée sur une impression de légèreté : je me sentais désincarnée. Mais la neige ne me donnait pas envie de ressortir et je n'avais aucune envie de me faire livrer une pizza. Je suis restée assise à la table de la cuisine sans savoir quoi faire de moi.

Ce qui s'est produit ensuite n'était pas prévu. J'étais d'une humeur trop impatiente. J'ai traîné sur Internet jusqu'à ce que la batterie de mon portable soit déchargée. Ensuite, j'ai essayé de lire, mais la flamme de la bougie vacillait sans cesse et je devais plisser les yeux pour déchiffrer le texte, si bien que j'ai rapidement renoncé. J'ai relevé la tête et promené mon regard dans la pièce. J'ai observé les vieux placards et leur peinture écaillée. J'ai regardé le long tube à néon du plafond, gainé de la crasse de générations entières mais en ce moment éteint : la cuisine était étrangement silencieuse sans le bourdonnement constant et le sifflement du frigo. J'ai contemplé tout ce dont j'avais envie de me débarrasser, tout ce que je voulais décaper et mettre à nu, jeter ou repeindre, et c'est là que mes yeux se sont posés sur la porte qui menait au garage.

Tout en la regardant fixement, assise là, j'ai commencé à penser à la distance qui avait surgi entre Harry et moi ces derniers temps. Il s'était montré dur, les jours passés. Boudeur et morose. Et moi, j'étais une boule de nerfs. Il y avait comme un froid entre lui et moi, une sensibilité à fleur de peau qui semblait s'accrocher à nos conversations, qui me poussait à marcher sur des œufs, qui faisait que chaque mot prononcé entre nous était chargé de sous-entendus, que l'expression du visage la plus innocente, le geste le plus ordinaire, pouvaient être interprétés de travers et prendre des proportions absurdes. J'ignore pourquoi, mais l'idée m'est venue que tout pourrait s'arranger si j'entrais sans plus attendre dans le garage, dans l'espace qui était en train de devenir son atelier. J'avais la vague impression que si je passais un peu de temps seule au milieu de son travail, au milieu des choses avec lesquelles il créait, je pourrais mieux le comprendre, j'y gagnerais une empathie qui adoucirait les choses entre nous. C'était peut-être indiscret. Et on ne peut pas nier que la méfiance qui s'insinuait dans notre couple n'était pas étrangère à l'affaire. À moins que ce ne fût que de la curiosité. Quoi qu'il en soit, cela m'a poussée à me lever de ma chaise, une bougie dans un bocal à la main, et à pousser la porte, à actionner machinalement l'interrupteur, pour descendre dans cette pièce de béton froid.

J'ignore ce que je cherchais. Sincèrement. Et, debout là, ma bougie tendue devant moi, à observer le tas de bric-à-brac dans un coin et le bazar du matériel de Harry éparpillé par terre comme après un naufrage, je me suis dit : *Robin, c'est ridicule. C'est n'importe quoi, ce que tu es en train de faire.*

Mais au lieu de sortir à reculons, j'ai avancé jusqu'à trouver un endroit où poser ma bougie. Il faisait un froid de canard, là-dedans. J'ai pris la veste de Harry à sa patère derrière la porte et glissé mes bras dans les manches. Puis, les mains sur les hanches, j'ai regardé autour de moi en tâchant de décider par où commencer. Des caisses en plastique étaient empilées contre un mur et c'est vers elles que je me suis dirigée en premier. Celle du dessus contenait le fax. Une autre, des longueurs de câbles et de fils électriques enroulés, ainsi que des piles qui ont sauté et roulé quand j'ai soulevé la caisse pour la poser par terre. Celle d'en dessous contenait de la paperasserie et je me suis assise en tailleur sur un vieux tapis roulé pour tout passer en revue, scrutant avec anxiété le moindre reçu, la moindre télécopie, la moindre lettre ou facture, tout ce qui aurait pu me donner un indice pour expliquer le comportement louche de mon mari. J'ai bien dû y consacrer une demi-heure, de plus en plus gelée et exaspérée à chaque minute qui passait. Je me sentais coupable, aussi. Plus je fouillais, plus l'ombre du remords se densifiait. À ce stade, on ne pouvait plus nier que je fouinais. Je pouvais me l'avouer, quand même. Et au bout du compte, je n'ai pratiquement rien trouvé. Le seul élément incriminant était une addition de presque trois cents euros au bar à vins La Cave.

Enfin, ça et un fax cryptique de Diane : « Quelle soirée ! Un triomphe ! Tu m'as vraiment impressionnée... comme toujours. D. »

Je suis restée là à regarder le papier. « Salope, ai-je dit tout haut dans la pièce vide. Espèce de salope toxique. » Là, prise d'une rage froide, j'ai approché le coin du fax de la flamme de ma bougie et je l'ai regardé noircir et se racornir à mesure que le feu dévorait la page. Il y avait un seau dans un coin, à côté des toiles appuyées au mur, et j'y ai jeté le papier fumant qui a fini de se recroqueviller et se carboniser contre l'émail froid. Cela m'a apporté un brin de satisfaction, mais j'étais toujours aussi impatiente et, promenant le regard autour de moi, j'ai avisé une caisse en bois aux coins renforcés d'acier martelé. À demi dissimulée par un rouleau de toile, elle était poussée loin sous une étagère. Attirée par cette caisse, j'ai posé ma bougie par terre à côté, déplacé la toile et je l'ai tirée à moi. Ce faisant, j'ai senti qu'une bouteille roulait à l'intérieur, entendu le verre tinter contre un objet métallique. J'ai plongé la main à l'intérieur et sorti d'entre les croquis roulés une bouteille presque vide de Lagavulin. L'œil fixe, j'ai regardé le liquide couleur de miel luire dans la flamme de la bougie. C'était tellement attendu que cela m'a soudain déprimée. Pourquoi avais-je pris la peine de fouiller dans ce fatras ? Qu'avais-je espéré découvrir ? J'aurais dû me douter que rien de bon n'en sortirait, que la seule chose que je pourrais trouver me ferait de la peine. Le cœur lourd, j'ai remis la bouteille en place, et c'est en me penchant pour repousser la caisse dans sa cachette que j'ai aperçu autre chose. Qui m'a arrêtée net. J'ai retenu mon souffle.

Le premier papier que j'ai sorti de la caisse était daté

de novembre 2005. Dillon était mort depuis un mois à peine. C'était un croquis au crayon et la ressemblance était si évidente et immédiate que quelque chose dans mon cœur s'est serré. Ces yeux, si noirs et lumineux dans les soucoupes rondes des orbites. Harry avait utilisé une mine tendre et cette douceur rendait les yeux de Dillon rêveurs et plaintifs, comme s'il nous regardait derrière un fin mur d'eau. Sa bouche était entrouverte et la couleur sur ses lèvres était légèrement estompée, leur conférant un aspect humide, comme s'il venait d'y passer la langue. Un très léger trait de crayon barrait le menton : la fossette qui m'avait tant inquiétée. Ses cheveux étaient ébouriffés, comme s'il venait de se réveiller. J'ai contemplé le dessin de tous mes yeux. Le masque même de l'innocence.

Le suivant était daté de février 2006. À ce moment-là, nous étions de retour en Irlande, où nous tâchions désespérément de nous reconstruire une existence à partir des débris et des fragments laissés par son absence. Harry avait dessiné celui-ci comme si Dillon avait été pris par surprise. Son corps était de profil, sa tête seule tournée vers l'artiste. Et pour ce croquis, la mine utilisée était plus dure, plus sombre. Des lignes nettes sculptaient le regard creux, délimitaient la lueur interrogative du regard, la ligne droite de la bouche fermée. Ses cheveux étaient un peu plus longs ; ils bouclaient dans sa nuque.

Mai 2006, ensuite. De nouveau ce même crayon dur, ces lignes nettes. Cette fois, Dillon se tenait face à l'artiste. Et il y avait de la colère dans son expression. Son regard était plus froid. Une certaine distance émanait de ce dessin, sans que je puisse déterminer précisément pourquoi. Les cheveux étaient encore plus longs, plus ébouriffés. Leur désordre suggérait une existence plus rude qui se reflétait dans les yeux. L'enfant était sur la défensive.

Les croquis se poursuivaient. Cela n'avait pas de fin. Année après année. Et sur chacun il était un peu plus âgé. Sur chacun il était un peu plus lointain, moins tendre. Quelque chose, dans son visage, semblait se fermer, s'enfermer, si bien que lorsque je suis arrivée au dernier – daté de juillet 2010 –, on aurait dit que l'esprit même de mon fils s'était éteint. Le visage qui me contemplait était dur et acéré. Toute douceur en avait été gommée ; l'innocence n'était plus. C'était un garçon buté, en colère, que je voyais là. Un garçon qui ressemblait à Dillon, mais pas le Dillon que je connaissais, pas celui dont je me souvenais. Pas le Dillon que j'aimais.

La lumière, en s'allumant, m'a arraché un petit cri de surprise. Le retour du courant me baignait soudain dans une clarté implacable. Regardant autour de moi, j'ai constaté que j'étais à genoux dans un coin du garage, entourée des dessins de Dillon. Sous la lumière crue de l'ampoule nue, avec tous ces portraits déployés en demi-cercle autour de moi comme s'ils me cernaient pour m'attraper, j'ai éprouvé sous mes côtes une oppression qui ressemblait à de la panique.

— Pourquoi ? ai-je demandé tout haut. Pourquoi a-t-il fait ça ?

Tous ces croquis, toutes ces années. Le travail et la douleur qu'il avait dû y mettre. J'ai regardé la caisse en bois qu'il avait poussée loin sous l'étagère et pensé à toute la peine qu'il me cachait, qu'il dissimulait à ma vue, et cela m'a emplie de tristesse. Mes vieux remords me sont revenus de plein fouet. Lentement, j'ai rassemblé les dessins et je les ai rangés dans leur caisse, que j'ai repoussée avant de remettre le rouleau de toile en place afin qu'elle retrouve sa cachette obscure. C'était comme si je n'y avais jamais touché.

Impossible de dormir. Pendant des heures, je me suis retournée dans mon lit en essayant de trouver un endroit frais sur l'oreiller. Mon corps s'agitait sans cesse sur le matelas, à la recherche de la forme endormie de Harry. J'ai toujours eu du mal à m'endormir en son absence. J'ai contemplé le plafond dans le noir, en m'efforçant de sortir des sombres corridors que mon esprit s'acharnait à arpenter. Des corridors anciens et poussiéreux, emplis d'ombres. Tanger. Vieux souvenirs, vieux visages – Cozimo, Raul, Garrick...

Un souvenir, en particulier, vers lequel je retournais sans cesse : une nuit à Tanger, à l'époque où Harry et moi étions séparés. Une séparation de courte durée, trois ou quatre semaines. Assez longue tout de même pour que je me sente abandonnée. Assez longue pour que ma colère ait le temps de flamber puis de refroidir. Dillon avait 3 ans à ce moment-là – si j'en parle, c'est parce qu'il était la cause de notre brouille. Ou plutôt c'était ce que Harry lui avait fait qui avait entraîné ma réaction de fureur et m'avait poussée à le virer de chez nous.

Ces comprimés.

Je m'en souviens encore. Cette atroce impression de noyade, au moment où je les tenais dans ma main et où j'ai compris ce que Harry avait fait.

Cozimo l'avait hébergé, bien sûr. Cozimo, son ami et allié. Son complice, en quelque sorte. Et c'est Cozimo qui est venu me voir au bout de trois ou quatre semaines pour plaider la cause de Harry et me demander de le reprendre.

Je me souviens de cette nuit. Des ruelles sombres et

silencieuses. Des doux petits bruits de Dillon s'amusant sagement avec ses joujoux dans son lit. Cozimo affalé sur le canapé en train de siroter langoureusement le martini que je lui avais préparé à contrecœur. Pendant ce temps, j'étais assise en face de lui, les bras croisés, le fixant d'un regard implacable, sans sourire, intérieurement ivre de rage qu'il soit là. Le culot de cet homme !

— Tu sais que tu ne vas pas pouvoir continuer comme ça à jamais, m'a-t-il fait remarquer.

— Ah non ?

— Non, bien sûr que non, ma chère. Tu es en colère et c'est bien normal. C'est ton droit le plus strict.

— Je le sais, merci, Cozimo.

Sans relever ma pique, il a continué :

— Mais une telle colère, c'est épuisant. Ça va t'user. Et malgré tout, un fait inaltérable demeure : tu aimes Harry et Harry t'aime. Point barre, comme on dit.

Il a haussé les sourcils comme pour dire : « Fin de la discussion », et repris une gorgée de son cocktail en s'enfonçant un peu plus profondément dans le canapé.

— Je remettrais en question un mot dans ta phrase : « inaltérable ».

Il a souri et m'a envoyé un petit rire sifflant.

— Votre amour a été mis à rude épreuve, je te l'accorde.

— À rude épreuve ?

— Mais ce ne sont pas de telles broutilles qui brisent un mariage.

— Des *broutilles* ?

J'ai décroisé les bras et je me suis penchée en avant, perchée au bord de ma chaise.

— Oui, des broutilles, a-t-il confirmé sans se démonter.

— Il a donné des somnifères à notre fils, Cozimo. *Tes* somnifères, qui plus est, et tu appelles ça une broutille ? (La colère faisait enfler ma voix, alimentée par l'exaspérant petit sourire qui s'attardait sur sa face ridée, par son attitude désinvolte.) Vous deux, droguant un petit garçon. Je devrais vous dénoncer !

— Ah, là, je dois te corriger, ma chère. Je n'ai jamais drogué personne. Je n'ai fait que fournir les comprimés et Harry décidait de ce qu'il en faisait.

Je l'ai regardé, les paupières plissées.

— Espèce de vieille anguille. Ta manière de te tortiller pour toujours t'en tirer, en laissant les responsabilités te glisser dessus comme...

— C'est ma vie, Robin, et s'il y a une chose que j'aime par-dessus tout dans cette existence, c'est précisément l'absence de responsabilités. Je n'ai jamais compris pourquoi un individu voudrait s'enchaîner à un autre – en tout cas, je n'ai jamais ressenti ce désir. Et ma façon de vivre ne te regarde absolument pas.

— Elle me regarde quand elle interfère avec la mienne.

Ses yeux se sont hermétiquement fermés pendant quelques secondes et, quand il les a rouverts, il m'a paru plus posé, plus froid peut-être.

— Nous nous éloignons de l'essentiel, ma chère.

— Comment ça ?

— Le fait demeure que tu es encore ici, à Tanger, et cette réalité, plus que toute autre chose, m'indique que tu aimes toujours Harry et qu'il est toujours parfaitement possible que tu le reprennes, me soulageant ainsi de mon hôte. J'ai beau l'aimer beaucoup, chacun a besoin de son intimité, tout de même.

— Ah, il te dérange, hein ? Il entrave tes mouvements ?

Je commençais à m'amuser.

— Oh, Robin, quelle vie de débauché imagines-tu que je mène dans mon petit palais ? (Il m'a accordé un sourire plein de malice.) À la vérité, je mène une existence très simple. Non, Harry ne m'entrave pas. Mais je te le dis avec le plus grand sérieux, cela me chagrine de le voir si triste, si morose. Il est perdu sans toi et accablé par ce qu'il a fait. Si seulement tu acceptais de le voir, de lui parler, d'écouter ce qu'il a à dire...

— Et où est l'essentiel là-dedans, Cozimo ? Ce ne sont que des paroles. Du vent. Des promesses, des excuses. Mais en dessous de tout cela, quelque chose a été brisé sans espoir de réparation.

— Et quoi donc ?

— La confiance.

Il m'a regardée fixement à travers la pièce et ce dernier mot est resté suspendu entre nous dans le silence.

Lentement, il s'est levé et a posé son verre sur la table. Il a pris une expression songeuse en se dirigeant vers la fenêtre pour observer la ruelle en contrebas.

— La confiance, a-t-il répété à mi-voix, le regard attiré par quelque chose que je ne pouvais voir à l'extérieur.

Puis, se retournant vers moi, les mains dans le dos, sans se départir de son air pensif, il a ajouté :

— J'ai toujours trouvé que la confiance était une chose bien curieuse. Le poids que les gens lui accordent. Les proportions énormes qu'elle prend dans les histoires de couple. Et ce qui me frappe, vois-tu, est que nous avons tous le grand désir de faire confiance à autrui. Nous voulons nous fier à ceux que nous aimons, même quand nous savons qu'il ne faudrait pas, même quand l'expérience nous a appris à ne pas le faire. On dit : « Je ne pourrai plus jamais lui faire confiance », mais le temps passe et on les reprend dans nos cœurs. On pardonne et on passe à la suite.

Il s'est dirigé vers la porte et j'ai eu l'impression très nette qu'il préparait un sale coup.

— Et puis il y a ceux à qui nous faisons confiance parce que nous n'avons aucune raison de ne pas le faire. Mais qui sait ? Peut-être existe-t-il une raison, à notre insu ? Après tout, nous ne sommes pas des saints, si ? Même le plus saint d'entre nous peut faire un faux pas.

Il m'a alors fixée d'un regard perçant, et j'ai vu quelque chose dans ces petits yeux durs – quelque chose de dangereux.

— Je ne vois pas ce que tu veux dire.

Il s'est redressé avec un sourire.

— Toi-même, tu ne t'es jamais accordé la moindre incartade, ma chère ? Hmm ? Es-tu absolument certaine que Harry puisse te faire confiance ?

Il a plongé ses yeux dans les miens et j'ai senti la poigne glacée de la peur compresser mon cœur.

— Donner un comprimé à un enfant grincheux pour l'aider à s'endormir n'est peut-être pas le pire crime au monde, qu'en penses-tu ? Toi et moi, nous savons qu'il existe des entorses bien plus graves à la loyauté.

Ses yeux, à cet instant, étaient gris comme du bronze à canon et j'ai senti une menace froide émaner de lui. Puis il a souri et j'ai compris qu'il avait accompli avec succès ce qu'il était venu faire ici.

— Je connais le chemin, a-t-il alors lâché.

Et j'ai écouté le schlip schlip de ses savates de cuir jusqu'en bas de l'escalier.

À présent, malgré toutes ces années, j'entendais encore le bruit traînant de ses babouches, couchée seule dans mon lit dans le noir, avec de la neige dehors, alors que Dillon, Cozimo et Tanger avaient disparu depuis longtemps. *Ne t'aventure pas par là-bas*, me suis-je dit. *Laisse ces pensées à la place qui est la leur : dans le passé.*

Je me suis retournée une fois de plus, bien décidée à m'endormir, et c'est alors que j'ai senti comme une bulle éclatant à l'intérieur de moi. Une poche de liquide se vidant subitement. Et puis quelque chose a jailli, chaud et mouillé, contre mes cuisses. La panique m'a rapidement envahie lorsque j'ai tendu les doigts, senti mon pyjama trempé, puis cherché la lumière à la hâte.

La première chose que j'ai vue a été l'empreinte sanglante de ma main sur le drap.

— Non ! me suis-je écriée en arrachant les couvertures.

La violence et la soudaineté de tout cela étaient ahurissantes. Tant de sang, si rapidement... cela paraissait impossible. Bondissant hors du lit, j'ai foncé à la salle de bains en pleurant et je me suis trouvée confrontée à mon reflet dans la glace : les larmes roulant sur mes joues aussi pâles que les draps, en violent contraste avec le sang en dessous de ma taille.

— Non ! ai-je répété : un cri plaintif dans une maison vide.

J'étais comme assommée. Tout se vidait en moi. Je me suis assise au bord de la baignoire. Mon pyjama mouillé restait collé à moi tel un remords lancinant.

— C'est pas juste ! me suis-je écriée. Putain, c'est pas juste.

Et j'ai soudain compris, dans ce moment de perte, à quel point je l'avais voulu, ce bébé. J'ai pris conscience que j'en étais venue à voir en lui davantage qu'une seconde chance. J'en étais venue à espérer qu'il serait ma rédemption.

J'ai attendu que le jour soit levé pour aller à l'hôpital. Je ne voyais pas l'intérêt de foncer comme une furie à Holles Street en pleine nuit pour me voir confirmer ce que je savais déjà. J'ai passé la nuit sur le canapé, pelotonnée dans ma couette, à tâcher de m'apaiser.

Dès les premières lueurs de l'aube, je me suis habillée et j'ai démarré le combi. J'ai roulé lentement, machinalement, le visage comme engourdi. Conduire, me garer, parler à l'employée de l'accueil : tout cela m'a paru légèrement surréaliste, comme si j'étais à l'extérieur de mon corps, en train de me regarder enchaîner ces actes successifs. Je croyais qu'il me serait impossible de pleurer davantage. Et pourtant, quand j'ai parlé à la sage-femme de garde pour lui dire que j'avais fait une fausse couche pendant la nuit, elle s'est tournée vers moi avec une telle expression de pitié que j'ai découvert de nouvelles larmes débordant de mes yeux. Toutes mes émotions remontaient à la surface.

— Oh, ma pauvre, m'a-t-elle dit. Avez-vous d'autres enfants à la maison ?

J'ai fait non de la tête et elle m'a frotté le dos pour me consoler.

— Allez, on va s'occuper de ça.

Et, me tendant un récipient en plastique, elle m'a indiqué les toilettes. Quand je suis revenue avec mon échantillon d'urine, elle m'a dit de m'installer dans la salle d'attente qui commençait déjà à s'emplir de femmes venues pour leurs visites prénatales.

— Non, ai-je dit, à sa grande surprise. Désolée,

mais je ne peux pas aller m'asseoir parmi toutes ces femmes enceintes.

Et une nouvelle marée de larmes m'est remontée aux yeux. Peut-être pour cette raison, ou peut-être simplement parce qu'elle me plaignait d'être venue seule, elle m'a tout de suite installée dans une petite salle d'examen.

— Restez là, ma belle. Le médecin va venir dans une minute.

Elle m'a laissée seule. Je me suis assise sur la table d'examen en regardant les murs gris autour de moi, et là l'idée m'est venue que tout était fini pour moi. Un examen pratiqué à la hâte. Un rendez-vous pris pour évacuer les dernières traces de ma grossesse. Ma dernière chance, envolée. Il n'y aurait plus de bébé. Plus d'enfant. Je me suis demandé ce qu'il en serait avec Harry, désormais. Son comportement depuis que j'étais enceinte m'avait poussée à conclure qu'il ne voulait pas de ce petit. Eh bien, c'était un problème de réglé pour lui. Une pensée pleine de dépit, oui, mais j'étais blessée et en colère. Toute la nuit, j'avais essayé de l'appeler et j'étais tombée sur sa messagerie à chaque fois. Qu'est-ce qu'il fabriquait ? Pourquoi, au moment où j'avais le plus besoin de lui, ne pouvait-il pas être là pour moi ? Je redoutais le moment où je le reverrais. Je ne pourrais pas supporter d'entendre les minables paroles de consolation qu'il tenterait de m'offrir. Tout sonnerait faux. D'ailleurs, je ne voulais pas être consolée – pas par lui. J'ai alors compris que, cette fois, j'allais devoir pleurer cet enfant seule. Après Dillon, nous avions au moins pu partager notre chagrin, nous confier, nous mettre en colère, taper contre les murs, hurler dans la nuit, pleurer dans les bras l'un de l'autre. Alors qu'à présent je savais que je garderais ma peine bien séparée de la sienne. J'ai eu une vision des jours et des nuits à venir : Harry m'encerclant de son inquiétude, s'efforçant de me dissimuler son soulagement, tandis que je resterais distante, tenant ma tristesse éloignée de lui, maintenant la distance entre nous. Une distance qui, je le savais, ne pourrait que grandir.

Je suis sortie de l'hôpital en titubant. En titubant, oui, il n'y a pas d'autre mot. Sonnée, perdue, clignant des yeux dans la lumière de ce nouveau jour. La tête laminée par ce qui venait de se produire. Le médecin, un grand Noir solennel à la voix ferme et pleine d'assurance teintée d'un léger accent, avait scruté l'intérieur de cet endroit des plus intimes et m'avait dit :

— Votre col est fermé.

— Et c'est une bonne chose ?

— C'est possible.

Pourtant, je ne pouvais pas me le figurer. Tout ce sang. Son flux terrible.

Une échographie. Une image trouble, comme sur un mauvais poste de télé. La grotte sombre de mes entrailles apparaissant : une poche de noir. Puis je l'ai vue. Une forme minuscule, recroquevillée dans un coin. Une chenille. Un haricot. Une fougère attendant de se déployer.

— Là ! a lancé le médecin avec une note de triomphe dans la voix. Vous voyez ? C'est votre bébé.

— Mais... Est-ce qu'il est... ?

Je ne pouvais pas prononcer le mot. Je ne pouvais me résoudre à demander s'il était en vie.

— Vous voyez ça, là ? Vous voyez ?

Son doigt sombre appuyait sur l'écran.

Alors, j'ai vu. Un vacillement. Une pulsation rapide.

161

— Le cœur qui bat.

Mon propre cœur a battu plus vite.

— Je ne comprends pas. L'hémorragie... Il y a eu tant de sang... Comment est-ce...

Occupé à fixer les images de l'échographie, il m'a répondu avec un haussement d'épaules.

— Allez savoir pourquoi ces choses arrivent. Qui pourrait le dire ?

Il m'a tendu une petite sortie imprimante en noir et blanc : le minuscule haricot, reposant, attendant, dans cet espace sombre à l'intérieur de moi. Je l'ai tenue dans ma main et j'ai dégluti, gorge serrée.

— Et maintenant ? ai-je demandé.

— Vous avez eu ce qu'on appelle une menace de fausse couche. Mais votre bébé vit toujours et votre col s'est refermé. On peut espérer que le saignement cesse rapidement.

— Mais qu'est-ce que je dois faire ?

Nouveau haussement d'épaules.

— C'est comme vous voulez. Certains prétendent qu'il est préférable de rester couchée, mais ce n'est confirmé par aucune étude scientifique. Essayez de rechercher le calme. Tâchez de rester positive. Tout est entre les mains de Dieu.

Les mains de Dieu. Une phrase étrange, venant d'un médecin. Il y a longtemps que je ne crois plus en Dieu. Et pourtant, quand il l'a dit, j'ai éprouvé un étrange tiraillement. Comme si l'espoir que j'avais cru mort renaissait en moi. J'avais de nouveau une chose à quoi me raccrocher, en quoi placer ma foi.

9

Harry

Spencer était là à mon retour. Pas au portail des arrivées comme tous les autres gens venus attendre des amis ou de la famille, mais avachi au bar, en train de se battre avec ses mots croisés. La même robe de chambre, la même tignasse emmêlée. On aurait pu croire qu'il n'avait pas bougé depuis mon départ. En me voyant, il a fait la grimace et secoué la tête d'un air consterné.

— T'as vu ça ?

Pas « Tu as fait bon voyage ? », ni « Comment ça s'est passé à la galerie, il paraît que ton vol aller est arrivé en retard, est-ce que ça a bien marché, as-tu regardé les DVD ? ». Non, rien de tout ça. Tout ce que sa voix rauque a réussi à aboyer, c'est ce virulent « T'as vu ça ? ».

Dans sa main, il tenait la une froissée d'un quotidien national sur laquelle un gros titre évoquait l'autopsie d'un présentateur télé bien connu. Le mot « cocaïne » était écrit en lettres énormes. Les rumeurs étaient confirmées.

— Tu t'attendais à quoi ? lui ai-je demandé.

— Ils y vont un peu fort.

— Tu trouves ?

— « Des gens sont morts pour nourrir son vice. »

— Quoi ?

— C'est ce qui est dit dans la presse.

J'ai haussé les épaules et Spencer s'est levé, pas très stable sur ses jambes. Il a empoigné mon sac et nous sommes sortis de l'aéroport.

— Tiens, passe-moi tes clés, lui ai-je proposé. On dirait que tu as passé la semaine ici.

Il me les a tendues sans faire d'histoires et m'a envoyé un regard suggérant que c'était bien possible, qu'il soit resté sur place pendant toute la durée de mon absence. Je n'aurais pas juré le contraire.

La ville de Dublin m'a paru décatie pendant le trajet de retour. C'était peut-être à cause de mon passager, mais j'ai trouvé à la ville un petit air miteux. Même le panneau « Bienvenue à Dublin » était de traviole.

— Prends le tunnel, m'a intimé Spencer. C'est moi qui paie.

Après plusieurs journées de confinement, cela me faisait un drôle d'effet d'être au volant. À vrai dire, après toutes mes découvertes, la sensation même de me déplacer était un peu comme un rêve.

— Le tunnel du Port, encore un colossal gaspillage de fric. Tu es au courant qu'ils déplacent ce foutu port à Balbriggan ?

— T'es en train de devenir un vieux scrogneugneu.

— J'ai toujours été un vieux grincheux. Comme tu l'auras aussi remarqué, ça fait trois jours et la neige est toujours là !

Il l'a dit comme si la neige lui faisait une offense personnelle. Une fois dans le tunnel, Spencer a consulté son téléphone et soupiré.

— Allez, larguons la bagnole et allons nous en jeter un. J'ai une migraine pas possible.

— Dans le quartier de Point Depot, par exemple ?
Il s'est frotté les mains.

— Ouais, nickel. Comme ça, on me la piquera peut-être, cette caisse. J'en peux plus.

Nous avons trouvé un petit pub, un ancien *early house*[1] pour dockers, où nous nous sommes installés dans un coin tranquille. Spencer a commandé deux pintes.

— Allez, avale-moi ça, a-t-il dit tout en se jetant sur la sienne.

C'était un peu étrange d'être assis là dans la pénombre, nous deux penchés sur nos pintes alors que dehors la matinée commençait à peine : les trains arrivaient en gare, la foule des travailleurs se déversait des wagons, les gens se hâtaient vers leurs bureaux tandis que le vent fouettait la Liffey. Je n'avais pas dormi depuis plus de vingt-quatre heures et mon corps geignait de fatigue, mais en même temps une forme d'énergie frénétique bouillonnait en moi, un désir exacerbé de continuer, de rester en mouvement, de suivre cette piste unique avant qu'elle ne soit complètement refroidie. Mon fils était en vie. Je l'avais vu. Il était là, quelque part. Il était proche – je le sentais.

— Alors. Tu vas enfin me dire pourquoi tu avais un besoin si urgent de me voir ? Ce n'est pas souvent que tu m'appelles à l'aube pour exiger que je vienne te chercher à l'aéroport.

— Oui, oui, je sais. Et au fait, merci. J'apprécie, vraiment.

— *No problemo.* Bon, alors ? T'es fauché, c'est ça ? Tu pouvais pas te payer la navette ? Tu t'es engueulé avec madame et elle a refusé de venir t'attendre ?

1. Les *early houses*, institution dublinoise, sont des pubs traditionnellement ouverts dès sept heures et demie du matin.

La mention de Robin a provoqué un pincement de remords. Je ne l'avais pas appelée, ne lui avais même pas envoyé un SMS. J'avais ignoré ses coups de fil, ses messages, une partie de moi éprouvant le besoin de se couper d'elle et d'éviter le contact. C'était lâche, j'en avais pleinement conscience. Après Daphné, voyez-vous... je ne pouvais plus me regarder dans la glace et encore moins parler à ma femme. J'avais peur de ce que ma voix risquait de révéler. Mais c'était partiellement lié aussi à ma nouvelle résolution, à ce besoin brûlant de retrouver Dillon. De retrouver sa trace. Ce que j'avais vu le jour de la manif, ce n'était pas du délire. Je ne devenais pas fou. L'enregistrement vidéo confirmait ce que j'avais tout de suite compris dans mes tripes. Il était en vie, c'était la seule chose qui comptait. Et à présent, il fallait que je le trouve, que je le ramène, que je le rende à sa mère afin que peut-être, avec un peu de chance, elle parvienne enfin à me pardonner. Je m'étais mis dans la tête que si je pouvais lui ramener Dillon, alors il me serait possible d'effacer cette expression horrifiée qui avait tordu ses traits, à Tanger, quand elle avait compris que je l'avais laissé seul.

— Tu n'as pas usé toutes les faveurs que te doivent les flics, hein, Spence ?

— Oh, putain, Harry.

— Les DVD que tu as obtenus pour moi. Je les ai visionnés. J'y ai trouvé ce que je cherchais.

— C'est merveilleux, Harry, a-t-il persiflé. Mais je n'ai encore aucune idée de ce que tu nous mijotes.

— Il s'agit d'une plaque d'immatriculation. J'ai besoin de trouver qui est le propriétaire de la voiture et où il habite.

— Mais bien sûr.

— C'est vrai ?

— Non, Harry. Tu me prends pour qui, bordel ? Pour Columbo ? Je n'ai plus de faveurs à demander – je suis en rupture de stock, voilà.

Il était sur les nerfs. Quelque chose le contrariait qui n'avait rien à voir avec moi. J'avais ma petite idée là-dessus. Spencer pensait toujours à l'argent. C'était sans doute ça. J'ai commandé une nouvelle tournée et insisté.

— C'est important.

— Ça l'est toujours avec toi.

Je ne savais pas précisément d'où venaient les contacts de Spencer ni pourquoi des flics levaient le petit doigt pour lui. Il était toujours resté vague sur ce sujet. Il avait des centres d'intérêt variés, comme il disait. Il faisait partie d'un syndicat dont les membres étaient copropriétaires d'un cheval. Il allait le regarder courir à Cheltenham. Ce genre de combines. McDonagh lui devait de l'argent parce qu'il lui en avait emprunté pour miser sur un ou deux chevaux de trop. J'avais reconstitué cette histoire par bribes. Il était aussi propriétaire, au moins en partie, d'une affaire qui était peut-être une maison de passe. La liste des clients comprenait des noms qui pouvaient lui être utiles. Non qu'il ait envie de s'en servir, car il savait que ce ne serait pas sans conséquences pour lui. Mais il pourrait en cas de besoin, si vous voyez ce que je veux dire. Quelque chose dans le genre. C'était très embrouillé, tout ça, et quand il rendait un service, la personne faisait généralement de son mieux pour lui retourner l'ascenseur. En tout cas, quelles que soient les embrouilles dans lesquelles il baignait, j'avais besoin de lui. *Il faut que je lui dise*, ai-je songé. *C'est la seule solution*.

— Spence ?

— Quoi ?

Ma bouche s'est asséchée d'un coup, et je n'ai pas reconnu ma voix. C'était plutôt comme si je me regardais moi-même agir et parler de cette manière bizarre.

— J'ai vu Dillon.

— Comment ça ?

— J'ai vu Dillon. À la manif. Le jour où j'ai déménagé l'atelier. Mon fils. Je l'ai vu.

Spencer n'a pas semblé comprendre la portée de cette révélation.

— Il était avec une femme qui le tenait par la main. Ils remontaient O'Connell Street.

— J'en parlerai à mon cheval.

— Spencer, tu entends ce que je te dis ? J'ai vu mon fils. Il est en vie.

— Jésus Marie Joseph. Ça ne va pas recommencer !

— Je l'ai vu. J'ai vu Dillon.

Le barman a regardé vers notre table. J'avais élevé la voix. Spencer m'a fait signe de baisser d'un ton.

— Minute, vieux. Tu as bien pris tes médocs ?

C'était un coup bas et Spencer le savait. Les six semaines que j'avais passées à Saint-James avaient été un cauchemar. On m'avait diagnostiqué une dépression et des troubles de la pensée. Je n'aimais pas qu'on plaisante avec ça. Mais je suis resté droit dans mes bottes.

— Spencer, je l'ai vu. J'ai vu Dillon, j'ai besoin de remonter la piste de cette foutue plaque d'immatriculation, et tu es l'homme qu'il me faut pour ça.

Pendant un petit moment, il n'a rien répondu. Il a jeté des coups d'œil autour de lui comme pour consulter des présences invisibles, attendant leur approbation. Elles la lui ont accordée, apparemment. Car dès l'instant suivant, il souriait.

— Ah oui, l'homme qu'il te faut ?

Je ne crois pas qu'il se payait ma tête.

— Oui.

— Harry, il faut qu'on parle. Tu es certain que tu vas bien ?

— J'ai retrouvé la trace de mon fils, Spencer, c'est tout.

Là, il m'a observé sérieusement. Son demi-sourire narquois s'est effacé. Une expression d'inquiétude l'a remplacé, puis une grande fatigue soudaine.

— Écoute, a-t-il repris à voix basse, les yeux noyés et fixes. Tu traverses une sale période, je le vois bien. Tu subis beaucoup de stress. La maison, le job de Robin qui bat de l'aile. Merde, je n'avais pas compris à quel point c'était dur jusqu'à ce que tu me dises que tu quittais l'atelier. Tu ne penses pas qu'il y a une chance pour que ta... vision (a-t-il dit en appuyant sur le mot) ait quelque chose à voir avec tout ça ? Tu ne serais pas le premier à avoir vu quelque chose qui n'était pas là. Bon Dieu, pense à tous ces connards qui voient des fantômes, des ovnis ou des statues de la Vierge Marie qui bougent. Des troubles délirants, c'est tout. Le truc, c'est de les reconnaître pour ce qu'ils sont : un signe. Un signal d'alarme te disant que tu as besoin de te déstresser, de remettre de l'ordre dans ta tête, de ralentir.

— Un signal d'alarme pour me déstresser ? Est-ce que tu t'entends parler ? On dirait un bouquin de développement personnel à la con ! Rends-moi service, épargne-moi la psychologie de comptoir, tu veux ?

Il a lentement hoché la tête, baissé les yeux sur le verre qu'il avait à la main et a paru réfléchir à ce que je venais de dire. Nous sommes bons amis depuis des années. Il a toujours été loyal. L'un des rares qui soient venus me voir à l'hôpital. Un des rares à ne pas avoir fui devant mes monologues et mes rebuffades, mon absence de lucidité, ma psychose. C'est comme si nous nous connaissions depuis toujours. Mais de toute manière, il me semble que ma vie n'a commencé que le jour où je suis entré en fac d'arts plastiques et où j'ai rencontré Robin et Spencer, puis celui où j'ai pris l'appartement qu'il me proposait en location.

J'ai attendu un long moment qu'il reprenne la parole. Puis il a relevé la tête vers moi, un sourcil arrondi, un sourire naissant à la commissure des lèvres.

— Et tu n'as rien dit de tout ça à ta femme, je suppose.

— Non.

— Non ?

— Rien qu'à toi.

— Quel honneur, bordel.

— Alors, tu vas m'aider ou quoi ?

Il a poussé un gros soupir en réfléchissant à la question, puis posé son verre. Il a fourré la main dans sa veste, sorti un paquet de cigarettes de sa poche et en a arraché le dos.

— Écris-moi le numéro là-dessus. J'en parlerai à Fealty.

Je lui ai envoyé un regard plein de gratitude à travers la table, puis j'ai griffonné les chiffres et les lettres que je connaissais déjà par cœur.

Il a repris le bout de carton pour l'observer.

— Ce ne sera pas gratuit, au fait.

— Bien sûr.

— Il me faudra une rétribution. Je ne te donne pas ça pour rien.

— Tout ce que tu voudras.

Il aurait pu me demander n'importe quoi, à ce

moment-là, j'aurais été heureux de le lui donner. Tout était bon pour retrouver Dillon. Aucun prix n'était trop élevé.

Ensuite, nous sommes restés là sans rien dire. Dans un coin de la salle, la télé était allumée, branchée sur les infos. Un homme encastrait une grue à nacelle dans les grilles du Parlement d'Irlande en signe de protestation contre le gouvernement. La haute grue était couverte de slogans de toutes sortes. Je ne les déchiffrais pas tous, mais l'un disait : « Banques anglaises = poison » et un autre avait quelque chose à dire à propos du plan de retraites de Bertie Ahern. J'en ai capté un autre du coin de l'œil : « Virez tous les politiciens. »

— Apparemment, m'a dit Spencer en indiquant la grue d'un coup de menton, c'est un promoteur immobilier.

Nous nous sommes séparés peu après. Je suis resté sur le trottoir bourbeux à regarder la silhouette voûtée de Spencer descendre Pearse Street à grandes enjambées, serrée dans son manteau pour se protéger du vent cinglant qui arrivait des quais. J'avais fait ce que je voulais faire. Branché Spencer sur ses contacts dans la police. Mis en action mon plan pour remonter la piste de cette voiture. J'aurais dû être comblé par la joie du travail accompli, mais au lieu de cela je me sentais simplement vidé. Quelques vestiges d'énergie nerveuse voletaient encore en moi. Je savais que j'aurais dû rentrer, tâcher de recoller les morceaux avec Robin. Je ne savais pas exactement comment j'allais expliquer tout ça, mon refus obstiné de prendre ses appels et de répondre à ses messages. Comment justifier une chose pareille ? Cet étrange besoin de concentrer tout mon être sur ce but unique et fuyant – retrouver mon fils —, ce besoin viscéral, exigeait que je tourne le dos à mes autres responsabilités, tant je craignais de me disperser et de perdre courage. Et donc, je ne l'ai pas appelée. Je ne suis pas rentré chez moi. Non, au lieu de ça, je suis allé voir Javier dans Mary Street.

Javier pratiquait la voyance. Il menait ses affaires dans un sous-sol, sous un salon de coiffure. Il était très réputé. Il lisait les tarots, les lignes de la main, faisait des thèmes astraux et tout le tralala. Rien à voir avec une boule de cristal sous une tente. Il était l'une des rares personnes à m'avoir donné de l'espoir au fil des années. J'ai téléphoné et son assistante m'a appris qu'il pouvait me caser pour une séance d'une demi-heure.

Les marches qui descendent chez lui me donnent toujours la chair de poule. Une femme qui avait rendez-vous avant moi était installée dans la salle d'attente. Elle avait fait tout le chemin depuis le comté de Clare, m'a-t-elle appris. « C'est le meilleur. » Elle semblait un peu égarée et je me suis demandé ce qu'elle espérait découvrir dans ce sous-sol, quelles informations surnaturelles allaient lui être confiées et si cela changerait quelque chose à sa vie.

J'avais promis à Robin de ne plus gaspiller d'argent chez Javier, après notre dernier anniversaire de mariage. Car elle, au moins, avait la tête sur les épaules. Mais ça, c'était avant que j'aie vu Dillon.

Javier m'a reçu dans la pièce du fond. Celle-ci était chichement éclairée, avec une table et deux chaises, la table couverte d'un coupon de velours rouge. Je flairais une odeur de tabac brun et épicé. Javier avait une présence apaisante. Ses cheveux commençaient à blanchir et il s'exprimait avec un lourd accent espagnol. Il m'a demandé quel genre de voyance je désirais. Il y a de cela plusieurs années, à Tanger, j'en étais venu à craindre les cartes. En plus d'une section occulte conséquente dans sa librairie, Cozimo possédait un jeu de tarots qu'il laissait dans notre appartement ; il en tâtait à l'occasion. Mais chaque fois que je m'en approchais, ces cartes me faisaient peur. Je ne sais pas bien pourquoi. Je le revois jouant avec, un matin, à la table de la cuisine.

— Ne t'en fais pas, m'avait-il dit, je ne vais pas lire ton avenir. Je n'ai pas besoin des tarots pour ça.

Quand était-ce ? Pendant la deuxième année ? Robin était enceinte et nous avions encore la vie devant nous.

— Ces superbes cartes m'ont été offertes par un ancien de la vieille ville, un sage. Nous jouions au poker et il s'est trouvé à court d'argent, si bien qu'il me les a données. Il disait qu'elles avaient 100 ans d'âge. Elles viennent des bords de la rivière Taro qui coule en Italie du nord. « Chemins », c'est ce que signifie le mot « tarot » en arabe, m'a appris ce vieil homme. Les chemins.

Mais Cozimo, en fait, a bien essayé de faire un peu de divination avec ces cartes au cours des mois qui ont suivi et il m'a aussi appris à m'en servir, malgré ma réticence. Ce matin-là, il a pris mes mains dans les siennes.

— Ce n'est pas un jouet, m'a-t-il déclaré ; on ne joue pas avec ça.

Je l'ai regardé, un peu étonné. Son ardeur paraissait sincère.

— Je te donnerais bien ce jeu, mais j'ai peur de ce que tu risquerais d'y voir, a-t-il ajouté.

Je lui ai demandé de s'expliquer.

— C'est un jeu particulier, étrangement honnête et clairvoyant.

J'ai ri et tendu la main vers les cartes.

— Elles te diront des choses que tu ne veux pas savoir. Moi-même, elles m'ont dit des choses que je ne voulais pas savoir.

Ma main a reculé.

— Quoi, par exemple ?

— Peux-tu m'imaginer un jour de retour à Londres ?

À cette idée, nous avons tous deux éclaté de rire, mais dans le rire de Cozimo il y avait une certitude. Je l'ai vu dans son regard. Il a continué de sourire, rassemblé les cartes, et les a glissées d'un geste rapide dans sa poche de poitrine, comme pour dire : « Elles sont plus en sécurité ici. »

J'ignore pourquoi, dans les mains de Javier les cartes me semblaient plus fiables, moins sévères. Une résistance en moi a cédé, j'ai ressenti un besoin, comme une indéfinissable attraction, et j'ai demandé une séance avec. Sans discuter plus avant, Javier a pris ses cartes dans ses mains et les a battues avec langueur. Bon, il faut savoir qu'on peut faire plusieurs lectures avec un jeu de tarots : à douze cartes, en fer à cheval, une jetée complète, etc. Mais cette fois, Javier a déclaré :

— Ce sera une lecture à une carte.

Il m'a tendu le jeu. J'ai hésité, puis choisi. J'ai tiré la carte du Soleil, un des arcanes majeurs. Elle représentait un jeune enfant juché sur un cheval blanc sous le soleil, avec des tournesols dans le fond. L'enfant tenait à la main une bannière rouge. Le soleil le regardait avec un visage humain.

J'ai retenu mon souffle et failli tout dire à Javier – Dillon, la momie d'enfant, Tanger. Il me semblait que les images d'enfant se multipliaient autour de moi, comme pour s'efforcer de me dire quelque chose, de

174

m'aider. Mais j'ai tenu ma langue et Javier s'est lancé dans sa prédiction.

— La carte du Soleil, m'a-t-il annoncé, est souvent considérée comme la meilleure du tarot. On l'associe à l'accès au savoir. L'esprit conscient triomphe des peurs et des illusions de l'inconscient. L'innocence est renouvelée par la découverte, apportant de l'espoir.

Javier ne prédisait pas vraiment l'avenir : il interprétait plutôt les cartes pour vous. Il avait de l'intuition, une bonne perception des choses. Au bout du compte, il vous laissait libre de faire la lecture que vous vouliez. Mais il vous donnait des pistes et des indices pour vous mettre sur la bonne voie dans le choix des décisions à prendre. Certains éléments étaient plus précis. Il m'a parlé d'une puissante force d'attraction venue d'un pays étranger. Il m'a dit que j'étais encore en train de démêler quelque chose. Que ce n'était pas encore résolu. Que cela prendrait bientôt forme. Mais que je devais garder le cœur ouvert. Il m'a dit que le soleil était un symbole positif. Je ne me rappelle pas ce qu'il m'a raconté d'autre. Il ne m'a pas annoncé : « Vous allez retrouver votre fils. » Mais il a bien dit : « Il y a un enfant et il n'est plus le vôtre. » Ça m'a fait mal. Je crois qu'il l'a vu. Je transpirais en m'efforçant d'empêcher mes mains de trembler. Bon Dieu, je ne savais pas ce qui m'arrivait.

Avant que je parte, Javier m'a donné une amulette verte. « Pour vous porter chance. » J'ai failli le serrer dans mes bras, dans l'état émotif où j'étais. Il a vu que je regardais un livre posé sur sa table : c'était *Le Livre des morts des anciens Égyptiens*. « Prenez-le », m'a-t-il dit – ce que j'ai fait en le remerciant. Je suis parti à pied dans Dublin, hébété, tripotant la pierre entre mes doigts. Tous ces gens dehors ? Comment étaient-ils arrivés là ? Comment se débrouillaient-ils avec la neige ? Je me suis arrêté pour écouter un type qui chantait *On Raglan Road*. Quand il est arrivé au couplet « J'ai trop aimé et c'est ainsi, c'est ainsi que le bonheur s'en est allé », j'en ai eu une boule dans la gorge. J'avais l'impression de tomber en morceaux. Si on m'avait touché à cet instant-là, je me serais désintégré.

Je ne sais pas pourquoi, je ne pensais pas pouvoir rentrer tout de suite. Même si je savais que Robin le voulait. Dans un bar en sous-sol tranquille de Grafton Street, j'ai commandé un verre, sorti de ma poche la carte postale de l'enfant-momie, et cherché des renseignements dessus à l'aide de mon smartphone. Je suis tombé sur une page expliquant que la magie verte protégeait les petits défunts. La découverte exceptionnelle d'une momie d'enfant dotée d'une amulette de pierre vert vif, dont on avait cru autrefois qu'elle possédait des pouvoirs magiques, incitait les archéologues à conclure que, pour les Égyptiens antiques, la couleur verte protégeait les enfants des influences indésirables et leur assurait la santé dans l'au-delà.

Était-ce pour cela que Javier m'avait donné cette amulette ? Il s'agissait peut-être d'un geste symbolique ; c'était pour me protéger et pour protéger Dillon parce qu'il était encore en vie. C'est ainsi que je voyais les choses. C'est ainsi que cela prenait sens pour moi. Pour être franc, je n'avais jamais cru que Dillon soit mort lors du tremblement de terre, bien que Robin ait essayé pendant des mois, pendant des années, de m'en convaincre. J'avais fini par faire semblant d'accepter sa mort, mais non sans avoir au préalable lancé des avis de recherche à Tanger et en Irlande. J'avais passé des coups de fil, écrit des lettres et des e-mails, contacté les représentants politiques de la région, participé à des groupes de soutien de survivants et de victimes sur Internet, écouté et lu toutes les nouvelles possibles au cours des mois qui avaient suivi le séisme, guettant les récits de rescapés et la moindre information sur les corps retrouvés, morts ou vifs. J'avais contacté Interpol, la police marocaine, les flics irlandais. Le mieux que j'aie obtenu, la seule chose, avait été : « Votre fils est tragiquement décédé lors d'un tremblement de terre. L'immeuble a été détruit. La terre s'est ouverte et l'a englouti. C'est ce qu'on appelle un acte de Dieu. »

Robin a quitté Tanger trois semaines après le séisme. Je crois que je ne le lui ai jamais pardonné. Moi, je suis resté quelques semaines de plus.

— C'est possible qu'il ait survécu, ai-je soutenu.

Robin a secoué la tête.

— Harry, arrête.

— Je ne vais pas l'abandonner.

Mais elle ne voulait rien entendre.

— C'est le chagrin, Harry, me disait-elle. Le chagrin qui t'aveugle.

Le chagrin me ravageait, ça, je veux bien l'admettre. Mais ses protestations ne suffisaient pas à faire taire mes doutes. Comment pouvait-elle être certaine que notre fils n'avait pas, à la suite de je ne sais quelles circonstances étranges, survécu à la catastrophe ?

— Il y a eu des centaines de morts, disait-elle, comme si les statistiques pouvaient apporter une réponse.

Ensuite, elle m'avait dit qu'elle voulait donner une cérémonie pour Dillon lorsque je rentrerais en Irlande.

— Quel genre de cérémonie ?

— Une cérémonie.

— Mortuaire ?

Elle n'a rien répondu.

— Parce qu'on ne peut pas faire de cérémonie mortuaire s'il n'est pas mort.

— Harry.

— Ou si on ne sait pas...

J'étais en train de commander un second verre lorsque mon téléphone s'est illuminé. C'était un message de Diane. Elle avait dû se débrouiller pour appeler directement ma boîte vocale. « Je sais que tu es rentré de Londres. Les nouvelles vont vite. Harry, appelle-moi. Tu me manques. »

J'ai ignoré le message et éteint l'appareil. J'ai regardé la neige qui se remettait à tomber. Les prévisions météo étaient à côté de la plaque : il en tombait bien plus que ce qui était annoncé. Elle tombait, tombait, une neige lourde, somptueuse, de nature à tout effacer. L'équipement des ingénieurs météo devait être douteux, ou leurs interprétations trop étroites. Je savais que les prédictions de Javier avaient quelque chose de vague. Je ne suis pas complètement idiot. Mais elles suggéraient plutôt qu'elles ne dictaient ; elles étaient imaginatives plutôt que déclaratives. Et le vieux postier que j'avais rencontré dans le Donegal tombait aussi juste que la radio, sinon plus, dans sa prédiction des chutes de neige. Je le revois me disant que, quand le soleil brille sur les monts Blue Stack jusqu'aux plaines et qu'il prend une couleur brun-roux, cela annonce de la neige. Il avait aussi parlé de moutons et de bovins devenant fous, s'ébrouant, descendant des montagnes. Cela, aussi, était un signe.

Les signes étaient là. Soudainement, involontairement, un souvenir m'est revenu tandis que j'étais là à contempler la neige. Nous sommes à Tanger. Je suis couché dans mon lit avec Dillon. La télévision est allumée. Nous regardons les infos. « Est-ce qu'elle nous parle, à nous ? » me demande Dillon en parlant de la présentatrice. Je lui réponds qu'elle parle d'un parti politique qui n'est pas à la fête. « Ils peuvent venir à mon goûter d'anniversaire », propose-t-il. Il fêtera ses 3 ans la semaine prochaine. « C'est très gentil à toi », dis-je. Il me caresse la figure. D'une joue à l'autre. Un geste intime, plein d'amour. Il me dit : « Papa, j'aime ta barbe. » Il me dit : « Papa, je t'aime. »

J'ai vidé mon verre et monté l'escalier pour quitter ce monde souterrain plein de vapeurs d'alcool, en me demandant à quoi aboutirait l'immatriculation de la voiture ; sur quel chemin allait-elle m'emmener ? Le soleil y brillerait-il ? Et l'enfant sur le cheval, était-ce Dillon ?

10

Robin

En fin de compte, Harry est resté absent quatre jours. Lorsqu'il est finalement rentré, il est apparu à la porte, le regard noir, les yeux troubles, la barbe épaisse. On aurait dit quelqu'un de perturbé, quelqu'un qui se laissait aller, l'ombre de l'homme qu'il avait été. Et j'ai repensé à celui qu'il était à Tanger : si éclatant et plein de vie, débordant de couleurs vives, éveillé et instinctif, curieux et affamé. Pas cette personne exténuée, usée, laminée, au regard fixe et creux. Quelque chose en moi s'est tendu vers lui avec une pitié terrible pour tout ce qu'il était devenu.

Une fois mis au courant de tout ce qui m'était arrivé – l'hémorragie, l'hôpital, la menace de fausse couche –, il s'est laissé tomber sur le canapé à côté de moi et a regardé fixement dans le vide devant lui. Il n'a pas prononcé un mot. Ensuite, il a laissé tomber sa tête entre ses mains et s'est mis à pleurer. Des larmes silencieuses. Je ne voyais pas son visage, seulement son corps frissonnant et ses mains tremblantes.

— Harry.

— Je suis désolé, Robin.

— Mon cœur, ne dis pas ça. Viens là. Montre-moi ta tête.

J'ai perçu sa résistance, mais peu à peu il m'a cédé, m'a laissée prendre ses mains dans les miennes, les yeux timidement baissés, incapable de croiser mon regard.

— Je m'en veux de t'avoir laissée traverser ça toute seule, je ne m'en remets pas.

Il m'a alors regardée et j'ai vu, dans cet instant, une occasion d'arranger les choses entre nous.

— Je t'en ai beaucoup voulu, Harry, ai-je commencé avec hésitation. Pendant toute ton absence, je n'ai pas arrêté d'essayer de te joindre. La nuit dernière, je t'ai laissé des messages, envoyé des textos, et pourtant, aucune réponse de ta part. Je n'en revenais pas que tu te montres si dur, si froid. Vu la manière dont on s'était quittés, bon... tu imagines ce qui me passait par la tête. Ça ne va pas entre nous, ces derniers temps, pas vraiment. Depuis que tu as déménagé ton atelier. Depuis que je t'ai parlé du bébé.

Il a secoué la tête, les yeux rivés au sol. J'ai vu les muscles de sa mâchoire bouger alors qu'il serrait les dents, mais j'ai persévéré.

— Il m'a semblé que tu accueillais ce voyage à Londres comme une occasion bienvenue de t'éloigner de moi.

— Robin, ce n'est pas vrai.

— Non ? Ces derniers jours, j'ai eu l'impression de te perdre.

Il n'a rien dit, n'a pas essayé de nier.

— Tu l'as senti, aussi ? ai-je demandé, et il a lentement hoché la tête.

Je me suis rendu compte que ma lèvre commençait à trembler, les larmes à monter, mais je les ai ravalées.

— On ne peut pas se perdre l'un l'autre, Harry. Pas maintenant. Pas après tout ce qu'on a traversé.

— Je ne veux pas te perdre, Robin. Simplement...

Il s'est interrompu et j'ai senti qu'il était sur le point de me dire quelque chose, de me faire un aveu. J'ai repensé aux dessins de Dillon et à toute la douleur secrète qu'il me dissimulait. J'ai pris son visage entre mes mains et plongé mon regard dans le sien.

— C'est un nouveau départ pour nous, Harry. Un nouveau commencement. Ce bébé est réel. C'est en train d'arriver. Quand j'ai vu l'échographie, ce petit battement de cœur, ça m'a fait comprendre... Toutes les autres conneries, ça ne compte pas. C'est ceci qui compte. Alors, je ne vais pas te poser de questions sur Londres. Je ne vais pas exiger que tu m'expliques pourquoi tu ne m'as pas rappelée ni pourquoi tu es si distant depuis un petit moment. Il faut qu'on mette tout ça derrière nous. Parce que notre avenir, il est là.

J'ai pris sa main et je l'ai posée sur mon ventre. Il était encore plat et pourtant je pensais à l'enfant niché au fond de moi, à ce petit haricot logé entre les épaisseurs moelleuses de mon corps, grandissant lentement dans le noir.

— Je sais que la nouvelle de cette grossesse ne t'a pas fait plaisir... Non, je t'en prie, laisse-moi terminer. Je sais que ça ne t'a pas plu. Mais si tu avais été là, Harry, si tu avais vu ce que j'ai vu, je sais que tu penserais autrement. Cet enfant-ci n'est pas Dillon. Personne ne le remplacera jamais. Mais nous pouvons quand même avoir ce bébé et l'aimer autant que nous aimions Dillon.

— Je sais. Je sais.

— Écoute-moi, maintenant, Harry. Fini les mensonges. Fini les cachotteries. Je ne veux plus qu'on se cache des choses. Nous étions si francs l'un envers l'autre, avant. On pouvait tout se dire. Tu te rappelles ?

— Je me rappelle. Mais je n'arrive pas à me rappeler quand ça s'est arrêté.

Il a relevé la tête vers moi, à ce moment-là, avec un regard si plaintif et malheureux, provoquant en moi une poussée de culpabilité si forte, que j'ai failli tout lui dire.

L'instant a passé. Nous sommes restés assis ensemble. Je sentais sa main passer sur mon ventre. J'entendais les bûches craquer et siffler dans la cheminée.

— Un nouveau départ, Harry.

— Oui, a-t-il soufflé.

Après quoi il s'est tu.

Il neigeait à nouveau – une neige plus collante et plus molle, à présent. Pour la première fois depuis des années, nous allions avoir un Noël blanc. Je l'ai regardée tomber, épaisse et lourde, emplissant le jardin, déployant une moelleuse couverture sur la moindre surface, le moindre buisson, s'accumulant dans les creux des branches et les tuiles du toit, blanchissant les vitres. Nous avions du feu dans la cheminée en permanence. Nous tâchions de conserver une maison chaude et une humeur légère, et pourtant l'air froid s'insinuait par les fenêtres délabrées, sifflant dans les interstices entre les briques. La vague des invitations d'avant Noël nous a emportés dans son courant et j'ai senti une fatigue l'accompagner, une irritabilité, que j'attribuais aux hormones de la grossesse et au stress lié au boulot. La pression avait augmenté au bureau. Un contrat que nous avions remporté avait capoté et on parlait encore de réduire la masse salariale.

Un jeudi soir glacial, Harry et moi avons enfilé nos chaussures de marche et piétiné dans la neige jusqu'à Blackrock College, où des arbres de Noël étaient vendus au bénéfice de la Société de Saint-Vincent-de-Paul. Nous en avons choisi un – un gros sapin touffu – et l'avons rapporté chez nous en le traînant à moitié. Il régnait entre nous, ce jour-là, un silence dont j'ignorais la cause. J'étais fatiguée et irritable. Le pot de Noël au bureau s'était déroulé la veille au soir. Alors que c'était d'habitude tout un tralala, cette année l'événement s'était réduit à quelques verres et toasts au pub du coin. J'avais eu la sensation d'être la seule à ne pas être bourrée. À un moment de la soirée, un de mes collègues, bien éméché, avait répandu la rumeur qu'il y aurait des licenciements au nouvel an. Comme je l'interrogeais sur les postes visés, il avait eu un rire creux et dit : « Les esclaves de la CAO comme toi et moi, je suppose. » Puis, voyant mon expression inquiète, il avait aussitôt changé de sujet. J'avais pensé en parler à Harry, mais je ne voulais pas l'accabler. Il semblait perdu dans ses pensées ce jour-là et je ne me sentais pas l'énergie de fournir l'effort nécessaire pour dissiper ce poids entre nous.

De retour à la maison, j'ai émincé des oranges et planté des clous de girofle dans les tranches, que j'ai ensuite mises au four. Ensuite, j'ai passé des ficelles dans les rondelles séchées et je les ai suspendues à l'arbre. La maison entière sentait Noël – le sapin, les épices, l'odeur acidulée de l'orange –, ce qui m'a un peu remonté le moral. Harry est monté au grenier et en a redescendu la guirlande lumineuse et la boîte de décorations de Noël, après quoi il s'est assis par terre pour boire du café agrémenté de whisky en me regardant démêler les guirlandes.

— Purée, il est énorme, ce sapin, a-t-il commenté en le lorgnant. Je crois qu'on s'est laissé emporter.

— La pièce est grande.

— Pas tant que ça. Il faudrait une salle de bal pour cet arbre.

— Moi, je l'adore. Je le trouve parfait.

— L'ange va avoir le vertige. On devrait peut-être couper un peu le haut ?

— Non ! Laisse ! Attends que j'aie mis les guirlandes et les décorations : il ne sera plus aussi monstrueux, après.

— Ou au moins les branches qui dépassent sur les côtés ?

— Non, Harry. Laisse cet arbre tranquille.

J'avais démêlé la guirlande lumineuse et j'étais debout sur une chaise pour essayer de la faire passer par-dessus la cime.

— Tu es sûre que tu devrais faire ça ? m'a demandé Harry en m'observant d'un air dubitatif. Dans ton état ?

— Oh, pitié. Ne commence pas.

— Commencer quoi ?

— Ton numéro de mec surprotecteur.

— Quoi ? J'ai déjà fait ça, moi ?

J'ai pivoté sur moi-même pour le regarder.

— Harry, tu plaisantes ? Avec Dillon, c'est à peine si tu me laissais bouger. Je ne pouvais pas sortir de chez nous sans escorte. Tu piquais une crise chaque fois que j'essayais de débarrasser la table.

— Ah bon ?

— Oui ! ai-je dit en riant. Tu étais un cauchemar.

C'était un élément nouveau : Dillon revenait peu à peu s'insinuer dans nos conversations. Pendant longtemps, j'avais fermé mon esprit à ce chapitre entier de mon existence. Je l'avais enfoui profondément dans les

186

recoins obscurs de ma mémoire. Mais voici qu'à présent, avec cette nouvelle vie qui commençait en moi, je me découvrais capable d'entrouvrir la porte, juste un peu, et de laisser entrer un rai de lumière. Graduellement, par petites touches, nous retrouvions notre identité de parents. Nous commencions à nous réapproprier notre fils, nos souvenirs de lui. La douleur était toujours présente – elle n'était jamais réellement partie –, mais elle s'était adoucie. Ses arêtes tranchantes s'émoussaient. Je découvrais que je pouvais prononcer et entendre son prénom sans éprouver cette bouffée soudaine de tristesse, sans que ce puits de mélancolie se remplisse à nouveau.

— Alors, tu crois que tu as assez de décorations ? m'a demandé Harry en jetant un œil dans le grand carton plein à ras bord d'anges et de Pères Noël, de rennes, de clochettes et d'étoiles. Sérieusement, ça fait combien de temps que tu collectionnes ces machins ?

— Je ne sais pas. Des années. Que veux-tu que je te dise ? J'aime Noël.

— Beaucoup de gens aiment Noël. Chez toi, c'est une obsession.

Il s'est tu pour m'observer un instant, le regard rêveur, apparemment perdu dans un vieux souvenir. Puis il m'a dit :

— Tu te rappelles l'arbre de Noël qu'on a eu à Tanger ?

J'ai cessé de disposer la guirlande sur les branches.

— On devait être les seuls de tout le Maroc à avoir un vrai sapin !

— Oui, ai-je dit.

Je regardais fixement la guirlande dans ma main.

Harry a ajouté quelque chose, mais je ne l'écoutais plus. Je tripotais les petites ampoules et mes mains se sont mises à trembler très légèrement.

— Robin ? Est-ce que ça va ?

J'ai baissé le regard vers lui et vu de l'inquiétude dans ses yeux. Mes mains ne tremblaient plus, mais quelque chose m'était tombé dessus.

— Je suis fatiguée (descendant de la chaise, j'ai laissé tomber la guirlande sur le canapé), je vais m'allonger.

Je ne l'ai pas regardé en sortant de la pièce.

Le dernier samedi avant Noël, je me trouvais avec Liz au rayon « Maison » du grand magasin Brown Thomas, où nous nous efforcions de boucler toutes nos courses en deux heures. La culpabilité m'accablait quand je regardais les prix et pensais au remboursement de l'emprunt et à mes heures de travail réduites, en me demandant comment j'allais faire pour acheter des cadeaux à ma famille. J'étais rouge, lasse, en surchauffe.

— Que penses-tu de ça pour la mère d'Andrew ? m'a demandé Liz en tenant devant elle une huche à pain bleue avec un couvercle en noyer. C'est hors de prix, mais est-ce que ça se voit, au moins ? Je ne voudrais pas qu'elle pense que je lui ai trouvé une bricole à deux balles, vu qu'en plus c'est elle qui va préparer le déjeuner de Noël pour toute ma marmaille.

— Ça m'a l'air très bien.

— Hmm.

Fronçant les sourcils, elle a reposé l'objet.

— Andrew ne peut pas s'occuper du cadeau de sa mère ?

— Ha ! s'est-elle esclaffée. Si je le laissais faire, il lui achèterait une carte, point final. Ou, pire, il lui donnerait un chèque.

— Et toi, qu'est-ce qu'il t'offre ?

— Un bon-cadeau, a-t-elle lâché sans rire. Ne dis rien, Rob. Je sais. La romance est morte entre nous.

J'ai souri, soulevé une carafe et je l'ai retournée pour voir le prix.

— Et toi ? s'est-elle enquise. Toujours décidée à inviter tes parents pour Noël ?

— Eh oui. Tout est prévu. L'oie est commandée, le vin et le champagne déjà achetés...

— C'est un beau geste de ta part. Ne te tue pas à la tâche, quand même.

— Comment ça ?

— Oh, Robin, tu sais bien. Cuisiner, recevoir, préparer la maison... Tu ressembles à Nigella Lawson sous acide, dans ce genre de situations. Je voudrais juste que tu n'en fasses pas trop. Pas dans ton état. Pas après la frayeur que tu as eue.

Elle a reluqué mon ventre d'un air théâtral et cela m'a fait rire.

— Détends-toi, ce ne sera pas un grand tralala. C'est juste Noël. Et puis Harry met la main à la pâte.

— Ah, a-t-elle dit d'un air sceptique. Je parie qu'il est fou de joie à l'idée de passer Noël avec ses beaux-parents.

— Eh bien, figure-toi qu'il le prend très bien. Je m'attendais à un peu de résistance, mais non, il a été super. Génial, même. Il s'occupe d'acheter la bouffe et de faire un grand nettoyage dans la maison. Je n'ai plus qu'à cuisiner. Donc, à nous deux, on maîtrise. Tout roule.

— Tant mieux. Contente de l'entendre.

Elle a choisi une cocotte Le Creuset d'un air légèrement distrait et a ajouté, par-dessus son épaule :

— Comment ça s'est passé, le déménagement ? Il a fini d'aménager son nouvel atelier ?

— Oui, je crois.

Mes pensées sont immédiatement retournées vers la caisse de dessins que j'avais découverte, les portraits de Dillon, et je me suis demandé s'ils étaient toujours là, cachés dans le noir. Depuis ce soir-là, je n'avais pas remis les pieds dans l'atelier. La résolution d'ignorer tout cela s'était peu à peu affermie en moi. Tourner le dos au passé et regarder vers l'avenir. C'était tout ce qui comptait, désormais.

— Son voyage à Londres s'est bien passé, ai-je continué d'une voix pleine d'optimisme. Je pense que ça aboutira à du boulot pour lui.

— Ah oui ? (Elle m'a jeté un bref regard.) Ça, ce serait super. Du moment qu'il n'en fait pas trop. C'est magnifique, ce qu'il peint, bien sûr, mais il n'a pas été très prolifique, ces dernières années.

— Écoute-toi parler ! Tu t'inquiètes de la charge de travail de Harry, maintenant ?

— Oui, je m'inquiète, a-t-elle répliqué d'un ton tranchant, soudain sérieux. Je n'aime pas l'idée qu'il prenne des engagements qu'il ne pourra pas honorer. Avec son passé...

— Liz...

— Dis-moi d'aller me faire voir et de m'occuper de mes oignons si tu veux, mais tu es ma plus vieille amie, Robin, et je ne serais pas cette amie si je ne te disais pas que Harry m'inquiète quand il est sous pression. Je sais à quel point il est sensible. Et je ne supporte pas d'imaginer que ses vieux démons puissent revenir. Je ne supporterais pas que tu doives à nouveau traverser tout ça.

— Ça n'arrivera pas, ai-je déclaré avec solennité et sincérité, car, sur le moment, j'y croyais. Il va bien. Tout va bien entre nous. Plus que bien, en fait. C'est derrière nous, tout ça.

Instinctivement, ma main s'est posée sur mon ventre.

Elle l'a remarqué et a lentement hoché la tête. Son expression s'est adoucie.

— C'est drôle, je n'imaginais pas que vous auriez un nouvel enfant un jour.

— Ah bon ?

— Je doutais que vous puissiez avoir, l'un ou l'autre, l'énergie de repartir pour un tour.

Elle a souri et son visage s'est de nouveau éclairé. Puis, regardant la cocotte Le Creuset qu'elle avait encore dans les mains :

— Bon, je prends ça. Elle pourra toujours revenir l'échanger, pas vrai ?

— Tout à fait.

— Tiens-la-moi une seconde.

Elle m'a collé la lourde cocotte dans les bras pour chercher son portefeuille dans son sac et c'est à ce moment-là, alors que je serrais l'objet contre moi, que je l'ai vu. Mon cœur s'est mis à battre violemment et j'ai failli en lâcher la cocotte.

Penché en avant, il étudiait avec une grande concentration un étalage de machines à café. Alors que je m'approchais de lui, il a relevé la tête et j'ai vu un rapide éclair de consternation passer sur ses traits.

— Bonjour, ai-je dit en m'efforçant d'avoir l'air calme, de garder mon sang-froid, mais sans le quitter des yeux et sans réellement arriver à y croire.

Tout sonnait faux : c'était le mauvais moment et le mauvais endroit. Après toutes ces années, il se trouvait là, devant moi, dans un grand magasin de Dublin... c'était si incongru que c'en était presque pervers.

Son expression a changé, quelque chose dans son visage s'est fermé. Il semblait sur la défensive.

— Tu ne me reconnais pas ? lui ai-je demandé avec un sourire tendu.

Il était encore là, muet de frayeur, et j'ai senti mes joues s'embraser.

— Bien sûr que si, je te reconnais, Robin.

Ma bouche était sèche comme du papier, mon corps fumant sous mes vêtements.

Je l'ai trouvé vieilli, les cheveux grisonnant aux tempes, des pattes-d'oie aux coins des yeux, deux rides profondes reliant les côtés de son nez aux commissures de ses lèvres, comme des parenthèses. Ses vêtements étaient visiblement coûteux, bien chauds : un détail qui, curieusement, m'a perturbée encore plus que le reste de son apparence. Sans doute parce que je ne l'avais jamais vu porter autre chose que du coton ou du lin, des tissus assez légers et frais pour s'accommoder de la chaleur poisseuse du Maroc. C'était déroutant de le voir emmitouflé dans du cachemire et de la laine.

— Qu'est-ce que tu fais là ? ai-je demandé abruptement, sur un ton qui m'a paru brutal et impoli.

J'étais dans tous mes états et j'avais une conscience aiguë de Liz relevant la tête, de ses yeux passant sur ce grand étranger à l'accent américain qui donnait à mes joues une couleur flamboyante.

— Des courses, a-t-il lâché avec un haussement d'épaules qui exprimait plus le malaise que la nonchalance. Comme toi, je suppose.

— Non, je voulais dire en Irlande.

— Je sais. Je plaisantais.

Ses yeux me détaillaient, j'ai senti l'écarlate de mes joues s'accentuer et regretté l'absence de maquillage, mon choix de vêtements, le vieux manteau défraîchi que je portais, mes cheveux décoiffés.

— La mère d'Eva est malade. On est venus passer du temps avec elle.

— Oh, quelle mauvaise nouvelle.

Il a de nouveau haussé les épaules.

— Elle est âgée.

— Est-elle à l'hôpital ?

— Oui. C'est pour ça que je suis ici, a-t-il ajouté en promenant un instant son regard dans le magasin vivement éclairé. Je tue le temps pendant les visites d'Eva.

— Et ton fils ?

— Il est avec elle, a-t-il soufflé rapidement en regardant un point par-dessus mon épaule.

Quelque chose s'est figé en moi. J'étais si stupéfaite de le revoir que je ne trouvais absolument rien à lui dire. À côté de moi, Liz s'est raclé la gorge ; je me suis tournée vers elle, hagarde, et l'ai vue lui lancer un sourire plein de curiosité. Je les ai regardés se présenter l'un à l'autre, se serrer la main sans m'attendre, mais tout était flou, trop bizarre pour être réel, et un long silence gêné s'est étiré avant qu'il déclare, avec un hochement de tête décidé, qu'il devait s'en aller. Il a dit à Liz qu'il était enchanté d'avoir fait sa connaissance, puis a posé les yeux sur moi et son regard m'a pénétrée.

— Ça m'a fait plaisir de te voir, Robin.

— Oui, à moi aussi.

Il a tourné les talons, est parti d'un pas vif, et c'est seulement au moment où je regardais sa silhouette rétrécir au loin que tout ce que nous aurions dû nous dire m'est revenu en torrent : il ne m'avait pas demandé de nouvelles de Harry, nous avions à peine mentionné Eva et Felix ; je ne lui avais pas demandé combien de temps il comptait rester.

— Alors ? a fait Liz d'un ton autoritaire, avide de ragots. Tu vas me dire qui était ce grand beau gars, oui ou non ?

Il était en haut de l'escalator et ne s'est pas retourné. Quelques secondes plus tard, il avait disparu.

— Personne, ai-je dit d'un ton neutre alors que mon cœur battait à tout rompre. Quelqu'un que j'ai connu à Tanger.

Je me souviens de tout. Je m'en souviens comme si c'était hier.

Un café près de la place de France. L'air lourd, empli de fumée de tabac. Les ombres s'amassant dans les coins, là où les murs rejoignaient le plafond. Un lézard filant sur le sol. Cozimo alangui sur un divan ; Harry, penché en avant, feuilletant avec un enthousiasme croissant de vieux livres appartenant à Cozimo. Ils étaient tous là : Sue, Elena, Peter – notre petite coterie d'expatriés – et d'autres dont j'ai oublié le nom et le visage. Assise en tailleur par terre, je buvais ma bière avec une rage muette.

— On ne t'entend pas beaucoup, ce soir, m'a fait remarquer Cozimo.

Relevant la tête, j'ai vu ses petits yeux vifs fixés sur moi, inquisiteurs.

— Elle boude, a lâché Harry sans relever le nez de son livre. Cozimo, ces illustrations sont incroyables. Où as-tu trouvé ce bouquin ?

— Je l'ai gagné aux cartes, a-t-il répondu à la hâte, les yeux toujours rivés sur moi.

Je me suis demandé si c'était vrai. Je me demandais toujours si la moitié des mots qui sortaient de cette petite bouche sèche contenaient le moindre atome de vérité.

— Pourquoi est-ce que tu boudes ? Vous ne vous êtes pas disputés, quand même ? Vous êtes tous les deux trop jeunes et beaux pour vous gâcher la vie avec ce genre de bêtises.

— Noël, a lâché Harry, laconique, en jetant un bref coup d'œil dans ma direction avant de se replonger dans son livre.

J'ai levé les yeux au ciel et poussé un petit soupir agacé. Je détestais quand Harry faisait ça – raconter nos disputes à tout le monde. Il était incapable de respecter l'intimité de nos conflits, ne semblait même pas comprendre pourquoi je préférais qu'ils restent entre nous.

— Noël ? a répété Cozimo d'un air perplexe.

— Elle fait la tronche parce que je ne veux pas rentrer pour Noël.

Cozimo nous a regardés tour à tour en levant les mains, paumes vers le ciel, pour indiquer son incompréhension. Comment une telle broutille pouvait-elle aboutir à une dispute ?

— Harry, je t'en prie, arrête, ai-je dit d'une voix grave.

Mais il n'a pas eu l'air de m'entendre.

— Robin est l'athée irlandaise typique : Dieu n'existe pas, sauf à Noël. Et là, d'un seul coup, il n'y en a plus que pour l'enfant Jésus, la messe de minuit, l'oie ou la dinde en famille et toutes les conneries du genre.

— Ce ne sont pas des conneries.

— Et alors quand c'est parti, c'est parti : l'*Ave Maria*, *Douce Nuit* et *Les Anges dans nos campagnes* jusqu'à plus soif.

— Harry, stop.

— Et bien sûr, pas question de passer Noël au soleil, a-t-il continué sur sa lancée. Alors que Jésus était originaire du Moyen-Orient, note bien. Non, non. À Noël, il faut se cailler les miches, c'est comme ça. Noël doit être célébré avec des natifs de Scandinavie, de préférence. On ne décore pas la cheminée avec des rameaux d'olivier et des palmes, penses-tu ! Du houx et du lierre, du sol au plafond.

— Et alors ? Où est le mal ?

J'ai relevé la tête. Je ne connaissais pas la voix qui venait de parler : les intonations sourdes et traînantes d'un accent américain. Le visage aussi m'était inconnu. Des yeux d'un bleu froid, des pommettes hautes, un menton fendu sous une large bouche qui ne souriait pas, des cheveux blonds, longs et lisses, dégagés en arrière pour révéler une implantation en pointe sur le front. Un visage taillé au couteau et pourtant on ne pouvait pas nier qu'il était beau, à sa manière, juvénile. Difficile de deviner son âge : il pouvait avoir aussi bien 21 ans que 44. Tranquillement assis sur un canapé, il se tenait parfaitement immobile ; ses épaules se sont haussées presque imperceptiblement tandis qu'il répétait sa question.

Harry l'a regardé et a eu un petit rire.

— Ne dites rien. Vous aussi, ça vous met les larmes aux yeux, hein ? On a la nostalgie des collines enneigées du Vermont ? a-t-il demandé, mais sans méchanceté.

Nouveau haussement d'épaules.

— Bah, oui. Et pourquoi pas ? Noël, pour moi, c'est la maison. La maison et la famille. Bien que je sois de l'Oregon, pas du Vermont.

— Le Vermont, l'Oregon, quelle importance ? Vous préférez quand même être ici, à Tanger, où la vie est réelle, où la vie *arrive*, plutôt que dans des festivités inventées par Coca-Cola en compagnie d'une famille qui vous tape sur les nerfs, non ?

— Bon, je comprends que vous puissiez penser cela. Et si c'est votre point de vue, je le respecte. Mais je dois avouer que je les aime bien, en fait, ces publicités Coca-Cola. Je les ai toujours aimées. Pareil pour les pubs Budweiser de Noël. Et si ça fait de moi un pauvre abruti décérébré par la société de consommation, eh bien tant pis. (Il a levé les mains un instant, comme pour faire son *mea culpa*.) Et il se trouve que j'aime aussi ma famille. C'est complètement ringard, pas vrai ?

Harry le dévisageait, mystifié. Je voyais bien qu'il ne savait pas comment prendre ce type aux manières décontractées, son approche directe, son côté « je suis ce que je suis et je me fous complètement de ce que tu en penses ». Je savais que Harry avait envie de le rabaisser, mais que cet homme, cet inconnu, ne pouvait pas être rejeté avec mépris comme n'importe quel crétin d'Américain. Sa conviction tranquille et sa solide confiance en lui me faisaient comprendre qu'il était du genre à tenir bon et à ne pas fuir une confrontation. Son regard direct semblait vous défier en permanence .

Je n'ai pas retenu grand-chose d'autre de ce soir-là. Je sais que je ne lui ai pas parlé et qu'il ne m'a rien dit non plus.

Les jours et les nuits ont passé, et Harry et moi sommes arrivés à une sorte de trêve tacite sur le sujet de Noël. J'acceptais de rester à Tanger avec lui, et en début d'année mes parents viendraient nous voir. Un compromis, donc.

Je le voyais de temps en temps, le dénommé Garrick, dans les bars et cafés où nous avions nos habitudes, nos fréquentations. Encore un de ces types qui traînaient, encore un membre de la bande éclectique de Cozimo, quoique, même dans une foule, il me paraissait toujours seul, distant et isolé. Nous ne nous parlions jamais et je pensais qu'il ne m'avait même pas remarquée. Moi, en revanche, je l'avais repéré : le grand Américain légèrement blasé au regard pénétrant. J'en ai appris un peu plus sur lui, par bribes glanées dans les conversations des autres. L'image qui en ressortait était incomplète et contradictoire : Il était rentier, né avec une cuiller en argent dans la bouche, sans rien à faire d'autre que se balader en Europe et en Afrique du Nord pour dépenser son fric ; Il était poète, philosophe, marchand d'art ; Il travaillait pour une ONG ; Il avait abandonné Cambridge, Yale ou la Sorbonne ; Il avait été golden boy avant de se cramer et d'être dégoûté du capitalisme ; Il avait perdu sa femme dans un accident tragique et cherchait à se perdre à Tanger. Comme tant d'autres types à la dérive sur ce continent, il se fuyait lui-même.

Pour moi, il était une curiosité, rien de plus.

La vie continuait. Je travaillais beaucoup ma peinture, même si j'avais conscience de stagner. La ville ne m'avait pas apporté l'éveil artistique qu'elle soulevait chez Harry. Je me sentais souvent seule. Je me rendais fréquemment dans des cybercafés, poussée par le besoin de rester en contact avec ma famille, mes amis. Un étrange sentiment de jalousie m'envahissait chaque fois qu'ils m'envoyaient des nouvelles de leurs vies, de leurs nouveaux boulots, leurs carrières florissantes, l'argent qu'ils gagnaient, les emprunts qu'ils contractaient, les hommes que rencontraient mes copines, dont elles tombaient amoureuses, avec qui elles se fiançaient, les bébés qui arrivaient. Je me sentais en dehors de tout cela. Comme si la vie se déroulait ailleurs. Mais je gardais ces impressions pour moi. Pour Harry, c'était différent. Jamais je ne l'avais vu si heureux, si vivant. Les toiles qu'il produisait étaient vibrantes, passionnées, évocatrices, la lumière et la couleur dansaient sous son pinceau. En les regardant, on se sentait attiré par une force irrésistible.

Un soir de la fin décembre, je suis rentrée à l'appartement avec cette étrange impression de vide qui me saisissait fréquemment après avoir eu des nouvelles de chez moi. J'ai gravi l'escalier, pénétré dans le salon et je suis tombée sur une scène inattendue. Cozimo, vautré sur le canapé, pelait une orange ; à l'autre bout du salon, Garrick, assis les mains sur les genoux, se tournait lentement les pouces d'un air méditatif. Et au milieu de la pièce, Harry se débattait avec un sapin de Noël. Il était en train de fourrer des vieux pulls autour du pied de l'arbre pour tâcher de le faire tenir debout dans un seau.

— Mais où as-tu trouvé ça ? ai-je demandé.

— Te voilà ! s'est-il écrié en sortant à quatre pattes de sous les branches. Alors, qu'est-ce que tu en penses ? Il est droit ?

— Ce que j'en pense ?

J'ai regardé le petit arbre, ses brindilles dégarnies, les endroits où il avait complètement perdu ses épines. C'était un miracle en soi, ce conifère, même rabougri, au milieu de Tanger la poussiéreuse.

— Chéri, c'est merveilleux ! Fantastique ! Mais comment as-tu fait ?

Je lui ai sauté au cou et je me suis grandie pour l'embrasser sur tout le visage, oubliant toute pudeur, émerveillée par cette si belle attention. Et il a ri de moi d'une manière presque timide en me prenant par la taille.

— Allons, allons, on se calme, a-t-il dit avant de m'embrasser rapidement sur la bouche. Ce n'est pas moi qu'il faut remercier. Je n'ai rien à voir avec tout ça. C'est ton copain l'obsédé de Noël qui a tout fait.

J'ai tourné la tête vers Garrick. Il contemplait fixe-ment le sapin. Ses pouces avaient cessé de bouger. Puis il a relevé ses yeux d'un bleu si vif, et ç'a été comme si nous nous regardions pour la première fois. Il a levé une main pour me saluer et les coins de sa bouche sont remontés pour former le plus bref des sourires. Il a soutenu mon regard jusqu'à ce que je doive me détourner.

Je suis allée poser mes sacs et retirer mes chaussures dans la chambre. Je me suis assise sur le lit et me suis pris le visage à deux mains : mes joues étaient chaudes, embrasées par le sang qui montait à la surface.

Quand je suis retournée au salon, Cozimo dispo-sait des pelures d'orange sur les branches en guise d'ornements.

— Ça ne suffit pas, ai-je commenté. Cet arbre mérite d'être décoré comme il se doit.

Je me suis mise à fouiller dans mon matériel de peinture et dans celui de Harry à la recherche de bri-coles susceptibles d'être transformées en décorations. Harry est allé chercher des bières dans le frigo et les hommes se sont mis à évoquer un projet de voyage à Casablanca après le nouvel an : je me suis bientôt sentie oubliée, abandonnée à mon ouvrage solitaire.

Plus tard, en partant, il est venu se tenir près de moi tandis que je suspendais aux branches mes décorations improvisées.

— Il te plaît ? m'a-t-il demandé à voix basse.

— Il est merveilleux.

— Je n'étais pas sûr. Tu semblais réservée. Je n'arrivais pas à savoir si tu aimais.

— Si, vraiment, il me plaît, l'ai-je rassuré, avant d'ajouter d'une voix douce : je l'aime beaucoup.

Et là, j'ai relevé les yeux vers lui, il m'observait

avec une intensité folle, d'une manière que je n'avais jamais connue auparavant. Comme si ses yeux plongeaient littéralement au fond de moi, cherchaient à toucher un point caché. J'ai dû me forcer à soutenir ce regard. Je me suis forcée à ne pas me détourner, cette fois.

— Tant mieux, a-t-il conclu avec un hochement de tête.

Et je l'ai trouvé si solennel, à cet instant-là... Solennel avec une trace de tristesse. J'ai ressenti son isolement. Il semblait impénétrable.

Il est parti et j'ai continué comme avant, décorant le sapin, acceptant encore une bière, partageant un joint avec les autres sur le canapé. Mais quelque chose en moi avait changé. La personne qui est allée se coucher ce soir-là n'était pas celle qui s'était réveillée dans ce même lit le matin. La personne qui est allée se coucher ce soir-là avait perdu le sommeil et était effrayée par un désir obscur qui grandissait en elle.

11

Harry

Les jours ont passé. Pas de nouvelles de Spencer. Pas un coup de fil, pas d'adresse, rien. Je restais à la maison, je remuais des idées noires. Mais je ne disais toujours rien à Robin. Je dissimulais mes pensées, je masquais mes sentiments. Je lui taisais que j'avais vu Dillon. Même quand elle prononçait son prénom, je gardais le silence, ne disais pas un mot sur lui, sur les enregistrements vidéo, la plaque d'immatriculation, ni l'adresse que j'attendais avec impatience. Je buvais du café. Je buvais du thé. Je grillais clope sur clope. Je restais dans mon atelier à faire des mots croisés sans que me quitte un instant l'envie, impérieuse, obsédante, de faire quelque chose, d'agir, de découvrir où se trouvait Dillon.

Je faisais des dessins et des croquis. De l'enfant-momie, principalement : des images qui m'étaient restées en tête depuis Londres. C'était une manière d'affronter les visions récurrentes. Une catharsis, si vous préférez. Tirer un trait, tracer des traits, extirper ces images de moi. Mais tout cela ne pouvait rien contre les jours qui passaient inexorablement et me rapprochaient de Noël. Si bien que, peu avant le

25 décembre, tel un lourd nuage de pluie, la charge a craqué.

La décontraction affichée par Robin la semaine précédente s'était envolée. Noël commençait à la stresser. Ses parents devaient venir déjeuner et elle prenait ça très au sérieux. Elle dressait des listes. Et encore des listes. Des listes de courses. Des listes de choses à faire. De recettes. De cadeaux à acheter. De choses à ne pas oublier. Elle commençait à accuser le coup.

— Cette maison est une catastrophe, a-t-elle dit en regardant autour d'elle d'un air découragé.

J'allais répondre quand mon téléphone a sonné. C'était Spencer.

Ses intonations râpeuses, subreptices, ont serpenté jusqu'à mon oreille :

— La chance nous sourit.

— Quoi ?

— J'ai une adresse.

Mon cœur a fait un bond. Une adresse ! Moi qui n'avais que ça en tête. J'avais presque perdu espoir et je me retrouvais soudain aussi soulagé qu'abasourdi.

— Tu me remercieras plus tard. Je passe te chercher cet aprèm.

Robin a relevé la tête.

— Qui est-ce ? s'est-elle enquise d'un air soupçonneux.

— Personne.

— Personne ? Ça devait bien être quelqu'un. Qu'est-ce que c'est que ces cachotteries ?

— Ce n'était que Spencer. Rien d'important.

Elle m'a regardé, les yeux plissés, en hochant lentement la tête.

Les nerfs à vif, je guettais le ronronnement de la Jag de Spencer dans l'allée. Je sentais bien que Robin avait envie qu'on passe une fin de journée tranquille à la maison, mais elle aussi était agitée. Elle s'est assise au salon. J'ai fait du feu dans la cheminée, puis je me suis servi un café avec un trait de whisky.

— Il y a tant à faire, Harry.

Sa voix était un peu triste. J'ai voulu la rassurer, mais avant que j'en aie eu le temps, on a sonné à la porte. J'ai bondi de mon siège et foncé dans l'entrée.

En ouvrant, j'ai trouvé sur le seuil deux petits chanteurs de Noël. Ou plus précisément, deux jeunes filles à l'air affamé, qui m'ont chanté *Jingle Bells* à une vitesse supersonique. Aussitôt la chanson terminée, l'une des deux m'a lancé : « Joyeux Noël, monsieur ! » en me secouant un tronc en plastique sous le nez. Des pièces tintaient à l'intérieur. Au bout de l'allée, j'ai aperçu un bonhomme râblé, appuyé sur une canne, qui les attendait. J'ai fouillé mes poches et leur ai donné les quelques piécettes que j'avais sur moi. Elles sont reparties à toute allure vers leur garde-chiourme et la maison suivante.

— Qu'est-ce que c'était ? m'a demandé Robin en regardant par la fenêtre.

— Les chants de Noël.

Le soir tombait autour de nous, et nous nous sommes installés dans une sorte de silence aimable, brisé de temps en temps par des bribes de conversation ordinaire ; mais, pour moi, ce n'était qu'un simulacre – la manifestation extérieure d'une personne qui s'appelait Harry, parlait comme Harry et se déplaçait comme Harry. En réalité, j'étais quelqu'un d'autre, ailleurs. Un homme prêt à bondir. Un homme en attente. Ces dernières semaines, je n'avais pas bien dormi. Dans mes rêves, je me retrouvais sans cesse là-bas, dans cette rue déserte de Tanger, la poussière suffoquant mes poumons, les centaines de livres éparpillés palpitant autour de mes pieds. En me réveillant, j'avais toujours le goût de la poussière dans la bouche, un dépôt crayeux qui gainait mon palais, et le trou béant du néant était encore là en moi, et je savais que depuis plus de cinq ans j'étais coincé en ce lieu, sans bouger, tandis que l'horrible réalité me consumait. Et voilà qu'il m'était donné une chance d'y changer quelque chose. Je voulais être présent pour Robin, mais avec tout ce qui se passait d'autre, ce n'était simplement pas possible. À chaque minute que nous passions en compagnie l'un de l'autre, j'étais sur le point de lui révéler ce que je préparais, mais, sachant à quel point elle en serait bouleversée, j'attendais sans cesse un meilleur moment, le bon moment. C'est absurde, je sais. Ce n'était pas comme si j'attendais le bon moment pour la demander en mariage ; ce n'était pas comme si j'attendais le bon moment pour l'approcher, l'embrasser pour la première fois, ce genre de choses. J'agissais spontanément, d'instinct, et quand on a de nouveau sonné à la porte, c'est ce que j'ai fait : je me suis levé sans un mot et j'ai pris mon manteau.

— Harry ?

— Je reviens dans pas longtemps.

— Qu'est-ce qu'il y a ?

— Un truc à faire.

— Quoi ?

— Je te le dirai plus tard.

— Ça ne peut pas attendre ?

— Pas cette fois-ci.

Elle m'a suivi jusque dans l'entrée.

— Harry, mais qu'est-ce qui se passe ?

— Rien. Ça ne sera pas long.

J'aurais dû inventer une raison. J'aurais dû lui fourguer une excuse. Mais au lieu de ça, je suis parti en bougonnant. La déception est montée dans sa voix :

— Si c'est pour boire un verre avec Spencer, pourquoi ne pas simplement me le dire ?

J'ai fermé les yeux, le cœur battant. Je me suis répété que ce serait bientôt terminé et qu'alors elle saurait ; alors je pourrais lui dire. Mais, sur l'instant, tout ce que je voulais, c'était partir.

J'ai ouvert la porte et vu Spencer dans sa voiture, appuyé sur le volant, les traits tirés mais éclairés par un grand sourire. Derrière moi, j'ai entendu Robin soupirer d'agacement. La présence de Spencer, son freinage sur les chapeaux de roues, sa vieille Jag, son allure joyeuse... rien de tout cela ne facilitait mon départ. Je me suis retourné pour embrasser Robin, mais elle me regardait avec un air de reproche.

— Allez, va, a-t-elle lâché avant de resserrer son peignoir sur sa taille.

Elle m'a regardé partir sans me cacher sa déception. Une fois de plus, je la laissais en plan. Mais ça en valait la peine, me suis-je répété. Cette fois, ça en vaudrait vraiment la peine.

— Y a du rouleau à pâtisserie dans l'air ? a plaisanté Spencer quand je suis monté en voiture.

— Ferme-la et dis-moi où on va.

— Eh bien vois-tu, j'ai l'adresse. Ça n'a pas été de la tarte de l'obtenir. Ai-je besoin de te dire que c'est à charge de revanche ? Bref, quand on y sera...

Il a laissé sa phrase en suspens et nous avons roulé dans le silence. Le jour avait perdu toute sa luminosité et la ville paraissait délavée, décolorée, alors que nous passions dans ses rues désertes. J'ai appuyé la tête contre la vitre pour savourer sa fraîcheur contre ma tempe. Mon excitation était retombée, me laissant creux de l'intérieur. Spencer m'a accusé de faire la gueule, mais je l'ai ignoré, laissant mon regard passer distraitement sur les taches floues des lampadaires et les immeubles gris trempés de pluie.

Un souvenir me taraudait : celui de la cérémonie funèbre que nous avions donnée pour Dillon. Nous étions un petit groupe réuni dans une pièce chez les parents de Robin : des amis, de la famille, des gens qui se souciaient de nous, touchés par notre chagrin. Des paroles ont été prononcées, des poèmes et des prières récités, des larmes silencieuses versées. Robin à côté de moi, les yeux secs et fixes, le corps raidi par la discipline requise pour contrôler sa peine. J'ai pris la main qui reposait sur sa cuisse. Je l'ai tenue juste un instant, mais assez longtemps pour sentir qu'elle se crispait. Assez longtemps pour ressentir sa colère, sa rage retenue et inexprimée, dans sa main qu'elle a soudainement dégagée de la mienne. Je me rappelle combien ça m'a choqué – l'étrange violence contenue rien que dans ce petit geste – et j'ai su, alors, qu'elle m'en voulait et m'en voudrait toujours. Que quoi qu'elle dise pour apaiser ma douleur, pour alléger ma détresse, elle garderait ce reproche en elle et le transporterait partout avec sa peine. Je suis resté assis, sonné, à ravaler des larmes stupéfaites. Et là, comme submergée par les regrets, elle a cédé, a repris ma main et l'a tenue entre les siennes. Je l'ai laissée la prendre, assommé pour tout le restant de la cérémonie, sentant ma main chaude et molle dans les siennes et sachant tout du long que là, au cœur de notre amour, s'était installée la gangrène.

— On y est, a annoncé Spencer en pénétrant dans un lotissement, derrière un hôtel sinistre, pour se garer à côté d'un terrain vague. La maison là-bas.

Il désignait l'autre côté de la rue.

L'appréhension m'a arraché à ma rêverie. Je me sentais mal préparé, et, à cet instant, je ne savais pas bien quoi faire. J'ai regardé Spencer.

— Alors ?

— On attend de voir. On a le temps. Pas de précipitation. (Lui non plus n'avait aucune idée de la manière dont il fallait procéder.) Pour l'instant, on cherche une confirmation, rien de plus. Une fois qu'on l'aura, on pourra passer à la suite.

— La voiture n'est pas là, ai-je fait remarquer, subitement pris de panique.

— Ça ne veut rien dire.

Nous sommes restés un moment comme ça dans la voiture, Spencer tambourinant du bout des doigts sur le tableau de bord pendant que je fumais encore une cigarette en tâchant d'élaborer un plan.

— Oh, et puis merde, a-t-il soufflé en agrippant la poignée de sa portière.

— Qu'est-ce que tu fous ?

Je l'ai retenu par le bras. Il s'est dégagé.

— Attends-moi ici, je reviens.

Je l'ai regardé claquer la porte et traverser la rue. Il a sonné, puis il est resté sur place, à tripoter les manches de son manteau en attendant. Une vieille dame lui a ouvert, levant les yeux vers lui avec une expression perplexe et suspicieuse. Aucun signe de la femme que j'avais vue dans O'Connell Street, ni de Dillon : rien que cette vieille. Spencer lui a sorti son numéro de charme et, au bout de quelques instants, elle l'a fait entrer en refermant derrière lui. J'ai remué dans mon siège. Quelque chose, dans cette situation, me mettait mal à l'aise. Pour ce que je connaissais de Spencer, il était profondément imprévisible, voire dangereux.

J'ai songé à descendre de voiture et le suivre dans la maison. Je me suis abstenu.

J'ai repris une cigarette, mais mon briquet était en rade. L'allume-cigare avait disparu. J'ai ouvert la boîte à gants en espérant y trouver des allumettes. Ce que j'y ai découvert m'a coupé le souffle.

Un flingue. Un pistolet noir à crosse marron, niché parmi les tickets de carte bleue, les papiers de bonbon et les paquets de clopes vides. Je me suis mordu la lèvre et j'ai passé la main sur mon visage. Qu'est-ce que Spencer pouvait bien fabriquer avec un flingue ? Il devait baigner dans des trafics encore plus louches que ce que j'avais imaginé. Ma curiosité a pris le dessus. J'ai saisi l'objet pour le soupeser dans mes mains. Plus lourd que ce que j'aurais imaginé ; le chargeur devait être plein.

— Putain ! me suis-je écrié en le reposant prudemment à sa place.

Le bruit de Spencer tirant sur la poignée de la portière m'a fait refermer la boîte à gants en vitesse.

— Elle a vendu la voiture, a-t-il lâché en s'asseyant. Mais sans changer la carte grise. Elle a bien un numéro pour joindre la personne à qui elle l'a cédée, mais pas d'adresse.

— Tout ça pour rien, ai-je commenté.

— T'en fais pas, a fait Spencer en démarrant. Laisse-moi faire. Je vais m'en occuper. Mais pas ce soir.

Je lui ai demandé le numéro, mais il a refusé de me le donner. J'étais trop crevé pour discuter.

— J'aurai l'adresse en un rien de temps, sans même passer par Fealty, m'a-t-il assuré.

Il m'a déposé chez moi, a dit quelque chose à propos d'une chanson d'amour tatouée dans sa paume. Il a levé la main. Un numéro de téléphone y était inscrit.

Je suis resté debout là, face à la maison. Elle se dressait devant moi et un silence de mort semblait s'en dégager. Ma clé s'est brisée net quand je l'ai enfoncée dans la serrure. Je l'ai laissée dedans et j'ai fait le tour. La neige crissait sous mes pieds. Je ne voulais pas réveiller Robin en sonnant. *De mieux en mieux*, ai-je pensé. *Te voilà obligé de rentrer chez toi par effraction.* Et c'est exactement ce que j'ai fait. J'ai envoyé mon coude dans la vitre de la porte de derrière et... il ne s'est rien passé. Un simple choc. J'ai ramassé une caillasse, brisé le carreau, passé la main à l'intérieur et tourné la clé.

Robin ne s'est pas réveillée. J'avais une douleur lancinante dans la main et en la regardant j'ai vu de petits ruisseaux de sang courir entre mes phalanges. À la cuisine, j'ai ouvert le robinet et attendu que l'eau tiédisse. Mon corps entier était moulu de fatigue, mais les pensées tournoyaient dans ma tête, hurlant tout le chaos de la soirée, et j'ai su que je ne trouverais pas le sommeil. J'ai envisagé de prendre un cachet, mais non, je ne pourrais plus jamais faire ça. Depuis Tanger, je ne pouvais plus. Je suis resté assis dans la cuisine, lumière éteinte, un torchon enroulé autour de ma main ensanglantée. En m'éclairant avec mon iPhone, j'ai feuilleté le livre que m'avait donné Javier : *Le Livre des morts des anciens Égyptiens*. Je l'ai ouvert au hasard et la poésie pure qui s'en dégageait m'a mis en transe : « À dire sur une barque de quatre coudées de long, peinte en vert, avec les divins chefs, sous laquelle le ciel sera représenté avec ses étoiles, et qui aura été lavée et purifiée avec du natron et de l'encens. Quand tu auras fait une image du Soleil sur un papyrus neuf, peint en jaune, place-la dans la barque. Quand tu auras fait l'image du défunt que tu désires dans la barque, fais-la voyager dans la barque du Soleil et que le Soleil l'y regarde. Ne fais voir cela à aucun homme, excepté toi-même, ton père ou ton fils. Garde-t'en très exactement. Perfectionne le dessin en le fondant avec le Soleil ; fais-le commander à la troupe des dieux car les dieux le regardent comme l'un d'entre eux. »

Je me suis préparé un whisky et je suis passé à une autre page : « Que ne me soit pas enlevé mon cœur... Mon cœur qui me vient de ma mère, mon cœur qui m'est nécessaire pour mes transformations. » J'ai pris une feuille de papier sur l'étagère et fait un croquis de Dillon. J'ai dessiné son cœur et je l'ai ombré.

« Fais l'image du défunt que tu désires », disait le livre. « Perfectionne le dessin en le fondant avec le Soleil. » Je me suis servi un nouveau verre, j'ai somnolé, lu, dessiné. Perdu dans une sorte de transe, récitant une prière tirée du livre, j'ai sombré dans un sommeil agité.

J'ai rêvé du séisme de Tanger. Cette fois, je n'allais pas chez Cozimo, mais restais avec mon fils et traversais l'immeuble en feu pour descendre à la librairie. Les flammes ne me brûlaient pas. J'étais insensible à leur chaleur. Je marchais au milieu d'elles. À mon cou pendait l'amulette verte. J'étais protégé. Je trouvais mon enfant caché derrière un rayonnage. Il ne me voyait pas. J'essayais de lui dire quelque chose, mais il ne m'entendait pas. Ma bouche était engourdie, mes paroles muettes. Je tentais de le soulever, mais mes bras passaient à travers lui. Et là, je voyais un homme entrer furtivement dans la boutique, s'avancer d'un pas décidé vers le comptoir et se baisser sans hésitation pour soulever Dillon et l'emporter.

Je me suis réveillé en sursaut, sans comprendre tout

d'abord ce que je faisais là dans le noir, à la table de la cuisine, parmi ces surfaces lisses reflétant une lumière froide et bleue. Je n'étais pas seul. Robin se tenait à côté de la fenêtre, dos à moi, et regardait le jardin. Je n'avais pas tiré les rideaux et la nuit était claire. La lune était presque pleine et, comme la neige tombait de nouveau, son éclat était argenté et brillant. Robin serrait ses bras sur ses flancs comme si elle avait froid. Elle portait un de mes tee-shirts, ses jambes fines étaient nues, et ses petits pieds semblaient gelés sur le carrelage. Elle était immobile, comme perdue dans ses pensées, comme absorbée dans la contemplation de la neige, comme si elle se retenait contre quelque chose. L'intensité de son immobilité m'a fait penser qu'elle regardait quelqu'un se déplacer dehors. J'ai tordu le cou pour voir, mais je n'ai aperçu personne. Tout n'était que pénombre, neige et clair de lune.

Alors, elle a pivoté sur elle-même, j'ai vu la trace des larmes sur ses joues, et cela m'a frappé comme si j'avais reçu une gifle. En cet instant elle était glaciale, belle et profondément triste.

— Qu'est-ce qu'il y a ? lui ai-je demandé d'une voix rauque et sourde. Mon cœur, qu'est-ce qui ne va pas ?

Elle a baissé la tête, l'a secouée, et quand elle a pris la parole, elle l'a fait avec tant de mélancolie et de regret que ça m'a fait mal. Il y avait dans sa voix une nuance de tristesse qui semblait dire : « Je croyais qu'on avait tourné la page ; je croyais qu'on avait surmonté tout cela. »

— J'étais en train de rêver de lui, a-t-elle soufflé. Après tout ce temps, je rêve encore de lui. Il était si réel ! Il était là. Dillon était là. Dehors, en train de jouer dans le jardin...

— Robin...

Mais elle s'est détournée, portant à nouveau son regard à travers la vitre, et j'ai vu comme une incrédulité dans sa posture, dans ses yeux qui fouillaient le sol gelé comme si elle pouvait y trouver un indice : des empreintes de pas dans la neige, une confirmation de l'impossible.

Je l'ai rejointe et l'ai entourée de mes bras. *Il n'y en a plus pour longtemps*, me suis-je dit à moi-même. *Tiens bon.*

— C'est Noël, a-t-elle dit d'une voix morne.

Après quoi elle s'est dégagée de mon étreinte et s'est éloignée.

12

Robin

Mes parents sont arrivés juste après midi, le jour de Noël. La tête quasiment dans le four, j'étais en train d'arroser l'oie quand Harry est allé leur ouvrir.

— N'est-ce pas merveilleux ? ai-je entendu ma mère s'exclamer dans l'entrée.

— Avril, quel plaisir de vous voir, lui a répondu Harry, puis il y a eu un bref silence pendant lequel j'ai deviné qu'il se baissait en lui présentant sa joue et qu'elle lui plantait un baiser chaleureux à côté de l'oreille.

— Harry.

— Jim. Attendez, donnez-moi ça.

— Tu es bien bon. Va savoir ce qu'il y a dans tous ces sacs. Avril est venue équipée pour affronter un hiver nucléaire.

— Ce ne sont que des bricoles. Pas la peine d'en faire une montagne, Jim.

La porte s'est refermée et j'ai essuyé mes mains sur mon tablier pour aller les accueillir.

— Ma chérie !

Ma mère était très chic dans sa robe de lainage vermillon assortie à son rouge à lèvres, des diamants étincelants aux oreilles, les cheveux parfaitement coiffés. Elle a tendu son manteau à Harry avant de venir m'embrasser.

— Joyeux Noël, maman, ai-je dit, serrée dans ses bras chaleureux, non sans flairer une trace de sherry dans son haleine. Tu as déjà commencé à boire ? Que vont dire les voisins ?

— Oh, allons ! Ce n'était qu'un minuscule verre de sherry. Et ce sont les voisins qui me l'ont fait avaler de force.

— De force, tu parles ! Ils ont dû t'arracher la bouteille, oui ! Alors, où es-tu, ma fille ?

Mon père est un petit homme dont les cheveux ont disparu à je ne sais quel moment de mon enfance. Son allure assez sévère – presque militaire – et sa voix dure contredisent sa nature bonhomme. Il m'a serrée fermement contre lui, puis m'a tenue à bout de bras le temps de m'observer de ses petits yeux perspicaces. Après quoi il a fermement hoché la tête, ce qui pouvait être interprété comme une approbation ou au contraire comme un rejet – parfois, je n'arrivais pas à faire la différence.

Derrière lui, ma mère complimentait Harry sur son apparence et c'est vrai qu'il présentait bien. Il s'était fait couper les cheveux, s'était rasé le matin même et portait un polo en cachemire noir. Je me sentais soulagée, à présent, en le voyant. Il a relevé la tête, a surpris mon regard et m'a souri. Alors, toutes mes inquiétudes à propos de cette journée se sont dissipées.

Il y avait un bon bout de temps que mon père n'avait pas mis les pieds dans cette maison – la maison de son enfance –, et il tenait à voir tous les changements que nous y avions apportés. Si bien que nous en avons fait le tour, tous les quatre, Harry et moi leur montrant le travail accompli et expliquant ce que nous avions prévu pour la suite.

Pendant la visite entière, mon père a hoché la tête avec sévérité : une fois de plus, c'était difficile de dire s'il approuvait ou s'il réservait son jugement. Ma mère, pour sa part, n'a pas cessé d'émettre des remarques joyeuses et des compliments enthousiastes : à l'évidence, elle avait pris la résolution de se montrer positive et optimiste. Je savais que cette gaieté forcée – qui exaspérait Harry – s'userait au bout d'un petit moment, mais je lui étais reconnaissante de ses efforts, de sa détermination à rendre la journée aussi belle que possible.

Notre tour du propriétaire s'est achevé dans l'atelier de Harry et nous sommes restés dans cet espace en ciment froid pendant qu'il nous montrait les étagères qu'il avait posées, la zone de travail qu'il avait dégagée, le nouvel éclairage qu'il avait installé. Pendant qu'il parlait, je cherchais des yeux la caisse des dessins secrets. Je ne l'ai vue nulle part.

Ma mère a frissonné ostensiblement.

— Doux Jésus, il fait froid, ici, hein ? Si on rentrait au chaud ?

— Allez-y, les filles, a dit mon père. Je veux regarder ça de plus près.

Il était en train de se baisser vers les toiles appuyées au mur. Mon père s'était toujours intéressé à l'œuvre de Harry, et celui-ci, en retour, semblait heureux de son attention. Cela me réchauffait le cœur, ce lien d'affection évident entre les deux hommes que j'aimais le plus au monde.

De retour dans la cuisine, je suis allée vérifier la cuisson dans le four.

— Comme ça sent bon ! s'est réjouie ma mère.

J'étais en train de faire rôtir des pommes de terre avec des panais, de la courge butternut, des échalotes et de l'ail. Leurs parfums mêlés emplissaient la pièce.

— Tu es un vrai cordon-bleu, quand tu t'en donnes la peine, a-t-elle ajouté.

— Merci, maman.

— Mais on peut dire la même chose de presque tout chez toi. Tu es intelligente, bourrée de talents.

Relevant la tête, j'ai vu qu'elle me regardait d'un air malicieux.

— Oh, maman, ne commence pas.

— Quoi ? a-t-elle fait en souriant. C'est Noël. Buvons un coup. Où ranges-tu le tire-bouchon ?

Pendant qu'elle ouvrait une bouteille, je suis allée chercher les verres dans la salle à manger. Elle en a rempli deux et quand je lui ai demandé si elle n'allait pas servir papa et Harry, elle a balayé ma question d'un geste de la main.

— Ils sont bien capables de s'occuper d'eux-mêmes. Laissons-les se débrouiller et profitons de cet instant, rien que toi et moi. À la tienne, ma chérie.

— À la tienne.

Nous avons trinqué et je l'ai regardée boire. Puis, alors que nous reposions nos verres sur le comptoir, je le lui ai dit.

— Maman, je suis enceinte.

Elle m'a regardée fixement un instant. Elle a porté la main à son cœur et émis un petit bruit qui tenait du soupir et du sanglot refoulé. Ensuite, sans dire un mot, elle s'est approchée de moi, m'a prise dans ses bras, et j'ai senti la force, la férocité de son étreinte. Lorsque nous nous sommes écartées l'une de l'autre, elle avait les larmes aux yeux.

— C'est merveilleux ! Oh, chérie, quel bonheur.

Et là, un sanglot lui a échappé : je l'ai vue, avec étonnement, secouer violemment la tête en agitant les mains tandis que son mascara lui coulait sur les joues.

— Tiens, ai-je dit en lui tendant un Sopalin arraché au rouleau. Ça va ?

Je lui ai frotté le dos pendant qu'elle se tamponnait les yeux et tâchait de se redonner une contenance.

— C'était un magnifique enfant... Dillon, a-t-elle dit, secouant toujours la tête. Je l'adorais, tu sais. Je l'adorais.

— Je sais, maman.

— Mais avec toi, je ne sais jamais si je dois parler de lui. Je ne voudrais surtout pas te bouleverser. Mais c'est que... il me manque tellement !

Il y avait tant de force dans sa déclaration que des larmes ont resurgi. J'ai senti mes propres émotions monter avec les siennes et je me suis mordu les lèvres pour les maîtriser.

— Ça n'a pas été facile pour toi, maman. Je sais.

— Chérie, a-t-elle dit en se tournant vers moi pour prendre mon visage entre ses mains, souriant à travers ses larmes. Un autre bébé ! Tu n'imagines pas tout ce que ça signifie pour moi. Tu n'as pas idée.

La porte s'est ouverte et Harry est entré, suivi par mon père, toujours en grande conversation tous les deux. Mais lorsqu'ils nous ont vues, qu'ils ont vu ma mère en larmes, ils se sont arrêtés net.

— Oh, Jim ! s'est exclamée maman tandis qu'il s'approchait d'elle, l'air inquiet et perdu. Une nouvelle fantastique !

Elle le lui a dit. Mon père est venu à son tour me prendre dans ses bras, et pendant cette brève étreinte il m'a semblé sentir son corps trembler sous le coup d'une émotion profondément enfouie. De nouveau, il m'a prise par le bras et m'a regardée en hochant la tête.

Derrière lui, ma mère embrassait Harry en riant, chassant les larmes de ses yeux. Elle a tendu la main vers son verre avant de se raviser.

— Du vin ? Mais c'est du champagne qu'il nous faut. Ça se fête !

Cette remarque a arraché mon père à sa paralysie momentanée et ils se sont mis tous les deux à chercher des flûtes et à déballer le Veuve Clicquot, saisis par un nouvel enthousiasme, un vertige presque puéril.

Harry et moi avons échangé un regard. Je lui ai souri comme pour dire : « C'est merveilleux, non ? Tu vois tout le bonheur qu'apporte déjà ce bébé ? Tu vois comme il nous guérit ? »

Son expression était fermée, indéchiffrable. Mon père lui a mis une flûte de champagne dans la main et il s'est détourné.

Pour le déjeuner, j'avais mis les petits plats dans les grands. C'était, je l'avoue, légèrement extravagant. Chandelles et serviettes en lin ; bouquets de fleurs et porcelaine blanche ; argenterie et nappe amidonnée ; Bill Evans au piano, en musique de fond sur la chaîne hi-fi. Il y avait du saumon fumé pour commencer, suivi d'une terrine, puis un sorbet au citron pour nous rafraîchir le palais. La conversation, autour de la table, était gaie et animée. Au début, nous avons un peu parlé de ma grossesse, Harry et moi fournissant tous les détails, avant de passer à des sujets plus graves : l'état de l'économie, le temps qu'il restait avant la chute du gouvernement, les prochaines élections. Nous avions beau n'être que tous les quatre, nous faisions du bruit pour huit et l'ambiance était joyeuse malgré la teneur de la conversation.

Dans la cuisine, Harry a découpé l'oie pendant que je dressais les légumes dans des assiettes chaudes.

— Ça se passe bien, lui ai-je dit.

— Hmm, a-t-il fait, concentré sur son ouvrage.

— Est-ce que tu vas bien ?

— Moi ?

— Oui. Je t'ai trouvé un peu silencieux tout à l'heure, quand je leur ai annoncé la nouvelle.

— Ah ! Oui. Je ne savais pas qu'on l'annonçait déjà aux gens, c'est tout.

— Ce sont mes parents, Harry. Ce ne sont pas « les gens ».

— Je sais. Je me disais juste qu'on aurait dû en parler entre nous avant.

— Tu n'es pas fâché, si ?

Il a posé le couteau à découper et m'a embrassée.

— Bien sûr que non.

— Tant mieux. Tu as vu leur réaction ? Tu as vu comme ça les rend heureux ?

Il m'a souri.

— Oui.

Il s'est détourné pour reprendre son couteau et se remettre à l'œuvre sur la volaille et j'ai apporté les légumes à table.

Nous venions de servir la charlotte chocolat-amaretto pour le dessert lorsque le téléphone de Harry a émis un signal discret. L'appareil était posé derrière lui sur le manteau de la cheminée ; après l'avoir consulté, il s'est levé et s'est excusé, le visage changé.

— Harry, ai-je dit à mi-voix. C'est Noël. Ça ne peut pas attendre ?

— J'en ai pour une seconde, a-t-il soufflé en me pressant l'épaule pour passer derrière moi. Promis.

Nous avons poursuivi la conversation en son absence. Ma mère n'a pas tardé à aborder le sujet de mon frère Mark et de sa nouvelle fiancée, Suki, et nous nous sommes demandé si cette histoire allait durer. Pendant tout ce temps, j'avais conscience de la conversation téléphonique dans la pièce à côté. Les intonations étaient assourdies : je ne distinguais pas ce qui se disait. Mais lorsqu'il est revenu dans la pièce, Harry avait une lueur nouvelle dans les yeux et une agitation fébrile animait ses mouvements. Il s'est rassis, le menton posé sur le dos de la main, le coude sur le bras de son fauteuil, les doigts de l'autre main tambourinant sans arrêt sur la table. Son regard était distant et je voyais bien qu'il avait du mal à tenir en place, que ses pensées étaient ailleurs. Cela m'a inquiétée. Quelque chose en lui me mettait mal à l'aise. J'ai repensé à son attitude ces dernières semaines – imprévisible, les nerfs à fleur de peau – et à l'avertissement de Liz concernant ses anciens troubles. Je l'observais très attentivement ; du coup, ni lui ni moi n'écoutions plus trop la conversation.

Quand mon père a posé une question à Harry et que celui-ci n'a même pas eu l'air de se rendre compte qu'on lui parlait, un éclair de colère m'a traversée. Pourquoi se comportait-il ainsi ? Pourquoi, alors que la journée se déroulait de manière si parfaite, menaçait-il à présent de déclencher une scène ?

Lorsqu'il est allé faire le café à la cuisine, je n'ai pas tardé à le rejoindre. Je l'ai trouvé debout au milieu de la pièce ; il regardait par terre en se grattant la tête.

— Qui était-ce ? ai-je demandé.

— Hein ?

Il a relevé les yeux vers moi et j'y ai surpris une lueur sauvage. Ses cheveux, bien coiffés jusque-là, étaient à présent en pétard. Dans la lumière crue de la cuisine, il avait le teint pâle, les traits tirés, les yeux cernés.

— Au téléphone. Tu es complètement ailleurs depuis ce coup de fil. Qui était-ce ?

Il a pris sa respiration.

— C'était Spencer.

J'ai fait une grimace, il l'a vue, et une ombre de contrariété est passée sur ses traits.

— Ce n'est pas ce que tu crois, Robin.

— Oh, ça va. Avec Spencer, ça ne peut être qu'une chose : des ennuis.

Il m'a observée un instant en se mordillant la lèvre. Il semblait se demander s'il allait ou non me dire quelque chose.

— Quoi ? ai-je grogné avec impatience.

Il s'est approché de moi lentement, ses yeux passant sur mon visage, et je me suis rendu compte que ce qu'il allait me révéler était grave.

Mon cœur s'est serré.

— C'est Dillon, a-t-il lâché à mi-voix. Je l'ai retrouvé.

Pendant un instant, le silence a été complet. Ni lui ni moi n'avons prononcé un mot. Quand j'ai enfin retrouvé ma langue, ma voix était basse et rauque.

— Dillon est mort.

Il a lentement secoué la tête.

— Non, Robin. Non, il n'est pas mort. Il est en vie. Il est en vie et je l'ai retrouvé.

Il parlait doucement, mais avec une conviction tranquille. Son regard était comme illuminé de l'intérieur. Cela m'a glacée jusqu'aux os.

— C'est vrai, Robin. Écoute-moi... Je sais que c'est difficile à croire... mais il faut que tu te fasses à l'idée.

— Harry, stop.

— Non, vraiment. Je sais que ça paraît fou, que tu me prends pour un cinglé, mais écoute-moi, je t'en prie. Tu te rappelles le jour de la manif ? À la fin du mois dernier ? C'est là que je l'ai vu. Dans la foule, avec une femme. Il a grandi, évidemment, mais il n'a pas tellement changé. Je l'ai reconnu tout de suite : les mêmes yeux, le même visage. Il a regardé droit vers moi et j'ai su que c'était lui. Il était avec une bonne femme que je ne connais pas. Elle l'a entraîné au loin avant que je puisse les rejoindre. Mais ensuite, j'ai parlé à Spencer, qui a fait jouer ses relations dans la police, et ils ont mis la main sur les vidéos des caméras de surveillance, et...

Plus moyen de l'arrêter. Sa voix montait, portée par une vague d'excitation croissante, les mots sortant à toute vitesse, un jacassement frénétique. Ses yeux s'écarquillaient, les gestes de ses mains s'accéléraient, s'élargissaient. Moi, je regardais bouger ses lèvres, je sentais ses paroles me frôler telles des graines de pissenlit poussées par le vent.

Soudain, je me suis sentie à bout de forces. Tout le travail que j'avais consacré aux préparatifs de cette journée et même avant... Il me semblait que, depuis cinq ans, je n'avais fait que gravir une colline en tirant un lourd fardeau derrière moi... et à présent que j'étais proche du sommet, je tombais sur un nouvel obstacle et j'étais trop épuisée pour le surmonter. J'ai songé au retour de Harry de Tanger, je me suis rappelé qu'il était dangereusement perturbé à ce moment-là, durant ces semaines qui avaient été un enfer pour moi... J'étais tellement sûre que nous avions mis tout cela derrière nous ! J'avais réussi à me persuader que le deuil était presque fait. Mais, en voyant cette lueur sauvage dans ses yeux, j'ai compris que la plaie n'était pas refermée. Il avait arraché le pansement, exposant aux regards une affreuse blessure sanguinolente. J'ai senti toute mon énergie me quitter.

Il a cessé de parler et attendu ma réaction.

— Non, ai-je dit en secouant lentement la tête.

Sur quoi j'ai tourné les talons et je suis sortie de la pièce.

Il m'a suivie dans la salle à manger où mes parents nous attendaient, gênés, en échangeant des petits regards soucieux. Je ne savais pas, au juste, ce qu'ils avaient entendu de notre conversation.

— Ne te dérobe pas, Robin. Il faut que tu m'écoutes. Il faut que tu comprennes.

J'ai fait volte-face pour l'affronter, trouvant une petite réserve de force dans la colère qui bouillonnait en moi.

— Tout ce que je comprends, c'est que tu as trop picolé.

— Quoi ? Non ! Non, attends. Je ne suis pas bourré...

— Eh bien alors, tu es fou. Quoi qu'il en soit, je ne veux pas entendre ça !

Mon père s'est levé. Il a fait un signe de tête à ma mère qui nous regardait l'un et l'autre, les traits tirés par l'anxiété.

— Viens, Avril. Allons faire la vaisselle.

Ils ont frôlé Harry en passant, mais il n'a pas eu l'air de les remarquer tant il me regardait intensément.

— Pourquoi est-ce que tu fais ça ? lui ai-je demandé, épuisée, apitoyée sur mon sort, absolument pas préparée à cette situation. Pourquoi essaies-tu de saboter cette journée ?

— Mais je n'essaie pas de...

— Tu ne voulais pas que mes parents viennent, je sais. Tu détestes Noël. Mais ça ? Me faire ça ? Me dire ce genre de choses ? Sur Dillon ?

J'ai secoué la tête avec véhémence. Mes émotions me remontaient dans la gorge.

— Harry. C'est trop, là.

Il est resté un instant sur place à réfléchir.

— Attends-moi ici, a-t-il dit.

Et il est sorti.

Je me suis laissée tomber sur ma chaise, j'ai croisé les bras sur la table et j'y ai reposé ma tête. J'aurais pu dormir une semaine entière, ça n'aurait pas encore été assez.

Il est revenu avec son ordinateur portable et j'ai relevé la tête avec lassitude tandis qu'il l'allumait et faisait je ne sais quoi avec un DVD, zappant d'une scène à l'autre jusqu'à ce qu'il trouve ce qu'il cherchait.

— Là ! a-t-il lancé, triomphant, en tournant l'écran vers moi.

Une image grumeleuse prise par une caméra de surveillance montrait une femme marchant avec un petit garçon qu'elle tenait par la main. Harry a cliqué sur « play » et j'ai regardé leurs silhouettes vacillantes traverser l'écran en direction d'une voiture.

— Tu vois ? a-t-il insisté.

— C'est juste un petit garçon. Ça pourrait être n'importe qui.

— J'y étais, Robin. Je l'ai vu. C'est Dillon. Je te le jure sur ma vie.

L'éclat qui brillait dans les yeux de mon mari m'a fait peur. Je me suis surprise à reculer d'effroi.

— Et ça ! Regarde.

Il a fait défiler des images sur son iPhone et s'est arrêté sur celle qu'il voulait. Encore une photo floue d'un gamin de 7 ou 8 ans, prise de loin, l'enfant de face cette fois-ci, affichant une expression de légère curiosité.

— Tu ne vois pas la ressemblance ? Regarde son menton. Regarde ses yeux.

Alors, je me suis mise à pleurer. C'était plus fort que moi. L'image de Harry évoluant dans le monde, jour après jour, convaincu que son fils était encore en vie, prenant en photo des garçonnets au hasard, poussé par l'idée qu'ils étaient – tous – son enfant mort, c'était simplement trop triste.

— Dillon est mort. Il y a eu un séisme et il a été tué. C'est horrible. Et il me manque chaque jour, autant qu'à toi. Mais, Harry, il n'est plus là. (J'ai posé la main sur son bras.) Il faut que tu l'acceptes, ai-je ajouté tout bas.

— J'y ai réfléchi, a-t-il continué comme si je n'avais rien dit. Et s'il n'était pas mort ? On n'a jamais retrouvé de corps. On a sorti d'autres cadavres des décombres, mais pas le sien. Ça ne te met pas la puce à l'oreille ? Ça ne te donne pas au moins quelques doutes ?

Je l'ai regardé, avec une horreur croissante, plaider sa cause.

— Et si Dillon n'était pas mort, s'il avait plutôt été enlevé ? Penses-y. Son ravisseur aurait la couverture parfaite. Qui pourrait se douter de quoi que ce soit ? Et si, pendant toutes ces années, il avait grandi et vécu ailleurs, avec d'autres gens qui se faisaient passer pour ses parents ? Si pendant tout ce temps où nous l'avons cru mort, notre petit garçon avait été en vie ?

L'effort qu'il fournissait pour m'exposer cette théorie crispait son visage, une veine battait sur sa tempe. J'ai repensé à tous les dessins qu'il avait faits au fil des années, ces portraits de Dillon, une recréation imaginaire de la manière dont notre fils aurait grandi et se serait développé. C'était d'une tristesse effarante, cette tentative pathétique de garder en vie un enfant mort.

— Mais tu ne t'entends pas, Harry ? Tu ne vois pas que tu tiens un discours de fou ?

Il a dégagé son bras de ma main, non sans férocité.

— Je ne suis pas fou. Je sais ce que j'ai vu.

— Tu veux croire qu'il est en vie parce que tu ne peux pas accepter sa mort.

— Parce que je ne crois pas qu'il soit mort.

— Mais bon Dieu, Harry ! Ça suffit ! Je comprends pourquoi tu fais ça. Je sais que tu as subi beaucoup de stress ces dernières semaines avec le déménagement de ton atelier, les soucis d'argent et maintenant le bébé, mais...

— Ça n'a rien à voir avec le bébé !

— Ah non ? Ce n'est pas possible que cette grossesse ait déclenché quelque chose en toi, une peur d'avoir de nouveau mal ? De mettre au monde un nouvel enfant et de l'aimer, avec le risque que ça implique, après ce que nous avons souffert avec Dillon ?

— Mais, bordel ! a-t-il craché entre ses dents, en se levant si vivement que j'ai dû retenir sa chaise pour l'empêcher de tomber.

Il s'est approché de la fenêtre en prenant tout son temps, répétant que ça n'avait rien à voir avec la grossesse ni avec le reste.

— Pitié, épargne-moi ton diagnostic, Robin, et fais-moi la faveur d'envisager un instant que ce que je te dis soit vrai.

— Non. Je ne retournerai pas là-bas avec toi, Harry.

— Quoi ?

— La dernière fois. Les semaines que tu as passées à Saint-James. Toutes ces séances de thérapie qu'on a endurées ensemble – à remuer le passé, à décortiquer les souvenirs. Seigneur ! Tu m'avais promis... Tu t'en souviens ? Tu m'avais promis qu'il n'y aurait plus rien de tout ça. Plus d'idées délirantes ni d'élucubrations. Tu m'avais dit que tu acceptais la mort de Dillon. Tu me l'as dit, Harry. Tu m'as fait une promesse. Et maintenant, je découvre que tu me mentais depuis tout ce temps ?

— Je ne te...

— J'ai trouvé les dessins.

Il s'est figé.

— Les dessins que tu as faits de Dillon.

Toujours aucune réaction.

— Tu ne vas rien me répondre ?

— Ce ne sont que des dessins, a-t-il lâché avec un haussement d'épaules. Ça n'a rien à voir.

— Bien sûr que si ! Tu ne crois pas que je comprends ? Tu l'as gardé en vie pendant tout ce temps...

— Mais non...

— Tout ce temps, à entretenir le fantasme qu'il n'était pas mort ce soir-là, qu'il n'avait pas été enseveli dans son sommeil, tout ça parce que ta conscience ne te le permet pas !

Je me suis tue et nous sommes restés les yeux dans les yeux, sous le choc.

— Ma conscience ? a-t-il lentement demandé.

— Oui, ai-je affirmé, inexorablement attirée vers ce que j'allais ajouter ensuite. C'est ta culpabilité qui est en jeu, là, Harry. Ça et rien d'autre.

Il est resté sans voix, le regard fixe.

— Je veux te demander quelque chose, ai-je poursuivi calmement. Une chose que je ne t'ai jamais demandée. Et je tiens à ce que tu me répondes franchement. Tu veux bien faire ça pour moi ?

J'ai dégluti, mais il a continué à me regarder sans rien dire.

— Ce soir-là. Avant le tremblement de terre. Est-ce que tu lui as donné quelque chose pour l'endormir ?

Il a soufflé longuement, baissé la tête, et quand il l'a relevée, il affichait une expression de lassitude, même d'agacement.

— Pas ça, Robin.

— Tu m'avais dit que tu avais arrêté. Quand j'ai bien voulu que tu reviennes. Tu m'avais promis de ne jamais recommencer. Mais...

— Mais ?

Sa voix était pleine de défiance, mais je voyais la peur s'insinuer dans ses yeux, si bien que j'ai continué.

— C'était mon anniversaire, tu préparais le dîner. Quand je t'ai appelé pour te prévenir que je rentrerais tard et que tu m'as dit qu'il dormait déjà, il y a eu quelque chose dans ta voix, quelque chose... Je ne sais pas, mais je n'ai jamais pu me sortir ça de la tête. Ta voix. Elle sonnait... coupable. Je ne me trompe pas, hein, Harry ? Tu l'as drogué, et ça veut dire que quand le séisme a frappé, il n'a pas pu se réveiller pour se sauver. Je sais que c'est la vérité. Vas-y, essaie de me dire que c'est faux.

J'avais énoncé cela avec calme, mais sur un ton de défi, et quelque chose a changé dans son expression. Il est devenu grave et étrangement immobile.

— Dis-le, m'a-t-il soufflé.

— Harry...

230

— Allez, dis-le.

Alors, je l'ai sentie monter, se frayer un chemin vers la surface, exiger d'être dite – cette chose noire que je gardais au fond de moi depuis le soir de la mort de Dillon, cette chose si sombre et si horrible que je ne supportais pas de l'amener dans la lumière, de lui donner voix, de peur qu'elle ne détruise ce qui restait entre nous.

J'ai fondu en larmes et elle est sortie dans un sanglot étranglé.

— Pourquoi l'as-tu laissé là-bas ? Pourquoi n'as-tu pas pu l'emmener avec toi ? Bon Dieu, Harry ! Tu l'as abandonné ! Tu l'as laissé là-bas, mon petit garçon. Mon bébé. Tu l'as laissé mourir tout seul !

Aussitôt ces mots prononcés, j'ai su que j'étais allée trop loin.

Il m'a encore fixée un instant de son regard glacé pendant que je pleurais devant lui. Puis il est passé devant moi. Une seconde plus tard, j'ai entendu la porte d'entrée claquer derrière lui, le combi tousser et démarrer et les roues crisser furieusement sur la neige.

Ensuite, le silence.

Je suis restée sans bouger, paralysée par le choc de ce que je venais de faire, de ce que je venais de dire. Pendant tout ce temps, j'avais gardé cette pensée enfouie en moi et, maintenant qu'elle était sortie, je me figurais que j'aurais dû éprouver quelque chose – du soulagement, des remords, des regrets ? Et pourtant non, j'étais juste sonnée.

La porte de la cuisine s'est lentement ouverte sur le visage de ma mère qui me jetait des regards inquiets.

— Robin ? Est-ce que ça va ?

J'ai secoué la tête et de nouveau fondu en larmes. Elle est venue se pencher sur moi, tenant ma tête contre sa poitrine et me caressant les cheveux.

— Ça va s'arranger, m'a-t-elle chuchoté. Ça va s'arranger, ça va s'arranger.

Et je me suis rappelé qu'elle m'avait déjà dit cela, après la mort de Dillon. Je me suis revue dans le hall des arrivées de l'aéroport de Dublin, tous ces gens qui me regardaient pleurer à chaudes larmes et ma mère me berçant entre ses bras en me répétant ces mots : « Ça va s'arranger. Tu vas te relever. »

Et je m'étais relevée, oui. Cela m'avait pris du temps. Beaucoup de temps. Et j'avais cru que nous avions enfin pris un nouveau tournant. Mais à présent, je savais que je m'étais trompée. Alors que je nous croyais en train d'avancer, la plaie suppurait dans le noir.

— Allez, chérie. Ressaisis-toi un peu.

J'ai éloigné ma tête. Tout ce que je désirais, c'était qu'ils rentrent et me laissent monter dormir dans ma chambre. J'ai relevé les yeux vers ma mère, prise d'une sensation étrange : comme des dizaines d'épingles me picotant le visage.

Elle me considérait avec une expression pincée, anxieuse.

— Viens à la cuisine.

Je l'ai suivie et l'ai regardée se poster devant le plan de travail en se mordillant la lèvre, les sourcils froncés.

Mon père se tenait dos à l'évier, une main sur la bouche, les yeux rivés sur moi, l'air grave. Je me serais attendue à des paroles d'inquiétude, des mots de réconfort. Mais en voyant sa tête, j'ai su que ce serait autre chose.

— Quoi ? ai-je demandé. Qu'est-ce qu'il y a ?

— Tu vas rentrer avec nous.

— Oh, non, papa...

— Je ne peux pas te laisser ici. Je ne *veux* pas.

— Mais c'est chez moi !

— Robin, a dit lentement ma mère, nous avons tous vu comment il se comportait.

— Il est juste un peu stressé en ce moment...

— Ce sont ses vieux démons, a continué mon père, solennel, la voix posée. Cette paranoïa ou névrose, ou je ne sais quoi, dont il souffre. Elle est de retour. Mais c'est pire, cette fois.

— Papa...

— Robin, je veux que tu rentres à la maison avec nous.

— Mais Harry va peut-être revenir...

Mon père s'est écarté de l'évier et s'est approché de moi. J'ai senti la fermeté de sa poigne sur le haut de mes bras, l'intensité de son regard fouillant mon visage.

— Oui, il risque de revenir. Et c'est exactement ce qui me fait peur. Allez, je t'en prie, chérie. Va chercher tes affaires.

13

Harry

J'ai conduit sans réfléchir, les yeux noyés de larmes, au point que je voyais à peine la route. Un feu brûlait dans ma tête. Je m'entendais respirer à grandes goulées liquides, de grands sanglots jaillissaient de ma poitrine pour emplir l'espace froid autour de moi. *Tu l'as drogué. Tu l'as laissé mourir tout seul.* Encore et toujours, sa voix résonnait dans mon crâne. Des mots accusateurs qui tranchaient dans le vif et allaient directement au cœur. Son visage à ce moment-là... les regrets mêlés à une colère féroce, les yeux flamboyants. Mon pied pressait l'accélérateur comme si j'essayais de fuir ces paroles, comme si je m'efforçais d'esquiver la brûlure de l'accusation, le fardeau des souvenirs, l'écho que les phrases de Robin créait dans mon esprit. Toutes ces interrogations brûlantes, ravivées une fois de plus. *Tu l'as abandonné ! Tu l'as laissé là-bas, mon petit garçon. Mon bébé.* Toutes les heures d'insomnie que j'avais passées à ressasser ces mêmes pensées, à me poser ces mêmes questions, me revenaient en une vague sombre qui menaçait de me noyer.

Les routes étaient quasi désertes. Pas un chat dehors.

Quelques voitures. Un ou deux couples faisant un petit tour avant ou après leur repas de Noël. À part ça, c'était une ville fantôme. J'ai poussé jusqu'à la côte, il faisait encore jour mais ça n'allait pas durer. La neige déblayée formait de grandes congères qui commençaient à virer au noir. Le vent s'était levé et soulevait les embruns haut vers le ciel.

Je me suis garé sur le promontoire rocheux de Sandy-cove pour tâcher de reprendre mes esprits. Coupant le moteur, j'ai écouté le gémissement du vent, le roulement et le chuintement du ressac. Mes larmes ne coulaient plus, mais quelque chose demeurait. Une limite avait été franchie. Des paroles proférées qui ne pourraient jamais être effacées des mémoires. Mes pensées vacillaient, débordaient, mordillées par la peur – la peur que Robin ait raison. Tout cela était peut-être un tour que me jouait mon imagination ? Une illusion produite par mon esprit coupable pour se protéger de la chose horrible que j'avais faite ?

J'avais grand besoin de m'éclaircir les idées, mais mes pensées tournaient trop vite. Je suis resté assis dans le combi, à contempler le flux et le reflux des vagues. J'ai respiré profondément. Tâché de me calmer, d'apaiser mes mains tremblantes. J'ai cherché dans la boîte à gants la flasque que j'y gardais. Je l'ai secouée énergiquement pour voir s'il restait quelque chose dedans, j'ai dévissé le bouchon et j'y ai bu une lampée. Le whisky a provoqué en moi un frisson accompagné d'un haut-le-cœur. La deuxième gorgée est mieux passée.

Il y avait quelques personnes dans l'eau qui s'ébattaient et nageaient vers les rochers. Mon père m'amenait toujours là autrefois, à cette zone de baignade appelée Forty Foot, avant le repas de Noël. Rien que lui et moi. Nous déjeunions toujours tard le 25 décembre. « Il y a moins de monde à cette heure-ci », disait-il, et je savais, à sa manière de le dire, qu'il voyait ça comme une bonne chose.

Pris d'une impulsion soudaine, j'ai tendu le bras en arrière et attrapé une serviette dans un de mes cartons de déménagement. Puis, laissant le combi derrière moi, je me suis dirigé vers la mer. Avec tout ce que j'avais mangé et tout le vin que j'avais bu, sans compter la nervosité et l'anxiété qui me rongeaient, c'était sans doute la pire chose que je puisse faire : aller me baigner. Mais c'est ce que je dis, justement : je n'avais pas les idées claires. J'étais bien décidé à y aller. Et les questions s'étaient de nouveau accumulées pour former un vrai chœur d'accusations : *Toi, pourquoi, toi, toi.*

J'ai avancé jusqu'au vestiaire entre les rochers, un abri en béton avec des bancs de bois. Un homme en short de bain orange se tambourinait le torse.

— Le bain de Noël, y a que ça de vrai ! m'a-t-il lancé.

Puis il a désigné la femme assise à côté de lui, qui avait un foulard noué autour de la tête et une expression légèrement amusée.

— Quant à mon épouse, a-t-il ajouté, aucune chance pour qu'elle mette un orteil dans cette eau. Si elle le faisait, ce serait la fin des haricots.

Elle m'a adressé un signe de tête et l'homme a eu un petit rire avant de se mettre à chanter *I'm Dreaming of a White Christmas*. Leur gaieté a glissé sur moi comme l'eau sur les plumes d'un canard. J'étais imperméable à tout, hormis à ma propre solitude.

Je me suis mis à poil. La femme a étouffé une exclamation et son mari a dit quelque chose comme « il y va à l'ancienne ». Je me suis avancé nu sur les rochers, j'ai pris ma respiration et j'ai sauté à l'eau. Elle était gelée et j'ai aussitôt coulé en suffoquant. Refaisant surface, j'ai aspiré tout l'air possible dans mes poumons et poussé un petit cri. Je me suis éloigné du bord, puis j'ai commencé à me sentir tout mou. *Tu l'as drogué. Tu l'as laissé mourir tout seul.* J'avais des crampes d'estomac. J'ai compté douze brasses, songé à faire demi-tour, mais alors que je commençais à le faire, une douleur aiguë m'a transpercé le flanc. Je me suis crispé et cela s'est reproduit. *Pourquoi l'as-tu laissé là-bas ? Pourquoi n'as-tu pas pu l'emmener avec toi ?* À ce moment-là, toute ma combativité s'en est allée. J'ai inspiré à fond et je me suis détendu. Lutter n'avait plus aucun intérêt. Mes bras se sont écartés et ma tête a de nouveau coulé. Bizarrement, l'eau ne me paraissait plus si froide. J'ai tendu les doigts de pieds et coulé plus profond. De plus en plus profond, je me donnais à la mer, la sentais se refermer au-dessus de moi, me réclamer. Mes yeux se sont ouverts et j'ai vu un sédiment noir, grumeleux. La même texture, la même qualité que l'enregistrement vidéo. Alors, soudain, mon corps a filé vers le haut, vers la lumière, et j'ai crevé la surface avant de redescendre. *Mon bébé. Mon bébé.* Cette fois, la texture grumeleuse de l'eau me renvoyait les mêmes images que j'avais sauvegardées et repassées à Robin. J'avais l'impression que j'aurais pu continuer de dégringoler vers le fond, mais je suis remonté brusquement, comme une bouée, et cette fois ma tête n'a pas replongé dans les mâchoires d'acier de la mer.

J'ai regagné le rivage et je suis sorti. Le type au short orange m'a tendu ma serviette.

— Tenez, buvez un coup, m'a-t-il dit en me passant

une Thermos de café chaud lardé de whisky. Vous avez fait fuir ma femme.

Je me suis excusé, mais ça l'a fait rire.

— Tout va bien ?

— Oui oui, ai-je dit, encore grelottant, en lui rendant sa Thermos.

Les quelques baigneurs encore présents quand j'avais sauté à l'eau étaient partis. Le type m'a appris que j'étais le dernier de la journée.

— Vous m'avez fait peur un instant, à couler et remonter comme ça. Vaut mieux avoir quelqu'un qui vous surveille quand on se baigne.

Il m'a souhaité un bon Noël et est reparti vers sa bagnole où sa femme l'attendait. J'ai senti leurs regards sur moi en rejoignant le combi.

Je me suis rhabillé et j'ai appelé la maison. Je ne sais pas pourquoi. Le téléphone a sonné, mais personne n'a décroché. Je l'ai imaginé carillonnant dans la maison vide, résonnant dans toutes les pièces ; le soir qui tombait, le dessert à moitié mangé.

Là, dans le combi, j'ai fermé les yeux. J'ai essayé de remonter dans le temps. J'ai tenté de scruter les décombres pour y apercevoir le corps sans vie de mon petit garçon. La poussière brouillait l'image et j'ai fait un effort pour toucher du doigt une sorte de résignation. Le corps de mon fils, entraîné dans la terre béante, enfoui, pourrissant, retournant à la poussière. J'ai gardé les yeux fermés, tâché de le ressentir, tâché d'y croire. Mais cela ne venait pas. Quelque chose en moi m'empêchait de l'accepter. Au lieu de cela, j'ai rouvert les yeux et fouillé dans ma veste. Les mains tremblantes, j'en ai sorti mon téléphone.

Dans la liste de mes messages, j'ai retrouvé le SMS de Spencer : « C'est lui ? » La photo jointe montrait une image floue et lointaine du garçon. Je l'ai contemplée fixement et j'ai senti un chaud rayonnement de conviction monter en moi. C'était lui. Je savais que c'était lui.

J'ai appelé Spencer.

— L'adresse, il me faut l'adresse.

— Joyeux Noël à toi aussi. Je ne vais pas te la donner au téléphone, Harry. T'as qu'à passer demain.

J'ai raccroché.

L'eau glaciale de la mer avait pénétré jusque dans mes os. Mon corps entier grelottait. J'ai regardé mes mains : elles étaient bleues et marbrées, et je n'ai pu m'empêcher de penser à celles de Cozimo, mouchetées de taches de vieillesse, frêles, des mains de vieillard. Je me suis rappelé ses paroles : « Très improbable. Mais pas impossible. » Je n'avais plus qu'un endroit où aller. J'ai repris la voiture et filé vers la ville.

Spencer m'a ouvert en chaussettes, tee-shirt Lloyd Cole et bonnet de Père Noël. Une bière à la main.

— Harry. Bon Dieu, est-ce que ça va ?

Je l'ai dépassé pour entrer dans son appartement tiède qui sentait le renfermé. J'avais besoin que la chaleur pénètre dans mes os. Sa dernière petite copine en date, Angela, était assise dans le canapé. Je la connaissais d'avant, il y avait longtemps.

— Salut, toi ! m'a-t-elle lancé.

Elle était drapée dans la robe de chambre de Spencer et ses cheveux emmêlés lui donnaient l'air de sortir du lit. Je suis resté sur place, un peu abasourdi. À côté de moi, Spencer affichait un air penaud et me lorgnait avec une légère appréhension.

— Harry, est-ce que tout va bien ? m'a-t-il redemandé.

Angela s'est levée pour m'attraper le bras.

— T'as l'air gelé, chouchou. Tu as les cheveux mouillés.

Elle a jeté un bref regard à Spencer.

— C'est le bain de Noël, ai-je répondu en riant.

Mais mon rire est sorti creux et forcé et j'ai vu l'inquiétude qui circulait entre eux. Je ne tenais plus que par un fil.

— Putain, Harry, a dit Spencer. Assieds-toi là, je vais te donner quelque chose pour te réchauffer.

De la fumée sortait de la cuisine.

— La dinde est carbonisée, a constaté Angela.

Spencer a haussé les épaules et confirmé.

— Complètement cramée.

— Je m'en fous, a dit Angela. Je prends une douche et je m'habille. Et ensuite, j'appelle le Shelbourne pour réserver une table.

— Nous sommes les derniers flambeurs, a commenté Spencer.

Son ton léger était contredit par son expression soucieuse. Parlait-il à Angela dans mon dos ? Je n'aurais su le dire, tellement j'étais à l'ouest.

— Tu veux que je t'apporte un pull ou une serviette, quelque chose pour te réchauffer ?

— Merci, Angela, ça va aller, ai-je répondu.

Elle est sortie de la pièce.

— Je suis venu chercher l'adresse.

— Harry, c'est Noël, putain !

— Je ne peux pas attendre. Je sais que tu l'as... allez, crache le morceau.

— Écoute, mon pote...

— Pas de ça avec moi, Spencer.

— Bon, bon, d'accord !

Il a levé les mains comme pour se rendre, et a

traversé la pièce pour soulever son jean du dossier du canapé et fouiller dans les poches jusqu'à y dénicher un bout de papier. Je n'ai pas quitté le papier des yeux pendant qu'il me le rapportait, en le faisant passer d'une main à l'autre, avec une réticence évidente. J'avais l'impression qu'il me narguait avec.

— Je ne te le donne pas sans y aller avec toi, a-t-il déclaré.

— Alors on y va.

Il a soupiré et secoué la tête.

— Tu sais, Harry, je crains que ce soit une fausse piste.

— Quoi ?

— L'adresse, le gamin.

— Mais tu l'as vu. La photo que tu m'as envoyée...

— J'ai vu *un* garçon, Harry...

— Tu es allé sur place. Tu l'as vu de tes yeux. La photo...

— C'est pas lui, Harry.

J'en suis resté coi. J'ai retenu mon souffle en attendant qu'il ajoute quelque chose, désireux qu'il parle même si une partie de moi refusait déjà ce qu'il allait dire.

— Bon, écoute. Quand on m'a donné l'adresse, j'ai eu envie d'aller faire un tour là-bas et de jeter un œil par moi-même avant de te refiler l'info. Donc, j'y suis allé. J'ai jeté un œil. La maison est un cottage en pleine cambrousse. Rien de louche. Il y avait un couple avec son gosse.

— Avec Dillon.

— Il y a une vague ressemblance. Mais je te le dis franchement, je ne pense pas que ce soit lui.

Je n'ai pas parlé, je suis resté là à soutenir son regard inquiet.

— Il faut que tu lâches l'affaire, m'a-t-il dit avec douceur. Cette obsession que tu as... c'est pas sain. Je me fais de la bile pour toi, Harry.

Il a voulu poser la main sur mon épaule, mais j'ai arrêté son geste.

— Écoute, Robin doit s'inquiéter. Si tu rentrais, plutôt ? On pourra en reparler demain.

J'ai baissé la tête ; quelque chose en moi commençait à céder.

— Je boirais bien un coup, moi, a-t-il alors ajouté. Ça te dit ?

— Ouais. Bien sûr.

Il est allé ouvrir le frigo est s'est mis à préparer des gin-tonics, et je suis resté à l'écouter me parler des éclipses totales de Lune, du fait que la Lune virait au rouge, qu'il allait y en avoir une bientôt, et dire aussi autre chose que je n'ai pas compris, sur le fait que la Lune traversait un cône d'ombre projeté par la Terre.

Pendant ce temps, mes yeux étaient rivés sur le comptoir de la cuisine et sur le bout de papier qu'il avait laissé derrière une tasse à café. Spencer versait des glaçons dans les verres sans cesser de déblatérer et, pour une fois, je me suis réjoui qu'il soit si verbeux car ça l'a empêché de remarquer que je me penchais pour chiper le papier. Il était en train de trancher des citrons verts et des concombres en jacassant sur Dieu sait quoi lorsque j'ai laissé les yeux s'attarder sur son écriture, gravant l'adresse dans ma mémoire. Pas une mince affaire, quand on est gavé d'oie et de bibine et qu'on grelotte encore d'avoir plongé dans les eaux glacées de la mer d'Irlande, mais j'y suis arrivé.

Et là, l'adresse en tête, je me suis carapaté discrètement en laissant la voix de Spencer derrière moi.

En bas, j'ai retrouvé le combi là où je l'avais laissé, garé à côté de la vieille Jag. Avant d'enfoncer la clé dans le contact, j'ai obéi à une impulsion soudaine. Redescendant de la voiture, j'ai rejoint la porte passager de la Jag et tenté de l'ouvrir. Elle était verrouillée. J'ai regardé autour de moi, trouvé une pierre grosse comme le poing à côté du pneu avant et, sans y réfléchir plus d'une seconde, j'ai fracassé la vitre d'un grand coup. Passant la main à l'intérieur, j'ai ouvert la portière tandis que l'alarme se mettait à hurler. Je me suis jeté sur la boîte à gants et j'y ai trouvé ce que je cherchais. Je ne me suis pas arrêté pour vérifier s'il était chargé, j'ai simplement fourré le flingue dans ma poche, sauté dans le combi et démarré sans un regard en arrière.

Retour sur la route. *On the Road Again*. La nuit tombait, les rues désertes étaient plongées dans le silence. Mon téléphone s'est éclairé. Quelqu'un avait encore appelé directement ma boîte vocale. Vérification faite, j'avais deux messages. J'étais certain qu'il y en aurait un de Spencer : il avait essayé de me prendre par la douceur, chez lui, de regagner ma confiance. Mais ce n'était pas lui. Le premier message était de Cozimo. Sa voix était frêle et comme lointaine. C'est à peine si je comprenais ce qu'il disait : « Harry, je suis navré. J'aurais aimé te parler encore. J'aurais aimé te dire... » La phrase s'interrompait de manière exaspérante, comme notre dernière entrevue. Le message suivant provenait de Robin.

Sa voix était enrouée, comme si elle avait pleuré. « Harry, je suis partie avec mes parents. Je dors chez eux ce soir. Je ne sais pas quoi te dire d'autre. » C'était tout. Fin du message. Je me suis garé et je l'ai rappelée. Pas de réponse. Mais j'ai refait le numéro. Dix, vingt, je ne sais pas combien de fois. Elle a fini par décrocher et dire dans un souffle :

— Harry ?

— Robin.

— Harry, je ne veux pas entendre ça.

— Quoi, ça ?

— Ce que tu vas me dire.

Un long soupir lui a échappé. Je ne sais pas ce qui m'a pris, mais je souriais. Le moment était venu de tout révéler et j'étais étrangement euphorique. Je savais qu'elle ne raccrocherait pas. *Attends un peu qu'elle entende ce que m'a dit Javier, qu'elle sache pour l'amulette verte, la carte de tarot, la carte du Soleil, bon Dieu, attends un peu qu'elle sache tout ça,* me suis-je dit. *Et l'enfant-momie de Londres et* Le Livre des morts, *tout ce qui m'a mené jusqu'à Dillon.* Elle serait convaincue, gagnée à la cause... pas rebutée, mais au contraire emportée par les signes que je recevais. Aucun doute que, avec son intuition bien à elle, elle comprendrait tout ça. Mais avant que j'aie pu prononcer un mot, elle m'a arrêté.

— Je me fais du souci pour toi.

— Ne te tracasse pas.

— Tu te comportes de façon si... imprévisible.

— J'ai une adresse, Robin. *L'adresse.*

Un silence.

— Il faut que ça cesse, Harry. Tu as besoin d'aide.

— Mais tu ne vois pas ? C'est complètement clair, à présent. Il est tout près de nous, Robin. Après tout ce temps, j'y suis presque. Je le touche presque du doigt.

— Seigneur, tu ne t'entends pas parler ? C'est exactement comme la dernière fois.

— La dernière fois ? ai-je répété, momentanément pris de court. De quoi tu parles ? C'est la première fois que je te raconte ça.

— Tu es un peu perdu, Harry. Tu ne vas pas bien. Il faut que tu voies quelqu'un.

— Robin, tu ne comprends pas.

— Je ne peux plus gérer ça toute seule. J'ai voulu me persuader que tu allais bien, que c'était juste un petit bug – une régression temporaire, causée par le stress. Mais c'est plus profond que ça. Je l'ai enfin compris ce soir. Harry... J'ai peur pour toi.

Le ton de sa voix avait changé et j'y ai entendu une inquiétude sincère.

— Peur *pour* moi ou peur *de* moi ?

Elle n'a pas relevé.

— Je suis retournée chez mes parents, a-t-elle soufflé avec désespoir.

— Mais je veux que tu reviennes à la maison.

— Non, Harry.

— Quoi, tu me quittes ? ai-je demandé, soudain frappé par cette possibilité. C'est ça que tu es en train de faire ?

Elle a gardé le silence, comme pour réfléchir à ma question. J'ai attendu sa réponse, impatient d'entendre l'inflexion de sa voix quand elle allait nier, m'assurer de son désir de rentrer comme je le lui demandais. Mais je ne m'attendais pas à ce qu'elle m'a dit.

— Peut-être, oui. Tu as besoin d'aide, Harry, mais tu refuses de l'admettre. Tu ne sembles pas comprendre à quel point tu es parti loin. Peut-être que te quitter est la seule manière que j'aie de t'aider.

J'ai retenu mon souffle, puis, lentement, j'ai expiré. La ligne a été coupée.

J'étais au volant, mais c'était comme si le combi se conduisait tout seul, comme si le volant tournait à sa guise et que mes mains se trouvaient dessus par hasard. Nous prenions à gauche, virions à droite, ralentissions, accélérions, nous arrêtions quand c'était nécessaire. Mais ce n'était pas moi, c'était le combi, il me transportait ; il était le véhicule, je n'étais que le passager.

Quand je suis arrivé, toutes les lumières étaient éteintes sauf une au rez-de-chaussée, dans le salon. Je distinguais une silhouette qui faisait les cent pas. C'était Jim, mon beau-père. Il gesticulait en parlant tout seul, un verre à la main. J'ai toqué à la fenêtre. Il a pivoté et m'a vu. J'ai dû lui faire une frayeur : il en a renversé sa boisson. J'ai pointé le doigt vers la porte.

— Harry, a-t-il dit en ouvrant.

Sa voix était faible et résignée. Je m'attendais à ce qu'il soit agressif, mais non : il a fixé sur moi un regard plein de tristesse exprimant une profonde déception. Un coup de poing dans la figure m'aurait fait moins mal. Il s'est alors détourné de moi en laissant la porte ouverte pour que je le suive à l'intérieur. Je suis entré, me suis raclé la gorge.

— Où est Robin ?

Le prénom de sa fille et ma manière de la réclamer l'ont fait légèrement grimacer ; puis il s'est ressaisi, redressant ses épaules.

— Nous nous sommes toujours compris, toi et moi, Harry. Du moins, je l'ai toujours pensé.

— Où est-elle ?

Un de ses trophées de chasse, une tête de springbok, nous toisait d'un air menaçant depuis le mur du palier.

— J'ai beaucoup d'affection pour toi, Harry. J'apprécie l'audace dont tu as fait preuve dans ta vie. Mais je veux que tu gardes tes distances avec Robin...

— Garder mes distances ? Mais c'est ma femme !

Ses épaules se sont voûtées à nouveau. Je voyais bien que son esprit passait en revue toutes les réponses possibles.

— Je pense que tu devrais partir, maintenant, Harry. Elle ne veut pas te voir ce soir.

— Mais il faut que je la voie.

Il a lentement secoué la tête, mais n'a pas pu me regarder dans les yeux.

— Si je pouvais seulement lui parler pour m'expliquer.

— Laisse passer un jour ou deux, Harry. Rentre chez toi. Prends un peu de repos. Tu as l'air d'en avoir besoin.

Il ne comptait pas bouger de là. Il a croisé mon regard, cette fois, et l'a soutenu un moment, mais autre chose me tiraillait, m'entraînait loin de lui. J'avais l'adresse et je me sentais pressé, une impression aiguë d'urgence.

— Dites à Robin... dites-lui que, quoi qu'il arrive, je veux qu'elle sache que je lui demande pardon.

Puis j'ai regagné le combi pendant que Jim fermait la porte et éteignait la lumière extérieure.

La nuit était d'encre. Pas une âme sur la route. J'ai filé sur la M50 en direction de Wicklow. J'avais l'impression d'être la dernière personne vivante au monde. La carte était posée sur le siège passager : je l'étudiais tout en conduisant, notant mentalement que je devais rester sur la M50 jusqu'à l'embranchement de la N11, dépasser Arklow et prendre à l'ouest vers Aughrim. Dans l'ensemble, le paysage était sombre et désolé. Les routes étaient dégagées jusqu'à la sortie de la N11 ; ensuite, elles sont devenues plus traîtres. Peu de voitures circulaient sur ces routes et elles n'avaient pas été salées, ce qui rendait la conduite difficile. Une fois ou deux, le combi a dérapé sur des plaques de glace. J'étais tellement lessivé que je pouvais à peine garder les yeux ouverts. Il me semblait que la journée durait depuis une éternité. Les essuie-glaces balayaient des flocons frais du pare-brise. Au loin, j'ai vu les lumières douces des maisons osciller et s'estomper pendant que les familles commençaient leur soirée de Noël.

En arrivant au croisement que je cherchais, j'ai quitté la route principale et enfilé un chemin étroit qui pénétrait apparemment dans une vallée. Ce n'était pas un lotissement que je cherchais, mais une maison isolée, une habitation solitaire. Je l'avais déduit de l'adresse. En fait, j'en déduisais bien davantage, pour être honnête. La maison elle-même n'était pas très éloignée de celle où mes parents avaient vécu quand j'étais tout petit. Ils n'y étaient restés que trois ou quatre ans, d'après mes souvenirs, mais j'ai une très bonne mémoire, si bien que d'une certaine manière c'était un peu comme un retour sur les lieux de mon enfance. Comme rentrer chez moi. *Comme c'est bizarre*, ai-je pensé. Je me souvenais d'un petit vélo rouge, de ma cheville droite pleine de croûtes à force de se cogner et de racler contre la chaîne. Je me souvenais de la ribambelle de graines de tournesol blanches soufflées par le vent et je me rappelais m'être enfui, un jour d'été. J'avais un sac noir rempli de pulls et de sandwiches. Ma mère, lorsqu'elle m'avait retrouvé, fumait et bavardait avec une voisine. Moi, je me cachais dans un buisson, espérant toujours qu'elle ne m'avait pas vu.

Puis, en se penchant sur ma cachette, elle m'avait dit :
« Allez viens, mon chéri. C'est l'heure de rentrer. »

À un petit kilomètre du but, le combi a glissé dans
un fossé peu profond. J'ai appuyé sur l'accélérateur
et le moteur s'est emballé. Les roues ont patiné, mais
le combi n'a pas bougé. J'ai essayé encore plusieurs
fois : rien à faire. Pas grave, j'étais presque arrivé.

J'ai serré le volant une dernière fois et regardé au
loin dans la nuit. Autour de moi, les arbres et les taillis
montraient encore leur contour noir, mais à peine ;
leurs silhouettes se dissolvaient peu à peu dans les
ténèbres. Au-delà, je distinguais les collines de Wicklow, les phares des voitures apparaissant et disparais-
sant au loin. J'avais l'impression que la nuit entrait en
moi. Frissonnant et épuisé, je suis descendu du combi
et je l'ai laissé derrière moi. J'ai suivi un chemin de
terre sur environ huit cents mètres. Au bout, il y avait
un portail en bois et une longue allée. La maison était
en partie cachée par des arbres épais. Une guirlande
d'ampoules rouges décorait un sapin dans le jardin.
Un téléviseur répandait une lumière bleuâtre dans une
des pièces de devant où aucune lampe n'était allumée.
Une voiture était garée un peu plus loin. Comme je ne
voyais pas de quelle couleur elle était ni si elle avait
le bon numéro d'immatriculation, j'ai gagné la clôture
et je l'ai escaladée, au cas où le portail grincerait. Je
suis retombé à quatre pattes de l'autre côté.

La pelouse était couverte de neige durcie. J'ai avancé
lentement en rampant. Mon visage et mes mains ont
vite été trempés. Au loin, j'entendais la voix sonore
d'un voisin. Quelqu'un disait bonne nuit. Quelqu'un
riait. Les étoiles brillaient. Une galaxie d'étoiles. Je
me suis remis à frissonner. Je me suis rapproché de
la voiture, mais je ne distinguais toujours pas les

chiffres. Enfin, je me suis dirigé vers la bordure de gazon et j'ai pris pied sur le gravier. J'ai déplacé mon corps le plus silencieusement possible sur les cailloux, jusqu'à l'arrière de la voiture. Je me sentais épuisé, hébété, comme si j'avais pris un grand coup sur la tête. Personne ne m'avait vu. Je suis resté accroupi dans le noir et j'ai tenté de me concentrer. C'était la bonne marque de voiture. Envahi par le soulagement, j'ai approché mon téléphone de la plaque. J'ai quand même relu chaque lettre et chaque chiffre, un à un. *Oui. C'est bien ça.* Je me suis renversé en arrière et j'ai laissé échapper un grand soupir.

Alors, la porte de la maison s'est ouverte et un homme est sorti.

14

Robin

Tu me quittes ?

J'étais couchée là, le téléphone toujours en main, l'écho de la voix de Harry résonnant encore dans ma tête, lasse et résignée. Je regrettais qu'il m'ait posé cette question. Et je regrettais ce qu'il avait dit. Ce coup de dés terrible après tant d'années d'amour, de tendresse et d'affection, après toute la peine, la douleur et le chagrin partagés. C'était fini. Il n'y avait plus rien à faire. Je n'avais pas le cœur ni l'énergie, en ce moment, de chercher des réponses à toutes les questions qui jonchaient mon esprit.

Pourtant, je ne trouvais pas le sommeil. Je suivais des yeux les motifs du plafond. J'avais envie de sortir du lit, de descendre m'asseoir à la cuisine pour tâcher de comprendre. Mais un rai de lumière, sous la porte de ma chambre, m'indiquait que mes parents n'étaient pas couchés. La rumeur de leurs voix me parvenait à travers le plancher. Ils parlaient bas. Leur conversation s'est prolongée tard dans la soirée. J'imaginais leur expression soucieuse, leurs questions consternées : y avait-il eu des indices, un moyen de voir venir le drame ? Je les imaginais se demandant comment l'enfant qu'ils avaient élevée avec tant de soin, tant d'amour, l'enfant dans laquelle ils avaient tant investi et pour qui ils avaient nourri tant d'espoirs, en était venue à cela. J'imaginais tout cela et j'avais envie de fuir. Un moment plus tard, j'ai entendu ma mère aller au lit et, en bas, mon père s'attarder, marcher de long en large, se faire du mouron. Je ne voulais pas lui refaire face ce soir. Curieusement, sa réprobation muette me faisait plus mal que les mots durs échangés avec Harry, et puis j'étais tellement épuisée que mes jambes pouvaient à peine me porter. Je suis restée sur mon lit à contempler le plafond et à me demander comment nous avions pu en arriver là.

Mes pensées dérivaient d'un souvenir à l'autre. J'ai repensé à une nuit passée dans cette maison, bien des années auparavant : la première fois que j'y avais amené Harry. J'avais 19 ans, je fonçais tête baissée dans ma première vraie histoire d'amour et cela me rendait totalement insouciante. Je me suis collée contre lui dans l'escalier, nous étions tous les deux ivres, riant bêtement. Il est tombé sur le lit alors que moi, le dos contre la porte, je pouffais en tâchant de ne pas faire de bruit. Il est resté sur le dos, les pieds croisés, les mains derrière la tête, un grand sourire nonchalant aux lèvres. Déjà il s'appropriait la chambre. La porte ne fermait pas à clé – ma mère était contre –, si bien que j'ai empoigné une chaise et que je l'ai calée sous la poignée. Quand je me suis retournée vers lui, son sourire était encore là, moins nonchalant, et ses yeux brillaient avec une certaine gravité.

— Maintenant, retire tous tes vêtements, m'a-t-il dit.

Je me souviens de son corps, de la découverte que

254

j'en ai faite cette nuit-là, long, élancé et ferme. Une peau douce sur des muscles durs et fins. La ligne de poils noirs qui descendait de son nombril. Des cuisses épaisses et fortes. Son poids surprenant lorsqu'il s'est étendu sur moi, l'angle aigu de son bassin lorsqu'il a bougé au-dessus de moi, en moi, lentement d'abord, puis avec une vigueur croissante.

Je n'ai pas vraiment pu me détendre pendant notre étreinte : incapable d'oublier mes parents endormis de l'autre côté du couloir, j'avais une conscience exacerbée de chaque soupir, chaque gémissement, chaque grincement du lit. Lui, pourtant, se montrait malicieux et insolent. C'était un amant sûr de lui, qui considérait le sexe comme un plaisir, une chose qu'il faut apprécier sans la prendre trop au sérieux. Il aimait papouiller, lécher et chatouiller, et mon rire l'excitait. C'était ainsi entre nous à l'époque. Avec le temps, il est devenu plus sérieux. Son humour l'a quitté au fil des années. Après la mort de Dillon, nous avons cessé de faire l'amour. Pendant une longue période, nous ne nous sommes pas touchés, éloignés par notre chagrin... ou par autre chose ? De la rancœur ? Un reproche muet ?

Mais, en repensant à cette nuit-là, je me suis rappelé que par la suite, avant que nous ne nous décollions l'un de l'autre pour nous rallonger, nos têtes contre les oreillers, deux corps à nouveau séparés, il m'embrassait le long du cou et des omoplates – avec douceur, avec lenteur. Il y avait dans ce geste du respect... de la tendresse... un contraste marqué avec la gaieté et la frivolité qui avaient auparavant prévalu. C'est à ce moment-là qu'il s'est senti ouvert et vulnérable face à moi, et que j'ai su combien l'histoire était sérieuse pour lui. C'est à ce moment-là que je me suis sentie attirée vers lui, par un cordon qui nous reliait, et que j'ai su que notre union serait durable, qu'elle s'avé-rerait douloureuse à briser. J'ai eu un aperçu du mal que je pourrais lui faire.

À un moment, pendant la nuit, une portière de voi-ture a claqué et je me suis réveillée. Désorientée au début, puis étonnée d'avoir réussi à sombrer dans le sommeil, je suis restée couchée à écouter les bruits de la maison autour de moi, les cliquetis des canalisa-tions et les gémissements du sycomore dehors sous son fardeau de neige. J'ai essayé de joindre Harry, mais je suis tombée sur sa boîte vocale. Je ne savais pas du tout où il était, ni quoi lui dire. J'aurais peut-être dû lui dire qu'il me manquait, que mes mots avaient dépassé ma pensée. Que je voulais qu'il me revienne – pas ce nouveau Harry secret et à moitié fou, non, mais l'ancien Harry, celui qui était drôle et généreux, éclatant de vie et d'humour, celui que tout le monde aimait. Celui que j'avais aimé. Finalement, je n'ai pas laissé de message, j'ai juste raccroché. Je crois que j'ai dormi.

Je me suis réveillée sous un ciel noir, dans une chambre qui n'était pas la mienne. J'ai consulté mon téléphone : pas de message. Je suis restée étendue encore un moment, à observer autour de moi les masses sombres qui indiquaient la présence d'une armoire, d'une commode, d'un long miroir. La pièce était depuis longtemps dépouillée des posters de ma jeunesse, on s'était débarrassé des jouets qui s'y étaient accumulés au fil des ans, si bien qu'elle semblait nue et quelque peu diminuée. J'ai promené mon regard sur le papier peint à motif de boutons de rose, sur la tête de lit capitonnée. Tout cela m'était étranger. Cette chambre ne contenait plus de traces de mon existence. Je n'étais pas chez moi – ou du moins je n'y étais plus, plus maintenant. Et j'ai pensé à la maison que nous avions quittée et à la distance qui m'en séparait, après ce qui s'était passé la veille. Je me suis sentie, à cet instant-là, seule et complètement à la dérive.

Descendant du lit, j'ai ouvert les rideaux et contemplé le lotissement désert. Une lumière faible et granuleuse commençait à éclairer le ciel nocturne, baignant les congères et les arbres squelettiques dans un demi-jour spectral. Les événements de la veille me paraissaient si lointains, si complètement détachés de toute réalité, que j'y croyais à peine. J'ai songé à la manière dont Harry était parti ; j'ai revu le visage de mon père, plein de colère et de confusion, et ma mère paralysée par la peur.

— Tu vas rentrer avec nous, m'avait-il assené avec sévérité.

La lumière qui régnait dans la cuisine, quand il avait dit cela, bouffissait ses joues et vieillissait son regard.

— Mais enfin, papa.

— Je ne peux pas te laisser ici, avait-il tranché sèchement.

C'est là que j'avais vu à quel point il était bouleversé, à quel point cette fracture qui s'était ouverte entre mon mari et moi l'affectait. J'avais vu sa tristesse et je m'étais remémoré les paroles de ma mère, sur le fait que Dillon lui manquait mais qu'elle se sentait incapable de me l'avouer. Et je me suis demandé tout ce qu'ils m'avaient caché, mes parents, de leurs propres pertes et de leur chagrin, leur tristesse et leurs inquiétudes.

En descendant, j'ai entendu des bruits dans la cuisine. Il était à peine six heures, mais je savais que ma mère était en train d'évacuer ses angoisses en nettoyant le four ou en dégivrant le frigo. Je me suis arrêtée sur la dernière marche. Je me sentais comme retombée en enfance, assombrie par un nuage de réprobation après avoir déçu mes parents et mis à l'épreuve l'amour qu'ils me portaient, obligée de faire un effort pour me racheter.

En poussant la porte, je l'ai trouvée en train de verser de la pâte dans un moule à muffins. Elle a relevé la tête et m'a souri. Sa robe de chambre aux couleurs pimpantes jurait avec la lumière terne de l'aube. Sa coiffure avait perdu sa forme et elle avait des petites traces de mascara sous les yeux. Elle paraissait vieille, fatiguée, petite. Ses épaules étaient voûtées et j'ai remarqué pour la première fois que le haut de son dos commençait à se courber. Je l'ai un instant aperçue en vieille dame, toujours glamour, avec ses cachemires et ses broches, son rouge à lèvres en étendard, mais rabougrie et bossue, les mains déformées aux jointures, des rides partant en éventail de ses yeux.

— Robin, tu as bien dormi ?

— Pas trop mal.

— Le lit est correct ?

— M-mm.

— Une chance que j'aie changé les draps la veille de Noël.

— Comme si tu m'attendais, ai-je répliqué d'un ton cassant.

Elle m'a regardée d'un air las, puis m'a accordé un petit sourire rassurant.

— Assieds-toi, chérie, je vais nous faire un bon café.

— Où est papa ?

— Encore au lit. Il a du sommeil à rattraper.

Je n'ai pas demandé à quelle heure il s'était couché. Je ne voulais pas savoir combien de temps il avait marché de long en large. J'ai préféré regarder ma mère allumer la cafetière, puis glisser le plateau de muffins dans le four. Je n'avais jamais tellement réfléchi à son goût pour les tâches ménagères, mais maintenant, à la lumière de tout ce qui s'était produit, je comprenais que c'était là sa victoire. Elle avait traversé sans dommage presque quarante ans de mariage, en gardant sa maison et sa famille autour d'elle. Pour la première fois, je saisissais la valeur d'une telle réussite.

— J'ai tout raté, maman, ai-je dit alors.

En entendant ma voix se briser, elle est venue s'asseoir à côté de moi, m'a entourée de ses bras et a attiré mon visage dans le creux de son cou.

— Robin...

— Hier, je voulais tellement que la journée soit parfaite. Ça n'aurait pas pu être pire.

— Ne sois pas si dure avec toi-même, Robin. Tu nous as préparé un repas magnifique, ne l'oublions pas.

Je me suis écartée d'elle, momentanément éblouie par sa capacité à glisser sur le négatif quand elle en avait besoin.

— Maman, mon mari m'a trahie et abandonnée. Dis-moi en quoi ce n'est pas un désastre.

— Évidemment, dit comme ça...

Elle s'est levée et s'est occupé les mains en versant le café, et nous sommes restées toutes les deux dans le froid de ce matin d'hiver, à nous réchauffer autour de nos tasses fumantes.

— Qu'est-ce que je vais faire, maman ?

— Je ne sais pas, chérie. Mais tu es la bienvenue chez nous aussi longtemps que tu le voudras. Tu seras toujours chez toi ici, tu sais.

J'ai secoué la tête.

— Non. Je pense que ça ne résoudrait rien.

— Enfin, tu ne peux pas retourner dans cette maison.

— Pourquoi ?

— Voyons, Robin. Avec Harry qui se comporte comme il le fait ? Ne sois pas ridicule. Tu dois penser au bébé.

— Mais je pense à notre enfant. Je lui dois de tout faire pour arranger les choses avec Harry, justement. Oh, misère, ai-je ensuite soufflé en plongeant la tête entre mes mains. Un bébé. Quel merdier.

Nous sommes restées muettes un moment. Puis, enfin, j'ai relevé la tête et je lui ai parlé de Harry.

— Il pense que Dillon est en vie.

L'anxiété a assombri son visage et elle a posé sa tasse.

— Il dit qu'il l'a vu.

— Qui ? Où ?

— Quelle importance ? Tout ça n'est qu'un fantasme.

Là, j'ai craqué et j'ai tout déballé.

— À Dublin, d'après lui. En ville. Il a vu un garçon et il jure que c'était Dillon, avec une femme qu'il n'a pas reconnue.

— Doux Jésus.

— Ce qui est terrifiant, c'est de voir jusqu'où il va cette fois-ci. Avant, il se contentait d'évoquer la possibilité que Dillon ait survécu – il n'arrêtait pas d'en parler, même, jusqu'à ce que ça devienne une obsession, jusqu'à se rendre malade. Mais cette fois, c'est différent.

— Comment ça ?

— Tout d'abord, il ne m'en a pas parlé jusqu'à

hier. Depuis des semaines il était bizarre, mais il ne m'en avait pas soufflé un mot. Et puis, hier, d'un seul coup, je découvre qu'il a passé le mois entier à jouer les détectives et à faire des choses qui ne m'ont même pas l'air légales. Il a mis la main sur un enregistrement de caméra de surveillance et il est persuadé qu'on y voit Dillon. Mais le pire, c'est la photo.

— La photo ?

— Sur son téléphone. Il m'a montré une photo d'un jeune garçon. Elle était floue, prise de loin. Il prétendait que c'était Dillon, mais ce n'est pas lui. Ce n'est qu'un garçon de l'âge qu'il aurait eu s'il avait survécu. Je n'arrête pas d'imaginer Harry se promenant dehors, regardant des petits garçons, les prenant en photo avec son téléphone simplement parce qu'ils ressemblent vaguement à son fils mort. C'est trop sordide. Trop sinistre. Ça ne ressemble pas à Harry. Je n'arrive pas à comprendre ce qui l'a mené à ça. Le bébé ? C'est ça qui l'aurait poussé à craquer ?

Ma mère a secoué la tête.

— Tu penses qu'il fait une nouvelle dépression ? m'a-t-elle demandé à voix basse.

— Oh, maman, ai-je éclaté, étonnée par mes larmes soudaines. J'espère vraiment que non.

Tous les signaux d'alarme étaient au rouge, pourtant. C'était reparti pour un nouvel épisode dépressif. J'ai porté mon regard au-delà de ma mère, à travers les portes-fenêtres fermées sur le jardin gelé. La balançoire était toujours suspendue au sycomore. En la contemplant, j'ai vu défiler ces semaines que Harry avait passées à Saint-James, toutes ces séances de thérapie. Je me suis rappelé comment il se tenait, un bras serré de manière protectrice contre ses côtes, les yeux fixés au sol, un doigt frottant compulsivement sa lèvre inférieure, comme empêtré dans les fiévreuses productions de son imaginaire, muré dans un monde d'illusions créées par nul autre que lui. Je me suis remémoré l'anxiété des amis et de la famille, leurs questions timides sur ses progrès, leur inquiétude flagrante à son sujet. Et je me suis aussi rappelé à quel point cela me mettait en colère, comme j'étais furieuse. Notre fils venait de mourir, il avait connu une mort horrible et tragique ; j'avais le cœur en miettes ; je me réveillais en pleine nuit et alors tout me revenait avec un choc semblable à un coup de gourdin, si violent que ma respiration se bloquait. Et je traversais tout cela seule. Harry, pendant ce temps, se retranchait derrière son mur d'illusions, son refus de croire à la mort de Dillon, ses théories insensées à base d'enlèvement et de fausse identité. Je veillais patiemment sur lui, j'étais présente à toutes les séances de psychothérapie, je lui tenais la main et j'écoutais les médecins, je répondais aux questions de chacun, je donnais régulièrement des nouvelles de ses progrès, j'attendais, encore et toujours, mais intérieurement je suffoquais de rage. Cette colère chauffée à blanc était brûlante, dévorante, et je la cachais à tout le monde alors qu'elle me consumait en secret.

À présent, en regardant l'aube monter, froide, sur le jardin silencieux, je repensais à son comportement étrange et incohérent des dernières semaines, à son attitude ombrageuse et fermée. C'était visible qu'il était malheureux, et même déprimé. Une décharge de panique a éclaté dans ma poitrine. Je me suis tournée vers ma mère.

— Mon Dieu, ai-je soufflé. Tu ne penses quand même pas qu'il compte se suicider ?

— Non ! a-t-elle lancé en se penchant rapidement vers moi pour me rassurer.

— Je ne sais pas. Il m'a appelée hier soir, et il y avait quelque chose dans sa voix... quelque chose de... définitif.

Mon cœur battait à tout rompre et j'avais soudain la nausée. Ma mère ne m'a pas répondu, mais elle a blêmi d'un seul coup, comme si tout le sang avait quitté son visage.

— Maman ? Qu'est-ce qu'il y a ? On dirait que tu as vu un fantôme.

Elle a dégluti.

— Il est venu hier soir.

— Mais qui ?

— Harry.

J'étais anéantie.

— Pourquoi tu ne m'as pas réveillée ?

— Je ne l'ai pas vu. Je n'ai même pas su qu'il était là sur le moment. C'est à Jim qu'il a parlé.

— Que s'est-il passé ?

Elle s'est mordu la lèvre et a baissé les yeux vers le set de table qu'elle s'était mise à triturer.

— Maman ?

Une lame de glace s'enfonçait dans mon ventre.

— Il a dit à ton père... il lui a dit de te dire qu'il te demandait pardon. Qu'il voulait que tu le saches, quoi qu'il arrive.

Elle n'avait pas plus tôt prononcé ces mots que je suis partie en courant dans le couloir de l'entrée. Ses clés de voiture étaient suspendues à côté de la porte, je les ai attrapées en passant.

— Robin, ne fais pas ça...

— Je ne vais rien faire, ai-je dit en tâchant d'avoir l'air calme, en m'efforçant de prendre la voix d'une femme qui maîtrise la situation, même si nous étions bien au-delà de cela. Je t'en prie, ne t'inquiète pas.

C'est la dernière chose que je lui ai dite en fonçant vers la porte.

J'ai fait la route complètement hébétée, en proie à un léger vertige. La neige me faisait mal aux yeux. J'avais comme un trou dans le ventre et le manque de sommeil m'embrouillait la tête. J'ai amené la voiture jusque devant chez nous. Le combi n'était pas là. J'ai contemplé la porte, assise au volant. Qu'est-ce qui m'attendait à l'intérieur ?

La première chose qui m'a frappée a été le froid. Le feu s'était éteint, le chauffage était coupé depuis la veille au soir, et le dernier vestige de chaleur s'est enfui pendant que je refermais la porte derrière moi. J'ai gardé mon manteau en allant à la cuisine et j'ai vu des casseroles empilées à côté de l'évier, des verres retournés sur l'égouttoir. La lumière était restée allumée toute la nuit et son grésillement résonnait sur les surfaces rigides et glacées.

Dans la salle à manger, les choses étaient exactement telles que nous les avions laissées. Il y avait des assiettes de charlotte entamées, des verres de vin attendant d'être bus, du café froid dans des tasses à expresso, de la crème en train de tourner dans le pot, des serviettes chiffonnées abandonnées sur la table. Une fourchette reposait sur le bord d'une assiette comme si celui qui occupait cette place venait tout juste de sortir.

J'ai exploré tour à tour chacune des pièces ; à chaque porte que je poussais, je retenais mon souffle sans savoir ce que j'allais trouver, redoutant le pire. Une fois la dernière pièce visitée, je suis revenue dans la salle à manger. Je sentais le calme revenir peu à peu en moi. Pendant un petit moment, je suis restée immobile le temps de tout embrasser du regard, tâchant d'éprouver du soulagement, ou au moins de trouver une once de volonté – un début de détermination pour arranger ce gâchis, avancer, régler mes problèmes.

Mais au lieu de cela, je me suis assise sur une des chaises de la salle à manger et j'ai écouté la maison autour de moi. Les cliquetis et les grincements. Des grains de poussière dérivaient dans l'atmosphère. Cette maison était vieille et saturée de souvenirs. J'ai tendu l'oreille en m'efforçant de rester immobile et j'ai fait un effort pour percevoir une trace du passé, des gens qui avaient occupé ces pièces, de ma grand-mère et de mon grand-père, quelque infime écho de leurs voix. L'air sentait le vide. Harry n'était pas passé par ici. Je me suis demandé où il se trouvait en ce moment. Je le sentais absolument loin de moi, coupé de moi, en train de dégringoler dans son propre univers de folie.

Son ordi était posé sur la table, là où il l'avait laissé. En le regardant à présent, je me suis remémoré la vigueur et l'éclat de ses actes de la veille, sa surexcitation visible lorsqu'il avait fait défiler ces images granuleuses, son air de triomphe en tombant sur la bonne, puis comme il avait été blessé, offensé, indigné lorsque j'avais refusé de voir ce qu'il voyait, que j'avais nié ce qui était pour lui si évident, flagrant. L'air de rien, sans trop de conviction, j'ai tendu la main vers l'ordinateur et je l'ai rapproché de moi. Je l'ai allumé et j'ai attendu qu'il s'éveille. Le DVD a surgi du lecteur et je l'ai repoussé à l'intérieur, puis j'ai patienté le temps qu'il apparaisse à l'écran. Distraitement, poussée par une curiosité mitigée plus que par autre chose, j'ai commencé à faire défiler le film, tâchant de retrouver de mémoire l'endroit où Harry s'était arrêté, quelle partie de cet enregistrement l'avait tant fasciné. J'ai joué avec la vidéo pendant quelques minutes en me répétant que j'étais folle, que je n'allais pas mieux que lui. Et pourtant, mon regard était irrésistiblement attiré par l'écran.

J'ignore combien de temps je suis restée assise ainsi. Assez longtemps pour me retrouver frigorifiée. Assez longtemps pour décharger entièrement la batterie. Je me suis levée et j'ai allumé le chauffage. Je me suis préparé un thé. J'ai regardé les plats empilés à côté de l'évier et je me suis dit qu'il allait falloir que je m'y mette. Mais au lieu de ça, j'ai trouvé le cordon d'alimentation de l'ordi, je l'ai branché et j'ai continué de regarder.

Je ne sais pas pourquoi j'ai fait ça. Un besoin de comprendre, je suppose. Besoin de me relier à Harry, de lui trouver des raisons, de justifier son comportement. Je me raccrochais peut-être à des fétus de paille. C'était une pitoyable tentative pour me prouver à moi-même qu'il n'était pas fou, qu'il pouvait y avoir une explication simple à tout cela. Mais, au fond de mon cœur, je savais que je me mentais à moi-même.

La vidéo était longue et d'un ennui mortel. J'ai avancé par à-coups, alternant entre l'accéléré et la touche « pause ». Je me demandais quelle quantité de film Harry avait visionnée... Tout ? Une image s'est formée dans ma tête : lui, recroquevillé dans l'espace en béton froid de son atelier, les yeux de plus en plus rouges et plissés de fatigue à force de scruter ce film, surveillant la porte au cas où je passerais à l'improviste, cherchant furtivement l'enfant inconnu qui avait entraîné si loin son imagination. L'idée m'a suffisamment déprimée pour me donner envie de tout arrêter.

Mais juste avant d'abandonner, j'ai trouvé l'image. Un garçon de 8 ou 9 ans, marchant main dans la main avec une femme, probablement sa mère, puis tous deux s'arrêtant pour monter en voiture. L'image était granuleuse et quand je l'ai figée pour observer l'enfant de près, j'ai été incapable de voir une vraie ressemblance dans ces taches imprécises. C'était un visage anonyme. Ça aurait pu être n'importe qui.

Je me suis rassise en arrière et j'ai croisé les bras. J'ai fermé les paupières et appuyé mes doigts dessus. Il faisait plus chaud maintenant dans la maison, et j'ai eu envie de monter me reposer.

Mais lorsque j'ai rouvert les yeux et revu l'image arrêtée, une idée m'est venue. Une éventualité que je n'avais jamais envisagée jusque-là. Je me suis penchée en avant. J'ai observé le garçon. J'ai observé la femme. Une question me trottait dans la tête, une possibilité tellement lointaine... Mon estomac s'est serré et j'ai bondi sur mes pieds.

J'ai couru à la cuisine. Mon cœur tambourinait à présent, mes oreilles bourdonnaient, mon sang sifflait dans mes oreilles. Le numéro était enregistré dans mon téléphone : je l'ai sorti de mon sac et j'ai fait défiler les contacts jusqu'à ce que je le trouve. Les mains tremblantes, j'ai appelé et attendu une réponse.

— Allô ?

— C'est moi. C'est Robin.

Un silence. Une hésitation.

— Robin. Est-ce que ça va ?

— Désolée de t'appeler comme ça... sans prévenir. Mais...

— Qu'est-ce qu'il y a ?

— Je suis... Écoute, je veux te demander quelque chose.

— Oui ?

— Quand on s'est vus l'autre jour, tu m'as dit que

tu étais en Irlande depuis un moment. Combien de temps ?

De nouveau, cette hésitation.

— Quelques semaines, m'a-t-il répondu lentement. On est arrivés juste avant Halloween...

— Tu te souviens de la manif ? Le défilé contre l'austérité budgétaire ? C'était fin novembre.

— Bien sûr. Je m'en souviens, oui.

— Tu n'étais pas à cette manif, par hasard ?

La sueur perlait sur ma lèvre, et j'en ai goûté le sel en attendant sa réponse.

— Non.

J'ai fermé les yeux. Soufflé.

— Je veux dire, je ne suis pas allé défiler, a-t-il clarifié. Mais j'étais en ville ce jour-là. Eva était allée voir sa mère à l'hôpital. Je suis allé la chercher.

Ma poitrine s'est resserrée.

— Oh, non.

— Quoi ? Qu'est-ce qu'il y a ?

— C'est Harry. Harry était là. Il l'a vue. Il l'a vue avec un petit garçon.

Je l'ai entendu prendre une inspiration brusque.

— Merde.

— L'âge de l'enfant, la ressemblance... Il a tiré des conclusions trop rapides. Il faut que je te voie. Dis-moi où tu es.

— Robin, attends...

— Ça ne peut pas attendre. Il faut que je te voie avant que ce soit Harry qui te retrouve. Je t'en prie, dis-moi où tu es.

15

Harry

Une ampoule extérieure a projeté l'ombre du type sur le gravier devant moi. J'ai entendu un briquet s'ouvrir et s'allumer. Puis le léger grésillement d'une cigarette sur laquelle on tirait.

Accroupi contre le flanc de la voiture, je suis demeuré aussi immobile que possible et une douleur aiguë a commencé à me lancer dans la cuisse. J'ai baissé une main pour tâter la déchirure de mon jean et senti une plaie ouverte. Ma main est remontée humide de sang. Ça avait dû se produire quand j'avais sauté de la clôture. Les traits crispés, j'ai tâché de ne pas toucher le sol avec ma blessure. Rester immobile me demandait un effort épuisant ; toutes les fibres de mon corps se tendaient vers cet homme, cet inconnu, qui soufflait un panache de fumée solitaire dans le ciel nocturne. Quelqu'un a dû l'appeler depuis les entrailles de la maison, car il s'est retourné et a répondu :

— Je sors juste chercher les feux d'artifice dans la voiture.

Merde, ai-je songé, pris de panique en entendant la portière s'entrouvrir. Pas le temps de réfléchir : je me suis jeté dans la neige et j'ai roulé sous le véhicule.

J'ai retenu mon souffle. Les yeux fixés sur le châssis au-dessus de moi, j'ai tendu l'oreille. Je connaissais cette voix : ce ton plein d'assurance, ce curieux accent provenant de différentes origines, mêlées. Je l'avais déjà entendue, oui, mais je n'arrivais pas à la situer. J'ai pensé à Cozimo et à ce qu'il m'avait dit. *Très improbable. Mais pas impossible.* D'une certaine manière, c'étaient ses mots qui m'avaient porté jusqu'ici.

Une femme est apparue sur le seuil. Je ne distinguais que sa silhouette. Elle ressemblait à l'inconnue d'O'Connell Street.

— Tu trouves, Dave ?

— Ça y est. Ça gèle, dehors. Rentre !

La voix de l'homme, encore ; je la connaissais. Mais d'où ?

Un grincement d'amortisseurs au-dessus de moi, puis ses pas sur le gravier à côté. Des chaussures de marche marron. J'ai soufflé en silence, puis retenu ma respiration, comme si je me trouvais sous l'eau. Je tâchais de ne pas bouger un muscle.

La lumière du porche se projetait jusqu'à la voiture, mais en dessous je demeurais dans l'ombre. J'ai poussé encore un soupir muet, puis inhalé une odeur humide de rouille et d'huile.

— Tu es prête ? a-t-il demandé.

— Une seconde.

Elle a disparu dans la maison et la panique est montée en moi tandis que l'homme attendait, appuyé contre la voiture, les pieds croisés, tranquille.

Un haut-le-cœur m'a saisi. Qu'allais-je faire quand il démarrerait ? J'ai rouvert les yeux pour voir si je pouvais m'accrocher à quelque chose sous le châssis. Il n'y avait rien. Le pot d'échappement était vieux et tout rouillé. Je n'avais plus qu'à rester allongé là en priant pour que ce connard ne me roule pas dessus.

J'ignorais ce que j'allais faire. Peut-être valait-il mieux sortir les affronter tout de suite ? Mais je n'avais élaboré aucun plan. Avant de faire quoi que ce soit, je voulais voir Dillon. Je ne savais pas si j'allais l'emmener, lui parler ou quoi. Il fallait que je réfléchisse, mais le temps me manquait. Cet homme, Dave, qui était-ce ? J'avais connu des Dave, et, à un moment donné, j'avais connu cette voix, mais non, je ne pouvais être sûr de rien. Il s'est assis dans le siège conducteur et a tourné la clé dans le contact. J'ai fermé les yeux et je me suis raidi.

Mais là, alors que le moteur grondait au-dessus de moi, j'ai senti le châssis remonter et vu les pieds de l'homme se poser au sol. Je les ai regardés s'éloigner dans la neige pour regagner la maison. Je n'ai pas regardé longtemps. Aussitôt que les pieds sont sortis de mon champ de vision, j'ai filé me cacher parmi les sapins qui longeaient l'allée.

Recroquevillé sous les épais branchages, j'ai poussé un soupir de soulagement. Toujours aucun signe de Dillon, mais au moins je n'avais pas été repéré. J'ai attendu que ma respiration s'apaise, m'efforçant de reprendre possession de mes moyens. Mes pensées virevoltaient en tous sens. J'ai plongé la main dans ma poche. Heureusement que j'avais pensé à prendre la flasque. Poche de gauche : whisky. Poche de droite : flingue.

Le silence a subitement volé en éclats : mon téléphone qui sonnait. Ce foutu machin a failli me donner une crise cardiaque. Tout en le faisant taire, j'ai vu qui appelait : Spencer. Merde ! D'une manière ou d'une autre, mon ami semblait décidé à me faire tuer. J'ai coulé un regard entre les branches, mais ni l'homme ni la femme n'étaient visibles. Puis un SMS a illuminé mon écran : « Pas de bêtises, surtout. »

Il était bien placé pour dire ça, lui. Mais cette pensée est morte aussi sec lorsque j'ai vu la porte se rouvrir. L'homme est sorti sur le seuil pour fumer une autre cigarette. Il avait une capuche remontée sur la tête qui m'empêchait de distinguer ses traits. Ses épaules semblaient carrées sous sa veste et son corps tendu : on aurait dit un boxeur. Il a terminé sa clope, jeté le mégot, rejoint la voiture, dont le moteur tournait toujours, et s'est installé sur le siège conducteur. La femme, de son côté, a fermé la maison à clé, descendu à la hâte les marches du perron et est allée ouvrir le portail du jardin. Toujours pas de traces du petit garçon. J'ignorais si je devais être soulagé ou broyé par le chagrin.

J'ai attendu que les feux arrière aient disparu au bout de l'allée obscure. Puis encore deux minutes, pour m'assurer qu'ils ne revenaient pas. Au début, quand j'ai voulu bouger, il ne s'est rien passé. J'ai cru que quelque chose m'avait paralysé. J'ai fait une nouvelle tentative et cette fois j'ai réussi à sortir en rampant des taillis. J'étais raide et perclus de douleurs. Je me suis levé prudemment. Le froid s'était infiltré dans mes os. J'ai fait un pas, un autre. Peu à peu, les sensations sont revenues dans mes jambes. J'ai alors rejoint la maison. Toutes les lumières étaient éteintes. J'étais drapé dans cette épaisse étoffe de nuit noire que l'on ne trouve qu'au fin fond de la campagne. Il n'y avait aucun bruit de télévision, pas une voix.

J'ai fait le tour de la maison. C'était un petit cottage couvert de vigne vierge, avec peut-être deux ou trois chambres. J'ai essayé de scruter l'intérieur par les fenêtres, mais tous les rideaux étaient tirés. Je n'ai rien vu d'autre que le contour de mon visage effrayé, pâle et baigné de clair de lune.

Mes semelles crissaient sur le gravier. Guidé par l'allée, je me suis retrouvé à mon point de départ, devant la maison. J'ai envisagé d'entrer, de fouiner à pas de loup dans la vie d'un autre. Je suis reparti vers la porte de derrière, j'ai tourné la poignée et la porte s'est ouverte en grinçant. Pendant un instant, je suis resté parfaitement immobile. Il n'y avait aucun mouvement dans la maison. J'ai pénétré à l'intérieur, cherché à tâtons un interrupteur et allumé. Rien d'inhabituel dans la cuisine – si ce n'est qu'apparemment un couple était parti précipitamment, en plein dîner. Des assiettes encore à moitié pleines étaient posées sur la table en bois. Une bouteille de vin était débouchée. Les chaises, éloignées de la table.

Dans une pièce attenante à la cuisine, un certain nombre de toiles étaient appuyées contre le mur. Les premières que j'ai inspectées étaient abstraites, colorées, criardes. Je les ai rapidement passées en revue : on aurait dit un catalogue des modes et des passades de la peinture contemporaine. Il n'y avait là rien de réel ni d'original... du moins jusqu'à ce que je tombe sur une grande toile. Mon souffle s'est accéléré quand je l'ai vue, parce que le truc, voyez-vous, c'est que j'en étais l'auteur.

Je me souvenais de ce tableau comme si je l'avais peint la veille, tout en teintes fraîches et coulantes, à grands traits stridents et fermes emplis de la lumière vibrante, battante, de Tanger. Mais plus important que le contexte, il y avait le sujet : c'était le premier portrait que j'avais peint de Dillon. Il ne devait pas avoir plus de 6 mois à l'époque. Je n'avais aucun souvenir de l'avoir vendu, ni de m'en être séparé, et pendant que je réfléchissais à la manière dont il avait pu arriver là, dans ce lieu hautement inattendu, quelque chose s'est déplacé dans ma poitrine, le mouvement de ma compréhension : soudain, j'ai su qui était Dave.

Nous ne l'avions jamais connu par son prénom – à supposer que le nom qu'il nous donnait à l'époque ait bien été le sien. Mais les intonations graves, les inflexions pleines d'autosatisfaction... tout cela pointait vers la même personne. J'ai su alors qu'il s'agissait de Garrick, l'Américain à Tanger, l'homme providentiel capable de trouver un arbre de Noël en plein désert, le poète, le peintre, le dilettante, qui désormais vivait en Irlande, avec cette femme et Dillon. J'ai senti une grande faiblesse m'envahir. Mon estomac s'est soulevé. J'étais las, usé, vidé de toute énergie. La photo vue chez Cozimo m'est revenue en tête : moi, Robin, Cozimo, Simo, Garrick et Raul. Cozimo me disant : « Il y a des choses que je savais, que j'aurais peut-être dû te dire. »

J'ai déambulé dans la maison pendant qu'une sorte de terreur montait en moi. J'ai longé tout le couloir, entrant dans une pièce, puis dans une autre. J'étais un visiteur inconscient – un intrus, en réalité, un homme tremblant à la recherche de son fils. Et après toutes ces années passées à errer d'une impasse à la suivante, à me déplacer dans des ruelles obscures, des allées et des chemins, entre larmes, faux-fuyants, disputes amères, rendez-vous à l'hôpital et repas de Noël, voilà où j'en étais : je me retrouvais là, perdu en pleine nuit dans la maison d'un inconnu.

Cette maison ne ressemblait pas à Garrick ; elle n'avait rien de son style. Et puis, d'abord : que faisait-il en Irlande ?

La dernière chambre dans laquelle je suis entrée, au bout du couloir, était celle de Dillon. Je le savais, c'est tout. C'était une petite pièce rectangulaire. Pas d'autre meuble qu'un petit lit et une chaise dans un coin. Quelques livres qui traînaient à côté du lit. Par terre, une caisse de jouets renversée et, sur la chaise, des vêtements jetés en désordre. Un étrange frisson m'a parcouru tout le corps. J'étais noyé de fatigue.

J'ai grimpé dans le lit et je me suis couvert de la couette Spiderman.

La chambre baignait dans un clair de lune irréel. J'ai sorti le flingue de ma poche et glissé son acier glacé sous ma chemise, sur mon torse. Comme il était froid, et combien réconfortant ! Plus réconfortant que je ne l'aurais imaginé. Je sentais son poids s'enfoncer dans ma peau. Je le sentais s'imprimer, se tatouer dans mon être. Il était lourd, et à mesure que ma poitrine se soulevait et retombait, il me semblait presque devenir une partie de moi.

Je me suis senti partir à la dérive. J'ai bu une longue lampée de whisky, je l'ai laissée courir dans mes veines. Elle ne m'a pas donné l'énergie que je désirais. Au contraire, elle m'a envoyé dans l'autre direction. Elle m'a endormi, tandis que la lourde pierre du flingue pesait sur mon cœur. Avant de sombrer, j'ai voulu passer un dernier appel à Cozimo. Était-il mon dernier ami ? Mon ultime ami au monde ? Il me manquait tant... Le téléphone m'a paru sonner plus lentement qu'il n'aurait dû. Ceci n'était pas la réalité, apparemment. C'était autre chose.

C'est une femme qui a décroché.

— Oui ?

— Cozimo ?

— Qui est à l'appareil ?

— C'est Harry, je voudrais parler à Coz.

— Il n'est pas là.

— Quand reviendra-t-il ?

— Il...

— Qui est-ce ? Maya ?

— Oui.

— Je veux parler à mon ami.

Mais j'ai su avant même qu'elle ne l'ait dit. Je l'ai su au silence sur la ligne – un court silence, rempli par le sifflement de mon sang dans mes oreilles.

— Harry, je suis désolée. Cozimo nous a quittés.

Je n'ai pas pu parler, poussé tout au bord de quelque chose de sombre et de brûlant.

— Il s'est éteint tout à l'heure.

Je ne sais plus bien ce qu'elle a dit d'autre ni ce que j'ai dit, moi. Les ténèbres se sont épaissies. Mon esprit s'effaçait ou s'effritait en morceaux, telle une météorite pénétrant dans l'atmosphère. Ou autre chose, je ne sais pas. Tout se délitait, arrivait au bout. Cozimo parti, je sentais les derniers restes de mon bonheur à Tanger se tarir goutte après goutte. Jamais je n'avais été plus éloigné de ce que je prenais pour ma vie. *Cozimo, mon cher ami, comment peux-tu me faire faux bond maintenant ?*

Dehors, les étoiles brillaient fort, bien plus fort qu'en ville. Le silence de la nuit avait une épaisseur particulière. Je pouvais le toucher. Je pouvais m'y enfoncer. Mes bras et mes jambes étaient des poids morts et ils m'entraînaient doucement vers les profondeurs, peu à peu, comme de lourdes ancres vers le fond d'un océan rêvé.

Mais c'était étrange. Je savais que mon fils était là. Vraiment ? Après tout, je ne l'avais pas vu. J'ignorais totalement quoi faire. Je pouvais toujours prétendre que je ne m'étais pas attendu à cet instant, ce moment, ce jour, mais il y avait quelque chose en moi, depuis toujours, depuis avant même ma rencontre avec Robin, ma bien-aimée Robin, quelque chose d'antérieur qui suggérait : *Oui, il est bien là, en vie, il m'attend, prêt pour moi, toujours.*

J'ai enfoncé ma tête dans l'oreiller et inhalé. J'ai rêvé de Garrick peignant mon portrait. *Ne bouge pas*, me dit-il. *Ne bouge pas. Et maintenant, reste comme ça.* Je suis pris au piège de son regard fixe, pris au piège, tenu là, suspendu, paralysé telle une bête sauvage dans une cage – et puis je suis une panthère faisant les cent pas. *Ne bouge pas*, m'avertit-il. À un moment, il lève le pinceau en l'air. L'instant suivant, il braque un pistolet sur moi. Va-t-il faire feu ? Et puis soudain, c'est Spencer qui me tient en joue, qui me peint, et tout aussi vite c'est Dillon, flamboyant. Il a une voix grave et sérieuse. Pas sa voix à lui ; c'est la voix d'un homme âgé et contrarié. C'est la voix de Jim. Puis voilà Cozimo qui tend ses deux mains vers moi et me lance : *Quel plaisir de te voir.* Le rêve tournoie et gronde et m'entraîne plus profondément dans les grottes de mon esprit, sombres et pleines de questions, ou dans quelque autre endroit que je ne peux même pas nommer.

Je refais surface, toujours endormi, en un autre lieu, à une autre époque. Tanger, bien sûr. Notre ancienne chambre. La brise soulève les rideaux. Le ciel est d'un bleu doré. Les immeubles sont lépreux et écaillés, croulants. Le soleil m'adore, ici, mais l'après-midi n'est pas fait pour la marche. L'après-midi, à Tanger, c'est peut-être l'heure de se mettre au lit. Avec Robin. Robin, mon amour. De nouveau dans mes bras. Alors. Quand nous faisions l'amour, je fermais les yeux.

Ouvre-les, me disait-elle. Courageuse, impérieuse Robin. *Regarde-moi dans les yeux. Ouvre-les*. Et je le faisais et je me perdais, là. Dans l'ovale profond et gris de ses iris mystérieux. Et nous nous mouvions comme ceci, comme cela, chacun suivant les gestes de l'autre, sachant où et comment, comme soumis à des ordres, mais c'était intuitif, c'était naturel, puis je m'enfonçais plus loin en elle et elle me fixait du regard et me mordait et se tordait, et nous bougions ainsi, comme si nous connaissions tous les gestes existants, et toujours elle me fixait de son regard, mais je ne pouvais le soutenir, et avant la fin de notre étreinte je refermais les yeux et je voyageais, dans une autre galaxie, me semblait-il, je traversais l'espace et le temps, et Robin me serrait plus fort, puis me libérait et poussait le soupir qui exprimait du plaisir mais aussi de la déception, parce que je n'avais pas réussi à garder les yeux ouverts. Alors elle m'entourait de ses bras et elle me grondait. *Tu ne les as pas gardés ouverts*, me disait-elle en reprenant son souffle, riant, inhalant le monde entier. C'était ce que je ressentais à l'époque, à l'exception de cette fois unique, la nuit où nous avons conçu Dillon.

Dehors, la pluie tombait. Je me rappelle la fraîcheur qu'elle apportait avec elle, une fraîcheur passagère. Cette nuit-là, j'ai su que nous avions fait quelque chose, créé quelque chose, quelqu'un. Il me semble qu'à cette époque-là, nous avions tout le temps au monde pour faire l'amour. Et après Dillon, en Irlande, cela s'est envolé, toute cette sensualité, toute cette passion. Mon rêve, évitant l'air terne de Dublin, creusait un tunnel directement jusqu'à son cœur à Tanger, les journées chaudes et lourdes pendant lesquelles nos bouches se cherchaient, et nos langues étaient insatiables. Une intimité si forte qu'elle nous nourrissait. Et l'après-midi, sortant paresseusement du lit, nous buvions du thé à la menthe et, plus tard le soir, nous sortions de la ville pour rejoindre les endroits où les routes étaient bordées d'arbres et de tournesols.

Quand je me suis réveillé, je ne savais plus où j'étais. Ma bouche était desséchée. J'ai tendu la main pour prendre un verre d'eau, mais ce que j'ai remarqué, c'est que le flingue avait glissé de mon torse. Je ne savais pas où il était passé. En outre, j'avais dû transpirer ; mes vêtements étaient raidis et je frissonnais. Et le plus étonnant de tout est que quand je me suis frotté les paupières pour en chasser le sommeil, j'ai trouvé Garrick debout au-dessus de moi.

16

Robin

J'ai conduit pied au plancher, étourdiment, impru-
demment, le corps entier tendu, tous mes muscles et
ligaments noués de terreur. Déjà, je savais qu'il était
trop tard ; quelque part dans l'immobilité neigeuse des
monts Wicklow, Harry était arrivé avant moi, s'était
aventuré dans un lieu inconnu, avait ouvert ma boîte
de Pandore, celle qui contenait mon passé. J'ai alors
entrevu, dans un éclair, son visage, pâle et ombré, sa
voix rauque, vidée de sa substance, abasourdie. *Pitié*,
ai-je pensé, *faites que tout se termine bien. Faites qu'il
ne soit pas trop tard.* Mais d'une certaine manière,
je savais que j'étais déjà passée de l'autre côté. Car
j'allais devoir lui dire.

J'ai réfléchi à la manière de lui présenter l'affaire,
de lui faire comprendre en douceur. J'aurais voulu lui
expliquer que je m'en souvenais comme d'une succession d'instants, une séquence d'événements sans lien
entre eux. Le temps que nous avions passé ensemble
avait été si bref. Et pourtant, les choses grandissent
dans la mémoire, n'est-ce pas ? De petites choses
prennent de l'ampleur, endossent une signification
nouvelle. Il y avait une telle intensité dans tout cela.

J'aurais voulu lui dire à quel point je trouvais difficile, tant d'années après, de mettre le doigt sur le moment précis où cela avait commencé. Il avait dû y avoir un instant décisif chez moi, j'en étais consciente. Je n'étais pas tombée là-dedans sans m'en rendre compte – cela n'arrive pas, malgré les protestations d'innocence que l'on est tenté d'émettre dans ce genre de cas. On choisit. À un moment donné, on a le choix et on décide. Tout cela, j'avais envie de le lui dire.

En sortant de Dublin, j'ai vu étinceler le rocher déchiqueté du Sugarloaf, si blanc dans ce froid matin neigeux. J'ai commencé à imaginer comment j'allais tout expliquer à Harry et, d'un seul coup, j'ai été transportée à une autre époque, en un autre lieu, quand j'étais quelqu'un d'autre, quand tout a commencé.

Tu ne vas pas aimer entendre ceci, Harry. Mais je te connais. Tu vas réclamer des détails, prétendant bravement que tu veux savoir, que tu en as besoin. Seulement je me demande, au fond, si c'est vrai. Peux-tu supporter la douleur tranchante d'une telle intimité ? Est-il humainement possible de la supporter ? Tu m'as dit un jour que la vérité se cachait dans les détails. Nous parlions d'art – une conversation sans danger. Ceci est bien plus profond. Dans la vraie vie, les détails peuvent vous faucher net, vous blesser sans espoir de guérison.

Un grésillement sur la ligne. Des interférences, comme un roulement de tonnerre.

— Ce soir, a-t-il dit. Viendras-tu ?

J'ai enroulé le fil autour de mon index. Regardé autour de moi, mais le bar était désert. Il n'y avait aucune oreille indiscrète.

— Où ?

— Les jardins de la Mendoubia. Sous l'arche. Après l'appel à la prière.

J'ai retenu mon souffle. Une goutte de sueur a roulé sur ma poitrine. Je l'ai sentie descendre le long de mon plexus solaire.

— Alors, tu y seras ?

— J'y serai.

La journée entière avait été immobile et sèche. À présent, une brise fraîche soufflait de la mer. Une ligne de nuages roses flottait au-dessus de l'horizon. Je me suis hâtée dans les rues animées de la médina, écoutant les bruits qui descendaient des fenêtres ouvertes : des éclats de voix, une cacophonie de casseroles et de marmites. Des odeurs de cuisine me parvenaient, poisson et épices. Non loin, le muezzin était monté en haut du minaret et j'ai entendu l'appel à la prière résonner au-dessus des toits.

Je suis arrivée au grand souk et j'ai continué vers les jardins. Comme j'y étais avant lui, je me suis installée près de l'arche, m'efforçant de prendre un air dégagé et innocent. Un petit groupe d'adolescents traînait non loin de moi, chuchotant, pouffant de rire et lançant des regards dans ma direction. J'ai remonté mon foulard sur ma tête et tâché de les ignorer. Le sang bourdonnait dans mes tympans.

Je me suis éloignée de l'arche pour aller m'asseoir sur un banc, parmi les figuiers et les dragonniers, et je l'ai guetté avec une anxiété croissante. Il est arrivé juste au moment où j'allais repartir. Je l'ai vu entrer dans les jardins, scruter les ombrages en me cherchant des yeux. Il avait les mains dans les poches. Sa démarche était nonchalante, avec quelque chose d'ondoyant. Son expression n'a pas changé lorsqu'il m'a aperçue et il est venu s'asseoir à côté de moi.

Nous n'avons pas parlé. Nous sommes restés assis côte à côte et avons contemplé les allées et venues sous l'arche. Il me semblait que l'un de nous aurait dû dire quelque chose, mais j'avais peur de parler, peur que ma voix sorte sous la forme d'un couinement nerveux. Sans un mot, il m'a proposé une cigarette et je me suis penchée vers son briquet en plaçant ma main en coupe autour de la sienne. Le contact fut bref et électrisant. Nous nous sommes écartés l'un de l'autre. Les ombres projetées au sol se sont allongées à mesure que le soleil descendait derrière les immeubles. Mon cœur battait à tout rompre ; prendre un air détendu me demandait un effort énorme. J'avais une conscience suraiguë de son souffle à côté de moi. Lorsqu'il m'a pris la main, cela m'a fait un tel choc que j'ai failli me dégager. Sa main était grande et fraîche. Elle tenait la mienne sans la serrer, comme négligemment. Puis une pression, et il s'est penché vers moi, son visage si proche du mien que j'ai senti son souffle sur ma joue et dans mon cou.

— Partons d'ici, m'a-t-il dit.

Il m'a entraînée dans des rues que je ne connaissais pas. Nous passions devant des inconnus qui nous remarquaient à peine. J'avais les joues en feu. J'étais terrifiée à l'idée de croiser quelqu'un qui me connaissait, qui te connaissait. Il m'a tenue par la main pendant tout ce temps. Ses foulées étant plus longues que les miennes, je devais presser le pas pour rester à sa hauteur. Une seule fois, il s'est tourné pour me regarder et j'ai réussi à lui offrir le plus bref des sourires.

À ce moment-là, j'avais encore le choix. Je ne

m'étais pas égarée assez loin pour ne pas revenir. La plus grande de mes fautes n'était encore qu'une erreur de jugement, une faiblesse passagère. Mon infidélité n'allait pas plus loin qu'une promenade main dans la main. Mon esprit volait en avant, tourbillonnant sans relâche dans le futur proche, dans les heures à venir. Je me laissais mener dans cette direction, sans me poser de questions ; je m'abandonnais à mon désir et au sien. Je n'avais rien d'une innocente. Je n'étais pas naïve. Je savais très bien ce qui allait suivre. Lorsqu'il m'a entraînée dans l'escalier puis dans l'espace obscur de son appartement, j'étais essoufflée d'impatience. Quand il a refermé la porte derrière lui et m'a prise avec rudesse, m'a plaquée contre le mur, et que j'ai senti tout son corps se presser avidement contre le mien, j'ai su que chacun des mots prononcés, chacun des regards échangés entre nous depuis notre première rencontre, n'avaient mené, inévitablement, inexorablement, qu'à cela.

La lumière était allumée à l'heure où je suis rentrée. Je l'ai vue en atteignant l'immeuble puis en montant les dernières marches. Je me suis arrêtée à la porte, inspirant une fois, puis une autre, tâchant de me calmer. Mes mains sont montées toutes seules vers mes cheveux que j'ai lissés et étalés sur mes épaules. J'ai touché mon cou, à l'endroit où mon pouls battait, où il avait collé sa bouche. Je l'ai touché comme si mes doigts pouvaient suivre le contour d'un baiser, doux et sauvage.

J'ai poussé la porte. La lumière était trop vive ; elle me faisait mal aux yeux et je l'ai éteinte. Personne dans la pièce. J'ai posé mon sac et gagné la chambre. Tu étais dans le cirage, Harry, étalé en travers du lit, sur les draps. Je n'ai pas essayé de te déplacer. Quand je me suis mise au lit, tu n'as pas bougé du tout. Ton haleine sentait le whisky. Je t'ai regardé dans la pénombre. Ton visage, d'habitude si animé, était en paix.

Oui, je culpabilisais. Les remords s'attardaient en moi, mais cela n'a pas suffi. Je me suis retournée de mon côté pour m'arracher à ta contemplation. Je crois que j'ai dormi.

La fois suivante, je me suis rendue tout droit chez lui, où il m'attendait. Dès que nous sommes montés et que la porte s'est refermée, il m'a agrippé le bras et m'a fait pivoter, son visage sur le mien, affamé, avide. Il m'a retiré mon tee-shirt, puis a remonté ma jupe sur mes cuisses tout en me poussant sur le lit. Nous n'avons pas échangé une parole. Son désir était impatient, presque agressif, frisant la violence. Il a enroulé une mèche de mes cheveux autour de sa main et tiré ma tête en arrière, de manière que ma gorge soit tendue et offerte à lui, et il y a enfoncé les dents. Cela a laissé une marque que j'ai dû dissimuler plus tard.

Le soleil avait avancé dans sa course, plongeant la pièce dans la pénombre. Au loin, on entendait la circulation, la plainte virulente d'un scooter. Mais dans cette petite chambre brûlante, avec ses murs nus et ses draps froissés, le silence régnait. Mon souffle et le sien, entremêlés, laborieux, étranglés. Il a levé une main pour couvrir ma bouche.

En public, je ne le regardais pas. Je refusais de croiser son regard. Je riais aux blagues des autres, souriais à celui qui parlait. Je me lançais dans la conversation avec un empressement fébrile. J'entendais mon propre rire et il sonnait faux. Le fantôme de sa bouche était sur mon sein, un filet de sueur dans mon dos. Ma conscience était un anneau de fer qui se resserrait autour de mon crâne.

Je me suis désintéressée de la peinture. Les toiles vierges me renvoyaient leur regard accusateur. Les pinceaux me semblaient déplacés dans ma main. Les heures passaient comme des bêtes lentes. J'étais maussade et impatiente. Je ne voyais rien clairement ; tout était brumeux, brouillé. Ma confiance en moi-même me quittait.

J'ai laissé tomber un bocal d'olives. Le verre s'est fracassé en mille morceaux sur le carrelage, les fruits ont filé dans tous les coins, comme des billes, roulant et rebondissant.

— Mais qu'est-ce que tu as ? m'as-tu demandé.

— Rien.

— Tu n'es plus toi-même, en ce moment.

— Je ne vois pas ce que tu veux dire.

— Tu es distraite. Et maladroite.

Tes yeux passaient sur les saletés par terre.

— Est-ce que ça va ?

Ta main dans mon dos était pleine de sollicitude, inquiète.

— Je vais bien, Harry, ai-je dit.

Et je me suis éloignée.

Je me suis baissée pour te cacher mon visage et je me suis mise à genoux pour ramasser.

Une chambre qui s'assombrit, un silence qui s'abat. Je me reposais sous le lent battement du ventilateur, la tête posée sur son torse, sa main dans mes cheveux, les caressant distraitement. Un bref instant de paix avant de devoir me lever de ces draps, renfiler mes vêtements et sortir dans la nuit sèche, en le laissant derrière moi.

— J'ai envie que tu restes, a-t-il dit.

— Je sais.

— Mais tu ne vas pas rester.

— Je ne peux pas.

Son silence était buté, agacé. Son corps ne bougeait pas et pourtant je sentais les mouvements de la contrariété en lui.

C'était nouveau, ce besoin de plus en plus fort. Ce désir de s'attarder après. Je ressentais le pouvoir d'attraction. Ma résolution s'en allait, faiblissait. J'avais la sensation de tomber en morceaux, de me désassembler. C'était lui qui m'avait amenée à cela.

— Tu pourrais le quitter, a-t-il dit.

Ces mots sont restés suspendus au-dessus de nous, battant dans la chaleur sèche de la chambre.

Combien de temps cela a-t-il continué ? Deux, trois mois ? Dix semaines ? Pas longtemps. Peu de temps par rapport au grand tableau général, par rapport à toute une vie adulte. D'où vient que nous mesurions nos histoires d'amour en termes de durée ? Un mariage qui tient pendant quarante ans est considéré comme une réussite. Mais certaines choses qui sont brèves peuvent se révéler plus significatives et, sous certains aspects, plus pérennes que celles qui s'étirent sur toute une existence.

Un soir chez nous. Cozimo était venu dîner. Toi et lui étiez en train de parler d'un projet de voyage à Séville pendant que je préparais le repas. Un plat d'agneau, des boulettes, mes doigts couverts de farine.

Ces derniers temps, je concentrais mes efforts domestiques sur la cuisine. Un besoin de te nourrir, de t'étayer, te fortifier en prévision de ce qui risquait de se briser entre nous. Encore une fois, la culpabilité... elle peut prendre des formes étranges.

J'entendais vos voix ; j'écoutais la conversation d'une oreille, mon attention passant d'une pièce à l'autre, jusqu'à ce qu'un nom éveille mon intérêt.

— C'est Garrick qui me l'a offert, a dit Cozimo.

Tu as sifflé, admiratif.

— Jameson 1780, as-tu marmonné. Pas mal. Pas mal du tout.

— Si tu le dis. Je n'ai jamais vraiment aimé le whisky. Mais d'un autre côté, je n'ai jamais été du genre à chipoter quand on me fait un cadeau, alors...

Sa voix basse, un petit rire sec.

— Et c'est en quel honneur, ce cadeau ?

— Il triait ses affaires. Il se débarrassait de ce qu'il ne voulait pas emporter.

J'ai cessé ce que j'étais en train de faire. Je me tenais parfaitement immobile, tendue de tout mon être vers cette conversation.

— Il est parti ?

— Oui. À ce qu'on m'a dit, il a pris le bateau d'hier soir.

— Et tu sais où ?

— Ça, il ne l'a pas précisé. Chez lui, peut-être.

— Va savoir où c'est.

— En effet.

— Tu crois qu'il reviendra ?

J'ai attendu la réponse avec une impatience douloureuse, mais il n'y en a pas eu. Pas verbale, en tout cas. Un hochement de tête, peut-être, ou un haussement d'épaules.

— Eh bien, c'est tout lui, pas vrai ? as-tu dit avec une touche de malveillance. L'homme-mystère. Disparaître comme ça sans laisser de traces.

— Oui.

— À ton avis, c'est quoi, l'histoire, Cozimo, hmm ?

— Je ne saurais dire. Mais je crois... Je ne sais pas.

— Quoi ?

— Je pense qu'il y a une femme là-dessous.

— Ah bon ?

Tu t'es redressé, soudain intéressé.

Dans la cuisine, mes jambes se sont mises à trembler.

— Qui ? Quelqu'un d'ici ?

— Non. Enfin, je ne doute pas qu'il ait eu de petites histoires ici. Qui n'en a pas ? Non, je veux parler de chez lui, où que ce soit. J'ai toujours eu l'impression que quelqu'un l'attendait quelque part.

Un bruit m'a échappé. Un cri de souffrance, de trahison. C'était involontaire et j'ai plaqué ma main sur ma bouche pour l'étouffer.

— Je vais chercher des verres, a dit Cozimo.

Je me suis détournée quand il est passé derrière moi. Je me suis activée à trancher des oignons pour lui cacher ma détresse, mes mains tremblantes.

Il a farfouillé dans un placard, cherchant les verres. J'étais incapable de le regarder. J'avais mal au ventre. J'avais envie de me plier en deux et de hurler. J'ai entendu le tintement des verres sur le comptoir, une bouteille qu'on débouchait. Sa main s'est posée sur mon épaule.

— Un apéritif, ma chère ?

J'ai regardé la boisson, l'éclat de la lumière traversant le whisky couleur de miel, l'odeur sucrée et musquée dans mes narines, et une vague de nausée a jailli de mes entrailles. J'ai eu tout juste le temps d'atteindre l'évier avant de vomir.

La douleur était physique, aiguë. Une plaie béante. Les journées n'en finissaient pas. J'étais tour à tour furieuse, larmoyante, paniquée. La seule vue d'un aliment me levait le cœur. J'étais épuisée en permanence. Je me faisais porter pâle au boulot et je passais des heures sous les draps, couchée sur le ventre dans notre lit. J'étais trop fatiguée, trop lessivée pour pleurer.

Toi, tu t'inquiétais. Tu restais assis au bord du lit, la main posée sur mon front pour surveiller la fièvre.

— On devrait faire venir un toubib.

— Pour quoi faire ? répondais-je. Ce n'est qu'une grippe ou quelque chose dans le genre.

— Tu devrais manger un morceau.

— Tout à l'heure, peut-être.

— Un peu de thé avec du pain grillé, au moins.

— Je t'en prie, Harry. J'ai juste besoin de repos.

Ce que je voulais, c'était qu'on me laisse en paix dans le noir. J'étais déprimée, j'avais le cœur brisé. Aucun médecin n'y pouvait rien.

Tu as baissé les yeux vers moi, le front plissé d'inquiétude.

— Tu n'es pas enceinte, au moins ?

Aussitôt que tu l'as dit, j'ai su que c'était le cas.

— Si ? Tu l'es ? as-tu demandé en haussant les sourcils.

Je me suis redressée sur mes coudes, les yeux rivés sur l'oreiller, pour me livrer à de furieux calculs de dates.

Ta main était posée dans mon dos. Je me suis retournée pour te regarder, un sourire te montait lentement aux lèvres.

— Robin ? as-tu insisté d'une voix douce. C'est possible ?

— Je... je ne sais pas.

— Putain de merde ! t'es-tu exclamé en passant les mains dans tes cheveux.

Tu ne pouvais plus chasser ce sourire de ton visage.

— Harry...

— Tu as combien de retard ?

— Je ne sais pas au juste.

— Mais tu as du retard ?

— Oui, je crois.

À vrai dire, je n'en avais jamais eu autant.

Déjà tu t'étais levé du lit et tu ramassais ton portefeuille par terre.

— Qu'est-ce que tu fais ?

— Je vais acheter un test.

— Non, attends...

Je t'ai regardé vérifier que tu avais du liquide, puis fourrer le portefeuille dans ta poche. Tout se passait trop vite. Dans ma tête, un imbroglio de questions ; mon crâne fourmillait d'inquiétudes et d'explications possibles.

— Autant être fixés, pas vrai ?

Tu t'es penché sur moi pour m'embrasser – un long baiser insistant. J'ai senti tes lèvres, pleines et dures, contre ma bouche, ta main retenant l'arrière de ma tête, tes doigts dans mes cheveux. Quand tu t'es reculé, tu m'as regardée dans les yeux et j'ai eu un aperçu de tout l'amour et de l'espoir qui gisaient en toi. J'avais envie que tu t'en ailles vite, avant que l'amertume du remords ne m'étouffe le cœur. J'ai attendu d'entendre la porte claquer, puis j'ai renfoncé ma tête dans l'oreiller.

C'était l'amour. Un amour pur, immaculé, et d'une puissance effrayante. J'ai regardé sa petite bouille triangulaire de chat, ses doigts recourbés, les cheveux doux et soyeux sur sa tête, et je n'en suis pas revenue de ma chance. Il était la perfection incarnée. Pendant toute ma grossesse, la culpabilité ne m'avait pas lâchée, retour de bâton de mon éducation catholique. Je ne pouvais pas me pardonner ce que j'avais fait. En même temps que l'enfant grandissait en moi, ma conviction qu'il allait lui arriver quelque chose augmentait. Une maladie sous-jacente ou quelque difformité. Le châtiment pour ma terrible tromperie.

Le moment où j'aurais pu te le dire était venu et reparti. Tu es tombé amoureux de ma grossesse si rapidement, entièrement tourné vers l'enfant qui grandissait dans mes entrailles. L'idée que cet enfant puisse ne pas être de toi ne t'a jamais traversé l'esprit. Je trouvais cela insupportable, par moments, l'amour sincère que tu éprouvais pour ce bébé à naître, ta surexcitation à l'idée de devenir père. Pour un homme qui avait passé son existence à tout faire pour se libérer des entraves de la vie ordinaire, tu ne montrais aucun signe de panique devant les responsabilités qui t'attendaient. Au contraire, tu les accueillais de bon cœur. Cette perspective t'animait et t'inspirait.

Je n'ai jamais reçu de nouvelles de Garrick. Je ne comprenais pas comment il avait pu partir sans me dire au revoir. Il avait disparu telle une volute de fumée dans le vent. La peine s'est attardée, puis s'est atténuée, et en regardant mon fils nouveau-né je le voyais là, devant moi. Il n'y avait pas d'erreur possible. Sa venue n'avait fait que confirmer ce que je devinais déjà. Je ne prenais plus de précautions des mois avant que quoi que ce soit ne commence avec Garrick. Je ne faisais pas attention et pourtant rien ne s'était passé. Toutes nos étreintes – à toi et moi, Harry – n'avaient jamais produit d'enfant. Et puis le mois de ma liaison, un mois durant lequel nous nous étions à peine touchés et avions encore moins fait l'amour, pendant ces précieuses semaines où je m'étais donnée de tout cœur à mon amant, c'était là que j'avais conçu. Cela ne pouvait pas être une coïncidence. Quand j'ai regardé le visage de Dillon, j'en ai eu la certitude. Cette fossette au menton, ces grands yeux observateurs. Ses traits étaient doux, mais ils recelaient la promesse de s'affûter à l'avenir, lorsque les rondeurs de l'enfance auraient disparu. Je le voyais clairement, mais, à ma grande surprise et mon soulagement, personne d'autre ne remarquait la ressemblance. Toi moins que quiconque.

— C'est le portrait de sa mère, clamais-tu avec fierté chaque fois que quelqu'un se penchait sur le berceau.

Il avait le teint de Garrick, qui était aussi le mien. Les gens faisaient généralement remarquer qu'il me ressemblait, avec quelque chose de toi dans la bouche : une théorie que je m'empressais de confirmer. Même toi, tu disais que tu la voyais. C'est drôle, ces petits tours que peut nous jouer notre esprit.

Dillon. Il était ma consolation. Et je me disais que je n'aurais pas pu souhaiter mieux, plus parfait. Je n'aurais pas pu aimer quelqu'un davantage. Je remerciais les dieux et ma bonne étoile de m'avoir accordé cette escapade, de m'avoir laissée m'en tirer sans mal, et je me réjouissais d'avoir reçu en récompense mon magnifique enfant. Ce que j'ignorais, c'était que mon châtiment était en embuscade et qu'il me tomberait dessus au moment où je m'y attendrais le moins.

Par un tiède après-midi venté du printemps 2003, je suis arrivée à la terrasse d'un café de bord de mer et je l'ai vu là. Il était installé en compagnie de Cozimo, Elena et Blanca, affalé sur sa chaise, ses lunettes noires remontées sur le front – comme s'il n'était jamais parti. Je me suis arrêtée derrière une chaise. Mon cœur a donné un coup sourd, unique, puis je suis revenue de ma surprise.

— Tiens ! a-t-il dit en faisant mine de se lever.

— Tiens tiens. Reste assis, va.

Cozimo s'était penché, les bras grands ouverts, en direction de Dillon, qui a lâché ma main pour trottiner vers son oncle préféré, souriant alors que celui-ci le soulevait dans ses bras puis le reposait fermement sur ses genoux. Les autres s'extasiaient sur lui, comme toujours, une diversion bienvenue. Cela m'a donné le temps de surmonter le choc, de me ressaisir.

Il ne me quittait pas des yeux et j'ai soutenu son regard avec une nuance de défi. J'étais profondément désarçonnée, ma colère contre son départ s'embrasant soudain à nouveau, faisant remonter du passé une douleur sourde. Ses yeux ont volé vers le garçon pour revenir aussitôt sur moi.

— Alors comme ça, tu es de retour ? ai-je demandé gaiement, l'air de rien.

— Pour un petit moment.

J'ai sagement hoché la tête. Je ne trouvais rien à lui dire. Pour affaires ou pour le plaisir ? Voyages-tu seul ou accompagné ? Toute question, si innocente fût-elle, risquait de trahir une attitude demandeuse de ma part, un vieux désir. Alors je n'ai rien dit. Au lieu de cela, j'ai pris un siège à côté d'Elena. Qui s'est fait un plaisir de me raconter les dernières péripéties de sa vie amoureuse. Je me suis absorbée dans cette conversation à demi chuchotée. J'étais incapable de le regarder et pourtant j'avais en permanence conscience de sa présence, conscience de ce corps svelte et anguleux affalé sur sa chaise, conscience de ces yeux clairs et profonds tournés vers la mer. De temps en temps, il faisait une remarque ou donnait son avis, toujours avec son accent traînant. Un grand calme émanait de lui, ou était-ce de l'ennui ? J'enviais sa décontraction, sa nonchalance, sa réserve coutumière, alors que moi, à l'intérieur, je bouillonnais d'émotion.

Presque deux ans avaient passé depuis notre dernier rendez-vous, depuis que nous avions été si proches l'un de l'autre, et en repensant à l'intimité qui avait un jour existé entre nous, désormais remplacée par cette distance froide et pleine d'embarras, je me sentais écrasée.

Dillon ne tenait pas en place. Il avait abandonné Cozimo et cherchait un moyen d'évasion. Il s'est mis à chougner lorsque je l'ai ramené près du groupe et j'ai sauté sur ce prétexte pour m'en aller.

— Il a besoin d'aller se défouler, ai-je expliqué.

— Tu veux que je le prenne ? a proposé Elena.

— Non, non. Ça ne fait rien. Je vais l'emmener à la plage.

Nous sommes partis, tous les deux, en nous tenant par la main. Il babillait dans son langage à lui, à mon intention et à celle du doudou qu'il emportait partout. J'étais à peine capable de lui répondre, à peine capable de l'écouter, tant j'étais ravagée par ce qui venait d'arriver.

Il faisait plus frais au bord de l'eau. Nous avons envoyé valser nos chaussures et senti le sable chaud sous nos pieds. Le vent soulevait nos cheveux autour de nos têtes et j'ai retiré une mèche de ma bouche.

Les cheveux de Dillon étaient longs, trop longs pour un garçon, mais je ne pouvais pas encore me résoudre à les couper, ces souples boucles blondes qui lui rebiquaient dans le cou. Il jouait à ramasser des coquillages, à les mettre dans ses chaussures et dans les miennes, puis à les renverser par terre et à recommencer. Je me suis assise dans le sable pour le regarder. Il gazouillait en jouant, un babillage curieux avec des intonations imitées de ma propre façon de parler, saupoudré de mots que je reconnaissais : mama, papa, Didi – le sobriquet qu'il s'était donné à lui-même.

Une ombre nous est tombée dessus. J'ai su qui c'était avant même de lever la tête. Je savais depuis le début qu'il nous suivrait ici, qu'il viendrait à ma recherche.

— Je peux m'asseoir ? s'est-il enquis.

— Bien sûr.

Il s'est assis près de moi, mais pas trop près, comme s'il percevait ma méfiance.

— Il est mignon, a-t-il dit en indiquant Dillon du menton.

Je n'ai pas répondu. Je me tenais entre les murailles de mon silence blessé.

Dillon le dévisageait de travers, avec ce regard méfiant qu'il réservait à tous les inconnus. Et puis, d'un seul coup, il a décidé de faire confiance à cet homme, sans doute, car il s'est avancé pour lui offrir Ted, son meilleur copain, le jouet qu'il possédait depuis la naissance.

— Waow ! Merci, bonhomme. Et qui est-ce ?

Dillon le regardait fixement, les sourcils froncés.

— C'est Ted, ai-je dit.

— Bien le bonjour, Ted, a dit Garrick en tournant le jouet face à lui. Comme tu es beau !

Il a rendu la peluche à Dillon qui, satisfait ou lassé

de cet échange, nous a tourné le dos pour reprendre sa chasse aux coquillages.

Nous l'avons observé en silence. J'aurais voulu dire quelque chose, mais je ne voulais pas que ce soit une banalité. Et dans le même temps, je redoutais de laisser échapper un indice révélateur, un mot risquant de lui laisser voir à quel point son départ m'avait brisée, quelle douleur cela avait été pour moi. De fait, c'est lui qui a parlé le premier.

— Il me semble que je te dois une explication.

— En effet, ai-je répondu d'un ton cassant. À tout le moins, des excuses.

— Bien sûr. Tu as raison.

J'ai perçu qu'il hochait lentement la tête, mais je n'arrivais toujours pas à le regarder.

— C'était une folie, ce qui se passait entre nous, a-t-il continué. Je n'avais jamais rien fait de tel. Jamais rien éprouvé de tel.

Il avait dit cela d'une voix douce et pourtant je sentais les mots m'arriver dessus comme des flèches.

— C'est devenu sérieux entre nous, plus vite que je ne le voulais. Tu étais mariée, et moi...

Je me suis tournée vers lui et je l'ai vu regarder fixement le sable entre ses chaussures.

— Tu l'étais aussi, ai-je terminé pour lui.

Je le voyais clairement, maintenant, ce à quoi j'avais été aveugle jusque-là. Il a confirmé de la tête, évitant mon regard, presque honteux.

Une bouffée de rire m'a échappé ; je riais de ma bêtise. Cela l'a forcé à me regarder.

— Quoi ?

— C'est tellement... je ne sais pas. Prosaïque.

Il a encaissé avec un lent hochement de tête.

— C'est une manière de voir les choses, je suppose.

— Tu aurais pu me le dire à l'époque, que tu étais marié.

— Est-ce que ça aurait changé quelque chose ?

— Au moins, ça m'aurait donné une raison, au lieu de cet affreux néant dont je ne savais pas quoi penser. Au lieu de me sentir abandonnée sans savoir pourquoi.

Je me suis mordu la lèvre en me maudissant d'en révéler trop.

— Tu as raison, a-t-il dit avec calme. J'aurais dû t'en parler. Mais c'était...

Il s'est tu, et j'ai attendu.

— ... trop atroce de te quitter.

Ces mots se sont profondément enfoncés en moi. Ils ont balayé d'un coup toute la haine et toute la rancœur que j'avais accumulées envers lui. D'un seul mouvement, ces quelques mots ont tout envoyé valser.

— Je t'aimais. Je ne te l'ai jamais dit.

— Arrête, lui ai-je dit. Je t'en prie, ne fais pas ça.

— D'accord, a-t-il concédé en m'observant attentivement.

Il a réfléchi encore un instant.

— Je ne sais pas pourquoi j'ai pensé que ça aiderait, que tu le saches maintenant, a-t-il ajouté.

J'ai détourné mon visage. Je me suis essuyé le coin des yeux du dos de la main.

— Ça ne fait rien, ai-je lâché en tâchant d'avoir l'air sincère. C'est du passé, tout ça.

Il m'observait toujours.

— Et ta femme, lui ai-je demandé en m'efforçant de retrouver ma dignité après ces larmes. Où est-elle ?

— Aux États-Unis. Bien qu'elle soit irlandaise de naissance. Je suppose que vous êtes mon type, hein ?

Je n'ai pas relevé.

Puis, au bout d'un moment :

— Elle sait ?

Il a acquiescé.

— Oui. On était séparés, tu comprends. Et puis elle a souhaité qu'on se réconcilie. J'ai pensé que c'était ce qu'il nous fallait. Tout était trop dingue, ici. Je voulais au moins réussir une chose dans ma vie. Et dans cet esprit de nouveau départ...

— Tu lui as dit.

— Je lui ai dit. Tu n'as jamais avoué à Harry, toi ?

J'ai fait non de la tête.

Puis je lui ai demandé :

— Ta femme et toi, vous êtes toujours ensemble ?

Il a confirmé.

— Nous avons un fils. Felix. Il n'est pas beaucoup plus jeune que Dillon.

Il restait assis à regarder devant lui. Les yeux rivés sur Dillon qui s'était un peu éloigné de nous pour se rapprocher du bord de l'eau. Je lui ai crié de reculer un peu et il m'a obéi. Il y avait de la fatigue dans ses petites épaules voûtées. Je l'ai vu se frotter un œil. Il serait bientôt temps de rentrer.

— Il est de moi. N'est-ce pas ?

La question m'a stupéfiée. Je n'ai pas pu répondre. J'ai remonté mes genoux et je les ai serrés contre ma poitrine. J'ai senti qu'il m'observait, qu'il lisait la réponse dans mon refus muet de prononcer les mots.

— Harry n'est pas au courant de ça non plus...

J'ai secoué la tête. D'une voix qui est sortie basse, faible et brisée par l'émotion, j'ai chuchoté :

— Il ne doit jamais l'apprendre.

Garrick a retenu son souffle.

Le soleil était bas dans le ciel et la brise était fraîche. Je savais que tu devais être rentré, en train de te demander où j'étais. J'ai ramassé nos chaussures et je me suis levée. Il m'a prise par le poignet.

— Puis-je te revoir ? Avant de partir ?

— Non, ai-je répondu avec fermeté.

Ça faisait mal de lui refuser cela. Sa main autour de mon poignet. Notre premier contact depuis notre séparation.

Il m'a retenue un instant, puis m'a lâchée.

Nous avons longé la plage en silence. Je portais Dillon, puisant des forces dans la chaleur et dans le poids de son petit corps.

Avant que nous ne nous séparions de nouveau, il a sorti de sa poche une carte de visite.

— Tu as mon adresse e-mail et mon numéro de portable là-dessus, m'a-t-il dit.

J'ai regardé la carte qu'il me tendait, prise d'un besoin de m'éloigner de lui, tout de suite, avant que mes émotions ne refassent surface.

— J'aimerais qu'on reste en contact, a-t-il insisté, la carte toujours tendue vers moi.

Il me regardait intensément, le visage dans l'ombre à présent que le soleil baissait.

— Je ne sais pas. Ce n'est pas une bonne idée.

— Je comprends. Mais si tu pouvais... Juste un e-mail de temps en temps. Pour que je sache comment vous allez, Dillon et toi. Que je sache que vous vous portez bien tous les deux. Je ne chercherai pas à te joindre – pas si tu ne veux pas.

Quand j'ai pris la carte, mes gestes étaient saccadés, brusqués par la nervosité et l'indécision, si bien que je la lui ai vivement arrachée tout en me détournant, et alors que je m'éloignais de lui, j'ai senti qu'il continuait de nous contempler. Les seuls bruits dans la rue étaient le grondement du ressac et le claquement de mes semelles sur le trottoir poussiéreux.

J'ai garé la voiture dans une allée étroite et senti du gravier craquer sous les pneus. Le jardin était plongé dans un profond silence sous sa couverture de neige. En arrivant devant la maison, j'ai vu que la porte était ouverte et j'ai pilé. Aucun signe de vie, nulle preuve d'activité, et dans la voiture immobile, une fois le contact coupé, j'ai écouté ce silence lugubre. Quelque chose là-dedans m'a glacée. Une sorte de terreur m'a saisie en pensant à ce qui m'attendait une fois que j'aurais franchi cette porte ouverte. Mais cela n'a duré qu'un instant. Je me suis retrouvée dehors, courant vers les marches, impatiente de savoir, de voir quelle tournure notre histoire allait prendre.

17

Harry

Je regardais fixement le flingue dans sa main. Il le tenait sans trembler, d'une poigne ferme, l'air parfaitement calme, la bouche du canon pointée droit sur ma tête. Autour de nous, l'atmosphère était immobile et lourde. J'aurais pu ou dû éprouver de la peur à ce moment-là – la peur qu'il me tue –, mais, par-dessus tout, j'étais pris d'une terrible impatience. Il me fallait des réponses. Où était mon fils ? Qu'avait-il fait de lui ? La rage bouillonnait dans mes veines : j'étais tout près de retrouver Dillon et voilà que Garrick, avec son regard implacable et sa bouche sévère, tournée vers le bas, essayait de m'en empêcher. J'ai ravalé la bile qui montait de mon estomac et je me suis redressé lentement, la tête toujours embrouillée par l'alcool et le sommeil, jusqu'à me retrouver assis sur ce lit étroit.

— Bon, ai-je dit d'une voix pâteuse. Tu vas me flinguer, ou quoi ?

— Je ne sais pas, a-t-il répondu sans se démonter. Je pourrais. Personne ne me reprocherait rien. Tu es entré chez moi par effraction. Ce serait de la légitime défense.

— Tu m'en diras tant.

Allez savoir pourquoi, j'étais certain qu'il ne presserait pas la détente. L'instant était passé. Je n'éprouvais nulle peur à ce moment-là. Surtout, il m'énervait. Je me suis levé. Il a reculé d'un pas, l'arme toujours pointée sur moi, et la pièce a tournoyé un instant.

— Stop. Ne fais plus un pas, m'a-t-il intimé d'un ton calme et sûr.

Je me suis arrêté.

Il a pris le temps de soupeser la situation, puis lentement a baissé la main et laissé pendre le pistolet le long de son corps. Sa mâchoire s'est crispée, ses paupières se sont plissées et l'électricité est restée palpable dans la pièce.

— Tu vas me dire ce que tu fais ici ? Ou bien faut-il que je le devine ?

— Je suis venu chercher Dillon.

Il a cillé sans me quitter des yeux.

— Je ne vois pas de quoi tu parles.

— Je crois que si.

— Il n'y a personne ici. Rien que moi.

Il n'avait pas plus tôt prononcé ces mots qu'une voiture est arrivée. De là où je me trouvais, je ne pouvais pas la voir.

— Attends ici, a lâché Garrick, toujours aussi calme.

Son visage ne trahissait aucune crainte ni aucune anxiété lorsqu'il a refermé la porte derrière lui.

Je l'ai écouté longer le couloir d'un pas ferme et sans hâte. J'ai collé mon oreille à la porte. Des voix assourdies – celle de Garrick et celle d'une femme. Impossible de distinguer ce qu'ils disaient. Mon irritation s'est accrue, de même que mon impatience. Si c'était la femme que j'avais vue avec Dillon, alors je voulais la mettre au pied du mur, exiger de savoir ce qu'elle avait fait de lui, où elle l'avait caché. Le souvenir de son écharpe bleue s'élevant comme une fumée dans le vent m'est revenu en tête, sa manière de se dépêcher en tirant le petit garçon derrière elle, et une fureur nouvelle m'a envahi.

Ils se tenaient devant la porte ouverte et l'ampoule extérieure, derrière eux, découpait leurs silhouettes en contre-jour. C'est seulement en me rapprochant, seulement lorsqu'elle s'est tournée pour me regarder, que j'ai vu que ce n'était pas la femme aperçue le jour de la manif.

C'était Robin.

— Qu'est-ce que tu fais là ? lui ai-je demandé, la bouche sèche comme du papier.

— Harry ! Dieu merci, tu n'as rien, s'est-elle exclamée en accourant vers moi, les bras tendus.

Son front était ridé d'inquiétude ; sa voix, tremblante d'émotion. Elle m'a entouré de ses bras et je l'ai serrée contre moi. La chaleur soudaine de son corps a réveillé une douleur au plus profond de moi, une fatigue insidieuse, et j'ai reconnu cette émotion pour ce qu'elle était : du soulagement. Pendant tout ce temps j'avais piétiné seul dans le noir, terrifié par mes propres pensées et convictions et pourtant incapable de faire autre chose que continuer à creuser mon sillon, sans me soucier de faire du mal autour de moi. Robin, mon amour, la seule... comme je m'étais langui qu'elle me croie, comme j'avais lutté pour lui faire voir que je n'étais pas fou, que notre enfant était réellement en vie ! Et à présent elle était là, à mes côtés, avec moi, au bout du compte. Toute l'amertume du passé, les paroles lâchées sous le coup de la colère, les blessures et les récriminations... tout allait être oublié, balayé par un grand vent. Ce qui comptait à présent, c'est que nous étions ensemble et que bientôt nous aurions notre fils avec nous.

— Reviens à la maison, m'a-t-elle soufflé, la tête dans mon cou.

— C'est presque terminé, lui ai-je répondu.

Puis, tranquillement, parlant dans ses cheveux pour ne pas être entendu de Garrick, j'ai ajouté :

— Méfie-toi. Il a un flingue.

— Quoi ?

Elle s'est reculée, l'air horrifié, et, se retournant vers Garrick, elle a vu le pistolet ; d'un seul mouvement vif, elle s'est libérée de mes bras et s'est jetée sur l'arme, la récupérant sans difficulté. Dans un premier temps, je n'ai pas compris ce qui se passait. Il la lui avait donnée sans discuter, sans le moindre semblant de lutte. Elle lui a dit quelque chose, que je n'ai pas saisi, et je l'ai regardée ranger le flingue dans la poche de son manteau.

— Harry, mon cœur, a-t-elle dit en revenant vers moi. Viens, partons d'ici.

Mais je restais planté sur place, cloué au sol, dérangé par une chose que je n'identifiais pas.

— Notre fils, Robin. On ne va pas partir sans lui.

— Je t'en prie, mon amour. Viens. Il n'y a rien pour nous ici. Rien que de la peine.

La tension présente dans sa voix me tracassait et j'ai entendu l'écho d'une autre voix remonter des profondeurs de mon être. Cozimo me disant : « Il y a des choses que je savais, que j'aurais peut-être dû te dire. »

Tanger. L'ombre. La nuit. Les eaux troubles venant lécher le port. Ma blessure à la jambe me lançait, elle me tirait vers le fond, j'avais la tête complètement embrouillée. Il me fallait maintenant un gros effort pour rester concentré, pour ne pas craquer jusqu'à ce que j'aie obtenu ce que j'étais venu chercher.

Une question voletait dans ma tête et j'ai regardé Robin. Comment était-elle arrivée jusqu'ici ?

— C'est Spencer qui t'a prévenue ?

— Spencer ?

Sa perplexité flagrante m'a appris que ce n'était pas lui. Qu'elle avait découvert cette maison par un autre moyen. Ça n'avait pas d'importance. La seule chose qui importait, désormais, était Dillon.

J'ai pivoté vers Garrick.

— Dis-moi où il est. Dis-moi ce que tu as fait de mon fils.

— Tu ne sais pas de quoi tu parles.

— Épargne-moi ces conneries. Je sais ce que j'ai vu. J'ai des preuves.

— Des preuves ? Quelles preuves ?

— Une photo. Un enregistrement vidéo. Une plaque d'immatriculation.

La main de Robin était dans la mienne et je l'ai entendue prononcer mon nom, mais j'ai continué sans l'écouter.

— Tu étais là, ce soir-là, à Tanger, n'est-ce pas ? Je sais que tu l'as enlevé. Je sais que c'est toi qui as fait ça. Ce que je ne sais pas, en revanche, c'est pourquoi. C'est ce que je n'arrive pas à comprendre. Mais en fait, je crois que je m'en fous, maintenant. Je veux juste le récupérer. On le veut tous les deux.

J'ai pressé la main de Robin, y puisant de la force, la force de continuer, de tenir jusqu'à ce que ce soit terminé.

— Harry, a-t-elle répété, d'une voix plus insistante cette fois – et quand je l'ai regardée, les ovales de ses yeux gris étaient emplis de peur.

— Tu ne vas pas bien, mon chéri. Il faut que tu viennes avec moi, maintenant.

— Hein ? Non. Attends une minute, Robin. Tu vas voir.

— Mais...

— Fais-moi confiance. Je l'ai vu, Robin. J'ai vu Dillon.

— Non, a-t-elle alors lâché.

Sa conviction m'a cloué le bec. Je l'ai observée, moins aveuglé que tout à l'heure, mais je ne voyais toujours pas. Je ne voulais pas voir.

— C'est Felix que tu as vu, m'a-t-elle dit d'une voix douce.

— Qui ?

— Felix, a répété Garrick. Mon fils.

— Non.

Je secouais la tête, refusant de les croire, revoyant clairement le visage de l'enfant, la manière immédiate dont je l'avais reconnu ce jour-là, une sensation enivrante qui me revenait tout à coup.

— C'était Dillon. Je sais que c'était lui. Je l'ai vu de mes yeux.

— Tu crois que c'était lui, m'a dit Garrick, à cause de la ressemblance.

— La ressemblance ?

Quelque chose de froid s'amassait au creux de mon estomac.

— Dave, lui a lancé Robin avec un avertissement dans la voix, et, en l'entendant employer ainsi son prénom, j'ai eu un mouvement de recul.

Peut-être a-t-il perçu la nuance menaçante et décidé de l'ignorer, parce qu'il a dit quand même ce qui suit :

— Dillon est le frère de Felix.

Ses mots se sont dissous dans l'air, volatilisés dans l'éther. Personne ne parlait plus. Ils m'observaient tous les deux sans bouger, méfiants, effrayés de ce que je risquais de faire.

— Son frère ? ai-je répété lentement en regardant Robin.

Ses yeux se sont emplis de larmes et elle a secoué la tête, mais ce n'était pas une dénégation, plutôt un geste de reddition résignée.

— Dillon était mon fils, a précisé Garrick.

Alors, Robin a fait volte-face vers lui et lui a craché avec une vraie férocité :

— Ta gueule, Garrick, bon Dieu de merde !

C'est à ce moment-là que tout s'est mis en place dans ma tête et que j'ai enfin compris. Des images d'eux, dans les bras l'un de l'autre, entremêlés, des membres nus, de la sueur, une faim dévorante de l'autre, tout cela s'amoncelait dans les recoins de ma conscience et m'a envoyé tournoyer dans une sorte de delirium.

Voilà qu'elle revenait vers moi, de la crainte dans les yeux tandis qu'elle prenait mon visage dans ses mains, qu'elle répétait mon nom, tâchait de me rappeler vers le présent, de me retenir dans la sécurité de son regard.

— Écoute-moi, mon amour. Je suis désolée. Les mots me manquent pour te dire à quel point je m'en veux.

— Ce n'est pas vrai, ai-je lâché, refusant toujours de la croire, résistant toujours aux forces qui me tiraient vers la vérité. Dis-moi que ce n'est pas vrai.

— Je t'aime, Harry. C'est tout ce qui compte. Notre avenir. Le bébé que je porte. Je t'en prie, mon amour, je ne peux pas te perdre maintenant.

Je n'arrivais toujours pas à saisir. Cette femme que je connaissais depuis que j'étais un tout jeune homme, depuis seize ans au moins, m'apparaissait soudain comme une inconnue. Une inconnue, pâle et isolée, pas une personne sur qui je pouvais compter, pas la personne dont je me souciais et que j'aimais, mais une femme lasse, pleine de regrets et de chagrin, confrontée à son passé alors qu'elle espérait l'avoir mis derrière elle.

J'aurais pu lui dire qu'il n'y avait pas d'échappatoire.

Ses mains étaient brûlantes sur ma figure – je les sentais trembler.

— Je ne suis pas le père de Dillon ?

— Mon cœur, a-t-elle soufflé d'une voix brisée, des larmes soudaines lui montant aux yeux. Tu l'étais. De toutes les manières qui comptaient.

— Quoi ?

Elle pleurait maintenant à chaudes larmes, la voix tremblante de terreur.

— J'ai commis une terrible erreur, Harry. Dieu sait que je le regrette. Sauf que cette erreur m'a donné Dillon. Mais crois-moi, je t'en supplie : dans mon cœur, je t'ai toujours considéré comme son père.

Elle m'a enveloppé de ses bras et je suis resté là, immobile, sentant son corps trembler sous la force de ses pleurs. Par-dessus son épaule, j'ai vu Garrick, les mains dans les poches, qui contemplait le sol d'un air pensif, et un torrent de colère s'est déchaîné en moi. J'ai eu envie de la repousser, de la balancer sur le côté pour sauter à la gorge de ce type, mais je n'en ai rien fait et j'ai ouvert les bras pour lui rendre son étreinte. En l'attirant à moi, j'ai senti le frémissement de ses sanglots, ses cheveux me frôlant le visage. Je l'ai entourée de mes bras en lui chuchotant de se calmer, puis j'ai plongé la main dans sa poche.

Elle a poussé un cri étranglé lorsqu'elle s'en est rendu compte, mais elle n'a pas été assez rapide. D'un geste vif, je l'ai poussée, j'ai pris mon élan et j'ai frappé Garrick en pleine figure avec la crosse.

— Non ! a-t-elle hurlé alors qu'il s'écroulait au sol.

Je me tenais au-dessus de lui pour mieux le voir se tordre en geignant, pissant le sang par une balafre ouverte sur sa joue.

— Mais qu'est-ce que tu fais ? a-t-elle braillé. Oh, mon Dieu !

Elle a voulu s'agenouiller près de lui, mais je l'ai écartée.

— Mais enfin, Harry. Il saigne !

— Il a de la chance que je ne lui aie pas logé une balle dans la tête, ai-je lâché, fou de rage.

Après quoi je lui ai balancé un grand coup de pied dans le bide. La mollesse de son ventre, au contact de mon pied, m'a surpris.

Il s'est recroquevillé sur sa douleur, la respiration sifflante. J'entendais Robin pleurer, de plus en plus hystérique.

— Où est Dillon ? ai-je exigé de savoir.

Comme il agrippait ma jambe et commençait à ramper en se tenant à ma cheville, je me suis baissé pour lui coller l'arme sur la tempe. Il essayait de dire quelque chose, mais ses paroles étaient inaudibles, entre sa respiration suffocante et le sang qui lui coulait de la bouche. Je me suis penché pour mieux l'entendre.

— Tu aurais dû mieux t'occuper de lui, a-t-il soufflé.

J'ai vu Robin se tordre les mains, les passer dans ses cheveux, ses yeux inquiets volant dans toute la pièce, puis se mettre à faire les cent pas. Je lui ai dit de se tenir tranquille.

Le flingue était toujours contre la tempe de Garrick

et j'ai augmenté la pression. La détente était chaude contre mon index.

— Tu aurais dû mieux t'occuper de Dillon, a-t-il répété. Tu n'aurais pas dû le laisser comme ça avant le séisme, endormi, seul. Tu n'aurais pas dû droguer un petit garçon comme ça, Harry, et tu le sais très bien.

Je me suis recroquevillé intérieurement, écrasé par la véracité de cette affirmation. Un grand rouleau de tristesse m'est passé dessus et j'ai éloigné le pistolet, non sans remarquer la marque ronde qu'il avait laissée dans la peau. Garrick a toussé et craché, et je me suis détourné.

— Je veux juste le retrouver, ai-je alors soufflé.

Toute agressivité, toute colère, m'avaient quitté.

Robin est venue me rejoindre, mais j'ai levé une main pour l'arrêter, pour la mettre en garde. Si elle me touchait, je risquais de m'effondrer, de me désintégrer, et tout cela aurait été pour rien.

— Où est-il, Garrick ? Bon sang de bon Dieu, tu vas me le dire, oui ou non ?

Il gisait à terre, suffoquant toujours un peu. Quant à moi, chaque centimètre carré de mon corps souffrait pour me maintenir debout. Je ne me rappelais même pas quand j'avais, pour la dernière fois, joui d'un sommeil sans rêves, quand j'avais posé ma tête sur un oreiller et accueilli le réconfort de l'oubli. Mes yeux se fermaient, les paupières lestées par le désir lancinant de sommeil, et il m'a fallu toute ma volonté pour résister. *Ce sera bientôt terminé. Tiens bon.*

J'ai relevé le canon et de nouveau visé sa tête. Il a roulé sur le dos et m'a contemplé fixement, sans une trace de frayeur, la bouche serrée et déterminée. Ce connard me mettait au défi de le buter, et Dieu sait si je me suis senti poussé à bout. Je voyais la chose arriver. Je la sentais : la pression sur la détente, le déclic soudain, et puis la splendide libération de la balle, la détonation sauvage, l'odeur de brûlé, la chair déchiquetée, les os saccagés. Un instant seulement, et tout serait fini. Mon bras entier en vibrait déjà. Il n'y avait rien d'autre à faire.

Et là, alors que j'étais sur le point de passer à l'acte, alors que je sentais le dernier vestige de contrôle m'échapper, des pas ont résonné sur les marches au-dehors, une lumière a clignoté derrière moi. Je me suis retourné et je l'ai vu : un petit garçon gravissant les marches en courant et franchissant le seuil de cette maison de fous. Il tenait une lanterne en papier dans ses mains. « Papa, papa ! » criait-il. La lanterne était allumée. La lumière vacillait et j'ai cligné les paupières, médusé. Tout au bout de ce long voyage solitaire, il était là, mon fils, mon Dillon, et pourtant je n'y croyais pas encore tout à fait.

J'ai entendu autre chose alors, un cri, et Garrick a tenté de se relever en disant :

— Sors ! Dillon, sors d'ici !

Et là, un autre bruit, plus étrange – une clameur, semblable à celle d'un animal blessé, tellement déchirante et forte qu'on aurait dit une forme de violence. Pivotant sur moi-même, j'ai vu ma femme tomber à genoux, le visage mué en page blanche d'incrédulité furieuse, les yeux arrondis et noircis par la stupéfaction. Elle le regardait, le garçon qu'elle croyait mort, en poussant ce cri comme la dernière offrande de chagrin en elle, et pendant un bref instant nous sommes tous restés muets – moi, Garrick, l'enfant – à la regarder, tandis que la pièce autour de nous oscillait et tournoyait, éblouissante et brûlante.

18

Garrick

On dit toujours que, pour chaque histoire, il existe deux versions. Certaines en ont trois.

Il tenait le petit garçon par la main, c'est de ça qu'il se souvient. Après, quand tout a été terminé, une fois que tout le monde est sorti de la chambre, il est resté sur place, la main de l'enfant serrée dans la sienne. Il l'a regardée, attentivement, et s'est émerveillé de sa petite taille. Il y avait un grain de beauté entre l'index et le majeur. Un détail minuscule. Et pourtant... comment ne l'avait-il jamais remarqué ?

Par la porte ouverte, il entendait sa femme : sa voix faible et fatiguée, brisée par l'effort d'annoncer la nouvelle – une tâche impossible, mais qu'elle avait endossée sans broncher. Cela n'avait même pas été discuté entre eux. Simplement, elle s'était baissée, avait pris son téléphone dans son sac et avait quitté la pièce. Elle était meilleure que lui pour gérer la situation. Elle contrôlait toujours mieux ses émotions, même en ce moment, alors qu'ils étaient mis à l'épreuve au-delà de tout ce qu'ils avaient pu imaginer. Les bruits ordinaires de l'hôpital filtraient derrière sa voix : le grincement des brancards, la voix monocorde qui faisait des annonces dans les haut-parleurs, des bruits de pas et des rires, le battement des portes, un claquement soudain de pieds qui couraient – des sons qu'il connaissait bien, désormais, après tout le temps qu'ils avaient passé là. Il se rendit compte, tout à coup, qu'ils ne reviendraient pas. Il commença alors à envisager le futur autrement. Il pensa aux jours, aux semaines et aux mois à venir et ce fut comme scruter un long tunnel noir.

Par la vitre qui donnait sur le couloir, entre les lattes du store, il vit sa femme porter la main à son visage. Elle pressa le dos de cette main contre sa bouche, et son corps parut frémir. Il n'en était pas encore là. Il n'avait pas atteint ce stade. Mais il la rattraperait bien assez tôt. Pour l'instant, il restait en compagnie de l'enfant. Il ne voulait pas que le petit soit laissé seul. Le silence qui emplissait l'espace autour d'eux était comme la pierre : solide et immuable. Il se sentait écrasé par le poids d'un drame irrévocable. Ses doigts se resserrèrent sur la main du garçon, mais nulle pression ne lui répondit, pas un frémissement de vie. Regardant la main, il prit conscience qu'il la voyait pour la dernière fois. Déjà, elle refroidissait.

Felix, un prénom qui signifie « heureux ». Une fois qu'il fut parti, tout bonheur sembla fuir leur existence. Le monde autour d'eux était privé de ses couleurs. Felix était mort au changement de saison. Tout l'été durant, Garrick avait passé son temps à faire des allers et retours entre l'hôpital et la maison. Il était dans un tel état d'esprit qu'il avait à peine remarqué les arbres en fleurs, l'herbe grasse, les bourgeons dans les arbres fruitiers le long de l'avenue qui menait chez lui. C'est seulement après le décès de l'enfant que son regard se remit à vagabonder. Il cherchait une chose sur laquelle se fixer, échappant ainsi aux images sinistres qui se battaient dans sa tête pour attirer son attention. La Nouvelle-Angleterre à l'automne offre un spectacle splendide, mais il resta insensible à son charme cette année-là. Les rouges profonds, l'orange flamboyant et l'or brillant des feuillages lui semblaient criards, vulgaires, surfaits. La nature dans ce qu'elle avait de plus vantard lui rappelait sans cesse son malheur. Qu'était-ce d'autre, au fond, qu'une façade tapageuse pour masquer la mort et le pourrissement ? En regardant cela, il sentait une colère nouvelle gronder en lui. Car comment une telle splendeur pouvait-elle continuer d'exister, année après année, à présent que son fils n'était plus de ce monde ?

Il ne dit pas cela à sa femme. Ils se dirent peu de choses pendant les semaines et les mois qui suivirent. La communication entre eux se limitait au strict nécessaire. Ils évitaient de se parler et se contournaient l'un l'autre avec prudence, comme ceux qui ont peur de toucher une plaie ouverte, même si, en privé, il parlait avec d'autres gens, s'ouvrait de sa douleur et de sa peine à des amis, à des à-peine-amis, à des inconnus dans des bars. Il le faisait et il savait qu'elle le faisait elle aussi ; et pourtant, il avait l'impression de la trahir.

Ce n'était la faute de personne. Felix était tombé malade, il était décédé. Il n'y avait pas eu d'indices, pas d'avertissement. Pas d'antécédents de cette maladie dans leurs deux familles ; ce n'était pas une bombe à retardement tapie dans leur ADN. Il n'était pas mort des suites d'un accident ; il n'y avait eu aucune négligence de la part de sa femme ni de la sienne. Et pourtant, Garrick se sentait responsable. Il se sentait coupable.

Ils étaient peu bruyants de nature, l'un comme l'autre. Une fois Felix parti, le silence dans la maison devint assourdissant. Eva gardait ses distances avec lui ; son chagrin crevait rarement la surface. Il n'entra en éruption qu'à deux ou trois occasions et, lorsque ce fut le cas, Garrick en fut terrassé. Ce chagrin jaillissait, surgissait et déferlait avec une férocité terrible. Toujours, après ces épisodes, elle retrouvait son attitude calme et silencieuse, et pourtant l'ombre de sa terrible douleur demeurait, rôdant dans les recoins silencieux de la maison. Leur tristesse aurait pu les rapprocher, mais elle semblait, au contraire, creuser un fossé entre eux. Il regardait sa femme s'éloigner de lui, distante, impériale et seule dans sa peine.

Il y avait une certaine beauté dans sa solitude. Même s'il en était frustré, il ne pouvait s'empêcher de l'admirer malgré lui. Mais il y lisait aussi autre chose. Un reproche. Elle ne le formulait jamais. Car après tout, qu'avait-il à se reprocher ? Il avait aimé son fils. Il avait fait tout ce qu'un père pouvait faire pour le sauver. Ce qui s'était produit échappait à son contrôle. Et pourtant, il lisait dans son silence une accusation muette. Et il savait que cela n'avait rien à voir avec lui. Mais il avait un autre fils et, cela, elle ne pouvait pas le lui pardonner.

Il lui avait parlé de Dillon au retour de son séjour à Tanger. Il n'avait aucune raison de le faire, hormis un désir de se purger de cette nouvelle. D'une certaine manière, il ne supportait pas l'idée que sa femme puisse exister dans le monde, vivre sa vie d'épouse, de mère de son enfant, sans savoir. Le lui cacher, cela aurait été faire insulte à sa dignité et à son intelligence. Cette femme était forte, tranquille, déterminée et sûre d'elle. Il y avait quelque chose dans la qualité de son calme qui extirpait de lui ses secrets les plus sombres, ses peurs les plus cachées et les plus inavouables. Avec Eva, il se sentait toujours poussé à avouer et, en avouant, à être absous par elle de toute infraction qu'il avait pu commettre. Et donc, il le lui avait dit. Il savait que c'était un risque. À l'époque, il avait craint que cela ne dresse entre eux une barrière trop haute pour être surmontée. Après un premier moment de fureur, il y avait eu une longue période de silence glacé. Il avait attendu le dégel, en se demandant sans relâche s'il avait pris la bonne décision en le lui disant. Le temps finit par radoucir leur relation et, perversement, sembla même renouveler leur intérêt l'un pour l'autre. Il faisait tout pour être un bon mari et un bon père. En regardant sa femme et leur superbe fils, il remerciait le ciel pour ce qu'il avait. Et jamais ils ne mentionnaient l'autre garçon.

Le temps passait, morne et lent. L'hiver vint et, Noël approchant, ils décidèrent de s'en aller. Ils étaient invités par la famille d'Eva en Irlande et par la sienne dans l'Oregon, leurs proches cherchant à les attirer pour leur apporter réconfort et consolation. Mais tous deux résistèrent. Ils se relevaient à peine du chaos d'émotions qui avait entouré la maladie et la mort de Felix. Le visage de sa femme était blanc et émacié. Elle pouvait passer des heures à contempler le jardin, les yeux éteints, les mains repliées sur les genoux. Il y avait en elle une fragilité qui le terri-fiait. Elle qui avait été si forte semblait désormais menacée par le moindre incident. Il redoutait toujours une remarque maladroite ou une manifestation de compassion non sollicitée, qui risquait de la briser en mille morceaux.

Au lieu de cela, ils se rendirent à New York et prirent une chambre dans un hôtel de Madison Avenue. Ils firent de longues promenades dans Central Park. Ils visitèrent le Guggenheim et le Met. Il l'emmena chez Tiffany's et ils choisirent un anneau de platine couvert de diamants qu'elle portait avec son alliance. Autour d'un verre de vin, dans des restaurants à l'éclairage feutré, ils se tinrent la main et tâchèrent de se rappeler comment c'était d'être en tête à tête, rien que tous les deux, sans enfant pour accaparer leur attention. Ils allèrent à la messe le matin de Noël à la cathédrale Saint-Patrick parce que c'était ce qu'elle désirait. Ils échangèrent des cadeaux et, ensuite, s'étendirent sur le grand lit de leur chambre d'hôtel pour regarder la bûche flamber sur l'écran du téléviseur. À chaque seconde, l'enfant était avec eux. Une ombre à la périphérie de leur champ de vision. Une silhouette fantomatique les accompagnant en silence.

La veille au soir de leur départ de New York, il était en train de consulter ses e-mails pendant qu'Eva était sous la douche lorsqu'il tomba sur un message de Robin. Depuis la mort de Felix, il négligeait ses communications avec le monde extérieur et ne regardait plus sa messagerie qu'une fois par semaine, au mieux. Cet e-mail datait de cinq jours. Il l'ouvrit et le lut. Un récit concis, presque laconique, de sa vie avec Harry et l'enfant, et des vœux de Noël pour lui, Eva et Felix. À lire cela, son cœur fit une embardée. Elle ne savait pas. Comment aurait-elle pu, puisqu'il ne lui avait rien dit ? Il referma son ordi et cria à Eva, à travers la porte de la salle de bains, qu'il descendait racheter des cigarettes.

En bas, dans le hall, il se trouva un fauteuil dans un coin tranquille et sortit son téléphone. Il ne faisait jamais cela. C'était une règle tacite entre eux. Pas de coup de fil ; aucun contact, sauf si c'était elle qui en prenait l'initiative. Il tapa le numéro et écouta la tonalité étrangère, puis elle fut là, en ligne, la voix distante et cassante.

— Allô ?

— C'est moi, dit-il.

— Oui, j'ai reconnu ton numéro.

— Tu peux parler ?

— Ne quitte pas.

Un bruit de pas, une porte qui claque. Lorsqu'elle reprit la ligne, elle paraissait plus proche, plus calme.

— Voilà, fit-elle avec un petit soupir. Est-ce que tout va bien ?

— Oui, oui. Je viens de trouver ton e-mail et je... Je ne sais pas. C'est Noël, alors je me suis dit que j'allais te faire un petit coucou. Voir comment tu allais. C'est tout.

Il sut, à ce moment-là, qu'il n'allait pas lui parler de Felix. Pas encore.

— Dave, ce n'est pas une bonne idée. Et si quelqu'un d'autre avait décroché ? Comment est-ce que j'aurais expliqué ça ?

Il haussa les épaules, même si elle ne pouvait pas le voir.

— Bah, ce n'est pas arrivé, alors ne te tracasse pas.

Un bref silence.

— OK, d'accord.

— Alors, comment vas-tu ? Comment va Dillon ?

— Bien. Il grandit. Il commence à ressembler à une grande asperge.

— Comme moi.

— Oui, dit-elle avec prudence. Comme toi.

— Et comment est-il ? Sage ?

Pourquoi posait-il ces questions ? Pourquoi faisait-il cela ? Il perçut qu'elle se crispait au bout du fil.

— Dave, qu'est-ce qu'il y a ?

— Rien. Comme je te l'ai dit, je voulais juste prendre de vos nouvelles...

— Tu as une voix bizarre. Tu es sûr que tout va bien ?

L'inquiétude qu'il entendait l'arrêta net. Les larmes lui montèrent aux yeux sans prévenir. Les émotions se bousculaient dans sa gorge. Il sentit une goutte de sueur lui descendre le long de l'échine. Ses mains tremblaient. Il se mit à respirer profondément, absorbant tout l'oxygène possible, pour essayer de se ressaisir.

Elle dut deviner quelque chose dans son silence, car lorsqu'elle reprit la parole, sa voix était changée. Elle était plus douce, plus tendre. Il sentit qu'une couture de compassion craquait en elle. Elle ne lui posa pas d'autres questions. Elle se mit simplement à parler de Dillon, du fait qu'il était devenu très bavard, du bleu de ses yeux et de la longueur de ses cils. Elle le décrivit curieux de tout et téméraire, avec une tendance à escalader les meubles et à sauter de haut. Toujours à se perdre dans les ruelles étroites et le dédale des maisons. Elle lui dit que cela lui fichait une trouille bleue, à elle. Il était éveillé et sociable, même si elle craignait qu'il ne passe trop de temps parmi les adultes. Ces derniers temps, elle avait fait des efforts pour tenter de lui trouver des petits camarades de son âge.

En écoutant sa voix, il s'apaisa peu à peu. Une

partie de lui se disait qu'il aurait dû être bouleversé d'entendre parler de son fils, son second fils qu'il ne connaissait pas, qu'il ne connaîtrait jamais, alors que Felix reposait sous la terre gelée de la Nouvelle-Angleterre. Mais il trouvait du réconfort dans le fait que cet autre enfant vive et s'épanouisse à l'autre bout du monde. Le timbre doux de la voix de Robin dans le téléphone le calmait.

Lorsqu'il lui demanda des nouvelles d'elle, de sa vie, il remarqua un nouveau changement dans sa voix. Une note de fatigue. Elle travaillait toujours au bar, dit-elle, et peignait encore quand elle en avait le temps, c'est-à-dire pas aussi souvent qu'elle l'aurait voulu. Il eut l'impression qu'elle était malheureuse. Déçue, peut-être, par la manière dont les choses avaient tourné pour elle. Il sentait que la vie qu'elle menait n'était pas celle qu'elle avait imaginée, mais que, dans le même temps, le lui avouer aurait constitué une trahison.

— Et Harry ? s'enquit-il. Comment va-t-il ?

— Bien. Il travaille. Il est content de sa peinture, même si...

L'hésitation fut brève, mais il perçut tout le doute qu'elle recelait.

— Même si quoi ?

— Ce n'est pas facile en ce moment.

— Comment ça ?

— Harry et moi, nous ne sommes plus ensemble.

La nouvelle le secoua. Allez savoir pourquoi, il n'avait jamais envisagé cette éventualité.

— Vous avez rompu ?

Elle rit – un éclat bref et dépourvu de joie.

— « Rompu. » Quand c'est toi qui le dis, ça paraît presque civilisé. Non, je ne dirais pas qu'on a rompu.

— Il t'a quittée ?

— Disons plutôt que je l'ai viré.

— Mais pourquoi ? Que s'est-il passé ?

Et là, de nouveau, cette hésitation.

La curiosité l'attirait ; il sentait une fêlure dans la façade, un point faible.

— Il s'est passé quelque chose. J'ai découvert qu'il... qu'il...

Il l'imagina assise sur une petite volée de marches devant une porte, dans l'ombre, se mordant la lèvre, remuant ses jambes croisées, tâchant de décider si elle devait ou non lui faire confiance. Si elle devait prononcer les mots.

— Tout va bien, Robin, dit-il doucement. Tu peux me parler. Je ne te jugerai pas.

— Ce qu'il y a, vois-tu, c'est que Dillon ne dort pas. Pas beaucoup, en tout cas. Et on est crevés, en permanence.

— Ah bon ? Mais il a, quoi... presque 3 ans ?

— Je sais. C'est ridicule, hein ? Je parie que Felix a fait ses nuits dès 3 mois, pas vrai ?

Il sentit sa poitrine se serrer à nouveau et se concentra sur les motifs de la moquette sous ses pieds.

— En effet.

— Je n'arrive pas à imaginer ce que c'est. J'ai oublié ce que c'était que de dormir quatre heures d'affilée. Et ça, c'est quand j'ai de la chance.

— Comment se fait-il qu'il n'arrive pas à dormir ?

Elle soupira et se lança dans une litanie d'explications : des coliques, une sensibilité au bruit, un problème gastrique qui avait été résolu entre-temps. À présent, il lui semblait que le petit se réveillait par habitude. Elle s'en voulait de ne pas avoir été plus stricte avec lui, de ne pas l'avoir laissé pleurer quand il était tout jeune et encore malléable.

— Mais... ? dit-il, la poussant doucement dans ses retranchements.

— Ça devenait trop lourd pour Harry, ce manque de sommeil. Je crois... Je crois qu'il en est venu à faire quelque chose.

— Mais quoi ?

Une substance corrosive formait une flaque dans le creux de son ventre. Un fluide amer, comme de la bile. Le goût d'une vieille angoisse remontant à la surface. Il attendit qu'elle poursuive. Lorsqu'elle le fit, ce fut dans un souffle, presque en chuchotant.

— Deux ou trois soirs, alors que je travaillais tard et que Harry avait invité du monde, bon, ces soirs-là, Dillon a dormi sans se réveiller. D'un sommeil profond, lourd, qui durait jusqu'au matin. Je ne peux pas te dire à quel point c'est inhabituel pour lui. Au début, j'ai cru qu'il avait passé un cap, qu'il avait enfin surmonté son insomnie. Mais ensuite...

— Ensuite ?

Elle poussa un soupir vaincu et lui avoua tout.

— J'ai trouvé des cachets derrière le canapé. Des somnifères. Il m'a dit qu'ils étaient à Cozimo et qu'ils avaient dû tomber de sa poche.

— Tu penses qu'il donnait des somnifères à Dillon ? demanda-t-il, tâchant de garder une voix égale mais constatant qu'elle prenait des accents rauques, qui évoquaient une incrédulité rageuse.

— Peut-être. Oui. Quand je lui en ai parlé, il a nié, bien entendu, mais je ne l'ai pas cru. J'étais folle de rage.

— Et le sommeil ? Comment est-ce qu'il expliquait ça ?

Il faisait maintenant de gros efforts pour chasser la colère de sa voix. Ce qui jusque-là n'était qu'une simple antipathie pour Harry était en train de se transformer en quelque chose de bien plus sombre et plus dangereux.

— Il m'a dit que Dillon s'était couché tard parce qu'il avait joué à des jeux avec les adultes. Qu'il était simplement épuisé et que c'était une bonne chose. Mais c'était du flan. Tu sais comment ils sont quand ils se retrouvent ensemble, Harry et Cozimo. Ils ont sans doute cru que c'était anodin. Tu peux même être sûr qu'ils se sont persuadés que ça ferait du bien à Dillon, ou une connerie de ce genre.

— Et alors, tu l'as jeté dehors ?

— Oui.

— Ça s'est passé quand, tout ça ?

Un nouveau soupir.

— Il y a deux semaines, par là.

— Et qu'est-ce que tu vas faire, maintenant ?

— Je n'en sais rien. Vraiment rien. Harry crèche chez Cozimo pour le moment. Il veut revenir. Il jure qu'il fera tout pour s'amender si je veux bien le reprendre.

— Et tu vas le faire ?

Elle poussa un soupir, long et las, et il comprit qu'elle était indécise ; il la sentit fatiguée, aussi, de retourner tout cela dans sa tête, lassée par tous ces doutes.

— Je ne sais pas. Je n'en sais vraiment rien. Et de toute manière, enchaîna-t-elle comme si elle s'était soudain secouée et voulait mettre fin à la conversation, ça ne te regarde pas.

Mais elle avait mis quelque chose en branle. Cette unique et brève conversation avait semé en lui une graine de colère. Il l'emporta avec lui durant cette dernière nuit à New York et, en se réveillant le len-demain matin dans son lit d'hôtel, il constata que la graine avait grossi et accumulé de la chaleur. Sur la route du retour, il y repensa, et plus il y pensait, plus il était en colère. Ce type, ce pauvre con, droguant son gosse sans songer une minute aux conséquences, simplement pour pouvoir se détendre quelques heures avec ses copains en buvant ou en fumant des joints. C'était complètement irresponsable. Non : c'était cri-minel, point final. Quand il se rappelait les heures qu'il avait passées à veiller Felix, des jours et des nuits durant, en écoutant le bip bip des machines qui maintenaient son enfant en vie, tous les tuyaux et les poches reliés au petit corps de son fils... lorsqu'il pen-sait à cela puis pensait à Harry, ses mains se resser-raient sur le volant et l'effort de contenir sa rage lui blanchissait les jointures.

Eva et lui n'échangèrent pas un mot durant le long trajet du retour, mais alors qu'il se garait devant la maison, coupait le moteur et sentait la tension se relâ-cher un peu dans ses bras, Eva lui dit :

— Je ne peux pas entrer.

Elle regardait droit devant elle, vers les vitres noires et la vigne vierge dénudée qui grimpait aux murs de la maison où ils vivaient depuis quatre ans.

— Je ne peux pas, répéta-t-elle avec un impercep-tible mouvement de tête.

Elle se contenait soigneusement. C'était un mauvais jour, un de ces jours où son chagrin la terrassait. Mais là, elle se détourna de la maison pour le regarder, lui, et parla d'une voix claire et assurée. Elle lui dit que la maison contenait trop de souvenirs : la chambre de Felix, la caisse à jouets dans le coin de la cuisine, les dessins accrochés sur le frigo, sa brosse à dents dans la salle de bains. Elle ne pouvait pas passer le balai sans exhumer une petite pièce de jeu ou de puzzle qui lui rappelait son enfant. Des vestiges de sa courte vie traînaient dans tous les coins. Même s'ils nettoyaient les lieux de fond en comble, cela ne ferait aucune différence. Le souvenir de lui imprégnait chaque pièce. Elle avait parfois l'impression, en entrant dans la maison, de sentir son odeur. C'était insoutenable. Ils ne pouvaient pas rester là.

— Emmène-moi loin d'ici, lui dit-elle. J'ai besoin que tu m'emmènes quelque part où chaque chose ne me fera pas penser à lui. Où je ne m'arrêterai pas chaque fois que je franchirai une porte en m'attendant à le voir.

Garrick écouta. Il regarda au fond des yeux limpides et gris de sa femme et ce qu'il éprouva fut du soulagement. Enfin elle s'ouvrait à lui, exprimait une faiblesse qu'elle avait, jusqu'à présent, gardée hors de sa portée. Un pas, même petit, avait été fait vers la réparation de ce qui avait été brisé entre eux. Et ce qu'elle voulait – ce dont elle avait besoin, venant de lui – était à sa portée. En cet instant, il sut que c'était la bonne, la seule chose à faire.

Il lui caressa la joue et entrevit l'ombre de la femme qu'elle avait été. Il l'observa encore un instant. Puis il remit la clé dans le contact et démarra lentement en marche arrière.

Ils se rendirent d'abord à Londres. Il avait suggéré l'Irlande, son pays de naissance à elle, où sa mère vivait toujours, mais Eva n'avait pas voulu en entendre parler. Elle désirait plutôt se perdre dans des endroits où nul ne les connaissait, où personne n'avait eu vent de la tragédie qu'ils avaient endurée. Atterrissant tôt un matin à Heathrow, il ouvrit le sac de voyage qu'Eva portait d'habitude et eut un choc en y trouvant trois passeports au lieu de deux. Cette découverte le mit mal à l'aise et envoya dans tout son corps un sursaut de chagrin, soudain et inattendu. Plus tard, alors qu'ils s'étaient installés à l'hôtel et buvaient du café amer, il ne put s'empêcher de poser la question : pourquoi sa femme transportait-elle le passeport de leur fils décédé ? Elle le regarda alors, les yeux rougis par la fatigue dans la lumière du petit matin, et lorsqu'elle parla, sa voix semblait chargée d'une sorte d'appréhension lasse.

— Je n'ai pas pu, dit-elle. Je n'ai simplement pas pu me résoudre à le jeter ni à le laisser. La seule idée de prendre son passeport et de le séparer du nôtre paraissait tellement... définitive. Si atrocement définitive. Je n'ai pas pu.

Il baissa les yeux sur les passeports regroupés, tous trois bien rangés l'un contre l'autre dans le petit sac.

— Je ne suis pas encore prête pour ça, ajouta-t-elle. Je t'en prie, David. Je t'en prie, ne me demande pas de faire ça.

Il n'ajouta pas un mot sur le sujet et rangea le sac.

Après Londres, ils se rendirent à Paris, puis entamèrent une lente et sinueuse descente vers le sud, traversant la campagne vallonnée du centre de la France pour rejoindre la Provence et la Méditerranée. Dans les villes qu'ils traversaient, ils visitèrent des cathédrales, des galeries d'art et des châteaux, admirèrent des tableaux, des vitraux, des statues éclairées par les cierges vacillants de la foi. Ils marchèrent des kilomètres et des kilomètres, emplissant leurs yeux et leur tête d'images de beauté, de ferveur et de majesté. Ils virent des villes, des villages et la campagne, des champs et des forêts, des toits de tuiles rouges et des places pavées. Ils firent des repas sans fin et burent d'innombrables tasses de café et bouteilles de vin. Ils devinrent experts dans l'art de remplir le silence par des bavardages. Le temps se réchauffait, et ils franchirent les Pyrénées pour entrer en Espagne.

À Séville, ils se retrouvèrent assis sous le vaste auvent d'un café sur la Plaza del Triunfo, à siroter une bière tout en observant le passage des chalands et des touristes. Toute la matinée, Eva s'était montrée distraite et avait gardé ses distances. Elle n'avait rien dit pendant tout le temps où ils s'étaient installés et avaient attendu que la serveuse apporte leurs consommations. Elle était restée là, le visage dissimulé par de grandes lunettes de soleil, et avait gardé les yeux rivés sur la place et sur l'activité qui s'y tenait. À présent, alors que ses doigts fins suivaient le contour de son verre, il vit qu'elle rassemblait son courage.

— Quoi ? lui demanda-t-il, curieux et méfiant à la fois, comme il l'était souvent lorsque son chagrin prenait le dessus.

— Je veux aller là-bas, déclara-t-elle. À Tanger.

Elle retira ses lunettes noires pour le regarder bien en face et il comprit l'intention cachée derrière cette demande.

— Pourquoi ? fit-il bien qu'il connût déjà la réponse.

— Je veux y aller. Je veux voir à quoi ça ressemble, pour me faire une idée, comprendre un peu ce qui te retenait là-bas.

Il écouta ces paroles tout en sachant qu'elles étaient fausses. Derrière le regard de la femme était tapie l'ombre d'une vieille accusation. Malgré sa crainte de retourner là-bas, il n'essaya pas de la faire changer d'avis. Il avait besoin de la protéger, de faire son possible pour dissiper sa mélancolie. C'était ce à quoi il s'était engagé. Il vida son verre et le reposa sur la table en acquiesçant d'un hochement de tête. Elle tendit la main pour lui toucher le poignet.

Plus tard dans la journée, ils réservèrent leurs billets et, avant la fin de la semaine, embarquèrent sur un ferry en direction de Tanger.

À leur arrivée, en fin d'après-midi, alors que le soleil entamait sa langoureuse descente, ils prirent une chambre dans un hôtel du front de mer. Eva avait une migraine épouvantable, si bien qu'aussitôt après s'être enregistré à la réception, il l'installa dans leur chambre et s'assura qu'elle avait des antalgiques et suffisamment d'eau ; puis, la laissant dormir, il se glissa dans la lumière douce du début de soirée.

Pendant un moment, il se promena le long de la mer. Une brise subtile soufflait dans l'air et la marche soulagea un peu la douleur qui s'était attaquée à son dos et à ses épaules. En arrivant à l'Escalier américain, il prit à gauche, dépassa la mosquée et se retrouva dans le dédale de petites rues qu'il connaissait encore un peu, derrière le petit souk. Chaque virage qu'il prenait, chaque devanture, chaque ruelle lui rappelaient Robin. Il était comme drogué par la nostalgie. Son ancien immeuble se trouvait dans les parages. À chaque carrefour il s'attendait à tomber sur elle, mais chaque fois il était déçu. Il ne pouvait s'empêcher de songer à elle, ce qui l'amena naturellement à penser à l'enfant. Des pensées dangereuses, car elles étaient curieusement associées à ses souvenirs de Felix, et il tâcha de les fuir, craignant qu'elles ne l'amènent à craquer.

Il avait la vague intention de chercher Cozimo, ce

331

vieux bonhomme ratatiné au regard vif et à l'humour vachard. Il le chercha ici et là, et finit par entrer dans un café proche de la cathédrale espagnole où, comme de juste, son vieil ami siégeait devant une petite cour d'expatriés que Garrick ne reconnut pas. En approchant, il vit l'expression de Cozimo changer, la surprise passant brièvement sur ses traits avant d'être chassée par un grand sourire.

— Garrick, mon vieil ami ! lança-t-il gracieusement en se levant pour l'accueillir à bras ouverts. Ça fait bien trop longtemps !

Il s'attarda une heure, désireux de ne pas laisser Eva seule trop longtemps. Une heure passée à évoquer le bon vieux temps, une heure empreinte d'une nostalgie rampante qui lui donna le bourdon. En voyant combien il avait changé, il se sentit vieux, usé. Alors qu'autrefois il appréciait cet environnement enfumé et les anecdotes interminables de Cozimo, aussi louches, exagérées et fictives soient-elles, ce soir-là il remarqua surtout le vide qu'il y avait au cœur de tout cela. En regardant son ami, il ne vit qu'un triste vieillard dévidant toujours le même fil – une araignée tissant sa toile de mensonges –, et fut frappé de constater combien tout cela était creux. Il apprit toutefois une chose : Harry et Robin étaient de nouveau ensemble. On ne lui dit pas, et il ne le demanda pas non plus, comment s'était passée la réconciliation. Tout ce qu'il sut était qu'ils vivaient toujours, tous les deux, au-dessus de la librairie de Cozimo. Quelque peu déçu par cette nouvelle, il regagna son hôtel d'humeur morose.

Le lendemain soir, au retour d'une longue promenade dans la médina qui les avait menés à l'église Saint-André et au musée de la Légation américaine,

Eva se déclara épuisée. Pour la deuxième fois de suite, il la laissa donc à l'hôtel et sortit seul arpenter les ruelles, laissant les odeurs et les bruits de Tanger pénétrer ses sens. Il se sentit attiré de manière irrésistible vers le quartier où vivaient Robin et Harry et, depuis un recoin dans l'ombre, leva les yeux vers les fenêtres éclairées de leur appartement, guettant un mouvement, une silhouette familière, espérant avoir un aperçu... de quoi ? De qui ? Quelque chose s'était mis en mouvement en lui et ce n'était pas de la simple curiosité : au fond, il s'étonnait d'être si contrarié que Robin vive de nouveau avec Harry. Pour tout dire, cela le mettait hors de lui. Comment avait-elle pu ? Après ce qu'il avait fait ? L'étincelle de colère qui avait jailli en lui brilla vivement tout le temps qu'il demeura tapi dans l'ombre et pendant le long trajet de retour jusqu'à son hôtel.

Le troisième soir, il laissa une nouvelle fois Eva seule, et, cette fois, il marcha d'un pas décidé vers sa destination. Il savait, désormais, qu'il était parti pour les affronter. Sa colère n'était pas retombée. Sans avoir dit un mot à sa femme, il se mit en chemin pour aller leur parler face à face, pour tout révéler, et, en même temps, il ne comprenait pas pourquoi il avait un tel besoin de vérité – sans parler d'essayer de l'expliquer à Eva. La nuit tombait et la ville lui parut plus silencieuse que dans son souvenir. L'air possédait ce soir-là une qualité particulière, une immobilité angoissante. Il marchait vite, propulsé par sa rage, malgré la nuit qui s'épaississait et ses doutes qui persistaient, malgré un vif désir de rentrer à l'hôtel retrouver Eva.

Lorsqu'il arriva, la librairie n'était pas fermée à clé. Après une brève hésitation, il entra. L'odeur des lieux lui était familière. L'humidité moisie des vieux livres entassés dans cet espace exigu alluma une lueur dans sa mémoire, et tous les après-midi passés là avec Cozimo, à boire du thé et fumer des cigarettes turques en discutant art, philosophie ou politique, lui revinrent en tête. Il passa le bout des doigts sur le dos des reliures et repensa à cette version plus jeune de lui avec une sorte de regret affectueux. Tant de choses avaient changé en l'espace de quelques années... À l'étage, Robin et Harry étaient peut-être en train de préparer le dîner ou de jouer avec leur fils, de peindre ou de traîner. Un instant, il eut une vision de ce qu'il s'apprêtait à faire. Il était sur le point de monter, de faire irruption chez eux, revenir en fanfare dans leur vie et, sans crier gare, faire voler en éclats la paix qu'ils avaient pu trouver. Pendant une demi-seconde, il entr'aperçut ce qui risquait d'arriver, jusqu'où il risquait d'aller, ce qu'il allait peut-être révéler, et un tremblement d'appréhension l'arrêta, le fit même reculer de quelques pas. Et c'est alors qu'il s'attardait là, au fond de la boutique, cloué au sol par l'indécision, qu'il entendit des pas dévaler l'escalier à grand bruit. Il leva la tête juste à temps pour voir Harry filer vers la porte. Invisible dans la pénombre, il le regarda refermer à clé et partir à la hâte. Il se retrouva seul.

Harry était passé trop vite pour qu'il puisse réagir. Trop vite pour qu'il s'avance et fasse connaître sa présence, alors qu'il était encore en proie à l'indécision. À présent, debout parmi les livres, il se reprochait amèrement son hésitation. Mais Robin et le petit se trouvaient peut-être à l'étage : cette idée le foudroya et cette fois il n'hésita plus. La curiosité l'attira vers l'escalier et il commença à gravir les marches. Le silence accueillait chacun de ses pas et il eut la sensation d'être le seul occupant des lieux, même s'il espérait toujours trouver Robin en haut. Il fut déçu en poussant la porte et en observant le salon désert. Elle n'était pas là. L'enfant non plus.

Garrick promena son regard sur le canapé bas et sur les toiles empilées dans le coin. Des odeurs de cuisine lui frappèrent les narines et il découvrit sur le plan de travail les preuves des efforts de Harry : la planche à découper, la semoule, la bouteille de gin entamée. Il était en train de contempler cette bouteille lorsque le séisme frappa. L'onde de choc heurta violemment les fondations de l'immeuble, envoyant des secousses dans ses pieds, puis dans son corps entier. Projeté contre un mur, il tituba jusqu'à la porte la plus proche, une décharge de panique le traversant tandis que les murs oscillaient et tanguaient autour de lui. Toute la vaisselle qui se trouvait dans la cuisine fut jetée au sol. La porte du four s'ouvrit brutalement et un plat de viande en dégringola. Un fracas de faïence et de verre se poursuivait dans le salon où des assiettes accrochées au mur glissaient par terre pendant que la table basse en verre volait en éclats. De grandes fissures apparurent dans les murs et au plafond, avançant à une vitesse alarmante. Dérapant et zigzaguant, il commença à revenir sur ses pas, certain que l'immeuble allait s'effondrer. Mais juste avant d'atteindre l'escalier, jetant un œil dans le couloir, il vit la porte de la chambre ouverte et la forme endormie qui se trouvait là.

La terre cessa de trembler. L'immeuble semblait osciller sur ses bases et Garrick se précipita dans la chambre. Son regard se posa sur l'enfant, sur son fils endormi, mais le calme fut de courte durée. Autour de lui, les murs continuaient de craquer et de geindre, et un autre son s'élevait d'en dessous : la rupture de toute la maçonnerie qui maintenait l'édifice.

Savait-il ce qu'il faisait ? Même à présent, il n'en est toujours pas certain. Peut-être. Il avait vaguement la notion de sauver la vie d'un fils alors qu'il n'avait pas su protéger l'autre. Ce n'était pas de l'héroïsme, c'était de l'instinct. Garrick n'avait pas d'autre idée en tête que d'arracher l'enfant à ce fichu immeuble et l'emmener dehors, en sûreté. D'un geste vif, il l'enroula grossièrement dans le drap et fila dans l'escalier. Il fallait qu'il l'éloigne de là. Alors qu'il traversait la librairie et atteignait la porte, il entendit un craquement de bois au-dessus de sa tête et sentit que les murs s'effondraient autour de lui. Il se précipita de tout son poids contre la porte, de toutes ses forces, et soudain ils furent dehors, dans l'air nocturne, où il entendit les premiers cris et hurlements venus de la rue.

Il ne se retourna pas pour voir tomber l'immeuble. Non, il partit en courant, sans aucune pensée en tête hormis la hâte de se tirer de là. On aurait dit que tout Tanger courait. Un véritable fleuve humain dévalait la butte, avec des effluents qui se déversaient dans les allées et les ruelles.

La sueur avait collé ses cheveux à son front ; ses poumons étaient en feu. Mais il courait toujours, éperonné par le besoin de mettre l'enfant en sécurité. Il continua, continua encore, à travers la poussière et la fumée qui emplissaient l'atmosphère, ne pensant ni au bien ni au mal, et rien n'aurait pu l'arrêter. C'était à présent une nouvelle émotion qui le propulsait en avant : la fureur. Déjà convaincu de la négligence de Harry, de sa culpabilité, il fonçait dans les rues de la vieille ville, dépassant les boutiques et les cafés – en grande partie réduits à l'état de tas de gravats –, et ne ralentit le pas que lorsqu'il eut atteint le front de mer.

Il se disait qu'il faudrait amener l'enfant dans un

hôpital. Qu'il aurait fallu tâcher de trouver Robin. Mais, au lieu de cela, il se retrouva à son hôtel – lequel tenait toujours debout, preuve éclatante de sa solidité. Les clients formaient des petits groupes terrifiés dans le hall et alors qu'il cherchait Eva des yeux, le cœur battant la chamade, il la vit s'approcher de lui, le teint pâle, les yeux rivés sur l'enfant. Ils ne dirent pas un mot et s'éloignèrent des autres sans se faire remarquer.

Leur chambre était plongée dans le noir car l'électricité était coupée. Il poussa la porte derrière lui en s'y adossant, puis s'avança dans la pièce. Il déposa tendrement l'enfant sur le lit et, au même instant, Eva gratta une allumette. Elle avait déniché une bougie : dans sa lueur vacillante, la courtepointe blanche semblait presque phosphorescente. Elle vint se poster à côté de lui, et c'est seulement à ce moment-là, en regardant le visage d'Eva ravagé par l'émotion, puis le garçon endormi devant eux, qu'il se passa les mains sur le visage, chercha à faire entrer de l'air dans ses poumons oppressés et se dit : *Mon Dieu, qu'ai-je fait ?*

Ils discutèrent jusque tard dans la nuit. À voix basse, il lui expliqua ce qui s'était passé : son retour à la boutique de Cozimo, la secousse impromptue, sa découverte de l'enfant. Il lui raconta comme il avait couru sans s'arrêter jusqu'à son arrivée ici. Elle ne lui demanda pas : « Pourquoi ? Pourquoi as-tu risqué ainsi ta vie ? » Pas plus qu'elle ne lui demanda ce qui lui avait pris de retourner là-bas, ni pourquoi il avait ramené le garçon au lieu de le rendre à ses parents. Elle ne fit que le regarder parler, le visage calme et indéchiffrable, en hochant lentement la tête pour l'encourager à poursuivre.

— Il faudrait contacter la mère, dit-elle.

— Oui.

Mais il ne bougea pas de son fauteuil et elle n'en parla plus.

L'enfant reposait immobile sur le lit. Garrick regarda sa femme vérifier qu'il allait bien, pour la sixième ou septième fois depuis qu'il l'y avait déposé une heure plus tôt. Elle remonta le drap jusqu'à son menton, lissa le couvre-lit. Sa main se porta instinctivement à la petite tête endormie, ses doigts s'enfoncèrent dans les boucles douces, et il la revit faisant de même avec Felix : ce geste paraissait complètement naturel et, en même temps, d'une tristesse si insoutenable qu'il dut détourner les yeux.

— Tu crois qu'on devrait appeler un médecin ? demanda-t-elle avec inquiétude.

— Il a l'air d'aller bien. Laissons-le dormir.

Elle ne quitta pas l'enfant des yeux, s'attardant à son chevet, les bras croisés.

— Il dort profondément.

— Oui.

— Et il ne s'est pas réveillé quand tu l'as soulevé ?

— Pas du tout.

— Il est resté endormi sur tout le chemin du retour ?

Il regardait fixement par terre, les muscles et les os endoloris. Il savait qu'elle l'observait, attendant une réponse. Il y avait de l'incrédulité dans sa voix.

— Je crois que quelqu'un lui a donné un somnifère.

— *Quoi ?*

Le mot avait jailli comme une accusation. Il releva la tête pour croiser son regard, furieux, indigné et incrédule, comme l'avait été le sien.

— Comment le sais-tu ? le questionna-t-elle.

Il fit tourner sa montre autour de son poignet.

— Dave ?

338

Il sut qu'il allait devoir le lui dire.

Alors, il s'approcha du minibar, leur prépara deux whiskys-sodas, et elle vint s'asseoir auprès de lui et l'écouta, le verre à la main, expliquer le coup de téléphone de New York, ce que Robin lui avait révélé.

Dans le calme de la chambre, sa stupéfaction était palpable.

— Faire ça à un enfant, souffla-t-elle en secouant la tête. Et le séisme. Il aurait pu être tué.

— Je sais.

— Quelle négligence ! continua-t-elle, le regard de nouveau attiré vers l'enfant.

— Oui.

— Elle le *savait* et elle s'est quand même remise avec lui ? s'étonna Eva en tournant brusquement la tête vers lui, comme si l'idée venait de la frapper.

Il confirma de la tête et elle expira vivement un petit souffle de fureur ; il sentit comme des vaguelettes de colère émaner d'elle et devina tout ce qu'elle pensait : *Qu'est-ce que c'est que cette mère qui laisse son enfant à la merci d'un tel danger ?*

Il avait conscience de la gêne qui surgissait entre eux lorsqu'ils parlaient de Robin – sa honte à lui et la colère frémissante et sourde d'Eva à la moindre mention de l'autre femme. Mais ce soir-là, il n'y eut pas de récriminations, pas de silence glacial. Au-dehors, la ville était en feu. Le hurlement des sirènes déchirait la nuit. Mais dans leur chambre d'hôtel, il sentait un lien se resserrer, chacun tirant l'autre vers lui, vers l'inattendu qui venait de se présenter à eux.

Elle posa des questions sur Harry et il lui décrivit son caractère dans les grandes lignes, tel qu'il l'avait perçu à l'époque où tous deux avaient entretenu des relations cordiales, quoique distantes.

— Ce n'est pas le mauvais bougre, je suppose. Juste un peu égocentrique.

— Hmm. Ça m'a tout l'air d'être une perle, celui-là.

Encouragé par son sarcasme, par son refus implicite de voir dans Harry autre chose que le méchant de l'histoire, il commença à lui parler de sa propre méfiance, de ses doutes à propos de l'homme qui élevait son fils. Bien sûr, il n'y avait rien à y faire. À part de petites choses.

— Quoi, par exemple ?

Dans la pénombre de la chambre, ses yeux à elle étaient durs et brillants. Ils le scrutaient, avides de la moindre parole, la moindre faiblesse de caractère, la moindre erreur ou faute qu'il pouvait trouver chez Harry et qui viendrait nourrir le projet.

Ni l'un ni l'autre n'avait encore formulé l'idée, mais elle était bien là, entre eux deux. Déjà, elle prenait forme.

Au bout d'un moment, il lui suggéra de dormir un peu. À la vérité, il était tellement bouleversé qu'il voyait la pièce tanguer autour de lui. L'énormité de ce qu'ils envisageaient de faire le désorientait. Il avait peur de tomber s'il se levait. Il lui dit de s'étendre dans le lit avec le garçon, qu'il prendrait le canapé. Le sommeil ne tarda pas à les gagner, mais, juste avant, il regarda sa femme se pelotonner contre la petite forme roulée en boule sur le lit, le bras suspendu un instant au-dessus : une hésitation, la crainte que le poids de ce bras ne réveille le garçon. Sa main, finalement, alla se poser brièvement sur la petite épaule, suivit le bras jusqu'au creux du coude et se retira sans bruit.

Il ignorait combien de temps il avait dormi. Mais, à son réveil, elle était debout devant lui.

— Quoi ? demanda-t-il, car il percevait une tension en elle, une lente incertitude qui flottait sur ses traits. Il y a un problème ?

Elle portait un tee-shirt à lui sur ses sous-vêtements et il détailla du regard son long corps mince. Puis il vit qu'elle avait quelque chose dans la main.

— Tiens, dit-elle en le lui tendant.

Il s'assit en se frottant les paupières. Il avait des douleurs aiguës en trois points le long de la colonne vertébrale, comme si son corps avait été plié en accordéon. Il baissa les yeux sur le passeport qu'elle tenait.

Elle se mordit la lèvre, avec une sorte d'anxiété sauvage, en le regardant ouvrir le passeport. La photo de Felix apparut à la bonne page. Eva alla se laisser tomber sur le lit.

Cette photo, il l'avait prise lui-même. Il s'en voulut de son irritation ce jour-là, sa colère contre l'enfant qui refusait de se tenir tranquille, ne voulait pas regarder l'appareil ou, quand il le faisait, était incapable de garder une expression neutre : son sourire malicieux revenait sans cesse gâcher les clichés.

— Bon sang de bonsoir, Felix ! avait-il crié à son fils.

En y repensant, il rougit de honte et de remords. Il aurait tout donné pour pouvoir retrouver ce moment.

Eva était à présent assise sur le lit à côté du garçon, dont le petit torse était soulevé par un souffle régulier.

— C'est incroyable, n'est-ce pas ? Cette ressemblance.

Le passeport était dans sa main. Il vérifia la date. Le document était toujours valide.

Dans le lit, le garçon commençait à remuer. Garrick retint son souffle le temps de voir ses yeux s'ouvrir, son petit corps se redresser, ses poings chasser le sommeil de ses yeux. Et lorsqu'il promena son regard dans cette chambre inconnue, puis l'arrêta sur Eva et Garrick, tout sommeil le quitta.

— Où est ma maman ? demanda-t-il.

Cette petite voix rauque de fatigue et de peur serra le cœur de Garrick. Quant à Eva, si elle avait des doutes, elle les cachait bien sous un masque de sang-froid.

— Ton papa et ta maman ne peuvent pas venir tout de suite, dit-elle d'une voix douce mais ferme, rassurante. Ils nous ont demandé de te garder un petit moment.

La facilité, la fluidité avec lesquelles ce mensonge était sorti coupa le souffle de son mari.

Elle lui dit comment ils s'appelaient et Garrick regarda le petit remonter ses jambes sous le drap pour serrer ses genoux contre son torse – un geste défensif. Il les observait, sur ses gardes, les yeux écarquillés sous sa frange de cheveux châtains. Son menton tremblait, des larmes jaillirent soudain de ses yeux, et Garrick sentit cette fois une pointe lui transpercer la poitrine. Eva se rapprocha de l'enfant et lui parla d'une voix gaie et enjouée.

— Est-ce que tu as faim, Dillon ? Qu'est-ce qui te ferait plaisir pour le petit déjeuner ? Est-ce que tu aimes les croissants ? Les tartines ?

Il la dévisageait avec suspicion, mais le tremblement de son menton avait cessé – du moins pour le moment.

— Que dirais-tu d'un verre de lait avec une bonne brioche ?

Il eut un minuscule hochement de tête et serra ses genoux plus fort. Elle voulut tendre la main vers lui mais il se recula instantanément. Garrick vit la main de sa femme retomber sur ses genoux, mais son visage rayonnait toujours de la même joie, du même optimisme solaire.

— Est-ce que tu aimes les bateaux, Dillon ?
demanda-t-elle.

Le petit ne répondit pas, il se tortilla un peu sous
le drap, sans quitter des yeux la bosse que faisaient
ses jambes pliées. Eva continua.

— Tout à l'heure, on fera peut-être une petite promenade en bateau, rien que nous trois. Est-ce que ça te
plairait ? Et si tu veux, on pourra s'installer sur le pont
pour regarder tous les autres bateaux, et les mouettes,
et les vagues. N'est-ce pas que ce serait amusant ?

Puis elle tourna la tête vers Garrick et l'ampleur
de sa suggestion muette le heurta avec violence. Il
ne pensa pas aux conséquences. Pas à ce moment-là.
Elle non plus. Ils se disaient que c'était dans l'intérêt
du garçon. Qu'il serait mieux sans ses parents, loin
de leur négligence, leur inconscience. Eux, au moins,
pourraient lui donner une vie meilleure que celle qu'il
connaissait en habitant dans un taudis, un piège mortel,
entouré de hippies et de drogués. Eux l'aimeraient, le
chériraient et se soucieraient toujours de lui. Avec eux,
sa vie serait pleine d'opportunités ; il pourrait réaliser
tout son potentiel, rien ne serait hors de sa portée.
C'est ce qu'ils se dirent. Mais en dessous de tout ça,
il y avait la conscience sourde de leur propre peine,
des abîmes dans lesquels ils étaient tombés, et voilà
que cette occasion se présentait, ce salut tombé du ciel.

Comment s'y prend-on pour expliquer cela à
quelqu'un – comment explique-t-on la manière de
reconstruire sa vie autour d'une si magistrale tromperie ? S'il avait lu sa propre histoire dans le journal – ce
gros titre choquant : « Un couple vole un garçonnet pour remplacer son enfant décédé » –, il aurait
aussitôt imaginé une histoire sordide, des complots,

des calculs. Mais ce n'était pas ainsi. C'était plutôt la lente et régulière accumulation de plusieurs tromperies minimes, chacune menant à la suivante, jusqu'à ce qu'on s'y soit fait. Un mince filet de mensonges, dont chacun était dit non par malice mais en raison d'un besoin écrasant de protéger l'enfant, de dresser un bouclier entre lui et toute peine. Une période de deuil, d'acclimatation, jusqu'à ce qu'ils puissent s'atteler à la tâche grave mais heureuse de construire leur vie ensemble – ce petit noyau à trois.

Au début, il y eut des larmes. Elles revenaient régulièrement. Garrick apprit à les anticiper. Le regard méfiant qui s'emparait du garçon, le silence de pierre qui l'entourait soudain, puis un plissement sur son front, sa lèvre inférieure qui saillait et enfin tout le visage se liquéfiant en pleurs. Des questions sur sa mère, sur son père, sur sa maison. Le ton impérieux, les colères. Bras et jambes s'agitant, des explosions de violence spectaculaires. À chaque éruption, ils attendaient que cela passe. Eva était plus douée que lui pour cela. Elle restait près du petit pour murmurer des paroles de réconfort, des bruits doux pour le calmer, des roucoulements tendres, des petits noms qu'elle avait, jusque-là, réservés à Felix. Souvent, Garrick s'apercevait qu'il ne pouvait pas rester l'écouter. Il avait besoin de s'éloigner. Mais pas Eva. Pas une fois elle ne craqua. Sa volonté était plus forte. La ténacité qu'elle déployait face à un chagrin, une colère et une confusion si énormes était fascinante. Il l'observait avec une sorte de respect effaré, honteux de se dégonfler par moments, d'avouer ses doutes en tremblant. Mais il suffisait qu'elle lui rappelle cette fameuse nuit à Tanger pour qu'il revienne vers elle.

— Ce type l'a laissé tout seul, disait-elle froidement.

Et aussitôt, il était de retour dans cette chambre, entre les murs qui croulaient autour de lui, le regard attiré par la petite silhouette de l'enfant drogué et abandonné, seul alors que la terre s'ouvrait sous lui. Il se souvenait et retenait son souffle. Il semblait qu'une autre force était à l'œuvre, qu'il y avait eu une raison pour qu'il se trouve à Tanger ce soir-là, une volonté supérieure qui l'avait ramené chez Cozimo, poussé à gravir l'escalier comme un voleur dans la nuit et propulsé en courant dans les rues affolées, serrant l'enfant endormi dans ses bras.

Ils répondaient patiemment aux questions de Dillon. Son papa et sa maman n'allaient pas bien, ils avaient demandé à Eva et Garrick de veiller sur lui. Non, ils ne savaient pas quand il pourrait les revoir. Non, ils ne pouvaient pas les appeler au téléphone, ce n'était pas possible. Et puis ils attendaient que les pleurs se calment, et alors ils le baignaient de leur affection et le couvraient de cadeaux, un effort énorme pour combattre les marées de chagrin et d'incompréhension. Ils s'étaient engagés trop loin pour revenir en arrière.

— Tu te rappelles nos vacances dans l'Oregon ? demanda un soir Eva à Garrick.

Ils avaient eu une sale journée. Les larmes de l'enfant avaient jailli plusieurs fois et Garrick avait été tout près d'abandonner, de livrer Dillon aux autorités, d'avouer son crime pour en finir une bonne fois pour toutes.

— Les dernières, précisa-t-elle.

Il fit oui de la tête. Bien sûr qu'il s'en souvenait. Les dernières vacances avant que Felix ne tombe malade.

— Tu te rappelles ? On était dans la voiture, sur la

route depuis déjà trois ou quatre heures, quand Felix s'est mis à brailler sur la banquette arrière. Il avait oublié Bo.

Ce souvenir le fit sourire. Un sourire triste, nostalgique. Bo, ce chat en peluche miteux, galeux, cracra, auquel Felix, pour une raison inexplicable, s'était passionnément attaché.

— On était affolés ! Tu ne t'en souviens pas ?

— Si, très bien. J'ai failli envoyer la voiture dans le fossé.

— C'est vrai ! C'était la panique à bord. Qu'allions-nous faire sans Bo ? Comment faire tenir Felix tout un mois sans son Bo chéri ?

— Tout à fait.

— Et ç'a été l'enfer au début, hein ?

— Oh oui.

— Toutes ces larmes, ces sanglots ! Les bouderies et les comédies !

— Mais il s'en est remis.

— Absolument. Et en vitesse ! dit-elle, les yeux brillants. Au bout de la deuxième semaine de vacances, il n'en parlait même plus. Et à notre retour à la maison, on aurait pu croire que Bo n'avait jamais existé. Il était complètement oublié.

— Eva, dit Garrick, soudain sérieux, d'une voix calme mais qui contenait quand même une note d'avertissement. On ne parle pas d'une peluche, là. On parle de ses parents.

— Son père, c'est *toi*, répliqua-t-elle immédiatement.

Et tout aussi rapidement, elle détourna la tête.

Il lui prit la main, la tint dans la sienne et laissa le silence dériver autour d'eux.

C'était entendu entre eux, de toute manière. Avec

346

le temps, les souvenirs pâliraient, et l'enfant penserait de moins en moins à ses anciens parents. Il n'avait que 3 ans. Il oublierait.

Les semaines s'écoulèrent. Ils continuèrent à voyager. À chaque frontière qu'ils franchissaient, il avait les mains moites et un étroit bandeau de tension se resserrait autour de son crâne ; ils veillaient alors soigneusement à ne pas appeler Dillon par son prénom. Ils ne gaffèrent jamais.

Leur maison aux États-Unis fut mise en vente, la décision prise : ils ne rentreraient pas. Une distance s'était peu à peu insinuée entre eux et leurs familles, leurs amis. Ils s'étaient tenus à l'écart pendant leur deuil après Felix. Maintenant, il fallait qu'ils expliquent le garçon. Des lettres furent écrites, des e-mails soigneusement rédigés, des coups de téléphone à mi-voix, tard le soir, quand Dillon dormait. Ils s'étaient mis d'accord sur une histoire : la mère de Dillon était morte lors du séisme de Tanger et il revenait à Garrick, qui était le père, de le prendre en charge. Cela suscitait certainement des mines étonnées, des ragots, des spéculations, des calculs de dates. Nul besoin d'être un génie pour comprendre que Garrick avait été infidèle. Mais Eva était prête à vivre avec cette humiliation. Et lui, avec la honte. Ils avaient enduré bien pire. Et au moins, cette fois, l'épreuve n'était pas vaine. Ils pouvaient tous deux l'accepter, du moment qu'elle leur permettait de garder Dillon.

Un après-midi humide, quelques mois après l'enlèvement. Fraîchement débarqués au Canada, ils avaient choisi de s'installer dans une banlieue tranquille de Toronto, un lieu où personne ne les connaissait, où ils pourraient prendre un nouveau départ. Dans la maison de location, Garrick et Dillon étaient sur le canapé, en train de regarder un film d'animation qu'ils avaient déjà vu, *Le Monde de Nemo*. Le film préféré du petit. Assis côte à côte, sans parler, blottis dans un agréable silence, ils regardaient. Et tout à coup, Dillon se tourna vers lui, l'air très solennel, et demanda :

— Est-ce que ma maman est morte ?

Le cœur saisi d'une frayeur soudaine, il tenta de rester impassible et observa le visage pâle et attentif de l'enfant.

Celui-ci ne cillait pas.

Garrick hocha lentement la tête.

— Et mon papa ?

— Oui.

Sa bouche, sèche comme de la poussière.

Le garçon le fixa encore un moment de son regard solennel, puis Garrick s'aperçut qu'il retenait son souffle en attendant que les larmes viennent. Mais non, le garçon se retourna vers l'écran et ils finirent de regarder le film, sur le canapé, sans rien dire.

Ça y était, le pire des mensonges était derrière lui. Et avec quelle facilité ! Cela le terrifiait, d'une certaine manière – l'énormité de la chose, les conséquences implicites. Pourtant, à présent que c'était fait, il se sentait curieusement plus léger, comme si un obstacle énorme venait d'être écarté du chemin.

Le flot des questions se tarit après cela. Dillon pleurait toujours, mais c'était différent, désormais. Comme si une compréhension nouvelle venait tempérer ses mouvements d'humeur. Lentement, presque à leur insu, le calme descendit sur leur foyer. Les semaines devinrent des mois. Les mois, des années. La régulière accumulation du temps les rapprochait, resserrait et réparait leurs liens, si bien qu'à présent c'était eux trois contre le monde. Ils n'avaient besoin de personne d'autre.

Combien de temps auraient-ils pu continuer ainsi ? Allez savoir. Les dés étaient jetés dès l'instant où ils apprirent que la mère d'Eva était gravement malade. Il se souvient précisément de ce soir-là. Eva marchait de long en large, les joues mouillées de larmes, les bras croisés et serrés, déchirée entre le chagrin et l'indécision.

— Il faut que tu y ailles, lui dit-il. C'est ta mère. Tu le regretteras si tu ne le fais pas.

— Viendras-tu avec moi ?

— C'est risqué.

— Après tout ce temps ? Tu le penses encore ?

— Et si quelqu'un le voit ? Si quelqu'un le reconnaît ?

— Quelles sont les probabilités ? Et puis il a changé. Ça fait cinq ans. Il n'a plus la même tête. C'est à toi qu'il ressemble, à présent. Pas à elle.

Il ne releva pas, mais perçut le silence froid et dur, celui qui s'installait entre eux chaque fois qu'il était question de Robin. Après cela, il céda. Il n'avait pas le choix. Sa culpabilité à lui, son chagrin à elle, et la promesse qu'ils s'étaient faite lorsqu'ils avaient enlevé l'enfant : rester ensemble, toujours. Ils formaient une famille, tous les trois. Ils ne se sépareraient pas.

En franchissant la douane à l'aéroport de Dublin, il se retrouva soudain en sueur, avec la chair de poule. Il ne commença à se détendre, un peu, qu'une fois dans le taxi.

La mère d'Eva était hospitalisée à Dublin et ils passèrent ces semaines à faire la navette entre les collines de Wicklow et la ville. Eva aimait emmener le petit avec elle lors de ses visites, mais Garrick les accompagnait rarement. Son aversion pour les hôpitaux, née de la longue maladie de Felix, demeurait ancrée en lui. Au début, leurs excursions en ville le rendirent nerveux, mais avec le temps il se détendit, baissa sa garde. Ils évoluaient dans une sorte de néant en attendant la mort de la vieille dame. Ils savaient que ce ne serait pas très long.

Un matin du mois de novembre. Il s'en souvenait clairement. La neige s'amoncelait sur le bord des routes alors qu'ils roulaient vers le nord, vers la ville. Les routes barrées et les déviations aggravaient les embouteillages du samedi matin. Une manifestation. Ils avaient mis du temps à trouver une place où se garer. Puis il y avait eu la longue marche vers l'hôpital. Ce jour-là, la vieille dame était à peine lucide : elle perdait fréquemment connaissance et ne parut pas les reconnaître. La présence de Garrick l'inquiéta.

Dans le couloir, Eva lui pressa le bras.

— Ne le prends pas mal, lui dit-elle. Elle n'a pas les idées claires, c'est tout.

— Je vais chercher la voiture.

Il avait prévu de passer les prendre devant l'entrée, mais en atteignant l'auto il se rendit compte qu'il allait mettre au moins une heure à gagner l'hôpital. La manifestation s'était déplacée vers le sud, vers les quais, bloquant le passage vers sa destination. Eva et Dillon auraient plus vite fait de le rejoindre à pied et il pourrait les prendre à mi-chemin.

Il appela sa femme sur son portable pour organiser tout cela. Un coup de téléphone. Un instant décisif.

Le temps qu'il les retrouve, le mal était fait. La gaffe accomplie. Après cinq années de précautions, il avait suffi d'un coup de fil pour que tout le plan s'écroule.

— Si tu ne crois rien d'autre, crois au moins ceci : nous ne sommes pas allés à Tanger dans le but d'enlever Dillon. Ce n'était pas notre intention, même si c'est difficile à croire.

Une occasion s'était présentée et ils l'avaient saisie.

C'est ce qu'il leur dit, lorsqu'il en vint à cette partie de l'histoire.

19

Harry

Sa voix, alors qu'il racontait tout, était comme lointaine, et c'est sur un ton presque intime qu'il nous a
emmenés sur la route sinueuse qui menait à cet acte
terrible. J'ai essayé d'écouter, Dillon. J'ai fait un gros
effort pour me concentrer, pour fixer mon attention sur
l'histoire, car il m'importait de savoir ce qui t'était
arrivé. Mais les phrases me dépassaient en prenant
leur envol, me frôlant à peine. Elles ne pénétraient
d'aucune manière mes pensées. La vérité, c'est que
je ne pouvais pas m'arracher à ta contemplation. Mes
yeux se délectaient de ton être, de ton existence même.
Te revoir, Dillon, savoir que tu étais en vie... j'étais
submergé par l'émotion. Tu te tenais là, à côté de lui
– de Garrick –, avec une immobilité que j'ai trouvée
admirable chez un si jeune garçon. Un air de gravité
avait investi ton visage et la défiance de ton regard m'a
peiné, Dillon. J'avais terriblement hâte du moment où
tout cela serait derrière toi, la guérison accomplie. Pour
l'instant, son bras était passé autour de tes épaules, et
j'ai vu le bas de ton pyjama qui dépassait de ton jean.

Robin m'observait et, en me tournant vers elle, j'ai
vu que la peur s'était envolée de ses yeux. Son regard

était ferme, sincère ; même si ce n'était pas dit, j'ai su qu'elle reconnaissait ma victoire. Elle s'est penchée en avant, entièrement tendue vers toi, Dillon ; elle se languissait de te prendre dans ses bras, comme moi, mais elle craignait de te bouleverser, de t'effaroucher. Je l'ai observée en passant par toutes sortes d'émotions, et tout l'amour que j'avais jamais éprouvé pour elle a soudain explosé dans mon cœur.

Et puis les paroles se sont taries. L'histoire de Garrick était finie. Un silence est tombé sur la pièce. Je me suis alors rendu compte que vous me regardiez tous en vous demandant ce que j'allais faire et je me suis rappelé, avec une sorte de sursaut brûlant, que j'avais le pistolet à la main. Cette révélation ne m'avait pas plus tôt touché qu'une ombre a bougé à la porte, et nous nous sommes tous tournés vers la femme qui se tenait sur le seuil.

Nous avions oublié Eva. Mais elle était là, et son visage n'était qu'un ovale pâle dans la pénombre. Elle a pris un instant pour évaluer la situation, puis a poussé un cri de terreur. Courant rejoindre Garrick, elle s'est agenouillée auprès de toi et t'a pris dans ses bras. Son geste ressemblait à celui d'un fauve, la manière dont elle t'a soulevé, à la fois protectrice et sur la défensive, tel un animal arrachant son petit à un prédateur. Elle a ensuite pivoté vers moi, les yeux scintillants et froids comme de la neige, et a grondé :

— Vous ne pouvez pas le reprendre.

Nous nous sommes tous levés avec effort, dans cette atmosphère chargée d'une électricité nouvelle, et j'ai senti le poids du flingue dans ma main, senti tous les possibles qu'il contenait, l'usage que je pourrais en faire pour reprendre le contrôle. Seulement, elle te tenait dans ses bras, Dillon. Je n'allais pas braquer une arme sur mon propre fils.

Garrick a été le premier à parler, d'une voix grave et précautionneuse.

— Eva, garde ton calme, chérie. On va s'arranger, mais il faut que tu gardes ton calme, d'accord ?

Sauf qu'elle était bien au-delà de ça. Tremblante et terrifiée, les yeux pleins de larmes, elle t'a serré plus fort, Dillon.

— On n'aurait jamais dû revenir ici, a-t-elle soufflé, convulsée par l'émotion. On n'aurait jamais dû prendre ce risque.

— Eva...

— Tout est de ma faute. Je n'aurais pas dû vous faire venir, tous les deux.

Garrick semblait réticent à dire quoi que ce soit, mais visiblement il ne pouvait pas supporter la détresse d'Eva.

— On était d'accord, Eva. Ta mère...

Elle a posé la joue sur le sommet de ta tête, les bras passés autour de toi, Dillon, et elle a paru boire tout ton être. D'une manière déconcertante, je suppose qu'elle prenait déjà congé, qu'elle se préparait à cette perte insoutenable, s'efforçait de t'absorber le plus possible afin de conserver ses souvenirs de toi dans ces dernières minutes, de les rendre suffisamment riches et solides pour toute une vie. Je le comprenais et je sentais la lente corrosion de la pitié miner ma résolution. Dillon, ça a failli marcher.

À cet instant, Garrick l'a contournée, et j'ai dû soudain me concentrer car il s'approchait de moi, lentement, avec prudence, les paumes levées comme pour me montrer qu'il ne me voulait pas de mal. Mais nous aussi, nous étions bien au-delà de ça. J'ai resserré ma prise sur le flingue.

— N'avance pas, lui ai-je dit.

— Laisse-les partir, Harry, a-t-il répliqué d'une voix calme. Eux tous. Laisse-les partir. On va discuter tous les deux, toi et moi, seuls, et trouver une solution.

— Non.

— Allez. Sois raisonnable. Laisse Eva et Robin emmener Dillon dehors, hors de danger. Je ne veux pas qu'il reste dans la même pièce que ce pistolet, a-t-il ajouté en baissant la voix.

Au moment où il prononçait ces mots, mes yeux ont sauté brièvement sur ton visage, Dillon, et, en te voyant pâle de frayeur, j'ai éprouvé pendant un instant une honte écrasante à l'idée que c'étaient mes actes, à moi, qui avaient inspiré cette peur. Et d'un seul coup, les années se sont envolées et je me suis retrouvé dans cette rue de Tanger, de la poussière plein les yeux, en train de contempler, incrédule, le vide, ce terrible vide qui avait pris la place de ma maison, de mon fils endormi.

J'ai baissé la tête et fermé les yeux en me passant une main sur le front. J'étais dans un état épouvantable. Ce n'était pas une manière de me présenter à toi, Dillon. Débraillé, vaincu, hagard. Je crois bien que moi-même, je ne me serais pas reconnu. Une main m'a doucement pressé le bas du dos, et mes yeux se sont rouverts d'un coup. Mon bras tremblait et j'ai vu Robin devant moi, inclinée vers moi, m'enlaçant d'un bras.

— Je t'en prie, Harry, a-t-elle dit d'une voix douce. Laisse-le partir. Je te promets que je ne le quitterai pas des yeux. Je ne la laisserai pas l'emmener. Pas cette fois-ci.

J'ai plongé dans la chaleur de ses yeux et je jure qu'à cet instant j'aurais pu lui tomber dans les bras. Elle m'a de nouveau regardé et j'ai retrouvé notre amour, notre ancien amour. Où qu'il fût parti, il était de retour. C'était quelque chose de physique dans mes tripes, une présence dans mon sang.

— D'accord.

Ma voix s'est brisée. C'était l'idée d'être à nouveau séparé de toi, Dillon, même pour un court moment. L'idée que tu disparaisses une fois de plus à ma vue m'a empli d'un mauvais pressentiment.

Tu m'as regardé, moi, puis Eva et Garrick.

— Tout va bien, Dillon, a réussi à te chuchoter ce dernier. Ce sera bientôt terminé. Va avec maman. Tu ne risques rien. Moi non plus. On se revoit tout de suite.

Ses yeux se sont agrandis. Eva tremblait. Pour ma part, je ne pouvais pas regarder Robin, de peur de perdre ma résolution.

Eva est allée embrasser Garrick, puis tu l'as regardé une dernière fois. Peut-être qu'en effet tu t'entendais bien avec lui, peut-être qu'il s'occupait bien de toi, mais tu ne t'es pas approché de lui. Non, tu t'es tourné pour regarder ta mère dans les yeux. Tu semblais comprendre ce qui se jouait.

— Ça va aller, as-tu dit de ta voix claire et calme.

Comme tu étais courageux, mon Dillon ! J'ai imaginé, alors, te prendre dans mes bras, pour la première fois depuis des années. Je me suis penché vers toi et j'ai absorbé chaque centimètre de ta peau, inhalé l'odeur de tes cheveux. Tu n'as pas résisté. Même quand je t'ai embrassé sur la joue.

— Dillon.

Je n'ai pas pu terminer ce que je voulais dire. J'étais trop écrasé par l'émotion. Et puis tu as laissé ta mère t'emmener, t'éloigner, t'entraîner dans la nuit. Mon cœur a fait un bond. Je souffrais, dans chaque fibre de mon être, de te voir partir une nouvelle fois.

Nous t'observions en silence, Garrick et moi. Il était effondré dans un coin près de l'escalier, une main pressée contre son visage tuméfié. Moi, j'étais à côté de la porte. Ensemble, nous avons regardé les trois silhouettes descendre les marches pour rejoindre la pente obscure du jardin. Je tournais le dos à Garrick, ce qui n'était pas prudent, mais il semblait avoir perdu toute agressivité aussitôt que j'avais accepté de te laisser partir. Il paraissait vidé. Et donc, j'ai suivi des yeux les silhouettes de ceux que j'aimais, le plus longtemps possible. À distance, j'ai entendu une voiture et vu des phares balayer l'allée. Mais la diversion n'a pas duré. J'ai continué de regarder jusqu'à ce que les ténèbres t'avalent – jusqu'à ce qu'il ne reste plus rien de toi.

Tu voudras probablement savoir ce qui s'est produit ensuite. Peut-être le sais-tu déjà. À moins que tu l'aies deviné tout seul.

Quoi qu'il en soit... voici comment ça s'est passé pour moi.

La voiture est arrivée en trombe dans l'allée, projetant du gravier des deux côtés. Elle a pilé et Spencer en a jailli. Son visage avait une dureté féroce, déterminée, mais il y avait là de l'appréhension, aussi.

— Harry, qu'est-ce qui se passe ?

J'ai tout de suite su, à la tonalité de sa voix, qu'il avait peur, et cela m'a effrayé encore plus. J'ai connu un bref instant de lucidité, comme si j'étais sorti de mon corps et que je pouvais voir précisément le pétrin dans lequel je m'étais fourré. Le pistolet était chaud dans ma main.

— N'approche pas ! ai-je crié depuis le seuil.

Il s'est avancé.

— Harry, putain de merde, pose ce machin.

Je n'en ai rien fait. Au contraire, je l'ai braqué sur lui. Il y a eu un hurlement de terreur. À qui appartenait cette voix ? Robin ? Eva ? Pour ce que j'en savais, ça aurait aussi bien pu être la mienne. Reculant vivement, j'ai claqué la porte, les mains tremblantes. Puis, en m'y appuyant pour reprendre mon équilibre, j'ai pressé mon front contre le bois dur.

J'en avais pratiquement oublié Garrick.

Je t'avais retrouvé, Dillon. Je n'avais que cette idée en tête. Et puis le coup est tombé, un coup sec à l'arrière de mon crâne. Je l'ai senti intensément et je me suis effondré au sol. Du sang me coulait dans l'oreille. Un flux poisseux qui me désorientait. Je gisais par terre, paralysé.

Il m'a enjambé, a ouvert la porte, et, luttant contre la peur, j'ai réussi à bouger, à plaquer Garrick par les jambes et à rouler avec lui sur le sol. Je l'avais cru vidé, mais je sentais à présent la force de son corps nerveux et puissant. Il m'a pris par les bras et m'a tiré sous lui ; j'ai griffé sa blessure au visage, lui arrachant une exclamation de rage et de douleur. Moi aussi, j'étais enragé. Fou de fureur. Mon oreille était pleine de sang et mes cheveux collaient. Le sang était de plus en plus abondant et, comme il me coulait dans la bouche, j'ai craché sur l'homme qui t'avait enlevé.

La porte était entrouverte, nos corps entremêlés pesaient dessus et là, du coin de l'œil, j'ai vu une demi-douzaine de lanternes chinoises flotter dans les airs.

— Qu'est-ce qui se passe, bordel ?

Spencer est arrivé en courant vers nous, mais le coup de feu l'a stoppé net.

Au début, j'ai cru que c'était un pétard ou une lanterne explosant dans la nuit. Mais il n'y a eu aucune éclosion de lumière et de magie. Garrick avait dû m'arracher le pistolet des mains ou le ramasser par terre, je ne sais pas. Ce que je sais, c'est que cette fois la première sensation n'a pas été visuelle. La balle m'a traversé si rapidement que la première chose que j'ai ressentie a été une sensation de légèreté.

J'avais l'impression de flotter.

Comment une simple bille de plomb a pu faire des dégâts en me traversant si vite, ce petit paquet propulsé par de la poudre, je n'en sais rien... mais elle l'a fait, Dillon.

Et c'est étonnant, le mélange tournoyant d'images qui m'a alors assailli.

Le visage de Garrick a disparu de ma vue et Spencer a pris ma tête entre ses bras.

Le son et mes sens se mêlaient et le jeune prince égyptien, le garçon à cheval, la bannière rouge, le soleil et les pavés secs de Tanger me sont apparus. Tes bruits d'enfant chantant et babillant, tes gémissements et tes coups de coude enjoués. Tes baisers du soir, ton « papa » dans le noir, tes chatouilles, tes rires en cascade et tes comédies, tes larmes et ta gaieté. Tes mains tachées de peinture à Tanger, Dillon. Tout cela était un trésor, une précieuse cargaison qui m'était apportée – et toi son joyeux hôte.

Pour que tu saches, Dillon. C'est ce qui s'est passé.

Une blanche et froide journée de manif à Dublin, voilà comment ça a commencé, et tandis que je sombrais dans un autre état de l'être, dans les bras glacés d'un autre hiver, je n'étais pas triste, Dillon ; je t'avais retrouvé, au bout du compte. Non, le seul désir que j'avais en moi, brûlant, brillant, alors que la vie me quittait, était de peindre encore une toile. Est-ce que tu peux le croire, Dillon ?

Et quelle est l'image, quelle était l'image à venir ? D'où venait-elle ? De mon imagination mourante ou d'un pâle souvenir de nos premiers moments ensemble ?

Dillon chéri, quelle importance ?

20

Robin

Cet après-midi de septembre touche à sa fin et je suis assise seule à la terrasse d'un café, au cœur de la médina. Le refuge favori des hordes de touristes qui, après s'être promenés parmi les étals du petit souk, finissent par fuir le commerce féroce du marché, le marchandage et le harcèlement des guides et des rabatteurs, et sont ravis de trouver un siège pour siroter un thé à la menthe en regardant le monde vaquer à ses affaires, ici, à Tanger. Le serveur, un jeune Marocain au sourire rapide et aux yeux distraits, prend ma commande, puis hoche la tête avec hauteur et s'en va sans se presser. Je suis entourée d'Américains, d'Italiens, de Français et d'Australiens, certains à l'air encore enthousiaste, d'autres avachis comme tout bon voyageur fatigué, tous sur des chaises en plastique installées autour de tables bancales le long de la place, baignée à présent de la douce chaleur du soleil déclinant, les ombres s'allongeant à mesure que le soir avance.

Sur tous les occupants de cette place animée, il n'y a que moi qui sois seule.

Le café que j'ai commandé arrive ; le garçon me le pose sans cérémonie sur la table.

— *De rien*, me dit-il en français d'un air indifférent quand je le remercie, avant de rejoindre une autre table, son plateau tendu devant lui, frôlant les têtes des clients assis autour de moi.

Je bois une gorgée de café, puis tripote mon téléphone. Une femme, à la table d'à côté, se penche pour chuchoter je ne sais quelle information confidentielle à son compagnon, qui pivote alors sur sa chaise et me jette un bref regard curieux avant de se détourner. J'ai clairement conscience, en ce moment, d'être la seule femme isolée sur cette place. C'est à la fois étrange et familier. Les images et les odeurs atteignent une partie interne de moi, caressent la pierre de touche de la mémoire, remuent des souvenirs. Les silhouettes impériales des hauts palmiers qui longent le périmètre du petit souk, noires contre le ciel vespéral et son semis de nuages gris à l'horizon, le doux apaisement qui tombe sur la place à cette heure de la journée, avant que les marchands de nuit n'arrivent pour installer leurs étals, l'odeur des pots d'échappement des motocyclettes à taille de guêpe se mêlant au parfum fort du thé à la menthe préparé dans les cafés, alignés, bordant la rue. Tout cela se mêle et s'élève autour de moi dans un miasme de sensations bien connues. Et pourtant, quelque chose ne va pas du tout dans le fait d'être seule ici, dans cette ville où si souvent je me suis trouvée avec Harry.

En réalité, bien sûr, je ne suis pas seule. Mes enfants sont avec moi. En ce moment, ils se promènent dans les jardins de la Ménoubia avec leur oncle Mark et sa fiancée Suki. Une heure s'est écoulée depuis que je les ai regardés partir, joyeuse petite troupe, le garçon assis sur les épaules de son oncle, le bébé battant des jambes dans sa poussette. J'ai gardé les yeux posés sur eux jusqu'à ce qu'ils disparaissent et mon cœur s'est involontairement serré lorsque je les ai perdus de vue. Une heure, et c'est seulement maintenant, avec ce café qui me chauffe la gorge, que je commence à me détendre. Pourtant, je garde encore mon téléphone à portée de main, un œil dessus pour surveiller l'arrivée d'un appel ou d'un SMS.

— Prends un peu de temps pour toi, m'a dit Mark. Profites-en pendant qu'on est là.

— Je ne sais pas, ai-je protesté en me mordillant la lèvre, encore réticente.

— On sera partis demain, et là tu regretteras de ne pas nous avoir confié un peu les enfants pendant qu'il était encore temps.

Alors j'ai repoussé ma peur et je les ai laissés partir.

Je n'ai pas l'habitude d'être seule et je ne sais pas bien quoi faire de moi. Je n'ai pas de livre dans les mains pour m'occuper ou me distraire. Je triture un sachet de sucre, sirote mon café, et, tout à coup, sans signe avant-coureur, je suis de retour là-bas, en cette froide soirée d'hiver, dans ce lieu isolé et solitaire, attirée par la force du souvenir, et les événements de ce jour terrible me reviennent en mémoire, éclairés par une lumière vive et crue.

Nous avons dévalé les marches et couru le plus loin possible dans le jardin sombre que la nuit tombante peignait en gris. La neige était épaisse autour de la maison et j'avançais avec difficulté, le cœur battant la chamade, un goût de métal dans la bouche parce que je m'étais mordu l'intérieur des joues avant de fuir. Mon manteau était trop chaud, son poids entravait mes mouvements et la sueur perlait sous mes vêtements. Mon corps entier me semblait lourd et liquéfié. Et sous mes côtes, la peur et l'incertitude faisaient tambouriner mon cœur. Chaque pas que je faisais mettait de la distance entre nous et le danger que renfermait cette maison, oui, mais j'avais abandonné Harry là-bas.

J'ai regardé autour de moi les buissons dénudés et les arbres noueux, noirs sur fond de neige. J'ignorais totalement où aller et que faire ensuite. Eva s'était arrêtée et j'ai perçu une hésitation identique en elle lorsqu'elle s'est retournée pour regarder la maison, les bras toujours passés autour de l'enfant. La peur et la suspicion que j'ai lues dans les yeux du petit m'ont serré le cœur. Je ne pouvais pas m'arrêter de le contempler, ni résister à l'envie de jeter des coups d'œil sur son visage, de m'assurer encore et toujours que c'était bien lui, qu'il était mon fils, l'enfant que j'avais cru mort. Eva lui tenait la main, évitant mon regard, et pourtant je n'éprouvais nulle colère envers elle. Cela ne viendrait que plus tard, quand tout serait terminé et que je comprendrais réellement le tort immense qui nous avait été fait, le vol de ces précieuses années, la rupture d'un lien qui ne pourrait peut-être jamais être réparé. Mais à cet instant, j'étais encore dans l'incrédulité et dans une poussée d'émotions que je n'identifiais pas très bien : du soulagement ? De la joie ? La disparition subite de tout mon chagrin ? L'enfant qui était mort, l'enfant que la terre avait englouti, m'était rendu, grandi, changé, mais vivant et respirant : sur le moment, c'était tout ce qui comptait.

Je restais tout près de lui. Je ne voulais pas le quitter des yeux et pourtant quelque chose m'a fait regarder en arrière – un mauvais pressentiment peut-être, et alors j'ai vu Harry debout en haut des marches du perron, sa haute stature dressée dans l'encadrement de la porte, et mon être entier s'est tendu vers lui.

J'ai dû rassembler mes forces pour me retenir. Un bref aperçu de lui, c'est tout ce que j'ai eu. Puis une voiture est arrivée, il y a eu des éclats de voix, des portes claquées. C'est arrivé à toute vitesse. Un éclair métallique dans la main de mon mari. Je l'ai regardé, horrifiée, élever et pointer cette arme sur un homme qui montait les marches en courant vers lui. L'homme s'est arrêté, les mains levées en signe de soumission. Puis Harry a reculé d'un pas, la porte s'est refermée et la maison l'a avalé. Une bouffée de terreur m'a traversée, un grand frisson d'appréhension, lorsque j'ai compris, avec gravité, que je ne le reverrais peut-être plus.

L'homme qui était arrivé a fait demi-tour et dévalé les marches vers nous, et j'ai alors reconnu les traits tombants de Spencer, tordus par une grimace d'angoisse.

— Baissez-vous ! nous a-t-il crié en arrivant.

J'ai senti l'urgence dans sa voix, puis le poids de son corps se pressant contre moi, me clouant au sol. Eva, Dillon, moi : nous étions tous les trois retenus sur place par sa force pendant qu'il nous criait de rester à terre, la voix enragée, me semblait-il, ou peut-être était-ce de la peur que j'entendais là. La froide humidité de la neige s'insinuait dans mes vêtements. J'étais nauséeuse, faible et atrocement terrifiée. Et en même temps, aux prises avec une sensation surréaliste : l'impression que tout ceci arrivait non à moi mais à quelqu'un d'autre. Que je me contentais de regarder une autre femme se faire plaquer dans la neige, en proie à une quasi-hystérie. Que ce n'était pas moi qui jetais sans cesse des coups d'œil effrayés vers le fils que j'avais cru mort, mais quelqu'un d'autre, une personne fantomatique et épuisée, une personne dont les certitudes venaient d'être violemment secouées.

Ensuite, les nuages ont semblé se déchirer au-dessus de nous et le dur éclat de la lune hivernale s'est abattu sur le manteau de neige. Cela m'a désorientée, donné le tournis, comme si on m'avait tenu la tête sous l'eau pendant un moment et que je crevais maintenant la surface, cherchant de l'air, paniquée et doutant de tout. La porte a soudain été entrouverte, Spencer s'est précipité à toute allure dans cette direction et c'est pendant que je le regardais gravir le perron que le coup est parti. Une détonation nette, à quelque distance, qui a fait des remous dans l'air. J'ai relevé la tête vers la maison en retenant mon souffle. Je n'entendais plus que la respiration de l'enfant à côté de moi, rien d'autre. Une terreur glacée et dure est alors descendue sur moi et mon corps s'est mis à trembler.

— Oh, doux Jésus, a soufflé Eva. Oh, Seigneur.

J'ai capté la note stridente de peur dans sa voix et, saisie d'une nouvelle panique, j'ai fixé la maison des yeux, la porte entrouverte, les silhouettes indistinctes qui se déplaçaient par là-bas, les formes qui sortaient de l'obscurité, s'annonçant en ombres chinoises. Spencer était maintenant à l'intérieur, agenouillé près de la porte. Tout ce que je pouvais voir de lui était sa forme voûtée et les semelles de ses chaussures. Il s'est alors retourné et j'ai vu son visage, semblable à une traînée de peur.

— Appelle une ambulance ! m'a-t-il lancé avant de se détourner vivement de nous.

— Oh, mon Dieu ! s'est écriée Eva. Dieu du ciel !

Elle a cherché son téléphone, s'est mise à pianoter dessus et j'ai entendu un tremblement de terreur dans sa voix – et je m'y connaissais en terreur, cette peur innée qui se réalisait, et pourtant je ne la laissais pas encore s'exprimer.

Dans ma tête, je l'exhortais à se lever, j'exhortais la porte à s'ouvrir et à me révéler mon mari, sur ses deux pieds, indemne, sain et sauf. Quelqu'un gisait par terre – je ne voyais pas qui – et une voix en moi me répétait avec l'insistance suppliante d'une prière : *Faites que ce ne soit pas Harry. Faites que ce ne soit pas lui.*

Combien de temps ai-je attendu ainsi ? Combien de temps suis-je restée à genoux dans la neige, tiraillée entre espoir et terreur ? Ma vie entière, figée, condensée et taillée jusqu'à cet instant, tournée vers cet unique et fervent désir.

Alors, la porte s'est ouverte un peu plus grand, un visage s'est dessiné dans la pénombre et j'ai vu Garrick debout, les traits tirés, une main devant la bouche, hagard, incertain. Je l'ai vu, et la vérité m'a heurtée de plein fouet.

Mon cœur s'est bloqué. J'ai ouvert la bouche en grand et senti des hurlements sortir de moi et emplir l'atmosphère, rebondissant sur tous les arbres, les murs et la neige pour me revenir redoublés.

— *C'est terminé ?*

Je relève la tête et vois le serveur désigner ma tasse vide. Sa voix fait voler ma rêverie en éclats en réclamant mon attention : je reviens, non sans soulagement, à l'instant présent.

— *Oui*, ai-je répondu en français avant de renouveler ma commande.

Il pose un bref instant les yeux sur moi. J'ai l'impression qu'il me regarde vraiment pour la première fois et je tâche de disposer mes traits de manière adéquate, les lissant pour prendre une expression neutre, les ramenant des profondeurs obscures du passé.

Il y a de l'ambiance à la table d'à côté, les voix sont fortes, on se fait des adieux. Un soudain fracas de verre brisé se fait entendre quand le serveur du café mitoyen lâche son plateau : sur tout le front de mer, les autres serveurs s'arrêtent pour l'acclamer et applaudir sa bêtise, arrachant des sourires indulgents aux touristes. Mes yeux les suivent, clignotant d'intérêt, détaillant les nombreux visages en balayant involontairement la foule.

Le monde n'est plus le même pour moi. Je le vois avec des yeux neufs. Le danger est présent dans les lieux qu'on connaît bien. Harry n'est plus, tué sur le coup par une balle qui lui est entrée dans le cœur. Un accident, c'est du moins ce que plaident les avocats de Garrick. Le coup est parti pendant que les deux hommes luttaient pour le contrôle de l'arme. Je m'efforce d'imaginer cet instant : l'atmosphère chargée dans cette maison, les deux hommes s'agrippant, la violence soudaine de la détonation et le choc que cela a dû leur faire. Quand je l'imagine, je vois les yeux de Harry s'ouvrir d'un coup, avec un air de profonde surprise avant que la douleur n'obscurcisse son visage et que son corps ne se replie autour du point brûlant. La chance n'était pas avec Harry ce jour-là. Il y a une ironie douloureuse dans sa destinée. Cela aurait pu être l'un ou l'autre d'entre eux.

L'enfant que j'avais perdu m'a été rendu, changé, perturbé, notre lien étant brisé. Chaque jour est une bataille pour gagner sa confiance. La suspicion que je lis dans son regard me fend le cœur. Et puis il y a un nouvel enfant – une petite fille –, souvenir vivant de son père, dotée de ses cheveux noirs et de ses grands yeux ronds, solennels et pensifs. Elle s'accroche à moi et moi à elle. Elle est mon plus grand réconfort.

La petite est née en juillet et c'est quelques semaines plus tard, par un chaud après-midi de septembre, que j'ai pris ma décision. Nous étions assises ensemble, ma mère et moi, dans la cuisine de chez mes parents, en train de contempler le jardin tacheté de la lumière dorée du soleil. Mon père, penché sur ses parterres de fleurs, sarclait et pinçait ses pois de senteur. Dillon l'aidait en l'observant avec une expression grave, lui tendant consciencieusement les outils à mesure qu'il les réclamait. Je contemplais la tension dans ses épaules étroites, son obéissance silencieuse, et je me suis sentie vaguement déroutée. Il ne déployait rien de la malice ni de la vigueur auxquelles on s'attend chez un petit garçon. Son calme et sa docilité d'enfant sage m'inquiétaient énormément. Mon esprit était totalement épuisé ; chacun de mes membres me faisait l'effet d'être détrempé et vaseux, comme si j'étais immergée dans l'eau, tout habillée, et que mes vêtements trempés m'entraînaient vers le fond. Tout ce que je désirais, c'était lâcher ces pensées, ces peurs et ces angoisses constantes et simplement dormir plus de trois heures d'affilée. Mais j'avais peur aussi de ce qui risquait d'arriver si jamais je baissais la garde. Mon chagrin ne m'avait pas encore pleinement frappée et je craignais qu'un affaiblissement de mes défenses ne lui donne une chance de m'envahir et m'engloutir.

— Et Hazel ? a demandé ma mère, accrochant mon attention.

Le bébé dormait dans ses bras, emmitouflé dans une couverture, les yeux de ma mère rivés sur sa petite bouille.

— Hazel ?

— Oui. J'ai toujours trouvé ce prénom ravissant.

— Je ne trouve pas que ça lui aille.

— Alannah, alors ?

— Non.

— Mais il faudra bien lui donner un nom, a insisté ma mère au bout d'un petit moment, avec une pointe d'impatience. On ne peut pas continuer à l'appeler « bébé ». Elle a presque 2 mois.

J'ai perçu sa voix comme un minuscule marteau cognant contre mon crâne, et pivoté pour regarder par la fenêtre.

Elle avait raison, bien sûr. Il allait falloir que je donne un prénom à cette enfant. Mais depuis que j'avais perdu Harry, je partais à la dérive. Ma grossesse avait été un tourbillon confus, la naissance un épisode de douleur, de détresse, et aussi un soudain jaillissement de joie au milieu de mon chagrin. Depuis, je m'étais traînée d'un jour à l'autre, d'une semaine à la suivante. La vie continuait autour de moi, mais j'avais des difficultés à focaliser mon attention, à me concentrer sur un élément précis. Une forme de fuite, je suppose, un refus d'affronter ce qui se trouvait là. Mais c'était la seule manière que j'avais de supporter tout ce qui s'était produit. De temps en temps, un oubli brumeux m'apportait une forme de répit. Je sentais bien qu'il fallait que je reprenne mes responsabilités, mais prendre une décision, surtout aussi importante que le choix d'un prénom que ma fille devrait porter pour le restant de ses jours, était au-dessus de mes forces.

À l'extérieur, mon père a avancé une main en coupe vers Dillon et le garçon a regardé dedans, le cou tendu, plein de curiosité. C'était sans doute un ver, un insecte ou autre, car soudain mon père a rapproché sa main du visage du petit, ce qui l'a fait brusquement reculer, après quoi tous deux se sont mis à rire. C'était tellement étonnant de voir mon fils heureux, c'était si rare et inattendu que les larmes me sont montées aux yeux et que j'ai dû regarder ailleurs.

Une main s'est posée sur la mienne et j'ai baissé le regard vers les doigts de ma mère, vers les diamants qui brillaient au-dessus de son alliance.

— Il va s'en tirer, m'a-t-elle dit avec douceur.

J'ai senti l'émotion déferler en moi, les larmes se mettre à couler librement, et ma voix, quand j'ai repris la parole, est sortie noyée, étouffée.

— Il est tellement brisé.

— Il est hors de danger, désormais. C'est la seule chose qui compte.

— Il refuse de me parler. Il ne peut même pas se résoudre à me regarder.

— Ça prendra du temps, Robin, mais il te reviendra. C'est ton fils, quoi qu'il arrive.

J'ai secoué la tête et appuyé le bout de mes doigts sur mes paupières.

— J'ai l'impression qu'il m'en veut... de tout. De l'avoir laissé se faire enlever au départ. Et puis, une fois qu'il m'avait oubliée, une fois qu'il avait formé de nouveaux liens, je suis arrivée et j'ai rompu ces liens, et il m'en veut pour ça aussi.

Ma mère a inspiré brusquement et, rouvrant les yeux, j'ai vu les rides d'inquiétude qui lui plissaient le front, sa lèvre inférieure rentrée comme à chaque fois qu'elle était anxieuse.

— Rappelle-toi ce qu'a dit le psy : cela prendra du temps... personne ne sait combien au juste. Des mois, peut-être des années. Mais les enfants sont résilients. Et il est plus solide qu'il n'y paraît. Comme sa mère.

— Je ne suis pas solide. Je tiens à peine le coup, maman.

— Oh, Robin. Ma pauvre chérie.

Elle m'a de nouveau pressé la main. Il y avait de l'amour et de la peur dans ce geste rassurant, et je me suis sentie redevenue enfant, une enfant de 35 ans rentrée à la maison et qui avait besoin d'être soignée et nourrie, protégée et guidée comme avant. Cette idée m'a mise en colère contre moi-même. Il fallait que je fasse quelque chose. J'avais besoin de recouvrer ma vie.

Après la mort de Harry, j'avais été incapable de retourner chez nous. Je ne supportais pas l'idée de retrouver la maison que nous avions partagée ni d'affronter tous les souvenirs qu'elle contenait, bons ou mauvais. J'avais Dillon avec moi à ce moment-là et je ne pouvais pas gérer seule son rejet de moi, sa colère insatiable et sa rancœur. J'avais besoin d'aide. C'était mon père qui avait suggéré que nous nous installions chez eux.

— Simplement jusqu'à l'arrivée du bébé, avait-il dit. Le temps que tu te remettes sur pied.

À l'époque, j'avais vécu cela comme une sorte de défaite, mais d'un autre côté je me sentais en échec à tellement de niveaux qu'un de plus ne changerait rien. Je m'étais dit que ce serait mieux pour Dillon et cette vérité s'était confirmée lorsque je l'avais vu se rapprocher de mes parents, accepter des câlins de leur part, s'ouvrir à eux peu à peu, et se mettre à leur parler d'une petite voix à mesure qu'ils l'installaient dans une routine rassurante. Avec moi, en revanche, il gardait le silence. Il demeurait froid et distant. Sa rancœur émanait de lui par vagues et j'étais stupéfiée par la patience avec laquelle il l'entretenait. Des mois avaient passé et il ne montrait toujours aucun signe d'adoucissement vis-à-vis de moi. J'avais cru qu'avec l'arrivée du bébé les choses changeraient peut-être. Mais s'il s'intéressait en effet à sa petite sœur, cet intérêt ne s'étendait jamais jusqu'à moi.

Depuis quelque temps, j'avais le sentiment croissant que nous devions partir. Il y avait trop de souvenirs ici. J'étais assommée par la nostalgie – et par les ragots. La presse avait eu vent de l'histoire et s'en était donné à cœur joie. Et même si les choses s'étaient tassées, je savais que tout recommencerait lorsque le procès s'ouvrirait. Je me sentais trop vieille pour habiter chez mes parents. Si j'avais une chance de reconstruire ma relation avec mon fils, il faudrait que cela se fasse ailleurs, loin, sans aucune aide de leur part ni de qui que ce soit. C'était une chose que je devais accomplir par moi-même. Je sentais que si nous étions jetés ensemble et isolés de tout, il n'aurait plus d'autre choix que réapprendre à me faire confiance.

Assise là en compagnie de ma mère, à contempler le jardin dans les derniers feux de l'été, il m'est venu une idée. Une idée inattendue et surprenante, et pourtant, sur l'instant, elle m'est apparue parfaitement juste. C'était comme un cadeau. Tanger. La ville natale de Dillon. Mais plus que cela, c'était le seul endroit où Harry s'était senti véritablement vivant. Le seul endroit où il s'était senti chez lui. J'avais enfin compris, quelques semaines après l'avoir perdu, qu'il ne s'était jamais réellement installé à Dublin. La maison n'était pas son chez-lui, pas un refuge ni un port d'attache. C'était plutôt une coquille vide à laquelle il manquait un centre. Un espace creux au sein duquel nous nous étions entrechoqués, nous avions gravité l'un autour de l'autre. Une grotte froide dans laquelle nos soupçons l'un envers l'autre s'étaient nourris et avaient pu grandir.

C'était à Tanger qu'il avait laissé son cœur. C'était comme s'il m'avait extorqué une promesse muette avec son regard languissant, la dernière fois que j'avais posé les yeux sur lui. La promesse de retourner là-bas. De ramener l'enfant chez lui.

La résolution s'est formée en moi, puis je l'ai sentie se renforcer, se raffermir, et, pour la première fois de tous ces longs mois, un sentiment d'enthousiasme s'est enraciné dans ma poitrine. Il brillait à l'intérieur de moi et j'ai relevé la tête pour m'en ouvrir à ma mère, mais je me suis aussitôt ravisée. Elle n'était pas prête. Elle ne comprendrait pas mon besoin de partir et je n'avais pas encore la force de la convaincre. Au lieu de cela, je l'ai regardée bercer tendrement sa petite-fille dans ses bras.

— Martha, ai-je dit doucement. C'est comme ça qu'elle s'appelle.

Les yeux de ma mère se sont embrumés et elle m'a offert un sourire larmoyant avant de regarder de nouveau l'enfant endormie.

— Martha, a-t-elle répété, l'essayant sur sa langue. Puis elle a baissé son visage vers la petite et a pressé ses lèvres sur la tête de Martha.

Elle n'a pas compris, mais elle nous a laissés partir. Et depuis que je suis de retour dans cette vieille ville que je connais si bien, avec mes deux enfants et mon cœur brisé, j'ai souvent parlé avec ma mère. Je sais qu'elle se dit que ce n'est qu'une phase, que je rentrerai à la maison au changement de saison. Je n'ai pas le cœur de la détromper. Demain, mon frère et sa fiancée s'en iront et j'ai un peu peur de me retrouver seule. J'accepte cette peur et ensuite j'essaie de la mettre de côté, sirotant mon café et regardant les feuillages géants des palmiers qui remuent et oscillent dans la brise tiède du soir.

Une date a été fixée pour le procès. Dans huit mois, je serai assise dans une salle de tribunal et j'écouterai le drame de ma vie et de la mort de Harry, relaté pour la galerie. Garrick, à ce qu'on me dit, a engagé une équipe de spécialistes pour sa défense. Il a puisé dans sa fortune familiale qui s'avère considérable – les Garrick sont des multimillionnaires florissants et leur sphère d'influence est large –, et il emploie les meilleurs juristes pour explorer et exploiter toutes les failles légales permettant que sa femme et lui échappent à la justice. Jusqu'à présent, il y a réussi. En Irlande, il a été libéré sous caution. J'ignore où il vit et je m'en fiche. Ici, au Maroc, les autorités ne tiennent pas à remuer les horreurs de cette nuit-là, à rouvrir les vieilles blessures des nombreuses personnes qui ont vécu ce séisme, sans parler des obstacles juridiques et politiques qu'il faudrait surmonter pour faire extrader Garrick et Eva. Je ne suis pas sûre d'avoir l'énergie de mener ce combat. Tout ce qu'il me reste est consacré à la survie, à la reconnexion avec l'enfant que j'ai perdu, et à la découverte de cette nouvelle petite fille dont la vie m'a fait cadeau.

Certaines choses vont devoir se faire, maintenant. Déjà, il va falloir que je mette en vente ma maison de Dublin. Mon père va se plaindre que je n'en tire pas sa vraie valeur, mais j'ai besoin de l'argent. Et j'en suis venue à croire que c'est le mieux pour Dillon, Martha et moi. J'espère que mes parents le comprendront.

L'autre chose que je vais devoir leur dire est qu'une exposition posthume de l'œuvre de Harry aura lieu dans deux mois. C'est une idée de Diane et je n'ai pas caché ma surprise quand elle m'a contactée à ce sujet. J'ai d'abord été sceptique ; cela me paraissait prématuré et je m'inquiétais aussi que ce soit trop larmoyant au goût de Harry. Son esprit n'allait-il pas se rebeller contre le fait d'être célébré par une salle pleine de pingouins en costard et d'amateurs d'art assommants, un verre de vin médiocre à la main, et d'autres visiteurs attirés par une curiosité malsaine, par le parfum de scandale qui restait accroché à son nom après sa mort ? Je n'en sais rien. Quoi qu'il en soit, la décision est prise.

Mon téléphone sonne. C'est Mark, pour me dire que, comme les enfants commencent à chougner, Suki et lui vont les ramener directement à la maison. Je lui réponds que je vais les rejoindre, mais il m'incite à me détendre. Rien ne presse.

Je termine mon café, paie l'addition et m'éloigne de la place. Les paysannes en robe à rayures et chapeau à large bord sont parties, emportant leurs marchandises avec elles, remplacées par les commerçants qui s'installent pour le marché de nuit. Je me promène en ignorant leurs appels à regarder et à acheter, gardant les yeux fixés au loin, flairant l'air nocturne qui s'engouffre dans le détroit de Gibraltar. Je porte ma solitude sans effort ici, et j'accueille avec un certain plaisir l'anonymat qu'elle m'apporte.

Non loin, dans le dédale de ruelles qui constitue cette partie de la médina, se trouve l'ancien logement de Garrick – le théâtre de nos rendez-vous. Il me vient un souvenir fugace : je suis étendue près de lui à observer les révolutions paresseuses d'un ventilateur au plafond. Immédiatement, je repousse cette pensée.

À la place, je songe à Harry, à ses certitudes pendant les derniers jours de sa vie, à la façon dont il a découvert la vérité. Un pur hasard, une piste qu'il a suivie sans relâche, déterminé, sans jamais douter un seul instant que Dillon ait survécu au tremblement de terre. Je m'efforce d'imaginer ce qu'il a ressenti ce jour-là dans une rue de Dublin, lorsqu'il a posé les yeux sur un petit garçon et éprouvé la terrifiante décharge électrique de la reconnaissance. Et moi qui ai pris cela pour un fantasme, cru qu'il ne faisait qu'imaginer la résurrection de l'enfant, incapable d'enjamber le précipice béant de la perte. Je me rappelle comme j'ai douté de lui : ça a été la pire des trahisons et à cette seule idée je sens la honte monter en moi. Il me faut alors me concentrer très fort sur le sol devant mes pieds pour empêcher mes émotions de m'engloutir.

Je suis consciente, aussi, que mon deuil n'a pas encore commencé, pas vraiment. Il m'attend, tapi dans un coin, guettant dans l'ombre, prêt à bondir et m'attraper quand je m'y attendrai le moins. Je ne peux pas encore concevoir un monde sans Harry. Pour l'instant, quand je pense à lui, ce que je ressens le plus est de la gratitude. Une gratitude plus grande que tout, plus forte que tout. Pour sa foi entêtée, son refus de se laisser détourner de l'idée folle que notre enfant nous avait été volé, alors que tout pointait si clairement vers sa mort. S'il ne s'était pas accroché à cette foi, s'il n'avait pas fait confiance à son instinct et poursuivi envers et contre tout, alors... non. Je ne supporte pas d'y penser.

Quelquefois, pendant les nuits que je passe ici, je rêve que Harry est avec moi, et que nous reposons côte à côte dans un silence agréable. Quand je me réveille, c'est un choc renouvelé que de voir l'espace vide sur l'oreiller à côté de moi et, dans ces moments, le manque de lui est si douloureux, physiquement, que j'ai envie de tirer les draps sur ma tête et de renoncer. Mais ensuite, j'entends Martha pleurer dans son berceau et je me force à sortir du lit et à enfiler mes sandales.

Dans la rue Es-Siaghin, je me retrouve coincée par un groupe de touristes qui déambulent devant la cathédrale espagnole. Pendant un moment, ils regardent autour d'eux, consultent leurs plans de la ville, tâchent de se situer. Les clameurs des vendeurs de rue montent en volume. La place, tout à coup, est trop encombrée, trop bruyante et oppressante pour moi. Il est temps de rentrer.

Le ciel, au-dessus de la médina, est zébré de larges bandes d'or. Les mouettes tournoient, leurs cris portent loin.

Je me retourne pour partir et c'est à ce moment que je le sens : l'impression d'être observée, une sensation de plume passant sur ma peau dans le creux de ma nuque, de chair de poule rampant dans l'espace entre mes épaules. Je m'arrête pour scruter la foule. Et là, je le vois. Grand, dégingandé, son regard intense fixé sur moi. Ce visage si familier et pourtant impossible. L'incrédulité plonge jusqu'au fond de mon ventre. Impossible. Cela ne peut pas être.

Il tourne rapidement les talons et se hâte dans la foule.

Il faut que je le suive, mais je suis paralysée.

Il faut que je crie son nom, mais celui-ci reste coincé dans ma gorge.

L'émotion bouillonne en moi, emplissant tout l'espace, noyant le bon sens et la raison.

— Harry !

Un cri rauque de peur.

Il disparaît à un coin de rue sans un regard en arrière.

Vite, maintenant, je me remets en mouvement, les jambes molles, le souffle court.

Une impatience frénétique grandit en moi.

Et puis je tourne dans une rue que je ne connais pas. Mes yeux la parcourent rapidement : un trottoir poussiéreux, des grilles de fer forgé à motifs compliqués qui ferment les balcons, des auvents qui projettent leur ombre dans la rue. À chaque coin il y a une issue : un labyrinthe de ruelles qui se jettent dans la ville nouvelle. Un rire de femme descend des hauteurs. Dans un caniveau, un chien flaire quelque chose : c'est le seul être vivant en vue.

Je reste plantée là à contempler la rue déserte, quelque chose cogne dans ma tête de façon régulière, un battement sourd, et mon regard se promène, incertain, vacillant. Ce n'est pas possible. Inconcevable. Le chagrin commence à pointer aux marges de ma conscience, menaçant de tout emporter, et avec lui vient le doute qui obscurcit mon jugement, me disant que cela ne peut pas être – cela ne se peut pas. Mais je ne suis pas encore prête à laisser entrer la douleur. Elle ne dure qu'un instant avant d'être supplantée par une urgence nouvelle, insistante. Je prends une grande inspiration. Puis je me mets à courir.

Remerciements

Nous souhaitons remercier les équipes chez Curtis Brown, ICM Partners, Henry Holt, et Penguin UK/ Michael Joseph.

Plus particulièrement, un grand merci à Jonathan Lloyd, agent inspirant ; Lucia Rae, qui nous a offert le titre ; Melissa Pimentel et son superbe travail d'agent à l'international ; Kari Stuart pour ses sages conseils ; Steve Rubin pour sa vision du livre ; Aaron Schlechter pour son brillant travail d'édition. Et il en va de même pour nos amis chez Michael Joseph. Merci à Stefanie Bierwerth et Mari Evans pour leur enthousiasme iné-puisable et leur impeccable professionnalisme.

Enfin, nous aimerions dire merci à Aoife Perry et Conor Sweeney pour leur amour, leur patience et leur soutien.

Composition et mise en pages
Nord Compo à Villeneuve-d'Ascq

Imprimé en France par

à La Flèche (Sarthe)
en mars 2015

POCKET – 12, avenue d'Italie – 75627 Paris Cedex 13

N° d'impression : 3009981
Dépôt légal : avril 2015
S24498/01